青少年成长必读丛书

U0875119

莎士比亚喜剧集

William Shakespeare Comedy

〔英〕威廉·莎士比亚／著

朱生豪／译

成长 必读
名译足本

阅读经典 获益一生

马克思称莎士比亚为"人类最伟大的天才之一"。

立足素质教育，致力于提高青少年的科学文化素养和培养人文情怀，使青少年智商、情商手拉手、齐发展。

选择决定成长 阅读成就人生

山东人民出版社

全国百佳图书出版单位 国家一级出版社

图书在版编目（CIP）数据

莎士比亚喜剧集 /（英）莎士比亚著；朱生豪译 . -- 济南：山东人民出版社，2014.5（2024.1 重印）

（青少年成长必读丛书）

ISBN 978-7-209-08166-5

Ⅰ . ①莎… Ⅱ . ①莎… ②朱… Ⅲ . ①喜剧—剧本—作品集—英国—中世纪 Ⅳ . ① I561.33

中国版本图书馆 CIP 数据核字（2014）第 034277 号

责任编辑：王海涛　刘　晨　刘锦平

莎士比亚喜剧集

〔英〕莎士比亚　著　朱生豪　译

山东出版传媒股份有限公司

山东人民出版社出版发行

社　址：济南市经九路胜利大街 39 号　邮　编：250001

网　址：http://www.sd-book.com.cn

发行部：(0531) 82098027　82098028

新华书店经销

大厂回族自治县益利印刷有限公司

规　格　16 开（170mm × 240mm）

印　张　25.5

字　数　420 千

版　次　2014 年 5 月第 1 版

印　次　2024 年 1 月第 2 次

ISBN　978-7-209-08166-5

定　价　78.80 元

如有质量问题，请与印刷厂调换。(010) 89581565

读书——无可替代的人生体验

读书是在别人思想的帮助下，建立起自己的思想。这是俄图书学家鲁巴金非常著名的一句话。

关于阅读，作为这个信息流通近乎爆炸的时代的一分子，大家必然都能了解阅读对我们生存的重要性，尤其对于成长中的青少年，阅读更是头等大事。青少年时期是极其重要的一个人生阶段，正处在世界观、人生观、价值观形成的关键时期，其身心健康、道德修养、文化素养、综合素质都有赖于知识的滋养和浸润，而阅读是青少年增长知识、开拓眼界和陶冶情操的有效途径。理想的书籍是智慧的钥匙，它能带给青少年对这个复杂的世界的一个全新的思维方式，教会他们以多个独特的视角去对待这个多元化的世界。人的影响短暂而微弱，书的影响则广泛而深远。阅读从本质上不只是知识的简单积累，更重要的是它增益了读者的心灵，丰富了读者的语言韵律，充实了读者的精神世界，不断地提高青少年读者对于语文方面的综合驾驭能力，包括欣赏不同的作品和锻炼自己的写作水平。

书的质量良莠不齐，正如人有益友也有损友。一本好书不啻为一位优秀的人生导师，对青少年的健康成长起着积极的引导作用；反之，一本充满糟粕的不良书籍无异于一剂毒害心灵的毒药，对青少年的成长将造成负面影响。只有选择那些经时间沉淀的、公认的好书才能对读者的思想和心灵产生深刻而有益的影响，因此，作为人类共同精神财富的、古今中外的名著就成为了青少年读者的首选。

因此，我们编写了这套《青少年成长必读》丛书，致力于为广大青少年读者提供一块洁净的阅读圣域。这套丛书既符合素养教育需求下语文学习的各项要求，又兼顾了不同年龄、不同爱好的学生的阅读需求，扩展了他们的课外阅读范围。本套丛书分为中、外两大部分，我们从浩如烟海的图书中甄选出那些对青少年成长特别有价值的名篇佳作，在还原原汁原味的阅读本身的基础上兼顾了实用性和全面性这两大特色。本套丛书与同类图书相比有以下显著特征：

1. 高水准的翻译。这套丛书所收录的外国名著系列中，所有的名著都是忠实于原文的翻译，翻译者本身都是我国国内非常具有权威性的专家、学者和老师，译文极其贴合原著的精神和行文风格，忠实于原著内容。

2. 有针对性的作品收录。我们在广泛调查、大量翻阅工具书的基础上确定书目，从古今中外四个方向上，全面地收集了各个国家最具代表性的文学作品，呈现了不同时期的不同文化风貌，新老中外文学作品融贯联合，形成了一个更新、更全的阅读体系。

3. 最严谨细致的注释。本系列中，尤其以中国名著系列最为显著，其中很多晦涩难懂或者引经据典的地方，都添加了精准的注释，使全书呈现出学术性和艺术性完美结合的特征，更好地帮助学生理解原文主旨。

在本套丛书中，我们并没有多加一些华丽的导读和问题思考等板块，衷心希望呈现给青少年读者的不仅仅是轻松的课外阅读，更是最本色的"安静"名著，保持住原著最经典、最永恒的地方，真的能让他们静下心来，思考这些名著所承载的更深层次的涵义，从而提高青少年读者的文学修养和艺术品位。希望我们对于书籍最本质的呈现，能带给读者们纯正的阅读感受，为青少年建立自己丰富而坚实的文学和精神世界，作出尺缕的贡献。

丛书编委会
2014 年 4 月

William Shakespeare Comedy

莎士比亚
喜剧集

CONTENTS
目 录

仲夏夜之梦

剧中人物

提修斯	雅典公爵
伊及斯	黑美霞之父
莱散特	同恋黑美霞
第米屈律斯	
菲劳士屈雷脱	提修斯的掌戏乐之官
衮斯	木匠
史纳格	细木工匠
波顿	织工
弗鲁脱	修风箱者
斯诺脱	补锅匠
司他巫林	裁缝
喜坡丽姐	亚美仲女王，提修斯之未婚妻
黑美霞	伊及斯之女，恋莱散特
海伦娜	恋第米屈律斯
奥白朗	仙王
蒂姐妮霞	仙后
迫克	又名好人儿罗宾

豆花
蛛网
飞蛾
芥子
$\left.\begin{array}{l} \\ \\ \\ \\ \end{array}\right\}$
小神仙

其他侍奉仙王仙后的神仙们
提修斯及喜坡丽妲的侍从

地 点

雅典及附近的森林

第一幕

第一场 雅典 提修斯宫中

提修斯、喜坡丽妲、菲劳士屈雷脱及侍从等上。

提修斯 美丽的喜坡丽妲，现在我们的婚期已快要临近了，再过四天幸福的日子，新月便将出来。但是，唉！这个旧的月亮消逝得多么慢，她耽延了我的希望，像一个老而不死的后母或寡妇，尽是消耗着年轻人的财产。

喜坡丽妲 四个白昼很快地便将成为黑夜，四个黑夜很快地可以在梦中消度过去，那时月亮便将像新弯的银弓一样，在天上见证了我们的良宵。

提修斯 去，菲劳士屈雷脱，激起雅典青年们的欢笑的心情，唤醒活泼泼的快乐精神，把忧愁驱到坟墓里去；那个脸色惨白的家伙，是不应该让他参加在我们的结婚行列中的。（菲劳士屈雷脱下）喜坡丽妲，我用我的剑向你求婚，用威力的侵凌赢得了你的芳心 [1]；但这次我要换一个调子，我将用豪华、夸耀和狂欢来举行我们的婚礼。

伊及斯、黑美霞、莱散特、第米屈律斯上。

伊及斯 威名远播的提修斯公爵，祝您幸福！

提修斯 谢谢你，善良的伊及斯。你有什么事情？

伊及斯 我怀着满心的气恼，来控诉我的孩子，我的女儿黑美霞。走上前来，第米屈律斯。殿下，这个人是我答应叫他娶她的。走上前来，莱散特。殿下，这个人引诱坏了我的孩子。你，你，莱散特，你写诗句给我的

---

[1] 提修斯远征亚美仲（Amazon），克之，而娶其女王喜坡丽妲。

3

孩子，和她交换着爱情的纪念物；在月夜她的窗前你用做作的声调歌唱着假作多情的诗篇；你用头发编成的腕环、戒指、虚华的饰物、琐碎的玩具、花束、糖果，这些可以强烈地骗诱一个稚嫩的少女之心的"信使"来偷得她的痴情；你用诡计盗取了她的心，煽惑她使她对我的顺从变成倔强的顽抗。殿下，假如她现在当着您的面仍旧不肯嫁给第米屈律斯，我就要要求雅典自古相传的权利，因为她是我的女儿，我可以随意处置她；按照我们的法律，她要是不嫁给这位绅士，便应当立时处死。

提修斯 你有什么话说，黑美霞？当心一点吧，美貌的女郎！你的父亲对于你应当是一尊神明；你的美貌是他给予你的，你就像在他手中捏成的一尊蜡像一般，他可以保全你，也可以毁灭你。第米屈律斯是一个很好的绅士呢。

黑美霞 莱散特也很好啊。

提修斯 以他的本身而论当然不用说；但是要做你的丈夫，他不能得到你父亲的同意，比起来就差一筹了。

黑美霞 我真希望我的父亲和我有同样的看法。

提修斯 实在还是你应该依从你父亲的眼光才对。

黑美霞 请殿下宽恕我！我不知道是什么一种力量使我如此大胆，也不知道在这里倾诉我的心思将会怎样影响到我的美名，但是我要敬问殿下，要是我拒绝嫁给第米屈律斯，会有什么噩运降临到我的头上？

提修斯 不是受死刑，便是永远和男人隔绝。因此，美丽的黑美霞，仔细问一问你自己的心愿吧！考虑一下你的青春，好好地估量一下你血脉中的搏动；倘然不肯服从你父亲的选择，想想看能不能披上尼姑的道服，终生幽闭在阴沉的庵院中，向着凄凉寂寞的明月唱着暗淡的圣歌，做一个孤寂的修道女了此一生？她们能这样抑制热情，到老保持着处女的贞洁，自然应当格外受到上天的眷宠；但是结婚的女子如同被采下炼制过的玫瑰，香气留存不散，比之孤独地自开自谢，奄然朽腐的花儿，在尘俗的眼光中看来，总是要幸福得多了。

黑美霞 就让我这样自开自谢吧，殿下，我不愿意把我的贞操奉献给我的心所不甘服的人。

提修斯 回去仔细考虑一下。等到新月初生的时候——我和我的爱人缔结永久的婚约的一天——你便当决定，倘不是因为违抗你父亲的意志而准备一死，便是听从他而嫁给第米屈律斯；否则就得在黛安娜[1]的神坛前立誓严守戒律，终身不嫁。

第米屈律斯　悔悟吧，可爱的黑美霞！莱散特，放弃你那无益的要求，不要再跟我的确定权利抗争了吧！

莱散特　你已经得到她父亲的爱，第米屈律斯，让我保有着黑美霞的爱吧；你去跟她的父亲结婚好了。

伊及斯　无礼的莱散特！一点不错，我欢喜他，我愿意把属于我所有的给他；她是我的，我要把我在她身上的一切权利都授给第米屈律斯。

莱散特　殿下，我和他一样好的出身；我和他一样有钱；我的爱情比他深得多；我的财产即使不比第米屈律斯更多，也决不会比他少；比起这些来更值得夸耀的是，美丽的黑美霞爱的是我。那么为什么我不能享有我的权利呢？讲到第米屈律斯，我可以当他的面前宣布，他曾经向奈达的女儿海伦娜调过情，把她勾上了手；那位可爱的女郎痴心地恋着他，像崇拜偶像一样地恋着这个缺德的负心汉。

提修斯　的确我也听到过不少闲话，曾经想和第米屈律斯谈起；但是因为自己的事情太多，所以忘了。来，第米屈律斯；来，伊及斯；你们两人跟我来，我有些私人的话要对你们说。你，美丽的黑美霞，好好准备着依从你父亲的意志，否则雅典的法律将要把你处死，或者使你宣誓独身；我们没有法子变更这条法律。来，喜坡丽姐，怎样，我的爱人？第米屈律斯和伊及斯，走吧；我必须差你们为我们的婚礼办些事务，还要跟你们商量一些和你们有点关系的事。

伊及斯　我们敢不欣然跟从殿下。（除莱散特、黑美霞外均下）

莱散特　怎么啦，我的爱人！为什么你的脸颊这样惨白？你脸上的蔷薇怎么会凋谢得这样快？

黑美霞　多半是因为缺少雨露，但我眼中的泪涛可以灌溉它们。

莱散特　唉！从我所能在书上读到、在传说或历史中听到的，真爱情的道路永远是崎岖多阻；不是因为血统的差异——

黑美霞　不幸啊，尊贵的要向微贱者屈节臣服！

---

[1] 黛安娜 (Diana)，月的女神；其实应当作亚蒂美丝 (Artemis)，黛安娜是罗马名字。

莱散特 便是因为年龄上的悬殊——

黑美霞 可憎啊，年老的要和年轻人发生关系！

莱散特 或者因为信从了亲友们的选择——

黑美霞 倒霉啊，选择爱人要依赖他人的眼光！

莱散特 或者，即使彼此两情悦服，而战争、死亡或疾病侵害着它，使它像一个声音、一片影子、一段梦、一道黑夜中的闪电那样短促，在一刹那间它展现了天堂和地狱，但还来不及说一声"瞧啊"，黑暗早已张开口把它吞噬了。光明的事物，总是那样很快地变成了混沌。

黑美霞 既然真心的恋人们永远要受到折磨，似乎是一条命运的定律，那么让我们练习着忍耐吧；因为这种折磨，正和意念、幻梦、叹息、希望和哭泣一样，都是可怜的爱情缺不了的随从者。

莱散特 你说得很对。听我吧，黑美霞。我有一个寡居的伯母，很有钱，却没有儿女，她看待我就像亲生的独子一样。她的家离开雅典二十英里路；温柔的黑美霞，我可以在那边和你结婚，雅典法律的利爪不能追及我们。要是你爱我，请你在明天晚上溜出你父亲的屋子，走到郊外三英里路地方的森林里，我就是在那边遇见你和海伦娜一同举行五月节[1]的，我将在那里等你。

黑美霞 我的好莱散特！凭着丘比特[2]的最坚强的弓，凭着他的金镞的箭，凭着维纳丝的鸽子的纯洁，凭着那结合灵魂，祜祐爱情的神力，凭着古代迦泰基女王焚身的烈火，当她看见她那负心的特洛埃人[3]扬帆而去的时候，凭着一切男子所毁弃的约誓——那数目是远超过于女子所曾说过的，我发誓明天一定会到你所指定的那地方和你相会。

莱散特 愿你不要失约，爱人。瞧，海伦娜来了。

　　海伦娜上。

黑美霞 上帝保佑美丽的海伦娜！你到哪里去？

海伦娜 你称我"美丽"吗？请你把那两个字收回了吧！第米屈律斯爱着你的美丽；幸福的美丽啊！你的眼睛是两颗明珠，你的甜蜜的声音比之在

---

[1] 旧俗于5月1日早起以露盥身，采花唱歌。

[2] 丘比特（Cupid），爱神，背生两翼，手持弓箭；他的金镞箭主爱，铅镞箭主爱情的冷淡。

[3] 古代迦泰基（Carthage）女王是黛陀（Dido），爱特洛埃（Troy）英雄伊尼阿斯（Aeneas），失恋自焚而死。

牧人耳中的云雀之歌还要动听，当小麦青青，山楂蓓蕾的时节。疾病是能染人的；唉！要是美貌也能传染的话，美丽的黑美霞，我但愿染上你的美丽：我要用我的耳朵捕获你的声音，用我的眼睛捕获你的睇视，用我的舌头捕获你那柔美的旋律。要是除了第米屈律斯之外，整个世界都属于我所有，我愿意把一切捐弃，但求化身为你。啊！教给我你怎样流转你的眼波，用怎么一种魔力操纵着第米屈律斯的心？

黑美霞　我向他蹙着眉头，但是他仍旧爱我。

海伦娜　唉，要是你的颦蹙能把那种本能传授给我的微笑就好了！

黑美霞　我给他咒骂，但他给我爱情。

海伦娜　唉，要是我的祈祷也能这样引动他的爱情就好了！

黑美霞　我越是恨他，他越是跟随着我。

海伦娜　我越是爱他，他越是讨厌我。

黑美霞　海伦娜，他的傻并不是我的错。

海伦娜　但那是你的美貌的错处；要是那错处是我的就好了！

黑美霞　宽心吧，他不会再见我的脸了；莱散特和我将要逃开此地。在我不曾遇见莱散特之前，雅典对于我就像是一座天堂；啊，有怎样一种神奇在我的爱人身上，使他能把天堂变成一座地狱！

莱散特　海伦娜，我们不愿瞒你。明天夜里，当月亮在镜波中反映她的银色的容颜，晶莹的露珠点缀在草叶尖上的时候——那往往是情奔最适当的时候，我们预备溜出雅典的城门。

黑美霞　我的莱散特和我将要会集在林中，就是你我常常在那边淡雅的樱草花的花坛上躺着彼此吐露柔情的衷曲的所在，从那里我们便将离别雅典，去访寻新的朋友，和陌生人做伴了。再会吧，亲爱的游侣！请你为我们祈祷；愿你重新得到第米屈律斯的心！不要失约，莱散特；我们现在必须暂时挨受一下离别的痛苦，到明晚夜深时再见面吧！

莱散特　一定的，我的黑美霞。（黑美霞下）海伦娜，别了；如同你恋着他一样，但愿第米屈律斯也恋着你！（下）

海伦娜　有些人比起其他人来是多么幸福！在全雅典大家都认为我跟她一样美；但那有什么相干呢？第米屈律斯是不以为如此的；除了他一个人之外大家都知道的事情，他不会知道。正如他那样错误地迷恋着黑美霞的秋波一样，我也是只知道爱慕他的才智；一切卑劣的弱点，在恋

7

爱中都成为无足重轻，而变成美满和庄严。爱情是不用眼睛，而是用心灵看着的，因此生着翅膀的丘比特常被描成盲目；而且爱情的判断全然没有理性，光有翅膀不生眼睛表示出鲁莽的急躁，爱神据说是一个孩儿，因为在选择方面他常会弄错。正如顽皮的孩子惯爱发假誓一样，司爱情的小儿也到处赌着口不应心的咒。第米屈律斯在没有看见黑美霞之前，他也曾像下冰雹一样发着誓，说他是完全属于我的，但这阵冰雹一感到一丝黑美霞身上的热力，他便溶解了，无数的盟言都化为乌有。我要去告诉他美丽的黑美霞的出奔；他知道了以后，明夜一定会到林中去追寻她。如果为着这次的通报消息，我能得到一些酬谢，我的代价也一定不小；但我的目的是要增加我的苦痛，使我能再一次聆接他的音容。（下）

第二场 雅典 衮斯的家中

衮斯、史纳格、波顿、弗鲁脱、斯诺脱、司他亚林上。

衮　斯　咱们一伙人都到了吗？

波　顿　你最好照着名单一个儿一个儿统统地点一下名。

衮　斯　这儿是每个人名字都在上头的名单，整个雅典都承认，在公爵跟公爵夫人结婚那晚上当着他们的面扮演咱们这一出插戏，这张名单上的弟兄们是再合适也没有的了。

波　顿　第一，好彼得·衮斯，说出来这出戏讲的是什么，然后再把扮戏的人名字念出来，好有个头绪。

衮　斯　好，咱们的戏名是《最可悲的喜剧，以及匹拉麦斯和雪丝佩的最残酷的死》。

波　顿　那一定是篇出色的东西，咱可以担保，而且是挺有趣的。现在，好彼得·衮斯，照着名单把你的角儿们的名字念出来吧。列位，大家站开。

衮　斯　咱一叫谁的名字，谁就答应。聂克·波顿，织布的。

波　顿　有。先说咱应该扮哪一个角儿，然后再挨次叫下去。

衮　斯　你，聂克·波顿，派着扮匹拉麦斯。

波　顿　匹拉麦斯是谁呀？一个情郎呢，还是一个霸王？

衮　斯　是一个情郎，为着爱情的缘故，他挺勇敢地把自己毁了。

波　顿　要是演得活灵活现，那准可以引人掉下几滴泪来。要是咱演起来的话，让看客们大家留心着自个儿的眼睛吧；咱要让全场痛哭流涕，管保风云失色，把其余的人叫下去吧。但是扮霸王挺适合咱的胃口。咱会把厄克里斯[1]扮得非常好，或者什么吹牛的角色，管保吓破了人的胆。

　　　　　　山岳狂怒的震动，

　　　　　　裂开了牢狱的门；

　　　　　　太阳在远方高升，

　　　　　　慑服了神灵的魂。

　　　　那真是了不得！现在把其余的名字念下去吧。这是厄克里斯的神气，霸王的神气；情郎还得忧愁一点。

衮　斯　法兰西斯·弗鲁脱，修风箱的。

弗鲁脱　有，彼得·衮斯。

衮　斯　你得扮雪丝佩。

弗鲁脱　雪丝佩是谁呀？一个游行的侠客吗？

衮　斯　那是匹拉麦斯必须爱上的姑娘。

弗鲁脱　嗷，真的，别叫咱扮一个娘儿们；咱的胡子已经长起来啦。

衮　斯　那没有问题；你得套上假脸扮演，你可以细着声音讲话。

波　顿　咱也可以把脸孔罩住，雪丝佩也给咱扮了吧。咱会细声细气地说话，"雪丝妮！雪丝妮！""啊呀！匹拉麦斯，奴的情哥哥，是你的雪丝佩，你亲亲爱爱的姑娘！"

衮　斯　不行，不行，你必须扮匹拉麦斯。弗鲁脱，你必须扮雪丝佩。

波　顿　好吧，叫下去。

衮　斯　罗宾·司他巫林，当裁缝的。

司他巫林　有，彼得·衮斯。

衮　斯　罗宾·司他巫林，你扮雪丝佩的母亲。汤姆·斯诺脱，补锅子的。

斯诺脱　有，彼得·衮斯。

衮　斯　你扮匹拉麦斯的爸爸；咱自己扮雪丝佩的爸爸；史纳格，做细木工的，你扮一只狮子：咱想这本戏就此支配好了。

---

[1] 厄克里斯为赫邱里斯（Hercules）之讹，古希腊著名英雄。

莎士比亚喜剧集

史纳格 你有没有把狮子的台词写下？要是有的话，请你给我，因为我记性不大好。

衮　斯 你不用预备，你只要嚷嚷就算了。

波　顿 让咱也扮狮子吧。咱会嚷嚷，叫每一个人听见了都非常高兴；咱会嚷嚷着，连公爵都传下谕旨来说，"让他再嚷下去吧！让他再嚷下去吧！"

衮　斯 你要嚷得那么可怕，吓坏了公爵夫人和各位太太小姐们，吓得她们尖声叫起来；那准可以把咱们一起给吊死了。

众　人 那准会把咱们一起给吊死，每一个母亲的儿子都逃不了。

波　顿 朋友们，你们说得很对；要是你把太太们吓昏了头，她们一定会不顾三七二十一把咱们给吊死，但是咱可以把声音压得高一些，不，提得低一些；咱会嚷得就像一只小鸽子那么低，就像一只夜莺那么低。

衮　斯 你只能扮匹拉麦斯；因为匹拉麦斯是一个讨人欢喜的小白脸，一个体面人，就像你可以在夏天看到的那种人；他又是一个可爱的堂堂的绅士模样的人；因此你必须扮匹拉麦斯。

波　顿 行，咱就扮匹拉麦斯。顶好咱挂什么须？

衮　斯 那随你便吧。

波　顿 咱可以挂你那稻草色的须，你那橙黄色的须，你那紫红色的须，或者你那法国金洋钱色的须，纯黄色的须。

衮　斯 你还是光着脸蛋吧。列位，这儿是你们的台词。咱请求你们，恳求你们，要求你们，在明儿夜里念熟，趁着月光，在郊外一里路地方的森林里咱们碰头，在那边咱们要练习练习；因为要是咱们在城里练习，就会有人跟着咱们，咱们的计划就要泄漏出来。同时要开一张咱们演戏所需要的东西的单子。请你们大家不要误事。

波　顿 咱们一定在那边碰头；咱们在那边练习起来可以像样点儿，胆大点儿。大家辛苦干一下，要干得非常好。再会吧。

衮　斯 咱们在公爵的橡树底下再见。

波　顿 好了，可不许失约。（同下）

第二幕

第一场　雅典附近的森林

一神仙及迫克自相对方向上。

迫　克　喂，精灵！你飘流到哪里去？

神　仙　越过了溪谷和山陵，

穿过了荆棘和丛薮，

越过了围场和园庭，

穿过了激流和燖火；

我在各地漂游流浪，

轻快得像是月光光；

我给仙后奔走服务，

草环[1]上缀满轻轻露。

亭亭的莲馨花是她的近侍，

黄金的衣上饰着点点斑痣；

那些是仙人们投赠的红玉，

中藏着一缕缕的芳香馥郁；

我要在这里访寻几滴露水，

给每朵花挂上珍珠的耳坠。

再会，再会吧，你粗野的精灵！

因为仙后的大驾快要来临。

[1] 野地上有时发现环形的茂草，传谓仙人夜间在此跳舞所成。

迫　克　今夜大王在这里大开欢宴，

　　　　千万不要让他俩彼此相见；

　　　　奥白朗的脾气可不是顶好，

　　　　为着王后的固执十分着恼；

　　　　她偷到了一个印度小王子，

　　　　就像心肝一样怜爱和珍视；

　　　　奥白朗看见了有些儿眼红，

　　　　想要把他充作自己的侍童；

　　　　可是她哪里便肯把他割爱，

　　　　满头花朵她为他亲手插戴。

　　　　从此林中、草上、泉畔和月下，

　　　　他们一见面便要破口相骂；

　　　　小妖们往往吓得胆战心慌，

　　　　没命地钻向橡树中间躲藏。

神　仙　要是我没有把你认错，你大概便是名叫罗宾好人儿的狡猾的淘气的精灵了。你就是惯爱吓唬乡村的女郎，在人家的牛乳上撮去了乳脂，使那气喘吁吁的主妇整天也搅不出奶油来；有时你暗中替人家磨谷，有时弄坏了酒使它不能发酵；夜里走路的人，你把他们引入了迷路，自己却躲在一旁窃笑；谁叫你"大仙"或是"好迫克"的，你就给他幸运，帮他做工：那就是你吗？

迫　克　仙人，你说得正是；我就是那个快活的夜游者。我在奥白朗跟前想出种种笑话来逗他发笑，看见一匹肥胖精壮的马儿，我就学着雌马的嘶声把它迷昏了头；有时我化作一颗炽熟的野苹果，躲在老太婆的酒碗里，等她举起碗想喝的时候，我就"啪"地弹到她嘴唇上，把一碗麦酒都倒在她那皱瘪的喉皮上；有时我化作三脚的凳子，满肚皮人情世故的婶婶刚要坐下来讲她那感伤的故事，我便从她的屁股底下滑走，把她翻了一个大元宝，一头喊"好家伙！"一头咳呛个不住，于是周围的人大家笑得前仰后合，他们越想越好笑，鼻涕眼泪都笑了出来，发誓说从来不会碰到过比这更有趣的事。但是让开路来，仙人，奥白朗来了。

神　仙　娘娘也来了。他要是走开了才好！

奥白朗及蒂妲妮霞各带侍从，自相对方向上。

奥白朗　真不巧又在月光下碰见你，骄傲的蒂妲妮霞！

蒂妲妮霞　嘿，嫉妒的奥白朗！神仙们，快快走开，我已经发誓不和他同游同寝了。

奥白朗　等一等，坏脾气的女人！我不是你的夫君吗？

蒂妲妮霞　那么我也一定是你的尊夫人了。但是你从前溜出了仙境，扮作牧人的样子，整天吹着麦笛，向风骚的牧女调情，这种事我全知道。今番你为什么要从迢迢的印度平原上赶到这里来呢？无非是为着那位高傲的亚美仲女王，你的勇武的爱人，要嫁给提修斯了，所以你得来道贺道贺他们。

奥白朗　你怎么好意思说出这种话来，蒂妲妮霞，把我的名字和喜坡丽姐牵涉在一起侮蔑我？你自己知道你和提修斯的私情瞒不过我。不是你在朦胧的夜里引导他离开被他所俘虏的佩丽贡娜？不是你使他负心地遗弃了美丽的哀葛梨、爱丽亚邓和安娣奥巴[1]？

蒂妲妮霞　这些都是因为嫉妒而捏造出来的谎话。自从仲夏之初，我们每次在山上、谷中、树林里、草场上、细石铺底的泉旁，或是海滨的沙滩上聚集，预备和着鸣啸的风声跳环舞的时候，总是被你吵断了我们的兴致。风因为我们不理会他的吹奏，生了气，便从海中吸起了毒雾；毒雾化成瘴雨下降地上，使每一条小小的溪河都耀武扬威地泛滥到岸上：因此牛儿白白牵着轭，农夫枉费了他的血汗，青青的嫩禾还没有长上芒须便腐烂了；空了的羊栏露出在一片汪洋的田中，乌鸦饱啖着瘟死了的羊群的尸体；草坪上满是湿泥，杂草乱生的曲径，因为没有人行走，已经辨不出来。执掌潮汐的月亮，因为再也听不见夜间颂神的歌声，气得脸孔发白，把空气中播满了湿气，一沾染上身就要使人害风湿症。因为天时不正，季候也反了常：白头的寒霜倾倒在红颜的蔷薇的怀里，年迈的冬神薄薄的冰冠上，却嘲讽似的缀上了夏天芬芳的蓓蕾的花环。春季、夏季、丰收的秋季、暴怒的冬季，都改换了他们素来的装束，惊愕的世界不能再从他们的出产上辨别出是谁来。这都因为我们的不和所致，我们是一切灾祸的根源。

---

[1] 皆提修斯情人，先后为其所弃。

奥白朗 那么你就该设法补救；这全然在你的手中。为什么蒂妲妮霞要违拗她的奥白朗呢？我所要求的，不过是一个小小的换儿[1]做我的侍童罢了。

蒂妲妮霞 请你死了心吧，整个仙境也不能从我手里换得这个孩子。他的母亲是我神坛前的一个信徒，在芬芳的印度的夜天，她常常在我身旁闲谈，陪我坐在海边的黄沙上，凝望着水面的商船；我们一起笑看着那些船帆因狂荡的风而怀孕，一个个凸起了肚皮；她那时正也怀孕着这个小宝贝，便学着船帆的样子，美妙而轻快地凌风而行，为我往岸上寻取各种杂物，回来时就像航海而归，带来了无数的商品。但她因为是一个凡人，所以在产下这孩子时便死了。为着她的缘故我才抚养她的孩子，也为着她的缘故我不愿舍弃他。

奥白朗 你预备在这林中耽搁多少时候？

蒂妲妮霞 也许要到提修斯的婚礼以后。要是你肯耐心地和我们一起跳舞，看看我们月光下的游戏，那么跟我们一块儿走吧；不然的话，请你不要见我，我也决不到你的地方来。

奥白朗 把那个孩子给我，我就和你一块儿走。

蒂妲妮霞 把你的仙国跟我掉换都别想。神仙们，去吧！要是我再多留一刻，我们就要吵起来了。（牵侍从等下）

奥白朗 好，去你的吧！为着这次的侮辱，我一定要在你离开这座林子之前给你一些惩罚。我的好迫克，过来。你记得有一次我坐在一个海岬上，望见一个美人鱼骑在海豚的背上，她的歌声是这样婉转而谐美，镇静了狂暴的怒海，好几个星星都疯狂地跳出了它们的轨道，为要听这海女的音乐？[2]

迫　克 我记得。

奥白朗 就在那个时候，你看不见，但我能看见持着弓箭的丘比特在冷月和地球之间飞着；他瞄准了坐在西方宝座上的一个童贞女[3]，很灵巧地从他的弓上射出他的爱情之箭，好像它能刺透十万颗心的样子。否则我

---

[1] 传说中仙人常于夜间将人家美丽小儿窃去，以愚蠢的妖童换置其处。

[2] 此段及下一段中的寓意自来各种猜测。据云美人鱼影射苏格兰女王玛丽；玛丽才貌无双，为伊丽莎白女王所嫉杀，举世悼之。玛丽尝婚法国王太子，故云"骑在海豚的背上"，因法国王太子的称号 Darphin 与海豚（dolphin）发音相似。"星星跳出轨道"云者，指英廷党玛的大臣。莎士比亚因恐犯忌讳，故特以隐语出之。

[3] 当指伊丽莎白女王。女王终身不嫁，故云。

也许可以看见小丘比特的火箭在如水的冷洁的月光中熄灭，那位童贞的女王心中一尘不染地，在纯洁的思念中安然无恙；但是我看见那支箭却落下在西方一朵小小的花上，它本来是乳白色的，现在已因爱情的创伤而被染成紫色，少女们把它称作"爱嫩花"。去给我把那花采来。我曾经给你看过它的样子；它的汁液如果滴在睡着的人的眼皮上，无论男女，醒来一眼看见什么生物，都会发疯似的对它恋爱。给我采这种花来；在鲸鱼还不曾游过三英里路之前，必须回来复命。

迫　　克　我可以在四十分钟内环绕世界一周。（下）

奥白朗　这种花汁一到了手，我便留心着等蒂妲妮霞睡了的时候把它滴在她的眼皮上；她一醒来第一眼看见的东西，无论是狮子也好，熊也好，狼也好，公牛也好，或者好事的狒猴，忙碌的无尾猿也好，她都会用最强烈的爱情追求它。我可以用另一种草解去这种魔力，但第一我先要叫她把那个孩子让给我。可是谁到这儿来啦？他们看不见我，让我听听他们的谈话。

　　　　第米屈律斯上，海伦娜随其后。

第米屈律斯　我不爱你，所以别跟着我。莱散特和美丽的黑美霞在哪儿？我要把莱散特杀死，但我的命却悬在黑美霞手中。你对我说他们私奔到这座林子里，因此我赶到这儿来；可是因为遇不见我的黑美霞，我简直要发疯啦。滚开！快走，不许再跟着我！

海伦娜　是你吸引我跟着你的，你这硬心肠的磁石！可是你所吸的却不是铁，因为我的心像钢一样坚贞。要是你去掉你的吸引力，那么我也将没有力量再跟着你了。

第米屈律斯　是我引诱你吗？我曾经向你说过好话吗？我不是曾经明明白白地告诉过你，我不爱你，而且也不能爱你吗？

海伦娜　即使那样，也只是使我爱你爱得更加厉害。我是你的一条狗，第米屈律斯；你越是打我，我越是讨好你。请你就像对待你的狗一样对待我吧，踢我、打我、冷淡我、不理我，都好，只容许我跟随着你，虽然我是这么不好。在你的爱情里我还能要求什么，比一条狗还不如的地位吗？但对于我已经是十分可贵了。

第米屈律斯　不要过分惹起我的厌恨吧；我一看见你就头痛。

海伦娜　可是我不看见你就心痛。

第米屈律斯　你太不顾虑你自己的体面，离开了城中，把你自己委身在一个不
　　　　　爱你的人手里；你也不想想你的贞操多么值钱，就在黑夜中这么一个
　　　　　荒凉的所在盲目地听从着不可知的命运。

海伦娜　你使我能够安心：因为当我看见你面孔的时候，黑夜也变成了白昼，
　　　　因此我并不觉得现在是在夜里；你在我的眼光里是一切的世界，因此
　　　　在这座林中我也不愁缺少伴侣：要是一切的世界都在这儿瞧着我，我
　　　　怎么还是单身独自一人呢？

第米屈律斯　我要逃开你，躲在丛林之中，任凭野兽把你怎样处置。

海伦娜　最凶恶的野兽也不像你那样残酷。你要逃开我就逃开吧；从此以后，
　　　　古来的故事要改过了：逃走的是阿波罗，追赶的是达芙妮[1]；鸽子追
　　　　逐着鹰隼；温柔的牝鹿追捕着猛虎；然而弱者追求勇者，结果总是徒
　　　　劳无益的。

第米屈律斯　我不高兴听你再唠叨下去。让我走吧；要是你再跟着我，相信我，
　　　　　在这座林中你要被我欺负的。

海伦娜　嗯，在寺庙中，在市镇上，在乡野里，你都到处欺负我。唉，第米屈
　　　　律斯！你的虐待我已经使我们女子蒙上了耻辱。我们是不会像男人一
　　　　样为爱情而争闹的；我们应该被人家求爱，而不是向人家求爱。（第
　　　　米屈律斯下）我要立意跟随你；我愿死在我所深爱的人的手中，好让
　　　　地狱化为天宫。（下）

奥白朗　再会吧，女郎！当他还没有离开这座树林，你将逃避他，他将追求你
　　　　的爱情。

　　　　迫克重上。

奥白朗　你已经把花采来了吗？欢迎啊，浪游者！

迫　克　是的，它就在这儿。

奥白朗　请你把它给我。
　　　　我知道一处茴香盛开的水滩，
　　　　长满着樱草和盈盈的紫罗兰，
　　　　馥郁的金银花，芳泽的野蔷薇，
　　　　漫天张起了一幅芬芳的锦帷。

---

[1] 阿波罗（Apollo）是太阳神，爱仙女达芙妮（Daphne），达芙妮避之而化为月桂树。

有时蒂妲妮霞在群花中酣醉，
柔舞清歌低低地抚着她安睡；
我要洒一点花汁在她的眼上，
让她充满了各种可憎的幻象。
其余的你带了去在林中访寻，
一个娇好的少女见弃于情人；
倘见那薄幸的青年在她近前，
就把它轻轻地点上他的眼边。
他的身上穿着雅典人的装束，
你须仔细辨认清楚不许弄错；
小心地执行着我谆谆的吩咐，
让他无限的柔情都向她倾吐。
等第一声雄鸡啼时我们再见。

迫　克　放心吧，主人，一切如你的意念。（各下）

第二场　林中的另一处

蒂妲妮霞及侍从等上。

蒂妲妮霞　来，跳一会儿舞，唱一曲神仙歌，然后在一分钟内余下来的三分之
　　　一的时间里，大家散开去；有的去杀死麝香玫瑰苞中的蛀虫；有的去
　　　和蝙蝠作战，剥下它们的翼革来为我的小妖儿们做外衣；其余的人去
　　　驱逐每夜啼叫，看见我们这些伶俐的小精灵们而惊骇的猫头鹰。现在
　　　唱歌给我催眠吧；唱罢之后，大家各做各的事，让我休息一会儿。

　　　　　　　神仙们唱：

　　　　　　两舌的花蛇，多刺的猬，
　　　　　　不要打扰着她的安睡；
　　　　　　蝾螈和蜥蜴，不要行近，
　　　　　　仔细毒害了她的宁静。

　　　　　　夜莺，鼓起你的清弦，
　　　　　　为我们唱一曲催眠：

睡啦，睡啦，睡睡吧！睡啦，睡啦，睡睡吧！

一切害物远走高飞，

不会行近她的身旁；

　　晚安，睡睡吧！

织网的蜘蛛，不要过来；

长脚的蛛儿快快走开！

黑背的蜣螂，不许走近；

不许莽撞，蜗牛和蚯蚓。

　　夜莺，鼓起你的清弦，

　　为我们唱一曲催眠：

睡啦，睡啦，睡睡吧！睡啦，睡啦，睡睡吧！

一切害物远走高飞，

不会行近她的身旁；

　　晚安，睡睡吧！

一仙人　去吧！现在一切都已完成，

只需留着一个人做哨兵。（众神仙下，蒂妲妮霞睡。）

奥白朗上，挤花汁滴在蒂妲妮霞眼皮上。

奥白朗　等你眼睛一睁开，

你就看见你的爱，

为他担起相思债：

　　山猫、豹子、大狗熊，

野猪身上毛蓬蓬；

等你醒来一看见，

芳心可可为他恋。（下）

莱散特及黑美霞上。

莱散特　好人，你在林中跋涉着，疲乏得快要昏倒了。说老实话，我已经忘记
了我们的路。要是你同意，黑美霞，让我们休息一下，停步下来舒适
舒适吧。

黑美霞　就照你的意思吧，莱散特。你去给自己找一处睡眠的所在，因为我要
在这水滨安息我的形骸。

莱散特 一块草地可以作我们两人枕首的地方；两个胸膛一条心，应该合睡一个眠床。

黑美霞 哎，不要，亲爱的莱散特；为着我的缘故，我的亲亲，再躺远一些，不要挨得那么近。

莱散特 啊，爱人！不要误会了我的无邪的本意，恋人们是应该明白彼此所说的话。我是说我的心和你的心联结在一起，已经打成一片，分不开来；两个心胸彼此用盟誓联系，共有着一片忠贞。因此不要拒绝我睡在你的身旁，黑美霞，我一点没有坏心肠。

黑美霞 莱散特真会说话。要是黑美霞疑心莱散特有坏心肠，愿她从此不能堂堂做人。但是好朋友，为着爱情和礼貌的缘故，请睡得远一些；在人间的礼法上，这样的隔分对于洁身自好的未婚男女，是最为合适的。这么远就行了。晚安，亲爱的朋友！愿爱情永无更改，直到你生命的尽头！

莱散特 依着你那祈祷我应和着阿门！阿门！我将失去我的生命，如其我失去我的忠贞！（略就远处睡卧）这里是我的眠床了，但愿睡眠给予你充分的休养！

黑美霞 那愿望我愿意和你分享！（二人入睡）

迫克上。

迫　克 我已经在森林中间走遍，
但雅典人可还不曾瞧见，
我要把这花液在他眼上
试一试激动爱情的力量。
静寂的深宵！啊，谁在这厢？
他身上穿着雅典的衣裳。
这正是我主人所说的他，
狠心地欺负那美貌娇娃；
她正在这一旁睡得酣熟，
顾不到地上的潮湿龌龊：
美丽的人儿！她竟然不敢
睡近这没有心肝的恶汉。（挤花汁滴莱散特眼上）
我已在你眼睛上，坏东西！

倾注着魔术的力量神奇；

等你醒来的时候，让爱情

从此扰乱你睡眠的安宁！

别了，你醒来我早已去远，

奥白朗在盼我和他见面。（下）

第米屈律斯及海伦娜奔驰上。

海伦娜　你杀死了我也好，但是请你停步吧，亲爱的第米屈律斯！

第米屈律斯　我命令你走开，不要这样缠绕着我！

海伦娜　啊！你要把我丢在黑暗中吗？请不要这样！

第米屈律斯　站住！否则叫你活不成。我要独自走我的路。（下）

海伦娜　唉！这痴心的追赶使我乏得透不过气来。我越是千求万告，越是惹他憎恶。黑美霞无论在什么地方都那么幸福，因为她有一双天赐的迷人的眼睛。她的眼睛怎么会这样明亮呢？不是为了泪水的缘故，因为我的眼睛被眼泪洗着的时候比她更多。不，不，我是像一头熊那么难看，就是云看见我也会因害怕而逃走；因此一点也不奇怪第米屈律斯会这样逃避着我，就像逃避一个鬼妖怪。哪一面欺人的坏镜子使我居然敢把自己跟黑美霞的明星一样的眼睛相比呢？但是谁在这里？莱散特在地上！死了吗，还是睡了？我看不见有血，也没有伤处。莱散特，要是你没有死，好朋友，醒醒吧！

莱散特　（醒）我愿为着你赴汤蹈火，玲珑剔透的海伦娜！上天在你身上显出他的本领，使我能在你的胸前看彻你的心。第米屈律斯在哪里？嘿！那个难听的名字让他死在我的剑下多么合适！

海伦娜　不要这样说，莱散特！不要这样说！即使他爱你的黑美霞又有什么关系？上帝！那又有什么关系？黑美霞仍旧是爱着你的，所以你应该心满意足了。

莱散特　跟黑美霞心满意足吗？不，我真悔恨和她在一起度过的那些可厌的时辰。我不爱黑美霞，我爱的是海伦娜；谁不愿意把一只乌鸦换一头白鸽呢？人们的意志是被理性所支配的，理性告诉我你比她更值得敬爱。凡是生长的东西，不到季节，总不会成熟：我一向因为年轻的缘故，我的理性也不会成熟；但是现在我的智慧已经充分成长，理性指挥着我的意志，把我引到了你的眼前；在你的眼睛里我可以读到写在最丰美的爱情的经典的故事。

海伦娜　我怎么忍受得下这种尖刻的嘲笑呢？我什么时候得罪了你，使你这样讥讽我呢？我从来不曾得到过，也永远不会得到，第米屈律斯的一瞥爱怜的眼光，难道还不够，难道那还不够，年轻人，而你必须再这样挖苦我的短处吗？真的，你侮辱了我；真的，用这种卑鄙的样子向我假意献媚。但是再会吧！我还以为你是个较有教养的上流人。唉！一个女子受到了这一个男人的摈拒，还得忍受那一个男子的揶揄。（下）

莱散特　她没有看见黑美霞。黑美霞，睡你的吧，再不要走近莱散特的身边了！一个吃饱了太多的甜食，能使胸胃中发生强烈的厌恶，改信正教的人，最是痛心疾首于以往欺骗他的异端邪说；你也正是这样。让你被一切的人所憎恶吧，但没有别人比之我更为憎恶你了。我的一切生命之力啊，用爱和力来尊崇海伦娜，做她的忠实的武士吧！（下）

黑美霞　（醒）救救我，莱散特！救救我！用出你全身力量来，替我在胸口上撺掉这条蠕动的蛇。哎呀，天哪！做了怎样的梦！莱散特，瞧我怎样因害怕而颤抖着。我觉得仿佛一条蛇在嚼食我的心，而你坐在一旁，瞧着它的残酷的肆虐微笑。莱散特！怎么！换了地方了？莱散特！好人！怎么！听不见？走了？没有声音，不说一句话？喂！你在哪儿？要是你听见我，答应一声呀！凭着一切爱情的名义，说话呀！我差不多要因害怕而晕倒了。仍旧一声不响！我明白你已不在近旁；要是我寻不到你，我定将一命丧亡！（下）

第三幕

第一场　林中　蒂妲妮霞熟睡未醒

衮斯、史纳格、波顿、弗鲁脱、斯诺脱、司他巫林上。

波　顿　咱们都会齐了吗？

衮　斯　妙极了妙极了，这儿真是给咱们练戏用的一块再方便也没有的地方。这块草地可以做咱们的戏台，这一丛山楂树便是咱们的后台。咱们可以认真扮演一下；就像当着公爵殿下的面一样。

波　顿　彼得·衮斯——

衮　斯　你说什么，波顿好家伙？

波　顿　在这本《匹拉麦斯和雪丝佩》的戏文里，有几个地方准难叫人家满意。第一，匹拉麦斯该拔出剑来结果自己的性命，这是太太小姐们受不了的。你说对不对？

斯诺脱　凭着圣母娘娘的名字，这可真的不是玩儿的事。

司他巫林　我说咱们把什么都做完了之后，这一段自杀可不用表演。

波　顿　不必，咱有一个好法子。给咱写一段开场诗，让这段开场诗大概这么说：咱们的剑是不会伤人的；实实在在匹拉麦斯并不真的把自己干掉了；顶好再那么声明一下，咱扮着匹拉麦斯的，并不是匹拉麦斯，实在是织工波顿：这么一下她们就不会吓了。

衮　斯　好吧，就让咱们有这么一段开场诗，咱可以把它写成八六体[1]。

波　顿　把它再加上两个字，让它是八个字八个字那么的吧。

----

[1] 八音节六音节相间的诗体。

斯诺脱　太太小姐们见了狮子不会哆嗦吗？

司他巫林　咱担保她们一定会害怕。

波　顿　列位，你们得好好想一想：把一头狮子——老天爷保佑咱们！带到太太小姐们的中间，还有比这更荒唐得可怕的事吗？在野兽中间，狮子是再凶恶不过的。咱们可得考虑考虑。

斯诺脱　那么说，就得再写一段开场诗，说他并不真的是狮子。

波　顿　不，你应当把他的名字说出来，他的脸蛋的一半要露在狮子头颈的外边；他自己就该说着这样或者诸如此类的话："太太小姐们！"或者说，"尊贵的太太小姐们，咱要求你们。"或者说，"咱请求你们。"或者说，"咱恳求你们，不用害怕，不用发抖；咱可以用生命给你们担保。要是你们想咱真是一头狮子，那咱才真是倒霉啦！不，咱完全不是这种东西；咱是跟别人一样的人。"这么着让他说出自己的名字来，明明白白地告诉她们，他是细木工匠史纳格。

衮　斯　好吧，就这么办。但是还有两件难事：第一，咱们要把月亮光搬进屋子里来；你们知道匹拉麦斯和雪丝佩是在月亮底下相见的。

史纳格　咱们演戏的那天可有月亮吗？

波　顿　拿历本来，拿历本来！瞧历本上有没有月亮，有没有月亮。

衮　斯　有的，那晚上有好月亮。

波　顿　啊，那么你就可以把大厅上的一扇窗打开，月亮就会打窗子里照进来啦。

衮　斯　对了；否则就得叫一个人一手拿着柴枝，一手举起灯笼，登场说他是代表着月亮。现在还有一件事，咱们在大厅里应该有一堵墙；因为故事上说，匹拉麦斯和雪丝佩凑着墙缝彼此讲话。

史纳格　你可不能把一堵墙搬进来。你怎么说，波顿？

波　顿　让什么人扮作墙头；让他身上涂着些灰泥黏土之类，表明他是墙头；让他把手指举起做成那个样儿，匹拉麦斯和雪丝佩就可以在手指缝里低声谈话了。

衮　斯　那样的话，一切就都已齐全了。来，每个老娘的儿子都坐下来，念着你们的台词。匹拉麦斯，你开头；你说完了之后，就走进那簇树后，这样大家可以按着尾白挨次说下去。

　　　　迫克自后上。

23

迫　克　那一群凡夫俗子胆敢在仙后卧榻之旁鼓唇弄舌？哈，在那儿演戏！让我做一个听戏的吧；要是觑着机会的话，也许我还要做一个演员哩。

衮　斯　说吧，匹拉麦斯。雪丝佩，站出来。

波　顿　雪丝佩，花儿开得十分腥——

衮　斯　十分香。

波　顿　——开得十分香；

你的气息，好人儿，也是一个样。

听，那边有一个声音，你且等一等，

一会儿咱再来和你诉衷情。（下）

迫　克　请看匹拉麦斯变成了怪妖精。（下）

弗鲁脱　现在该咱说了吧？

衮　斯　是的，该你说。你得弄清楚，他是去瞧瞧什么声音去的，等一会儿就要回来。

弗鲁脱　最俊美的匹拉麦斯，脸孔红如红玫瑰，

肌肤白得赛过纯白的百合花，

活泼的青年，最可爱的宝贝，

忠心耿耿像一匹顶好的马。

匹拉麦斯，咱们在尼内[1]的坟头相会。

衮　斯　"奈纳斯的坟头"，老兄。你不要就把这句说出来，那是要你答应匹拉麦斯的；你把要你说的话不管什么尾白不尾白都一股脑儿说出来啦。匹拉麦斯，进来；你的尾白已经给你说过了，是"顶好的马"。

弗鲁脱　噢。——忠心耿耿像一匹顶好的马。

迫克重上；波顿戴驴头随上。

波　顿　美丽的雪丝佩，咱是整个儿属于你的！

衮　斯　怪事！怪事！咱们见了鬼啦！列位，快逃！快逃！救命哪！（众下）

迫　克　我要把你们带领得团团乱转，

经过一处处沼泽地、草莽和林薮；

有时我化作马，有时化作猎犬，

化作野猪、没头的熊，或是磷火；

---

[1] 尼内（Ninny）是奈纳斯（Ninus）之讹，尼尼微城的建立者。Ninny 照字面讲有"傻子"之意。

我要学马样嘶，犬样吠，猪样嚎，

熊一样的咆哮，野火一样燃烧。（下）

波　顿　他们干吗都跑走了呢？这准是他们的恶计，要把咱吓一跳。

　　　　斯诺脱重上。

斯诺脱　啊，波顿！你变了样子啦！你头上是什么东西呀？

波　顿　是什么东西？你瞧见你自己变成了一头蠢驴啦，是不是？（斯诺脱下）

　　　　袞斯重上。

袞　斯　天哪！波顿！天哪！你变啦！（下）

波　顿　咱看透他们的鬼把戏；他们要把咱当作一头蠢驴，想出法子来吓咱。
可是咱决不离开这块地方，瞧他们怎么办。咱要在这儿跑来跑去；咱
要唱个歌儿，让他们听见了知道咱可一点不怕。

（唱）

　　　山乌嘴巴黄沉沉，

　　　　浑身长满黑羽毛，

　　　画眉唱得顶认真，

　　　　声音尖细是欧鹩。

蒂妲妮霞　（醒）什么天使使我从百花的卧榻上醒来呢？

波　顿　鹈鸰，麻雀，百灵鸟，

　　　　还有杜鹃爱骂人，

　　　大家听了心头恼，

　　　　可是谁也不回声。[1]

真的，谁耐烦跟这么一只蠢鸟斗口舌呢？即使它骂你是乌龟，谁又高
兴跟他争辩呢？

蒂妲妮霞　温柔的凡人，请你唱下去吧！我的耳朵沉醉在你的歌声里，我的眼
睛又为你的状貌所迷惑；在第一次见面的时候，你的美姿已使我不禁
说出而且发誓——我爱你。

波　顿　咱想，奶奶，您这可太没有理由。不过说老实话，现今世界上理性可
真难得跟爱情碰头；也没有哪位正直的邻居大叔给他俩撮合撮合做朋

---

[1] 杜鹃下卵于他鸟的巢中，故用以喻奸夫，但其后 cuckold（由 cuckoo 化出）一字却用作
奸妇本夫的代名词。杜鹃的鸣声即为 cuckoo，不啻骂人为"乌龟"。但因闻者不能知其妻
子是否贞洁，故虽恼而不敢做声。

友，真是抱歉得很。哈，我有时也会说说笑话。

蒂妲妮霞 你真是又聪明又美丽。

波　顿 不见得，不见得。可是咱要是有本事跑出这座林子，那已经很够了。

蒂妲妮霞 请不要跑出这座林子！不论你愿不愿，你一定要留在这里。我不是一个平常的精灵，夏天永远听从我的命令；我真是爱你，因此跟我去吧。我将使神仙们侍候你，他们会从海底里捞起珍宝献给你；当你在花茵上睡去的时候，他们会给你歌唱，而且我要给你洗涤去俗体的污垢，使你轻得像个精灵一样。豆花！蛛网！飞蛾！芥子！

　　　四神仙上。

豆　花 有。

蛛　网 有。

飞　蛾 有。

芥　子 有。

四　仙 （合）差我们到什么地方去？

蒂妲妮霞　恭恭敬敬地侍候这先生，

　　　　　　蹦蹦跳跳地追随他前行；

　　　　　　给他吃杏子、鹅莓和桑葚，

　　　　　　紫葡萄和无花果儿青青。

　　　　　　去把野蜂的蜜囊儿偷取，

　　　　　　剪下蜂股的蜜蜡做烛炬，

　　　　　　在流萤的火睛里点了火，

　　　　　　照着我的爱人晨兴夜卧；

　　　　　　再摘下彩蝶儿粉翼娇红。

　　　　　　扇去他眼上的月光溶溶。

　　　　　　来，向他鞠一个深深的躬。

四　仙 （合）万福，凡人！

波　顿 请你们列位先生多多担待担待在下。请教大号是——？

蛛　网 蛛网。

波　顿 很希望跟您交个朋友，好蛛网先生；要是咱指头儿割破了的话，咱要大胆用您[1]。善良的先生，您的尊号是——？

豆　花　豆花。

波　顿　啊，请多多给咱向您令堂豆荚奶奶和令尊豆壳先生致意。好豆花先生，咱也很希望跟您交个朋友。先生，您的雅号是——？

芥　子　芥子。

波　顿　好芥子先生，咱知道您是个饱历艰辛的人；那块庞大无比的牛肉曾经把您家里好多人都吞去了。不瞒您说，您的亲戚们曾经把咱辣出泪水来。咱希望跟您交个朋友，好芥子先生。

蒂妲妮霞　来，侍候着他，引路到我的闺房。

　　月亮今夜有一颗多泪的眼睛；

　　小花们也都陪着她眼泪汪汪，

　　悲悼一些失去了的童贞。

　　吩咐那好人静静走不许做声。（同下）

第二场　林中的另一处

奥白朗上。

奥白朗　不知道蒂妲妮霞有没有醒来；等她醒来的时候，她就要猛烈地爱上她第一眼看到的无论什么东西了。这边来的是我的使者。

　　迫克上。

奥白朗　啊，疯狂的精灵！在这座夜的魔林里现在有什么事情发生？

迫　克　娘娘爱上了一个怪物了。当她昏昏睡熟的时候，在她的隐秘的神圣的卧室之旁，来了一群村汉；他们都是在雅典市集上做工过活的粗鲁的手艺人，聚集在一起练着戏，预备在提修斯结婚的那天表演。在这一群蠢货的中间，一个最蠢的蠢材扮演着匹拉麦斯；当他退场而走进一簇丛林里去的时候，我就抓住了这个好机会，给他的头上罩上一头死驴的头壳。一会儿他因为必须去答应他的雪丝佩，所以这位好伶人又出来了。他们一看见了他，就像雁子望见了蹑足行近的猎人，又像一

---

[1] 俗云蛛丝能止血。

莎士比亚喜剧集

大群灰鸦听见了枪声，轰然飞起乱叫，四散着横扫过天空一样，大家没命逃走了；又因为我们的跳舞震动了地面，一个个横仆竖倒，嘴里乱喊着救命。他们本来就是那么糊涂，这回吓得完全丧失了神智，没有知觉的东西也都来欺侮他们了：野茨和荆棘抓破了他们的衣服；有的失去了袖子，有的落掉了帽子，败军之将，无论什么东西都是予取予求的。在这种惊惶中我领着他们走去，把变了样子的可爱的匹拉麦斯孤单地留下，就在那时候，蒂妲妮霞醒了转来，立刻就爱上了一头驴子了。

奥白朗　这比我所能想得到的计策还好。但是你有没有依照我的吩咐，把那爱汁滴在那个雅典人的眼上呢？

迫　克　那我也已经乘他睡熟的时候办好了。那个雅典女人就在他的身边，因此他一醒来，一定便会看见她。

第米屈律斯及黑美霞上。

奥白朗　站住，这就是那雅典人。

迫　克　这女人一点也不错；那男人可不是。

第米屈律斯　唉！为什么你这样骂着深爱你的人呢？那种毒骂是应该加在你仇敌身上的。

黑美霞　现在我不过把你数说数说罢了；我应该更厉害地对付你，因为我相信你是可诅咒的。要是你已经乘着莱散特睡着的时候把他杀了，那么把我也杀了吧；已经两脚踏在血泊中，索性让杀人的血淹没你的膝盖吧。太阳对于白昼，也没有像他对于我那样的忠心。当黑美霞睡熟的时候，他会悄悄地离开她吗？我宁愿相信地球的中心可以穿成孔道，月亮会从里面钻了过去，在地球的那一端跟她兄长的白昼捣乱。[1]一定是你已经把他杀死了；因为只有杀人的凶徒，脸上才会这样惨白而可怖。

第米屈律斯　被杀者的脸色应该是这样的，你的残酷已经洞穿我的心，因此我应该有那样的脸色；但是你这杀人的，却瞧上去仍然是那么辉煌莹洁，就像那边天上闪耀着的维纳斯一样。

黑美霞　你这种话跟我的莱散特有什么关系？他在哪里呀？啊，好第米屈律斯，把他还给了我吧！

---

[1] 月神妃琵（Phoebe）是太阳神腓勃斯（Phoebus）的妹妹。

第米屈律斯　我宁愿把他的尸体喂我的猎犬。

黑美霞　滚开，贱狗！滚开，恶狗！你使我再也忍不住了。你真的把他杀了吗？从此之后，别再把你算作人吧！啊，看在我的面上，老老实实告诉我，告诉我，你，一个清醒的人，看见他睡着，而把他杀了吗？哎哟，真勇敢！一条蛇、一条毒蛇，都比不上你；因为它的分叉的毒舌，还不及你的毒心更毒！

第米屈律斯　你的脾气发得好没来由。我并没有杀死莱散特，他也并没有死，照我所知道的。

黑美霞　那么请你告诉我他是安全的。

第米屈律斯　要是我告诉你，我将得到什么好处呢？

黑美霞　你可以得到永远不再看见我的权利。我从此离开你那可憎的脸；无论他死也罢活也罢，你再不要和我相见。（下）

第米屈律斯　在她这样盛怒之中，我还是不要跟着她。让我在这儿暂时停留一会儿。

　　睡眠欠下了沉忧的债，[1]

　　心头加重了沉忧的担；

　　我且把黑甜乡暂时寻访，

　　还了些还不尽的糊涂账。（卧下睡去）

奥白朗　你干了些什么事呢？你已经大大地弄错了，把爱汁去滴在一个真心的恋人的眼上。为了这次错误，本来忠实的将要变了心肠，而不忠实的仍旧和以前一样。

迫　克　一切都是命运在做主；保持着忠心的不过一个人；变心的，把盟誓起了一个毁了一个的，却有百万个人。

奥白朗　比风还快地到林中各处去访寻名叫海伦娜的雅典女郎吧。她是全然为爱情而憔悴的，痴心的叹息耗去了她脸上的血色。用一些幻象把她引到这儿来：我将在他的眼睛上施上魔法，准备他们的见面。

迫　克　我去，我去，瞧我一会儿便失了踪迹；

　　鞑靼人的飞箭都赶不上我的迅疾。（下）

奥白朗　这一朵紫色的小花，

_____

[1] 此句意义很曲折，大意谓沉忧唯睡眠可以补偿，但因沉忧过多，而睡眠不足，故睡眠负沉忧之债。

尚留着爱神的箭疤，
让它那灵液的力量，
渗进他眸子的中央。
当他看见她的时光，
让她显出庄严妙相，
如同金星照亮天庭，
让他向她婉转求情。

迫克重上。

迫　克　报告神仙界的头脑，
海伦娜已被我带到，
她后面随着那少年，
正在哀求着她眷怜。
瞧瞧那痴愚的形状，
人们真蠢得没法想！

奥白朗　站开些；他们的声音
将要惊醒睡着的人。

迫　克　两男合爱着一女，
这把戏已够有趣；
最妙是颠颠倒倒，
看着才叫人发笑。

莱散特及海伦娜上。

莱散特　为什么你要以为我的求爱不过是向你嘲笑呢？嘲笑和戏谑是永不会伴着眼泪而来的；瞧，我在起誓的时候，是多么感泣着！这样的誓言是不会被人认作虚诳的。明明有着可以证明是千真万确的，为什么你会以为我这一切都出于讪笑呢？

海伦娜　你越来越俏皮了。要是人们所说的真话都是互相矛盾的，那么相信哪一句话好呢？这些誓言都是应当向黑美霞说的；难道你把她丢弃了吗？把你对她和对我的誓言放在两个秤盘里，一定称不出轻重来，因为都是像空话那样虚浮。

莱散特　当我向她起誓的时候，我实在一点见识都没有。

海伦娜　照我想来，你现在把她丢弃了也不像是有见识的。

莱散特 第米屈律斯爱着她，但他不爱你。

第米屈律斯 （醒）啊，海伦！完美的女神！圣洁的仙子！我要用什么来比并你的秀眼呢，我的爱人？水晶是太昏暗了。啊，你的嘴唇，那吻人的樱桃，瞧上去是多么成熟，多么诱人！你一举起你那洁白的妙手，被东风吹着的滔勒斯[1]高山上的积雪，就显得像乌鸦那么黯黑了。让我吻一吻那纯白的女王，这幸福的象征吧！

海伦娜 唉，倒霉！该死！我明白你们都在拿我取笑；假如你们是懂得礼貌和有教养的人，一定不会这样侮辱我。我知道你们都讨厌着我，那么就讨厌我好了，为什么还要联合起来讥讽我呢？你们瞧上去都像堂堂男子，如果真是堂堂男子，就不该这样对待一个有身份的妇女：发着誓，赌着咒，过誉着我的好处，但我可以断定你们的心里却在讨厌我。你们两人一同爱着黑美霞，现在转过身来一同把海伦娜嘲笑，真是大丈夫的行为，为着取笑的缘故逼一个可怜的女人流泪！高尚的人决不会这样轻侮一个闺女，逼到她忍无可忍，只是因为给你们寻寻开心。

莱散特 你太残忍，第米屈律斯，不要这样，因为你爱着黑美霞，这你知道我是十分明白的。现在我用全心和好意把我在黑美霞的爱情中的地位让给你；但你也得把海伦娜让给我，因为我爱她，并且将要爱她到死。

海伦娜 从来不曾有过嘲笑者浪费过这样无聊的口舌。

第米屈律斯 莱散特，保留着你的黑美霞吧，我不要，要是我曾经爱过她，那爱情现在也已经消失了。我的爱不过像过客一样暂时驻留在她的身上，现在它已经回到它的永远的家，海伦娜的身边，再不到别处去了。

莱散特 海伦娜，他的话是假的。

第米屈律斯 不要侮蔑你所不知道的真理，否则你将以生命的危险重重补偿你的过失。瞧！你的爱人来了；那边才是你的爱人。

黑美霞上。

黑美霞 黑夜使眼睛失去它的作用，但却使耳朵的听觉更为灵敏。我的眼睛不能寻到你，莱散特；但多谢我的耳朵，使我能听见你的声音。你为什么那样忍心地离开了我呢？

莱散特 爱情驱着一个人走的时候，为什么他要滞留呢？

---

[1] 滔勒斯，小亚细亚山脉名。

黑美霞　哪一种爱情能把莱散特驱开我的身边？

莱散特　莱散特的爱情使他一刻也不能停留，美丽的海伦娜，她照耀着夜天，使一切明亮的繁星黯然无色。为什么你要来寻找我呢？难道这还不能使你知道我为厌恶你的缘故，才这样离开了你吗？

黑美霞　你说的不是真话；那不会是真的。

海伦娜　瞧！她也是他们的一党。现在我明白了他们三个人一起联合了用这种恶戏欺凌我。欺人的黑美霞！最没有良心的丫头！你竟然和这种人一同算计着向我开这种卑鄙的玩笑作弄我吗？难道我们两人从前的种种推心置腹，约为姊妹的盟誓，在一起怨恨疾足的时间这样快便把我们拆分的那种时光，啊！都已经忘记了吗？我们在同学时的那种情谊，一切童年的天真，都已经完全在脑后了吗？黑美霞，我们两人曾经像两个精巧的针神，在一起绣着同一朵花，描着同一个图样，我们同坐在一个垫上，齐声地曼吟着同一个歌儿，就像我们的手、我们的身体、我们的声音、我们的思想，都是连在一起不可分的样子。我们这样生长在一起，正如并蒂的樱桃，看似两个，其实却连生在一起；我们是结在同一茎上的两颗可爱的果实，我们的身体虽然分开，我们的心却只有一个。难道你竟把我们从前的友好丢弃不顾，而和男人们联合着嘲弄你的可怜的朋友吗？这种行为太没有朋友的情谊，而且也不合一个少女的身份。不单是我，我们全体女人都可以攻击你，虽然受到委屈的只是我一个。

黑美霞　你这种愤激的话真使我惊奇。我并没有嘲弄你；似乎你在嘲弄我哩。

海伦娜　你不曾唆使莱散特跟随我，假意称赞我的眼睛和面孔吗？你那另一个爱人，第米屈律斯，不久之前还曾要用他的脚踢开我，你不曾使他称我为女神、仙子，神圣而稀有的、珍贵的、超乎一切的人吗？为什么他要向他所讨厌的人说这种话呢？莱散特的灵魂里是充满了你的爱的，为什么他反而要摈斥你，却要把他的热情奉献给我，倘不是因为你的指使，因为你们曾经预先商量好？即使我不像你那样得人爱怜，那样被人追求不舍，那样好幸运，而是那样倒霉，因为得不到我所爱的人的爱情，那和你又有什么关系呢？你应该可怜我而不应该侮蔑我的。

黑美霞　我不懂得你说这种话的意思。

海伦娜　好，尽管装腔下去，扮着这一副苦脸，等到我一转背，就要向我做嘴脸了；大家彼此眯眯眼睛，把这个绝妙的玩笑尽管开下去吧，将来会记载在历史上的。假如你们是有同情心，懂得礼貌的，就不该把我当作这样的笑柄。再会吧；一半也是我自己的不好，死别或生离不久便可以补赎我的错误。

莱散特　不要走，温柔的海伦娜！听我解释。我的爱！我的生命！我的灵魂！美丽的海伦娜！

海伦娜　多好听的话！

黑美霞　亲爱的，不要那样嘲笑她。

第米屈律斯　要是她的恳求不能使你不说那种话，我将强迫你闭住你的嘴。

莱散特　她也不能恳求我，你也不能强迫我。你的威胁和她的软弱的祷告同样没有力量。海伦，我爱你！凭着我的生命起誓，我爱你！谁说我不爱你的，我愿意用我的生命证明他说谎；为了你我是乐意把生命捐弃的。

第米屈律斯　我说我比他更爱你得多。

莱散特　要是你这样说，那么把剑拔出来证明一下吧。

第米屈律斯　好，快些，来！

黑美霞　莱散特，这一切究竟是怎么一回事呢？

莱散特　走开，你这黑奴 [1]！

第米屈律斯　你可不能骗我而自己逃走；假意说着来，却在准备乘机溜去。你是个不中用的汉子，去吧！

莱散特　（向黑美霞）放开手，你这猫！你这牛蒡子 [2]！贱东西，放开手！否则我要像撵走一条蛇那样撵走你了。

黑美霞　为什么你变得这样凶暴？究竟是什么缘故呢，爱人？

莱散特　你的爱人！走开，黑鞑子！走开！可厌的毒物，给我滚吧！

黑美霞　你还是在开玩笑吗？

海伦娜　是的，你也是。

莱散特　第米屈律斯，我一定不失信于你。

第米屈律斯　你的话可有些不能算数，因为人家的柔情在牵系住你。我可信不

---

[1] 原文"You Ethiop！"因黑美霞肤色微黑，故云。第二幕中有"把一只乌鸦换一头白鸽"之语，亦此意；海伦娜肤色白皙，故云白鸽也。

[2] 牛蒡（burdock）所结的子，上有针刺，易攀附人衣。

莎士比亚喜剧集

过你的话。

莱散特　什么！难道要我伤害她、打她、杀死她吗？虽然我厌恨她，我还不至于这样残忍。

黑美霞　啊！还有什么事情比之你厌恨我更残忍呢？厌恨我！为什么呢？天哪！究竟是怎么一回事呢，我的好人？难道我不是黑美霞了吗？难道你不是莱散特了吗？我现在生得仍旧跟以前一个样子，就在这一夜里你还曾爱过我；但就在这一夜里你离开了我。那么你真的——唉，天哪！——存心离开我吗？

莱散特　一点不错，而且再不要看见你的脸了；因此你可以断了念头，不必疑心，我的话是千真万确的：我厌恨你，我爱海伦娜，一点不是开玩笑。

黑美霞　天啊！你这骗子！你这花中的蛀虫！你这爱情的贼！哼！你趁着黑夜，悄悄地把我的爱人的心偷了去吗？

海伦娜　真好！难道你一点女人家的羞耻都没有，一点不晓得难为情了吗？哼！你一定要引得我破口说出难听的话来吗？哼！哼！你这装腔作势的人！你这给人家愚弄的小玩偶！

黑美霞　小玩偶！噢，原来如此。现在我才明白了她把她的身材跟我比较；她自夸她生得长，用她那身材，那高高的身材，赢得了他的心。因为我生得矮小，所以他便把你看得高不可及了吗？我是怎样一个矮法？你这涂脂抹粉的花棒儿！请你说，我是怎样矮法？矮虽矮，我的指爪还挖得着你的眼珠哩！

海伦娜　先生们，虽然你们都在嘲弄我，但我求你们别让她伤害我。我从来不曾使过性子，我也完全不懂得怎样跟人家闹架儿；我是一个胆小怕事的女子，不要让她打我。也许你们以为她比我生得矮些，我可以打得过她。

黑美霞　生得矮些！听，又来了！

海伦娜　好黑美霞，不要对我这样凶！我一直是爱你的，黑美霞，有什么事总跟你商量，从来不曾对你做过欺心的事；除了这次，为了对于第米屈律斯的爱情的缘故，我把你私奔到这座林中的事告诉了他。他追踪着你；为了爱，我又追踪着他；但他一直是斥骂着我，威吓着说要打我、踢我，甚至于要杀死我。现在你让我悄悄走了吧；我愿带着我的愚蠢回到雅典去，不再跟着你们了。让我走；你瞧我是多么傻多么痴心！

黑美霞　好，你走就走吧，谁在拦住你？

海伦娜　一颗发痴的心，但我把它丢弃在这里了。

黑美霞　噢，给了莱散特了是不是？

海伦娜　不，是第米屈律斯。

莱散特　不要怕，她不会伤害你的，海伦娜。

第米屈律斯　当然不会的，先生；即使你帮着她也不要紧。

海伦娜　哪，她一发起怒来，真是又凶又狠。在学校里她就是出名的母老虎；长得很小的时候，便已是那么凶了。

黑美霞　又是"很小"！老是矮啊小啊的说个不住！为什么你让她这样讥笑我呢？让我跟她拼命去。

莱散特　滚开，你这矮子！你这发育不全的三寸丁！你这小珠子！你这小青豆！

第米屈律斯　她用不着你的帮忙，因此不必那样乱献殷勤。让她去；不许你嘴里再提到海伦娜。要是你再略为向她献媚一下，就请你当心着吧！

莱散特　现在她已经不再拉住我了；你要是有胆子，跟我来吧，我们倒要试试看究竟海伦娜该属于谁。

第米屈律斯　跟你来！嘿，我要和你并着肩走呢。（莱散特、第米屈律斯二人下）

黑美霞　你，小姐，这一切的纷扰都是因为你的缘故。哎，别逃啊！

海伦娜　我怕你，我不敢跟脾气这么大的你在一起。打起架来，你的手比我快得多；但我的腿比你长些，逃起来你追不上我。（下）

黑美霞　我简直莫名其妙，不知道要说些什么话好。（下）

奥白朗　这是你的大意所致；倘不是因为你弄错了，一定是你故意在捣蛋。

迫　克　相信我，仙王，是我弄错了，你不是对我说只要认清楚那人穿着雅典人的衣裳？照这样说起来我完全不曾错，因为我是把花汁滴在一个雅典人的眼上。事情会弄到这样我是满快活的，因为他们的吵闹看着怪有趣味。

奥白朗　你瞧这两个恋人找地方打架去了。因此，罗宾，快去把夜天遮暗了；你就去用像冥河的水一样黑的浓雾盖住星空，再引这两个气势汹汹的仇人迷失了路，不要让他们碰在一起。有时你学着莱散特的声音痛骂第米屈律斯，有时学着第米屈律斯的样子斥责莱散特：用这种法子把他们两两分开，直到他们奔波得精疲力竭，死一样的睡眠拖着同样沉重的腿和蝙蝠的翅膀爬上了他们的额上，然后你把这草挤出汁来涂在莱散特的眼睛上，它能够解去一切的错误，使他的眼睛恢复从前的眼光。等他们醒来之后，这一切的戏谑，就会像是一场梦境或是空虚的幻象；这一班恋人们便将回到雅典去，一同走着无穷的人生的路程直到死去。在我差遣你去做这件事的时候，我要去访问我的王后，向她讨那个印度孩子，然后我要解除她眼中所见的怪物的幻觉，一切事情都将和平解决。

迫　克　这事我们必须赶早办好，主公，
　　　　因为黑夜已经驾起他的飞龙；
　　　　晨星，黎明的先驱，已照亮苍穹；
　　　　一个个鬼魂四散地奔返殡宫；
　　　　还有那横死的幽灵抱恨长终，
　　　　道旁水底有他们的白骨成丛，
　　　　为怕白昼揭破了丑恶的形容，
　　　　早已向重泉归寝相伴着蛆虫；
　　　　他们永远照不到日光的融融，
　　　　只每夜在暗野里凭吊着凄风。

奥白朗　但你我可完全不能比并他们；
　　　　晨光中我惯和猎人一起游巡，
　　　　如同林居人一样踏访着丛林；
　　　　即使东方开启了火红的天门，
　　　　大海上照耀万道灿烂的光针，
　　　　青碧的巨浪化成了一片黄金。
　　　　但我们应该早早办好这事情，
　　　　最好别把它拖延着直到天明。（下）

迫　克　奔到这边来，奔到那边去；
　　　　我要领他们，奔来又奔去。
　　　　林间和市上，无人不怕我；
　　　　我要领他们，走尽林中路。
　　　　这儿来了一个。

　　　　莱散特重上。

莱散特　你在哪里，骄傲的第米屈律斯？说出来！

迫　克　在这儿，恶徒！把你的剑拔出来准备着吧。你在哪里？

莱散特　我立刻就过来。

迫　克　那么跟我来吧，到平坦一点的地方。（莱散特随声音下）

　　　　第米屈律斯重上。

第米屈律斯　莱散特，你再开口啊！你逃走了，你这懦夫！你逃走了吗？说话
　　　　呀！躲在哪一堆树丛里吗？你躲在哪里呀？

迫　克　你这懦夫！你在向星星们夸口，向树林子挑战，但是却不敢过来吗？
　　　　来，卑怯汉！来，你这小孩子！我要好好抽你一顿。谁要跟你比剑才
　　　　真倒霉！

第米屈律斯　呀，你在那边吗？

迫　克　跟我的声音来吧；这儿不是适宜我们战斗的地方。（同下）

　　　　莱散特重上。

莱散特　他走在我的前头，老是挑拨着我上前；一等我走到他叫喊着的地方，
　　　　他又早已不在。这个坏蛋比我脚步快得多，我越是追得快，他可逃走
　　　　得更快，使我在黑暗崎岖的路上绊跌了一跤让我在这儿休息一下吧。
　　　　（躺下）来吧，你仁心的白昼！只要你一露出你的一线灰白的微光，
　　　　我就可以看见第米屈律斯而洗雪这次仇恨了。（睡去）

　　　　迫克及第米屈律斯重上。

迫　克　哈！哈！哈！懦夫！你为什么不来？

第米屈律斯　要是你有胆量的话，等着我吧；我全然明白你跑在我前面，从这
　　　　儿窜到那儿，不敢站住，也不敢当着我的面，你现在在什么地方？

迫　克　过来，我在这儿。

第米屈律斯　哼，你在摆布我。要是天亮了我看见你的面孔，你好好地留点儿
　　　　神；现在，去你的吧！疲乏逼着我倒下在这寒冷的地上，等候着白天
　　　　的降临。（躺下睡去）

　　　　海伦娜重上。

海伦娜　疲乏的夜啊！冗长的夜啊！减少一些你的时辰吧！从东方出来的安
　　　　慰，快照耀起来吧！好让我借着晨光回到雅典去，离开这一群人，他
　　　　们大家都讨厌可怜的我。慈悲的睡眠，有时你闭上了悲伤的眼睛，求
　　　　你暂时让我忘却了自己的存在吧！（躺下睡去）

37

迫　克　两男加两女，四个无错误；

三个已在此，一人在何处？

哈哈她来了，满脸愁云罩；

爱神真不好，惯惹人烦恼！

黑美霞重上。

黑美霞　从来不曾这样疲乏过，从来不曾这样伤心过！我的身上沾满了露水，我的衣裳被荆棘所抓破；我跑也跑不动，爬也爬不动了；我的两条腿再也不能听从我的心愿。让我在这儿休息一下以待天明。要是他们真要格斗的话；愿天保佑莱散特吧！（躺下睡去）

迫　克　梦将残，睡方酣，

神仙药，祛幻觉，

百般迷梦全消却。（挤草汁于莱散特眼上）

醒眼见，旧人脸，

乐满心，情不禁，

从此欢爱复深深。

一句俗语说得好，

各人各有各的宝，

待你醒来就知晓：

哥儿爱姐儿，

两两无参差；

失马复得马，

一场大笑话！（下）

第四幕

第一场 林中 莱散特、第米屈律斯、海伦娜、黑美霞酣睡未醒

> 蒂妲妮霞及波顿上，众仙随侍；奥白朗潜随其后。

蒂妲妮霞 来，坐下在这花床上。我要爱抚你的可爱的脸颊；我要把麝香玫瑰插在你柔软光滑的头颅上；我要吻你的美丽的大耳朵，我的温柔的宝贝！

波　顿 豆花呢？

豆　花 有。

波　顿 替咱把头搔搔，豆花儿。蛛网先生在哪儿？

蛛　网 有。

波　顿 蛛网先生，好先生，把您的刀拿好，替咱把那蓟草叶尖上的红屁股的野蜂儿杀了；然后，好先生，替咱把蜜囊儿拿来。干那事的时候可别太性急，先生；而且，好先生，当心别把蜜囊儿给弄破了；要是您在蜜囊里头淹死了，那咱可不很乐意，先生。芥子先生在哪儿？

芥　子 有。

波　顿 把您的小手儿给我，芥子先生。请您不用多礼了吧，好先生。

芥　子 你有什么吩咐？

波　顿 没有什么，好先生，只是帮蛛网君替咱搔搔痒。咱一定得理发去，先生，因为咱觉得脸上毛得很，咱是一头感觉非常灵敏的驴子，要是一根毛把咱触痒了，咱就非得搔一下子不可。

蒂妲妮霞 你要不要听一些音乐，我的好人？

波　顿 咱很懂得一点儿音乐。咱们来一下子锣鼓吧。

莎士比亚喜剧集

蒂妲妮霞　好人，你要吃些什么呢？

波　顿　真的，来一堆刍秣草；好干草，美味的干草，什么也比不上它。

蒂妲妮霞　我有一个善于冒险的小神仙，可以给你到松鼠的仓里取下些新鲜的榛栗来。

波　顿　咱宁可吃一把两把干豌豆。但是谢谢您，吩咐您那些人们别惊动咱吧，咱想要睡他妈的一觉。

蒂妲妮霞　睡吧，我要把你抱在我的臂中。神仙们，往各处散开去吧。（众仙下）菟丝也正是这样温柔地缠附着芬芳的金银花；女萝也正是这样缭绕着榆树的臂枝。啊，我是多么爱你！我是多么热恋着你！（同睡去）迫克上。

奥白朗　（上前）欢迎，好罗宾！你见没见这种可爱的情景？我对于她的痴恋开始有点不忍了。刚才我在树林后面遇见她正在为这个可憎的蠢货找寻爱情的礼物，我就谴责她，因为那时她把芬芳的鲜花制成花环，环绕着他那毛茸茸的额角；原来在嫩蕊上晶莹饱满，如同东方的明珠一样的露水，如今却含在那一朵朵美艳的小花的眼中，像是盈盈欲泣的眼泪，痛心着它们所受的耻辱。我把她尽情嘲骂一番之后，她低声下气地请求我息怒，于是我便乘机向她索讨那个换儿；她立刻把他给了我，差她的仙侍把他送到了我的寝宫里。现在我已经弄到手了这个孩子，我将解去她眼中这种可憎的迷惑。好迫克，你去把这雅典村夫头上的变形的头盖揭下，好让他和大家一同醒来的时候，可以回到雅典去，把这晚间一切发生的事，只当作一场梦魇。但是先让我给仙后解去了魔法吧。（以草触她的眼睛）

同复你原来的本性，

解去你眼前的幻景；

这一朵女贞花采自月姊园庭，

它会使爱情的小卉失去功能。

喂，我的蒂妲妮霞，醒醒吧，我的好王后！

蒂妲妮霞　我的奥白朗！我看见了怎样的幻景！好像我爱上了一头驴子啦。

奥白朗　那边就是你的爱人。

蒂妲妮霞　这一切事情怎么会发生的呢？啊，现在我看见他的样子是多么惹气！

奥白朗　静一会儿。罗宾，把他的头壳揭下了。蒂妲妮霞；叫他们奏起音乐来吧，让这五个人睡得全然失去了知觉。

蒂妲妮霞　来，奏起催眠的乐声柔婉！（音乐）

迫　克　等你一醒来的时候，蠢汉，

用你自己的傻眼睛瞧看。

奥白朗　奏下去，音乐！来，我的王后，让我们携手同行，让我们的舞蹈震动
这些人睡着的地面。现在我们已经言归于好，明天夜半将要一同到提
修斯公爵的府中跳着庄严的欢舞，祝福他家繁荣昌盛。这两对忠心的
恋人也将在那里和提修斯同时举行婚礼，大家心中充满了喜乐。

迫　克　仙王，仙王，留心听，

我听见云雀歌吟。

奥白朗　王后，让我们静静

追随着夜的踪影；

我们环绕着地球，

快过明月的光流。

蒂妲妮霞　夫君，请你在一路

告诉我一切缘故，

这些人来自何方，

当我熟睡的时间。（同下。幕内号角声）

提修斯、喜坡丽妲、伊及斯及侍从等上。

提修斯　你们中间谁去把猎奴唤来。我们已把五月节的仪式遵行，现在还不过
是清晨，我的爱人应当听一听猎犬的音乐。把它们放在西面的山谷里；
快去把猎奴唤来。美丽的王后，让我们到山顶上去，领略着猎犬们的
吠叫和山谷中的回声应和在一起的妙乐吧。

喜坡丽妲　我曾经同赫邱里斯和凯特麦斯一起在克利脱林中行猎，[1] 他们用斯
巴达的猎犬追赶着巨熊，那种雄壮的吠声我真是第一次听到；除了丛
林之外，天空和群山，以及一切附近的区域，似乎混成了一片交互的
呐喊。我从来不曾听见过那样谐美的喧声，那样悦耳的雷鸣。

提修斯　我的猎犬也是斯巴达种，一样的颊肉下垂，一样的黄沙的毛色；它们
的头上垂着两片挥拂晨露的耳朵；它们的膝骨是弯曲的，并且像西萨

---

[1] 凯特麦斯（Cadmus）是底比斯（Thebes）的第一个国王。克利脱（Crete）为地中海岛名。

利[1]种的公牛一样喉头长着赘肉。它们在追逐时不很迅速，但它们的吠声彼此高下相应，就像钟声那样合调。无论在克利脱，斯巴达，或是西萨利，都不曾有过这么一队吠得更好听的猎犬；你听见了之后便可以自己判断。但是且慢！这些都是什么仙女？

伊及斯　殿下，这儿躺着的是我的女儿；这是莱散特；这是第米屈律斯；这是海伦娜，奈达老人的女儿。我不知道他们怎么都这在儿。

提修斯　他们一定早起守五月节，因为闻知了我们的意旨，所以赶到这儿来参加我们的典礼。但是，伊及斯，今天不是黑美霞应该决定她的选择的日子吗？

伊及斯　是的，殿下。

提修斯　去，叫猎奴们吹起号角来惊醒他们。（幕内号角及呐喊声；莱散特、第米屈律斯、黑美霞、海伦娜四人惊醒跳起）早安，朋友们！情人节早已过去了，你们这一辈林鸟到现在才配起对来吗？[2]

莱散特　请殿下恕罪！（偕余人并跪下）

提修斯　请你们站起来吧。我知道你们两人是对头冤家，怎么会变得这样和气，大家睡在一块儿，没有一点猜忌了呢？

莱散特　殿下，我现在还是糊里糊涂，不知道应当怎样回答您的问话；但是我敢发誓说我真的不知道怎么会在这儿；但是我想——我要说老实话，我现在记起来了，一点不错，我是和黑美霞一同到这儿来的；我们想要逃出雅典，避过了雅典法律的峻严，我们便可以——

伊及斯　够了，够了，殿下；话已经说得够了。我要求依法，依法惩办他。他们打算，他们打算逃走，第米屈律斯，他们打算用那种手段欺弄我们，使你的妻子落了空，使我给你的允许也落了空。

第米屈律斯　殿下，海伦娜告诉了我他们的出奔，告诉了我他们到这儿林中来的目的；我在盛怒之下追踪他们，同时海伦娜因为痴心的缘故也追踪着我。但是，殿下，我不知道一种什么力量——但一定是有一种力量——使我对于黑美霞的爱情会像霜雪一样融解，现在想起来就像一段童年时所爱好的一件玩物的记忆一样；我一切的忠信，一切的心思，一切乐意的眼光，都是属于海伦娜一个人了。我在没有认识黑美霞之

---

[1] 西萨利（Thessaly），希腊地名。

[2] 情人节（St.Valentine's Day）在 2 月 14 日，众鸟于是日择偶。

前，殿下，就已经和她订过盟约；但正如一个人在生病的时候一样，我厌弃着这一道珍馐，等到健康恢复，就会恢复了正常的胃口。现在我希求着她，珍爱着她，思慕着她，将要永远忠心于她。

提修斯 俊美的恋人们，我们相遇得很巧；等会儿我们便可以再听你们把这段话讲下去。伊及斯，你的意志只好屈服一下了；这两对少年不久便将跟我们一起在庙堂中缔结永久的鸳盟。现在清晨快将过去，我们本来准备的行猎只好中止。跟我们一起到雅典去吧；三三成对地，我们将要大张盛宴。来，喜坡丽姐。（提修斯、喜坡丽妲、伊及斯及侍从下）

第米屈律斯 这些事情似乎微细而无从捉摸，好像化为云雾的远山一样。

黑美霞 我觉得好像这些事情我都用昏花的眼睛看着，一切都化作了层叠的两重似的。

海伦娜 我也是这样想。我得到了第米屈律斯，像是得到了颗宝石，好像是我自己的，又好像不是我自己的。

第米屈律斯 你们真能断定我们现在是醒着吗？我觉得我们还是在睡着做梦。你们是不是以为公爵在这儿，叫我们跟他走吗？

黑美霞 是的，我的父亲也在。

海伦娜 还有喜坡丽姐。

莱散特 他确曾叫我们跟他到庙里去。

第米屈律斯 那么我们真的已经醒了。让我们跟着他走；一路上讲着我们的梦。

（同下）

波　顿 （醒）轮到咱的尾白的时候，请你们叫咱一声，咱就会答应；咱下面的一句是，"最美丽的匹拉麦斯。"喂！喂！彼得·袞斯！弗鲁脱，修风箱的！斯诺脱，补锅子的！司他巫林！他妈的！悄悄地溜走了，把咱撇下在这儿一个人睡觉吗？咱做了一个奇怪得了不得的梦。没有人说得出那是怎样的一个梦；要是谁想把这个梦解释一下，那他一定是一头驴子。咱好像是——没有人说得出那是什么东西；咱好像是——咱好像有——但要是谁敢说出来咱好像有什么东西，那他一定是一个蠢材。咱那个梦啊，人们的眼睛从来没有听到过，人们的耳朵从来没有看见过，人们的手也尝不出来是什么味道，人们的舌头也想不出来是什么道理，人们的心也说不出来究竟那是怎样的一个梦。咱要叫彼得·袞斯给咱写一首歌儿咏一下这个梦，题目就叫作"波顿的梦"；

咱要在演完戏之后当着公爵大人的面前唱这个歌——或者还是等咱死了之后再唱吧。（同下）

第二场　雅典　衮斯的家中

衮斯、弗鲁脱、斯诺脱、司他巫林上。

衮　斯　你们差人到波顿家里去过了吗？他还没有回家吗？

司他巫林　一点消息都没有。他准是给妖精拐了去了。

弗鲁脱　要是他不回来，那么咱们的戏就要搁起来啦；它不能再演下去，是不是？

衮　斯　那当然演不下去喽；整个雅典城里除了他之外就没有第二个人可以演匹拉麦斯。

弗鲁脱　谁也演不了；他在雅典手艺人中间简直是最聪明的一个。

衮　斯　对，而且也是顶好的人；他有一副好喉咙，吊起膀子来真是顶呱呱的。

弗鲁脱　你说错了，你应当说"吊嗓子"。吊膀子，老天爷！那是一件难为情的事。

史纳格上。

史纳格　列位，公爵大人刚从庙里出来，还有两三位贵人和小姐们也在同时结了婚。要是咱们的玩意儿能够干下去，咱们一定大家都有好处。

弗鲁脱　哎呀，可爱的波顿好家伙！他从此就不能再拿到六便士一天的恩俸了。他准可以拿到六便士一天的。咱可以赌咒公爵大人见了他扮演匹拉麦斯，一定会赏给他六便士一天。他应该可以拿到六便士一天的；扮演了匹拉麦斯，应该拿六便士一天，少一个子儿都不行。

波顿上。

波　顿　孩儿们在什么地方？心肝们在什么地方？

衮　斯　波顿！哎呀，顶好顶好的日子，顶吉利顶吉利的时辰！

波　顿　列位，咱要讲古怪事儿给你们听，可不许问咱什么事；要是咱对你们说了，咱不算是真的雅典人。咱要把一切全都告诉你们，一个字也不漏掉。

衮　斯　讲给咱们听吧，好波顿。

波　顿　关于咱自己的事可一个字也不能告诉你们。咱要报告给你们知道的是，公爵大人已经用过正餐了。把你们的行头收拾起来，胡须上要用坚牢的穿绳，舞靴上要结簇新的缎带；在宫门前集合；各人温熟了自己的台词；总而言之一句话，咱们的戏已经送上去了。无论如何，可得叫雪丝佩穿一件干净一点的衬衫；还有扮演狮子的那位别把指甲修去，因为那是要露出在外面当作狮子的脚爪的。顶要紧的，列位老板们，别吃洋葱和大蒜，因为咱们可不能把人家熏倒了胃口；咱一定会听见他们说，"这是一出风雅的戏剧。"完了，去吧！去吧！（同下）

第五幕

第一场　雅典　提修斯宫廷

提修斯、喜坡丽妲、菲劳士屈雷脱及大臣侍从等上。

喜坡丽妲　提修斯，这些恋人们所说的话真是奇怪得很。

提修斯　奇怪得不像会是真实。我永不相信这种古怪的传说和神仙的游戏。情人们和疯子们都富于纷乱的思想和成形的幻觉，他们所理会到的永远不是冷静的理智所能充分了解。疯子、情人和诗人，都是空想的产儿：疯子眼中所见的鬼，多过于广大的地狱所能容纳；情人，同样是那么狂妄地，能从埃及人的黑脸上看见海伦的美貌；诗人的眼睛在神奇的狂放的一转中，便能从天上看到地下，从地下看到天上。想象会把不知名的事物用一种方式呈现出来，诗人的笔再使它们具有如实的形象，空虚的无物也会有了居处和名字。强烈的想象往往具有这种本领，只要一领略到一些快乐，就会相信那种快乐的背后有一个赐予的人；夜间一转到恐惧的念头，一株灌木一下子便会变成一头熊。

喜坡丽妲　但他们所说的一夜间全部的经历，以及他们大家心理上都受到同样影响的一件事实，可以证明那不会是幻想。虽然那故事是怪异而惊人，却并不令人不置信。

提修斯　这一班恋人们高高兴兴地来了。

莱散特、第米屈律斯、黑美霞、海伦娜上。

提修斯　恭喜，好朋友们！恭喜！愿你们心灵里永远享受着没有阴翳的爱情日子！

莱散特　愿更大的幸福永远追随着殿下的起居！

提修斯 来，我们应当用什么假面剧或是舞蹈来消磨在尾餐和就寝之间的三点钟悠长的岁月呢？我们一向掌管戏乐的人在哪里？有哪几种余兴准备着？有没有一出戏剧可以祛除难挨的时辰里按捺不住的焦灼呢？叫菲劳士屈雷脱过来。

菲劳士屈雷脱 有，伟大的提修斯。

提修斯 说，你有些什么可以缩短这黄昏的节目？有些什么假面剧？有些什么音乐？要是一点娱乐都没有，我们怎么把这迟迟的时间消度过去呢？

菲劳士屈雷脱 这儿是一张预备好的各种戏目的单子，请殿下自己拣选哪一项先来。（呈上单子）

提修斯 "身毒[1]之战，由一个雅典太监和竖琴而唱"。那个我们不要听；我已经告诉过我的爱人这一段表彰我的姻兄赫邱里斯武功的故事了。"醉酒者之狂暴，色累斯歌人惨遭肢裂的始末。"[2] 那是老调，当我上次征服底比斯凯旋回来的时候就已经表演过了。"九缪斯神[3]痛悼学术的沦亡"。那是一段犀利尖刻的讽刺，不过合于婚礼时的表演。"关于年轻的匹拉麦斯及其爱人雪丝佩的冗长的短戏，非常悲哀的趣剧"。悲哀的趣剧！冗长的短戏！那简直是说灼热的冰，发烧的雪。这种矛盾怎么能调和起来呢？

菲劳士屈雷脱 殿下，一出一共只有十来个字那么长的戏，当然是再短没有了；即使只有十个字，也会嫌太长，叫人看了厌倦；因为在全剧之中，没有一个字是用得恰当的，没有一个演员是支配得恰如其分的。那本戏的确很悲哀，殿下，因为匹拉麦斯在戏里要把自己杀死。那一场我看他们预演的时候，我得承认确曾使我的眼中充满眼泪；但那些泪都在纵声大笑的时候忍俊不禁而流着的，再没有人流过比那更开心的泪了。

提修斯 扮演这戏的是些什么人呢？

菲劳士屈雷脱 都是在这儿雅典城里做工过活的胼手胝足的汉子。他们从来不曾用过头脑，今番为了准备参加殿下的婚礼，才辛辛苦苦地把这本戏记诵起来。

---

[1] 身毒（Centaurs）一名乃借译，是神话中一种半人半马的怪物，赫邱里斯曾战而胜之。

[2] 色累斯（Thrace）歌人系指奥菲厄斯（Orpheus）；其歌声能感动百兽草木；后被酗酒妇人所肢裂而死。

[3] 九缪斯神（Nine Muses），即司文学艺术的九女神。

提修斯　好，就让我们听一下吧。

菲劳士屈雷脱　不，殿下，那是不配烦渎您的耳朵的。我已经听完过他们一次，简直一无足取；除非你嘉纳他们的一片诚心和苦苦背诵的辛勤。

提修斯　我要把那本戏听一次，因为纯朴和忠诚所呈献的礼物，总是可取的。去把他们带来。各位夫人女士们，大家请坐下。（菲劳士屈雷脱下）

喜坡丽妲　我不欢喜看见微贱的人做他们力量所不及的事，忠诚因为努力的狂妄而变成毫无价值。

提修斯　啊，亲爱的，你不会看见他们糟到那地步。

喜坡丽妲　他说他们根本不会演戏。

提修斯　那更显得我们的宽宏大度，虽然他们的劳力毫无价值，他们仍能得到我们的嘉纳。我们可以把他们的错误作为取笑的资料。我们不必较量他们那可怜的忠诚所不能达到的成就，而该重视他们的辛勤。凡是我所到的地方，那些有学问的人都预先准备好欢迎词迎接我；但是一看见了我，便发抖脸色变白，句子没有说完便中途顿住，话儿梗在喉中，吓得说不出来，结果是一句欢迎我的话都没有说。相信我，亲爱的，从这种无言中我却领受了他们一片欢迎的诚意；在诚惶诚恐的忠诚的畏怯上表示出来的意味，并不少于一条娓娓动听的辩舌。因此，爱人，照我所观察到的，无言的纯朴所表示的情感，才是最丰富的。

菲劳士屈雷脱重上。

菲劳士屈雷脱　请殿下示意，念开场诗的预备登场了。

提修斯　让他上来吧。（喇叭奏花腔）

袞斯上，念开场诗。

袞　斯　要是咱们，得罪了请原谅。

咱们本来是，一片的好意，

想要显一显。薄薄的伎俩，

那才是咱们原来的本意。

因此列位咱们到这儿来。

为了要让列位欢笑，

否则就是不曾。到这儿来，

如果咱们。惹动列位气恼，

一个个演员，都将，要登场，

　　　　你们可以仔细听个端详。[1]

提修斯　这家伙简直乱来。

莱散特　他念他的开场诗就像骑一匹顽劣的小马一样，乱冲乱撞，该停的地方不停，不该停的地方偏偏停下。殿下，这是一个好教训：单是会讲话不能算数，要讲话总该讲得像个路数。

喜坡丽妲　真的，他就像一个小孩子学吹笛，呜哩呜哩了一下，可是全不入调。

提修斯　他的话像是一段纠缠在一起的索链，并没有毛病，可是全弄乱了。跟着是谁登场呢？

　　　　匹拉麦斯及雪丝佩、墙、月亮、狮子上。

衮　斯　列位大人，也许你们会奇怪这一班人跑出来干吗，不必寻根究底，自然而然地你们总会明白过来。这个人是匹拉麦斯，要是你们想要知道的话；这位美丽的姑娘不用说便是雪丝佩啦。这个人身上涂着石灰和黏土，是代表着墙头，那堵隔开这两个情人的坏墙头；他们这两个可怜的人只好在墙缝里低声谈话，这是要请大家明白的。这个人提着灯笼，牵着犬，拿着柴枝，是代表着月亮；因为你们要知道，这两个情人只在月光底下才肯在奈纳斯的坟头聚首谈情。这一头可怕的畜生名叫狮子，那晚上忠实的雪丝佩先到约会的地方，给它吓跑了，或者不如说是被它惊走了，她在逃走的时候脱落了她的外套，那件外套因为给那恶狮子咬住在它那张血嘴里，所以沾满了血斑。隔了不久，匹拉麦斯，那个高个儿的美少年，也来了，一见他那忠实的雪丝佩的外套死在地上，便赤愣愣的一声拔出一把血淋淋的剑来，对准他那热辣辣的胸脯里豁啦啦地刺了进去。那时雪丝佩却躲在桑树的树阴里，等到她发现了这回事，便把他身上的剑拔出来，结果了她自己的性命。至于其余的一切，可以让狮子，月亮，墙头，和两个情人详详细细地告诉你们，当他们上场的时候。（*衮斯及匹拉麦斯、雪丝佩、狮子、月亮同下*）

提修斯　我不知道狮子要不要说话。

第米屈律斯　殿下，这可不用怀疑，要是一般驴子都会讲人话，狮子当然也会说话啦。

---

[1] 此段句读完全错误。

墙　　　小子斯诺脱是也，在这本戏文里扮作墙头；须知此墙不是他墙，乃是一堵有裂缝的墙，在那条裂缝里匹拉麦斯和雪丝佩两个情人常常偷偷地低声谈话。这一把石灰、这一撮黏土、这一块砖头，表明咱是一堵真正的墙头，并非滑头冒牌之流。这便是那个鬼缝儿，这两个胆小的情人在那儿谈着知心话儿的。

提修斯　　石灰和泥土筑成的东西，居然这样会说话，难得难得！

第米屈律斯　　殿下，这是我所听到的中间最俏皮的一段。

提修斯　　匹拉麦斯走近墙边来了。静听！

　　　　　匹拉麦斯重上。

匹拉麦斯　　板着脸孔的夜啊！漆黑的夜啊！

　　　　　夜啊，白天一去，你就来啦！

　　　　　夜啊！夜啊！哎呀！哎呀！哎呀！

　　　　　咱担心咱的雪丝佩要失约啦！

　　　　　墙啊！亲爱的，可爱的墙啊！

　　　　　你硬生生地隔开了咱们两人的家！

　　　　　墙啊！亲爱的，可爱的墙啊！

　　　　　露出你的裂缝，让咱向里头瞧瞧吧！（墙举手叠指作裂缝状）

　　　　　谢谢你，殷勤的墙！上帝大大保佑你！

　　　　　但是咱瞧见些什么呢？咱瞧不见伊。

　　　　　刁恶的墙啊！不让咱瞧见可爱的伊；

　　　　　愿你倒霉吧，因为你竟这样把咱欺！

提修斯　　这墙并不是没有知觉的，我想他应当反骂一下。

匹拉麦斯　　没有的事，殿下，真的，他不能。"把咱欺"是该雪丝佩接下去的尾白；她现在就要上场啦，咱就要在墙缝里看她。你们瞧着吧，下面做下去正跟咱告诉你们的完全一样，那边她来啦。

　　　　　雪丝佩重上。

雪丝佩　　墙啊！你常常听得见咱的呻吟，

　　　　　怨你生生把咱与他两两分拆！

　　　　　咱的樱唇常跟你的砖石亲吻，

　　　　　你那用水泥胶得紧紧的砖石。

匹拉麦斯　　咱瞧见一个声音；让咱去望望，

不知可能听见雪丝佩的脸庞。

雪丝佩！

雪丝佩　你是咱的好人儿，咱想。

匹拉麦斯　尽你想吧，咱是你风流的情郎。

好像李芒特[1]，咱此心永无变更。

雪丝佩　咱就像海伦，到死也决不变心。

匹拉麦斯　沙发勒斯对待普洛克勒斯不过如此[2]。

雪丝佩　你就是普洛克勒斯，咱就是沙发勒斯。

匹拉麦斯　啊，在这堵万恶的墙缝中请给咱一吻！

雪丝佩　咱吻着墙缝，可全然吻不到你的嘴唇。

匹拉麦斯　你肯不肯到尼内的坟头去跟咱相聚？

雪丝佩　活也好，死也好，咱一准立刻动身前去。（二人下）

墙　　现在咱已把墙头扮好，

因此咱便要拔脚去了。（下）

提修斯　现在隔在这两份人家之间的墙头已经倒下了。

第米屈律斯　殿下，墙头要是都像这样随随便便偷听人家的谈话起来，可真没
法好想。

喜坡丽妲　我从来没有听到过比这再蠢的东西。

提修斯　最好的戏剧也不过是人生的一个缩影；最坏的只要用想象补足一下，
也就不会坏到什么地方去。

喜坡丽妲　那该是你的想象，而不是他们的想象。

提修斯　要是我们对于他们的想象并不比他们对于自己的想象更坏，那么他们
也可以算得顶好的人。两只好东西登场了，一只是人，一只是狮子。

狮子及月亮重上。

狮　子　各位太太小姐们，你们那柔弱的心一见了地板上爬着的一只顶小的老
鼠就会害怕，现在看见一头凶暴的狮子发狂地怒吼，多少要发起抖来
的吧？但是请你们放心，咱实在是细木工匠史纳格，既不是凶猛的公

---

[1] 李芒特（Limander）是李昂特（Leander）之讹，传说中的情人，爱恋少女希罗（Hero），
泳过赫勒思滂河（Hellespont）以赴约，卒遭灭顶。下行弗鲁脱误以海伦（Helen）为希罗；
海伦为荷马史诗“依利亚特”（Iliad）中之美人。

[2] 沙发勒斯（Shafalus）为色发勒斯（Cephalus）之讹，为黎明女神奥洛拉（Aurora）所恋，
但彼卒忠于其妻普洛克里斯（Procris）；此处误为普洛克勒斯（Procrus）。

狮，也不是一头母狮；要是咱真的是一头狮子而冲到这儿来，那咱才大倒其霉！

提修斯 一头非常善良的畜生，有一颗好良心。

第米屈律斯 殿下，这是我所看见过的最好的畜生了。

莱散特 这头狮子按勇气说只能算是一只狐狸。

提修斯 对了，而且按他那小心翼翼的样子说起来倒像是一只鹅，好，别管他吧，让我们听月亮说话。

月　亮 这盏灯笼代表着角儿弯弯的新月——

第米屈律斯 他应当把角装在头上。[1]

提修斯 他并不是新月，圆圆的哪里有个角儿？

月　亮 这盏灯笼代表着角儿弯弯的新月；咱好像就是月亮里的仙人。

提修斯 这该是最大的错误了。应该把这个人放进灯笼里去，否则他怎么会是月亮里的仙人呢？

第米屈律斯 他因为怕蜡烛不敢进去。瞧，他恼了。

喜坡丽妲 这月亮真使我厌倦；他应该变化变化才好！

提修斯 照他那知觉欠缺的样子看起来，他大概是一个缺月；但是为着礼貌和一切的理由，我们得忍耐一下。

莱散特 说下去，月亮。

月　亮 总而言之，咱要告诉你们的是，这灯笼便是月亮；咱便是月亮里的仙人，这柴枝是咱的柴枝；这狗是咱的狗。

第米屈律斯 嗨，这些都应该放进灯笼里去才对，因为它们都是在月亮里的。但是静些，雪丝佩来了。

雪丝佩重上。

雪丝佩 这是尼内老人的坟。咱的好人儿呢？

狮　子 （吼）呜——（雪丝佩奔下）

第米屈律斯 吼得好，狮子！

提修斯 奔得好，雪丝佩！

喜坡丽妲 照得好，月亮！真的，月亮照的姿势很好。（狮子撕破雪丝佩的外套后下）

---

[1] 头上出角是西方讥人作"乌龟"的俗话。

提修斯　撕得好，狮子！

　　　　　匹拉麦斯重上。

第米屈律斯　于是匹拉麦斯来了。

莱散特　于是狮子不见了。

匹拉麦斯　可爱的月亮，咱多谢你的月光；

　　　　　谢谢你，因为你照得这么皎洁！

　　　　靠着你那慈和的闪烁的金光，

　　　　咱将要饱餐着雪丝佩的秀色。

　　　　　但是且住，啊该死！

　　　　　瞧哪，可怜的武士，

　　　　这是一场什么惨景！

　　　　　眼睛，你看不看见？

　　　　　这种事怎会出现？

　　　　可爱的宝贝啊，亲亲！

　　　　　你的好外套一件，

　　　　　怎么全都是血点？

　　　　过来吧，狰狞的凶神！

　　　　　快把生命的羁缠

　　　　　从此后一刀割断；

　　　　　今朝咱了结了残生！

提修斯　这一种情感再加上一个好朋友的死，很可以使一个人脸带愁容。

喜坡丽妲　该死！我倒真有点可怜这个人。

匹拉麦斯　苍天啊！你为什么要造下狮子，

　　　　　让它在这里蹂躏了咱的爱人？

　　　　她在一切活着爱着的人中，是

　　　　一个最美最美最最美的美人。

　　　　　淋漓地流吧，眼泪！

　　　　　咱要把宝剑一挥，

　　　　当着咱的胸头划破：

　　　　　一剑刺过了左胸，

　　　　　叫心儿莫再跳动，

这样咱就死喽死喽！（以剑自刺）

现在咱已经身死，

现在咱已经去世，

咱灵魂儿升到天堂；

太阳，不要再照耀！

月亮，给咱拔脚跑！（月亮下）

咱已一命、一命丧亡。（死）

第米屈律斯　不是双亡，是单亡，因为他是孤零零地死去。

莱散特　他现在死去，不但成不了双，而且成不了单；他已经变成"没有"啦。

提修斯　要是就去请外科医生来，也许还可以把他医活转来，叫他作一头驴子。

喜坡丽妲　雪丝佩还要回来看见她的爱人，月亮怎么这样性急便去了呢？

提修斯　她可以在星光底下看见他的，现在她来了。她再痛哭流涕一下子，戏文也就完了。

雪丝佩重上。

喜坡丽妲　我想对于这样一个宝货的匹拉麦斯，她可以不必浪费口舌；　我希望她说得短一点儿。

第米屈律斯　她跟匹拉麦斯较量起来真是半斤对八两。上帝保佑我们不要嫁到这种男人，也保佑我们不要娶着这种妻子！

莱散特　她那秋波已经看见他了。

第米屈律斯　于是悲声而言曰：

雪丝佩　睡着了吗，好人儿？

啊！死了，咱的鸽子？

匹拉麦斯啊，快醒醒！

说呀！说呀！哑了吗？

唉，死了！一堆黄沙

将要盖住你的美眼。

嘴唇像百合花开，

鼻子像樱桃可爱，

黄花像是你的脸孔，

一齐消失，消失了，

有情人同声哀悼！

他眼睛绿得像青葱。

　　命运主宰三女神，

　　快快到我的身边，

伸出玉手似白雪，

　　鲜血里面泡一泡。

　　咔嚓声中一剪刀，

剪断生命似琴弦。

　　舌头，不许再多言！

　　凭着这一柄好剑，

赶快把咱胸膛刺穿。（以剑自刺）

　　再会，亲爱的朋友！

　　雪丝佩已经毙命；

再见吧，再见吧，再见！（死）

提修斯　他们的丧事要让月亮和狮子来料理了吧？

第米屈律斯　是的，还有墙头。

波　顿　（跳起）不，咱对你们说，那堵隔开他们两家的墙早已经倒了。你们要不要瞧瞧收场诗，或者听一场咱们两个伙计的贝格摩[1]舞？

提修斯　请把收场诗免了吧，因为你们的戏剧无须再有什么解释；扮戏的人一个个死了，我们还能责怪谁不成？真的，要是写那本戏的人自己来扮匹拉麦斯，把他自己吊死在雪丝佩的袜带上，那倒真是一出绝妙的悲剧。实在你们这次演得很不错。现在把你们的收场诗搁在一旁，还是跳起你们的贝格摩舞来吧。（跳舞）

夜钟已经敲过了十二点；恋人们，睡觉去吧，现在已经差不多是神仙们游戏的时间了。我担心我们明天早晨会起不来，因为今天晚上睡得太迟，这出粗劣的戏剧却使我们不觉得时间已过去。好朋友们，去睡吧。我们要用半月工夫把这喜庆延续，夜夜有不同的寻欢作乐。（众下）

---

[1] 贝格摩（Bergamo）为密兰（Milan）东北地名，以产小丑著名。

莎士比亚喜剧集

第二场 同前景

迫克上。

迫 克　饿狮在高声咆哮；
　　　　　豺狼在向月长嗥；
　　　　　农夫们鼾息沉沉，
　　　　　完毕一天的辛勤。
　　　　　火把还留着残红，
　　　　　　　鸱鸮叫得人胆战，
　　　　　传进愁人的耳中，
　　　　　　　仿佛见殓衾飘飏。
　　　　　现在夜已经深深，
　　　　　　　坟墓都裂开大口，
　　　　　吐出了百千幽灵，
　　　　　　　荒野里四散奔走。
　　　　　我们跟着赫凯提[1]，
　　　　　　　离开了阳光赫奕，
　　　　　像一场梦境幽凄，
　　　　　　　追随黑暗的踪迹。
　　　　　且把这空屋打扫，
　　　　　供大家一场欢闹；
　　　　　驱走扰人的小鼠，
　　　　　还得揩干净门户。

奥白朗、蒂妲妮霞及侍从等上。

奥白朗　屋中消沉的火星
　　　　　　　微微地尚在闪耀；
　　　　　跳跃着每个精灵

---

[1] 赫凯提（Hecate）为下界的女神，原文作"triple Hecate"，其像有时为三个身体三个头，有时为一个身体三个头，相背而立。

像花枝上的小鸟；

随我唱一支曲调，

一齐轻轻地舞蹈。

蒂妲妮霞　先要把歌儿练熟，

每个字玉润珠圆；

然后齐声唱祝福，

手携手缥缈回旋。（歌舞）

奥白朗　趁东方没有发白，

让我们满屋溜达；

先去看一看新床，

祝福它吉利祯祥。

这三对新婚伉俪，

愿他们永无离贰，

生下来小小儿郎，

一个个相貌堂堂，

不生黑痣不缺唇，

更没有半点瘢痕。

用这神圣的野露，

你们去浇洒门户，

祝福屋子的主人，

永享着福禄康宁。

快快去，莫犹豫；

天明时我们重聚。（除迫克外皆下）

迫　克　（向观众）

要是我们这辈影子

有拂了诸位的尊意，

就请你们这样思量，

一切便可得到补偿；

这种种幻景的显现，

不过是梦中的妄念；

这一段无聊的情节，

57

真同诞梦一样无力。

先生们，请不要见笑！

倘蒙原宥，定当补报，

万一我们幸而免脱

这一遭嘘嘘的指斥，

我们决不忘记大恩，

迫克生平不会骗人。

再会了！肯赏个脸儿的话，

就请拍两下手，多谢多谢！（下）

威尼斯商人

剧中人物

威尼斯公爵

摩洛哥亲王 ⎫
阿拉贡亲王 ⎬ 　　　　鲍细霞的求婚者

安东尼奥　　　　　　威尼斯商人

巴散尼奥　　　　　　安东尼奥的朋友

葛莱西安诺 ⎫
萨兰尼奥 ⎬ 　　　安、巴二人的朋友
撒拉林诺 ⎭

罗伦佐　　　　　　　吉雪加的恋人

夏洛克　　　　　　　犹太富翁

杜拔尔　　　　　　　犹太人，夏洛克的朋友

朗西洛脱·高波　　　小丑，夏洛克的仆人

老高波　　　　　　　朗西洛脱的父亲

里奥那陀　　　　　　巴散尼奥的仆人

包尔萨泽 ⎫
史梯番诺 ⎬ 　　　鲍细霞的仆人

鲍细霞　　　　　　　富家嗣女

聂莉莎　　　　　　　鲍细霞的侍女

吉雪加　　　　　　　夏洛克的女儿

威尼斯众士绅，法庭官吏，狱吏，鲍细霞家中的仆人及其他侍从

地 点

一部分在威尼斯；一部分在大陆上的贝尔蒙脱，鲍细霞邸宅所在地

第一幕

第一场 威尼斯 街道

安东尼奥，撒拉林诺及萨兰尼奥上。

安东尼奥　真的，我不知道我为什么这样闷闷不乐。你们说你们见我这样子，也觉得很厌烦，这真叫我厌烦。可是我怎样会让忧愁沾上了身，这种忧愁究竟是怎么一种东西，它是从什么地方产生的，我却全不知道；忧愁已经使我变成了一个傻子，我简直有点自己也不懂得自己起来了。

撒拉林诺　您的心是跟着您那些扯着满帆的大船在海洋上簸荡着呢；它们就像水上的达官富绅，炫示着它们的豪华，那些小商船向它们点头敬礼，它们却睬也不睬地凌风直驶。

萨兰尼奥　相信我，老兄，要是我也有这么一笔买卖在外洋，我一定要用大部分的心思牵挂它；我一定常常拔草观测风吹的方向，在地图上查看港口码头的名字；凡是足以使我担心我的货物的命运的一切事情，不用说都会引起我的忧愁。

撒拉林诺　吹凉我的粥的一口气，也会吹痛了我的心，当我想到海面上的一阵暴风将会造成怎样一场灾祸的时候。一看见沙漏的时计，我就会想起海边的沙滩，仿佛看见我那艘富丽的商船倒插在沙里，船底朝天，它的高高桅樯吻着它的葬身之地。要是我到教堂里去，看见那用石块筑成的神圣的殿堂，我怎么会不立刻想起那些危险的礁石，它们只要略微碰一碰我那艘好船的船舷，就会把满船的香料倾泻在水里，让汹涌的波涛披戴着我的绸缎绫罗；方才还是价值连城的，一转瞬间尽归乌有？要是我想到了这种情形，我怎么会不担心这种情形也许然会发生而忧愁起来呢？不用对我说，我知道安东尼奥是因为想到他的货物而忧愁。

安东尼奥　不，相信我，感谢我的命运，我的买卖的成败，并不完全寄托在一艘船上，更不是倚赖着一处地方；我的全部财产，也不会因为这一年的盈亏而受到影响，所以我的货物并不能使我忧愁。

撒拉林诺　啊，那么您是在恋爱了。

安东尼奥　呸！哪儿的话！

撒拉林诺　也不是在恋爱吗？那么让我们说，您因为不快乐，所以忧愁；这就像瞧您笑笑跳跳，就说您因为不忧愁，所以才快乐一样，再便当没有了。老天造下人来，真是无奇不有：有的人老是眯着眼睛笑，好像鹦鹉见了一个吹风笛的人一样；有的人终日皱着眉头，即使奈斯脱[1]发誓说那笑话很可笑，他也不肯露一露他的牙齿，装出一个笑容来。

　　　　　巴散尼奥，罗伦佐及葛莱西安诺上。

萨兰尼奥　您的一位最尊贵的朋友，巴散尼奥，跟葛莱西安诺、罗伦佐都来了。再见，您现在有了更好的同伴，我们可以失陪啦。

撒拉林诺　倘不是因为您的好朋友来了，我一定要叫您快乐了才走。

安东尼奥　你们的友谊我是十分看重的，照我看来，恐怕还是你们自己有事，所以借着这个机会想抽身出去吧？

撒拉林诺　早安，各位大爷。

巴散尼奥　两位先生，咱们什么时候再聚在一起谈谈笑笑？你们近来跟我十分疏远，这是为了什么呢？

撒拉林诺　您什么时候有空，我们一定奉陪。（撒拉林诺、萨兰尼奥下）

罗伦佐　巴散尼奥大爷，您现在已经找到安东尼奥。我们也要失陪啦；可是请您千万别忘记吃饭的时候在什么地方会面。

巴散尼奥　我一定不失约。

葛莱西安诺　安东尼奥先生，您的脸色不大好，您把世间的事情看得太认真了。相信我，您近来真的大大地变了一个人啦。

安东尼奥　葛莱西安诺，我把这世界不过看作一个世界，每一个人必须在这舞

---

[1] 奈斯脱（Nestor），荷马史诗"依利亚特"中年纪最大的希腊将领，以严肃著名。

台上扮演一个角色，我扮演的是一个悲哀的角色。

葛莱西安诺　让我扮演一个小丑吧，让我在嘻嘻哈哈的欢笑声中不知不觉地老去；宁可用酒温暖我的肠胃，不要用折磨自己的呻吟冰冷我的心。为什么一个身体里面流着热血的人，要那么正襟危坐，就像他祖宗爷爷的石膏像一样呢？明明醒着的时候，为什么偏要像睡去了一般？为什么动不动翻脸生气，把自己气出了一场黄疸病来？我告诉你吧，安东尼奥——因为我爱你，所以我才对你说这样的话：世界上有一种人，他们的脸上装出一副心如止水的神气，故意表示他们的冷静，好让人家称赞他们一声智慧深沉，思想渊博；他们的神气之间，好像说，"我的说话都是纶音天语，我要是一张开嘴唇来，不许有一只狗乱叫！"啊，我的安东尼奥，我看透这一种人，他们只是因为不说话，博得了智慧的名声；可是我可以确定说一句，要是他们说起话来，听见的人，谁都会骂他们是傻瓜的。等有机会的时候，我再告诉你关于这种人的笑话吧；可是请你千万别再用悲哀做钓饵，去钓这种无聊的名誉了。来，好罗伦佐。回头见；等我吃完了饭，再来向你结束我的劝告。

罗伦佐　好，咱们在吃饭的时候再见吧。我大概也就是他所说的那种以不说话为聪明的人，因为葛莱西安诺不让我有说话的机会。

葛莱西安诺　嘿，你只要再跟我两年，就会连你自己说话的声音也听不出来。

安东尼奥　再见，我会把自己慢慢儿训练得多说话一点的。

葛莱西安诺　那就再好没有了；只有干牛舌和没人要的老处女，才是应该沉默的。（葛莱西安诺、罗伦佐下）

安东尼奥　他说的这一番话有些什么意思？

巴散尼奥　葛莱西安诺比全威尼斯城里无论哪一个人都更会拉上一大堆废话。他的道理就像藏在两桶砻糠里的两粒麦子，你必须费去整天工夫才能够把它们找到，可是找到了它们以后，你会觉得费这许多气力找它们出来，是一点不值得的。

安东尼奥　好，您今天答应告诉我您立誓要去秘密拜访的那位姑娘的名字，现在请您告诉我吧。

巴散尼奥　安东尼奥，您知道我怎样为了维持我外强中干的体面，把一份微薄的资产消耗殆尽的情形，您是知道得很明白的，对于因为家道中落而感到的生活上的紧缩，现在我倒也不以为然；我最大的烦恼，是怎样可以解脱我背上这一重重由于浪费而积欠下来的债务。无论在钱财方面或是友谊方面，安东尼奥，我欠您的债都是顶多的；因为你我交情深厚，我才敢大胆把我心里所打算的怎样了清这一切债务的计划全部告诉您知道。

安东尼奥　好巴散尼奥，请您告诉我吧。只要您的计划跟您向来的立身行事一样光明正大，那么我的钱囊可以让您任意取用，我自己也可以供您驱使；我愿意用我所有的力量，帮助您达到目的。

巴散尼奥　我在学校里练习射箭的时候，每次把一支箭射得不知去向，便用另一支箭向着同一方向射了过去，眼睛看准了它掉在什么地方，这样往往可以把那失去的箭也找了回来。我提起这一件儿童时代的往事作为譬喻，因为我将要对您说的话，完全是一种很天真的思想。我欠了您很多的债，而且像一个不听话的孩子一样，把借来的钱一起挥霍完了；可是您要是愿意向着您放射第一支箭的方向，再把您的第二支箭射了过去，那么这一回我一定会把目标看准，即使不把两支箭一起找回来，至少也可以把第二支箭交还给您，让我仍旧对于您先前给我的援助做一个知恩图报的负债者。

安东尼奥　您是知道我的为人的，现在您用这种比喻的话来试探我的友谊，不过是浪费时间罢了；要是您怀疑我不肯尽力相助，那就要比把我所有的钱一起花掉还要对不起我。所以您只要对我说我应该怎么做，如果您知道哪件事是我的力量所能办到的，我一定会给您办到。您说吧。

巴散尼奥　在贝尔蒙脱有一位富家的嗣女，她生得非常美貌，尤其值得称道的，她有非常卓越的德性；从她的眼睛里，我有时接到她的脉脉含情的流盼。她的名字叫鲍细霞，比起古代恺多的女儿，勃鲁脱斯的贤妻鲍细霞[1]来，毫无逊色。这广大的世界也没有漠视了她的好处，四方的风从每一处海岸上带来了声名狼藉的求婚者；她的光亮的长发就像是传说中的金羊毛，引诱着无数的杰生[2]前来向她追求。啊，我的安东尼奥！只要我有相当的财力，可以和他们中间无论哪一个人匹敌，那么

[1] 勃鲁脱斯（Brutus）即莎士比亚史剧"裘力斯·恺撒"中的要角，其妻亦名鲍细霞（Portia）。

[2] 杰生，希腊神话中的英雄，曾远征爱地斯取金羊毛，克服重重困难，终于成功。

我觉得我有充分的把握，一定会达到愿望的。

安东尼奥　你知道我的全部财产都在海上；我现在既没有钱，也没有可以变换做一笔现款的货物。所以我们还是去试一试我的信用，看它在威尼斯城里有些什么效力吧；我一定凭着我这一点面子，尽力供给你到贝尔蒙脱去见那位美貌的鲍细霞。去，我们两人就去分头打听什么地方可以借得到钱，我就用我的信用作担保，或者用我自己的名义给你借下来。（同下）

第二场　贝尔蒙脱　鲍细霞家中一室

鲍细霞及聂莉莎上。

鲍细霞　真的，聂莉莎，我这小小的身体已经厌倦了这个广大的世界了。

聂莉莎　好小姐，您的不幸要是跟您的好运气一样大，那么无怪您会厌倦这个世界的；可是照我的愚见看来，吃得太饱的人，跟挨着饿不吃东西的人，一样是会害病的，所以中庸之道才是最大的幸福：富贵催人生白发，布衣蔬食易长年。

鲍细霞　很好的句子。

聂莉莎　要是能够照着它做去，那就更好了。

鲍细霞　倘使做一件事情，就跟知道什么事情是应该做的一样容易，那么小教堂都要变成大礼拜堂，穷人的草屋都要变成王侯的宫殿了。一个好的说教师才会遵从他自己的训诲；我可以教训二十个人，吩咐他们应该做些什么事，可是要我做这二十个人中间的一个，履行我自己的教训，我就要敬谢不敏了。理智可以制定法律来约束感情，可是热情激动起来，就会把冷酷的法令蔑弃不顾；年轻人是一只不受拘束的野兔，它会跳过老年人所设立的理智的藩篱。可是我这样大发议论，是不会帮助我选择一个丈夫的。唉，说什么选择！我既不能选择我所中意的人，又不能拒绝我所憎厌的人，一个活着的女儿的意志，却要被一个死了的父亲的遗嘱所钳制。聂莉莎，像我这样不能选择，也不能拒绝，不是太叫人难堪了吗？

聂莉莎　老太爷生前道高德重，大凡有道君子临终之时，必有神悟；他既然定下这抽签取决的方法，叫谁能够在这金、银、铅三匣之中选中了他预定的一只，便可以跟您匹配成亲，那么能够选中的人，一定是值得您倾心相爱的。可是在这些已经到来向您求婚的王孙公子中间，您对于哪一个最有好感呢？

鲍细霞　请你列举他们的名字，当你提到什么人的时候，我就对他下几句评语；凭着我的评语，你就可以知道我对于他们各人的印象。

聂莉莎　第一个是那不勒斯的亲王。

鲍细霞　嗯，他真是一匹小马；他不讲话则已，讲起话来，老是说他的马怎么怎么；他因为能够自己替他的马装上蹄铁，算是一件天大的本领。我很有点儿疑心他的令堂太太是跟铁匠有过勾搭的。

聂莉莎　还有那位巴拉庭伯爵[1]呢？

鲍细霞　他一天到晚皱着眉头，好像说，"你要是不爱我，随你的便。"他听见笑话也不露一丝笑容。我看他年纪轻轻，就这么愁眉苦脸，到老来只好一天到晚痛哭流涕了。我宁愿嫁给一个骷髅，也不愿嫁给这两个中间的任何一个；上帝保佑我不要落在这两个人手里！

聂莉莎　您说那位法国贵族勒·滂先生怎样？

鲍细霞　既然上帝造下他来，就算他是个人吧。凭良心说，我知道讥笑人家是一桩罪过，可是他！吓！他的马比那不勒斯亲王那一匹好一点，他的皱眉头的坏脾气也胜过那位巴拉庭伯爵。什么人的坏处他都有一点，可是一点没有他自己的特色；听见画眉鸟唱歌，他就会手舞足蹈；见了自己的影子，也会跟它比剑。我倘然嫁给他，等于嫁给二十个丈夫，要是他瞧不起我，我会原谅他，因为即使他爱我爱到发狂，我也是永远不会报答他的。

聂莉莎　那么您说那个英国的少年男爵，福康勃立琪呢？

鲍细霞　你知道我没有对他说过一句话，因为我的话他听不懂，他的话我也听不懂；他不会说拉丁话，法国话，意大利话；至于我的英国话的高明程度，你是可以替我出席法庭作证的。他的模样倒还长得不错，可是唉！谁高兴跟一个哑巴做手势谈话呀？他的装束多么古怪！我想他的紧身衣是在意大利买的，他的长筒袜是在法国买的，他的软帽是在德

---

[1] 巴拉庭伯爵原文作"Count Palatine"，意为在其封邑内享有君权的伯爵，因无适当译名，故译音以代。

国买的，至于他的行为举止，那是他从四面八方学来的。

聂莉莎　您觉得他的邻居，那位苏格兰贵族怎样？

鲍细霞　他很懂得礼尚往来的睦邻之道，因为那个英国人曾经赏给他一记耳光，他就发誓说，一有机会，立即奉还，我想那法国人是他的保人，他已经签署契约，声明将来加倍报偿哩。

聂莉莎　您看那位德国少爷，撒克逊公爵的侄子怎样？

鲍细霞　他在早上清醒的时候，就已经很坏了，一到下午喝醉了酒，尤其坏透；当他顶好的时候，叫他是个人还有点不够资格，当他顶坏的时候，他简直比畜生好不了多少。要是最不幸的祸事降临到我身上，我也希望永远不要跟他在一起。

聂莉莎　要是他要求选择，结果居然给他选中了预定的匣子，那时候您倘然拒绝嫁给他，那不是违背了老太爷的遗命了吗？

鲍细霞　为了预防万一起见，所以我要请你替我在错误的匣子上放好一杯满满的莱茵河葡萄酒；要是魔鬼在他的心里，诱惑在他的面前，我相信他一定会选中那一只匣子的。什么事情我都愿意做，聂莉莎，只要不让我嫁给一个酒鬼。

聂莉莎　小姐，您放心吧，您再也不会嫁给这些贵人中间的任何一个的。他们已经把他们的决心告诉了我，说除了您父亲所规定的用选择匣子决定取舍的办法以外，要是他们不能用别的方法取得您的应允，那么他们决定动身回国，不再麻烦您了。

鲍细霞　要是没有人愿意照我父亲的遗命把我娶去，那么即使我活到一千岁，也只好终身不嫁，我很高兴这一群求婚者都是这么懂事，因为他们中间没有一个人我不是唯望其速去的。求上帝赐给他们一路顺风吧！

聂莉莎　小姐，您还记不记得，当老太爷在世的时候，有一个跟着蒙脱佛拉侯爵到这儿来的才兼文武的威尼斯人？

鲍细霞　是的，是的，那是巴散尼奥；我想这是他的名字。

聂莉莎　正是，小姐，照我这双痴人的眼睛看起来，他是一切男子中最值得匹配一位佳人的。

鲍细霞　我很记得他，他果然值得你的夸奖。

　　　　一仆人上。

鲍细霞　啊！什么事？

莎士比亚喜剧集

仆　人　小姐，那四位客人要来向您告别；另外还有第五位客人，摩洛哥亲王，差了一个人先来报信，说他的主人亲王殿下今天晚上就要到这儿来了。

鲍细霞　要是我能够竭诚欢迎这第五位客人，就像我竭诚欢送那四位客人一样，那就好了。假如他有圣人般的德行，偏偏生着一副魔鬼样的面貌，那么与其让他做我的丈夫，还不如让他听我的忏悔。来，聂莉莎，你前面带路。正是——

垂翅狂蜂方出户，寻芳浪蝶又登门。（同下）

第三场　威尼斯　广场

巴散尼奥及夏洛克上。

夏洛克　三千块钱，嗯？

巴散尼奥　是的，大叔，三个月为期。

夏洛克　三个月为期，嗯？

巴散尼奥　我已经对你说过了，这一笔钱可以由安东尼奥签立借据。

夏洛克　安东尼奥签立借据，嗯？

巴散尼奥　你愿意帮助我吗？你愿意应承我吗？可不可以让我知道你的答复？

夏洛克　三千块钱，借三个月，安东尼奥签立借据。

巴散尼奥　你的答复呢？

夏洛克　安东尼奥是个好人。

巴散尼奥　你有没有听见人家说过他不是个好人？

夏洛克　啊，不，不，不，不，我说他是个好人，我的意思是说他是个有身份的人。可是他的财产却还有些问题：他有一艘商船开到特里坡利斯，另外一艘开到西印度群岛，我在交易所里还听人说起，他有第三艘船在墨西哥，第四艘到英国去了，此外还有遍布在海外各国的买卖；可是船不过是几块木板钉起来的东西，水手也不过是些血肉之躯，岸上有旱老鼠，水里也有水老鼠，有陆地的强盗，也有海上的强盗，还有风波礁石各种的危险。不过虽然这么说，他这个人是靠得住的。三千块钱，我想我可以接受他的契约。

巴散尼奥　你放心吧，不会有错的。

夏洛克　我一定要放了心才敢把债放出去，所以还是让我再考虑考虑吧。我可不可以跟安东尼奥谈谈？

巴散尼奥　不知道你愿不愿意陪我们吃一顿饭？

夏洛克　是的，叫我去闻猪肉的味道，吃你们那拿撒勒先知[1]把魔鬼赶进去的脏东西的身体！我可以跟你们做买卖，讲交易，谈天散步，以及诸如此类的事情，可是我不能陪你们吃东西喝酒做祷告。交易所里有些什么消息？那边来的是谁？

安东尼奥上。

巴散尼奥　这位就是安东尼奥先生。

夏洛克　（旁白）他的样子多么像一个摇尾乞怜的税吏！我恨他因为他是个基督徒，可是尤其因为他是个傻子，借钱给人不取利钱，把咱们在威尼斯城里放债的这一行的利息都压低了。要是我有一天抓住他的把柄，一定要痛痛快快地向他报复我的深仇宿怨。他憎恶我们神圣的民族，甚至在商人会集的地方当众辱骂我，辱骂我的交易，辱骂我辛辛苦苦赚下来的钱，说那些都是盘剥得来的腌臜钱。要是我饶过了他，让我们的民族永远没有翻身的日子。

巴散尼奥　夏洛克，你听见吗？

夏洛克　我正在估计我手头的现款，照我大概记得起来的数目，要一时凑足三千块钱，恐怕办不到。可是那没有关系，我们族里有个犹太富翁杜拔尔，可以供给我必要的数目。且慢！您打算借几个月？（向安东尼奥）您好，好先生；哪一阵好风把尊驾吹了来啦？

安东尼奥　夏洛克，虽然我跟人家互通有无，从来不讲利息，可是为了我的朋友的急需，这回我要破一次例。（向巴散尼奥）他有没有知道你需要多少？

夏洛克　嗯，嗯，三千块钱。

安东尼奥　三个月为期。

夏洛克　我倒忘了，正是三个月，您对我说过的。好，您的借据呢？让我瞧一瞧。可是听着，好像您说您从来借钱不讲利息。

---

[1] 拿撒勒先知即耶稣。

莎士比亚喜剧集

安东尼奥　我从来不讲利息。

夏洛克　当雅各替他的舅父拉班牧羊的时候[1]——这个雅各是我们圣祖亚伯兰
　　　　的后裔，他的聪明的母亲设计使他做第三代的族长，是的，他是第三
　　　　代，——

安东尼奥　为什么说起他呢？他也是取利息的吗？

夏洛克　不，不是取利息，不是像你们所说的那样直接取利息。听好雅各用
　　　　些什么手段：拉班跟他约定，生下来的小羊凡是有条纹斑点的，都
　　　　归雅各所有，作为他的牧羊的酬劳；到晚秋的时候，那些母羊因为
　　　　淫情发动，跟公羊交合，这个狡猾的牧人就乘着这些毛畜正在进行
　　　　传种工作的当儿，削好了几根木棒，插在淫浪的母羊的面前，它们
　　　　这样怀上了孕，一到生产的时候，产下的小羊都是有斑纹的，所以
　　　　都归雅各所有。这是致富的妙法，上帝也祝福他；只要不是偷窃，
　　　　会打算盘总是好事。

安东尼奥　雅各虽然幸而获中，可是这也是他按约应得的酬报；上天的意旨成
　　　　全了他，却不是出于他自己的力量。你提起这一件事，是不是要证明
　　　　取利息是一件好事，还是说金子银子就是你的公羊母羊？

夏洛克　这我倒不能说，我只是叫它像母羊生小羊一样地快快生利息。可是先
　　　　生，您听我说。

安东尼奥　你听，巴散尼奥，魔鬼也会引证《圣经》来替自己辩护哩。一个指
　　　　着神圣的名字作证的恶人，就像一个脸带笑容的奸徒，又像一只外观
　　　　美好中心腐烂的苹果。唉，奸伪的表面是多么动人！

夏洛克　三千块钱，这是一笔可观的整数。一年除去三个月，让我看看利钱应
　　　　该有多少。

安东尼奥　好，夏洛克，我们可不可以仰仗你这一次？

夏洛克　安东尼奥先生，好多次您在交易所里骂我，说我盘剥取利，我总是忍
　　　　气吞声，耸耸肩膀，没有跟您争辩，因为忍受迫害，本来是我们民族
　　　　的特色。您骂我异教徒，杀人的狗，把唾沫吐在我的犹太长袍上，只
　　　　因为我用我自己的钱博取几个利息。好，看来现在是您来向我求助了；
　　　　您跑来见我，您说，"夏洛克，我们要几个钱。"您这样对我说。您

---

[1] 见《圣经·旧约·创世记》。

把唾沫吐在我的胡子上，用您的脚踢我，好像我是您门口的一条野狗一样；现在您却来问我要钱，我应该怎样对您说呢？我要不要这样说，"一条狗会有钱吗？一条恶狗能够借人三千块钱吗？"或者我应不应该弯下身子，像一个奴才似的低声下气，恭恭敬敬地说，"好先生，您在上星期三用唾沫吐在我身上；有一天您用脚踢我；还有一天您骂我狗；为了报答您这许多恩典，所以我应该借给您这些钱吗？"

安东尼奥　我恨不得再这样骂你、唾你、踢你。要是你愿意把这钱借给我，不要把它当作借给你的朋友——哪有朋友之间通融几个臭钱也要斤斤计较地计算利息的道理？——你就把它当作借给你的仇人吧；倘使我失了信用，你尽管拉下脸来照约处罚就是。

夏洛克　哎哟，瞧您生这么大的气！我愿意跟您交个朋友，大家要好的；您从前加在我身上的种种羞辱，我愿意完全忘掉；您现在需要多少钱，我愿意如数供给您，而且不要您一个子儿的利息；可是您却不愿意听我说下去。我这完全是一片好心哩。

安东尼奥　这倒果然是一片好心。

夏洛克　我要叫你们看看我到底是不是一片好心。跟我去找一个公证人，就在那儿签好了约。我们不妨开个玩笑，在约里载明要是您不能按照约中所规定的条件，在什么日子、什么地点还给我一笔什么数目的钱，就得随我的意思，在您身上的任何部分割下一磅白肉，作为处罚。

安东尼奥　很好，就这么办吧；我愿意签下这样一张约，还要对人家说这个犹太人的心肠倒不坏呢。

巴散尼奥　我宁愿安守贫困，不能让你为了我的缘故签这样的约。

安东尼奥　老兄，你怕什么，我决不会受罚的。就在这两个月之内，离开签约的满期还有一个月，我就可以有十倍这借款的数目进门。

夏洛克　亚伯兰老祖宗啊！瞧这些基督徒因为自己待人刻薄，所以疑心人家对他们不怀好意。请您告诉我，要是他到期不还，我照着约上规定的条款向他执行处罚了，那对我又有什么好处？从人身上割下来的一磅肉，它的价值可以比得上一磅羊肉，牛肉或是山羊肉吗？我为了要博得他的好感，所以才向他卖了这样一个交情；要是他愿意接受我的条件，很好，否则就算了。千万请你们不要误会了我这一番诚意。

安东尼奥　好，夏洛克，我愿意签约。

莎士比亚喜剧集

夏洛克　那么就请您先到公证人的地方等我，告诉他这一张游戏的契约怎样个写法；我就去马上把钱凑起来，还要回到家里去瞧瞧，让一个靠不住的奴才看守着门户，有点放心不下，然后我立刻就来找您。

安东尼奥　那么你去吧，善良的犹太人。（夏洛克下）这犹太人快要变作基督徒了，他的心肠变得好多啦。

巴散尼奥　我不喜欢口蜜腹剑的人。

安东尼奥　好了好了，这又有什么要紧？再过两个月，我的船就要回来了。（同下）

第二幕

第一场　贝尔蒙脱　鲍细霞家中一室

喇叭奏花腔。摩洛哥亲王率侍从，鲍细霞，聂莉莎及婢仆等同上。

摩洛哥亲王　不要因为我的肤色而憎厌我；我是骄阳的近邻，我这一身黝黑的制服，便是它的威焰的赐予。给我到终年不见阳光，冰山雪柱的北极找一个最白皙姣好的人来，让我们刺血察验对您的爱情，看看究竟是他的血红还是我的血红。我告诉您，小姐，我这副容貌曾经吓破了勇士的肝胆；可是凭着我的爱情起誓，我们国土里最有声誉的少女也曾为它害过相思。我不愿变更我的肤色，除非为了取得您的欢心。我的温柔的女王！

鲍细霞　讲到选择这一件事，我倒并不单凭信一双善于挑剔的少女的眼睛，而且我的命运由抽签决定，自己也没有任意取舍的权力；可是我的父亲倘不曾用他的远见把我束缚住了，使我只能委身于按照他所规定的方法赢得我的男子，那么您，声名卓著的王子，您的容貌在我的心目之中，并不比我所已经看到的那些求婚者有什么逊色。

摩洛哥亲王　单是您这一番美意，已经使我万分感激了；所以请您带我去瞧瞧那几个匣子，试一试我的命运吧。凭着这一柄曾经手刃波斯王，并且使一个三次战败苏里曼苏丹的波斯王子授首的宝剑起誓，我要瞪眼吓退世间最狰狞的猛汉，跟全世界最勇武的壮士比赛胆量，从母熊的胸前夺下哺乳的小熊；当一头饿狮咆哮攫食的时候，我要向它揶揄侮弄，为了要获得您的垂青，小姐。可是唉！即使像赫邱里斯那样的盖世英雄，要是跟他的奴仆赌起骰子来，也许他的运气还不如一个下贱之人。

莎士比亚喜剧集

我现在听从着盲目的命运的指挥，也许结果终于失望，眼看着一个不如我的人把我的意中人挟走，而自己在悲哀中死去。

鲍细霞 您必须信任命运，或者死了心放弃选择的尝试，或者当您开始选择以前，先立下一个誓言，要是选得不对，终身不再向任何女子求婚，所以还是请您考虑考虑吧。

摩洛哥亲王 我的主意已决，不必考虑了；来，带我去试我的运气吧。

鲍细霞 第一先到教堂里去；吃过了饭，您就可以试试您的命运。

摩洛哥亲王 好，成功失败，在此一举！正是不挟美人归，壮士无颜色。（奏喇叭；众下）

第二场　威尼斯　街道

朗西洛脱·高波上。

朗西洛脱 要是我从我的主人这个犹太人的家里逃走，我的良心是一定要责备我的。可是魔鬼拉着我的臂膀，引诱着我，对我说，"高波，朗西洛脱·高波，好朗西洛脱，拔起你的腿来，开步，走！"我的良心说，"不，留心，老实的朗西洛脱；留心，老实的高波；"或者就是这么说，"老实的朗西洛脱·高波，别逃跑；用你的脚跟把逃跑的念头踢得远远的。"好，那个大胆的魔鬼却劝我卷起铺盖滚蛋；"去呀，"魔鬼说，"去呀！看在老天的面上，提起勇气来，跑吧！"好，我的良心挽住我心里的脖子，很聪明地对我说，"朗西洛脱我的老实朋友，你是一个老实人的儿子。"——或者还不如说一个老实妇人的儿子，因为我的父亲的确有点儿不大那个，有点儿很丢脸的坏脾气；——好，我的良心说，"朗西洛脱，别动！"魔鬼说，"动！"我的良心说，"别动！""良心，"我说，"你说得不错；""魔鬼，"我说，"你说得有理。"要是听良心的话，我就应该留在我的主人那犹太人家里，上帝恕我这样说，他也是个魔鬼；要是从犹太人的地方逃走，那么我就要听从魔鬼的话，对不住，他本身就是魔鬼。可是我说，那犹太人一定就是魔鬼的化身；凭良心说话，我的良心劝我留在犹太人地方，未免良心太狠。还是魔鬼的话说得像个朋友。我要跑，魔鬼：我的脚跟听从着你的指挥；我一定要逃跑。

老高波携篮上。

老高波 年轻的先生，请问一声，到犹太老爷的家里怎么走？

朗西洛脱 （旁白）天啊！这是我的亲生的父亲，他的眼睛因为有八九分盲，所以不认识我。待我把他戏弄一下。

老高波 年轻的少爷先生，请问一声，到犹太老爷的家里怎么走？

朗西洛脱 你在转下一个弯的时候，往右手转过去；临了一次转弯的时候，往左手转过去；再下一次转弯的时候，什么手也不用转，曲曲弯弯地转下去，就转到那犹太人的家里了。

老高波 哎哟，这条路可不容易走哩！您知道不知道有一个住在他家里的朗西洛脱，现在还在不在他家里？

朗西洛脱 你说的是朗西洛脱少爷吧？（旁白）瞧着我吧，现在我要诱他流起眼泪来了。——你说的是朗西洛脱少爷吗？

老高波 不是什么少爷，先生，他是一个穷人的儿子；他的父亲，不是我说一句，是个老老实实的穷光蛋，多谢上帝，他还活得好好的。

朗西洛脱 好，不要管他的父亲是个什么人，咱们讲的是朗西洛脱少爷。

老高波 他是您少爷的朋友，他就叫朗西洛脱。

朗西洛脱 对不住，老人家，所以我要问你，你说的是朗西洛脱少爷吗？

老高波 是朗西洛脱，少爷。

朗西洛脱 所以就是朗西洛脱少爷。老人家，你别提起朗西洛脱少爷啦；因为这位年轻的少爷，根据天命气数鬼神这一类阴阳怪气的说法，是已经去世啦，或者说得明白一点，是已经归天啦。

老高波 哎哟，天哪！这孩子是我老年的拐杖，我的唯一的靠傍哩。

朗西洛脱 （旁白）我难道像一根棒儿，或是一根柱子吗？——爸爸，您不认识我吗？

老高波 唉，我不认识您，年轻的少爷；可是请您告诉我，我的孩子——上帝安息他的灵魂！——究竟是活着还是死了？

朗西洛脱 您不认识我吗，爸爸？

老高波 唉，少爷，我是个瞎子；我不认识您。

朗西洛脱 噢，真的，您就是眼睛明亮，也许会不认识我，只有聪明的父亲才会知道他自己的儿子。好，老人家，让我告诉您关于您儿子的消息吧。

请您给我祝福；真理总会显露出来，杀人的凶手总会给人捉住；儿子虽然会暂时躲了过去，事实到最后总是瞒不过的。

老高波　少爷，请您站起来。我相信您一定不会是朗西洛脱，我的孩子。

朗西洛脱　废话少说，请您给我祝福：我是朗西洛脱，从前是您的孩子，现在是您的儿子，将来也还是您的小子。

老高波　我不能想象您是我的儿子。

朗西洛脱　那我倒不知道应该怎样想法了；可是我的确是在犹太人家里当仆人的朗西洛脱，我也相信您的妻子玛葛蕾就是我的母亲。

老高波　她的名字果真是玛葛雷。你倘然真的就是朗西洛脱，那么你是我的亲生血肉了。上帝果然灵圣！你长了多长的一把胡子啦！你脸上的毛，比我那拖车子的马儿道平尾巴上的毛还多哪！

朗西洛脱　这样看起来，那么道平的尾巴一定是越长越短了，我还清楚记得，上一次我看见它的时候，它尾巴上的毛比我脸上的毛多得多哩。

老高波　上帝啊！你怎么变了样子啦！你跟主人合得来吗？我给他带了点儿礼物来了。你们现在合得来吗？

朗西洛脱　合得来，合得来；可是从我自己这一方面讲，我既然已经决定逃跑，那么非得跑了一程路之后，我是决不会停止下来的。我的主人是个十足的犹太人；给他礼物！还是给他一根上吊的绳子吧。我替他做事情，把身体都饿瘦了；您可以用我的肋骨摸出我的每一条手指来。爸爸，您来了我很高兴。把您的礼物送给一位巴散尼奥大爷吧，他是会赏漂亮的新衣服给佣人穿的。我要是不能服侍他，我宁愿跑到地球的尽头去。啊，运气真好！正是他来了。到他跟前去，爸爸。我要是再继续服侍这个犹太人，连我自己都要变作犹太人了。

巴散尼奥率里奥那陀及其他侍从上。

巴散尼奥　你们就这样做吧，可是要赶快点儿，晚饭顶迟必须在五点钟预备好。这几封信替我分别送出；叫裁缝把制服做起来；回头再请葛莱西安诺立刻到我的寓所里来。（一仆下）

朗西洛脱　上去，爸爸。

老高波　上帝保佑大爷！

巴散尼奥　谢谢你，有什么事？

老高波　大爷，这个是我的儿子，一个苦命的孩子——

朗西洛脱 不是苦命的孩子，大爷，我是犹太富翁的跟班，不瞒大爷说，我想要——我的父亲可以给我证明——

老高波 大爷，正像人家说的，他一心一意地想要侍候——

朗西洛脱 总而言之一句话，我本来是侍候那个犹太人的，可是我很想要——我的父亲可以给我证明——

老高波 不瞒大爷说，他的主人跟他有点儿意见不合——

朗西洛脱 干脆一句话，实实在在说，这犹太人欺侮了我，他叫我——我的父亲是个老头子，我希望他可以替我向您证明——

老高波 我这儿有一盘烹好的鸽子送给大爷，我要请求大爷一件事——

朗西洛脱 废话少说，这请求是关于我的事情，这位老实的老人家可以告诉您；不是我说一句，我这父亲虽然是个老头子，却是个苦人儿。

巴散尼奥 让一个人说话，你们究竟要什么？

朗西洛脱 侍候您，大爷。

老高波 正是这一件事，大爷。

巴散尼奥 我认识你；我可以答应你的要求；你的主人夏洛克今天曾经向我说起，要把你举荐给我。可是你不去侍候一个有钱的犹太人，反要来做一个穷绅士的跟班，恐怕没有什么好处吧。

朗西洛脱 大爷，一句老古话刚好说着我的主人夏洛克跟您：他有的是钱，您有的是上帝的恩惠。

巴散尼奥 你说得很好。老人家，你带着你的儿子，先去向他的旧主人告别，然后再来打听我的住址。（向侍从）给他做一身比别人格外鲜艳一点的制服，不可有误。

朗西洛脱 爸爸，进去吧，我不能得到一个好差使吗？我生了嘴不会说话吗？好，（视手掌）在意大利要是有谁生得一手比我还好的掌纹，就一定会交好运的。好，这儿是一条笔直的寿命线；这儿有不多几个老婆。唉！十五个老婆算得什么，十一个寡妇，再加上几个黄花闺女，对于一个男人也不算太多啊。还要三次溺水不死，有一次几乎在一张天鹅绒的床边送了性命，好险呀好险！好，要是命运之神是个女的，她倒是个很好的娘儿。爸爸，来，我要用一霎眼的工夫向那犹太人告别。

（朗西洛脱及老高波下）

巴散尼奥 好里奥那陀，请你记好，这些东西买到以后，把它们安排停当，就赶紧回来，因为我今晚要宴请我的最有名望的相识；快去吧。

里奥那陀 我一定给您尽力办去。

葛莱西安诺上。

葛莱西安诺 你家主人呢？

里奥那陀 他就在那边走着，先生。（下）

葛莱西安诺 巴散尼奥大爷！

巴散尼奥 葛莱西安诺！

葛莱西安诺 我要向您提出一个要求。

巴散尼奥 我答应你。

葛莱西安诺 您不能拒绝我；我一定要跟您到贝尔蒙脱去。

巴散尼奥 啊，那么我只好让你去了。可是听着，葛莱西安诺，你这个人太随便，太不拘礼节，太爱高声说话了；这几点本来对于你是再合适不过的，在我们的眼睛里也不以为嫌，可是在陌生人的地方，那就好像有点儿放肆啦。请你千万留心在你的活泼的天性里尽力放几分冷静进去，否则人家见了你这样狂放的行为，也许会对我发生误会，害我不能达到我的希望。

葛莱西安诺 巴散尼奥大爷，听我说。我一定会装出一副安详的态度，说起话来恭而敬之，难得赌一两句咒，口袋里放一本祈祷书，脸孔上堆满了庄严；不但如此，在念食前祈祷的时候，我还要把帽子拉下来遮住我的眼睛，叹一口气，说一句"阿门"；我一定遵守一切礼仪，就像人家有意装得循规蹈矩去讨他老祖母的欢喜一样。要是我不照这样的话做去，您以后不用相信我好了。

巴散尼奥 好，我们倒要瞧瞧你装得像不像。

葛莱西安诺 今天晚上可不算；您不能按照我今天晚上的行动来判断我。

巴散尼奥 不，那未免太煞风景了。我倒要请你今天晚上痛痛快快地欢畅一下，因为我已经跟几个朋友约定，大家都要尽兴狂欢。现在我还有点事情，等会儿见。

葛莱西安诺 我也要去找罗伦佐，还有那些人；晚饭的时候我们一定来看您。

（各下）

第三场 同前 夏洛克家中一室

吉雪加及朗西洛脱上。

吉雪加 你这样离开我的父亲，使我很不高兴；我们这个家是一座地狱，幸亏有你这淘气的小鬼，多少解除了几分闷气。可是再会吧，朗西洛脱，这一块钱你且拿了去；你在晚饭的时候，可以看见一位叫作罗伦佐的，是你新主人的客人，这封信你替我交给他，留心别让旁人看见。现在你快去吧，我不敢让我的父亲瞧见我跟你谈话。

朗西洛脱 再见！眼泪哽住了我的舌头。顶美丽的异教徒，顶温柔的犹太人！倘不是一个基督徒跟你母亲私通，生了你下来，就算我有眼无珠。再会吧！这些傻气的泪点，快要把我的男子气概都淹没啦。再见！

吉雪加 再见，好朗西洛脱。*（朗西洛脱下）* 唉，我真是罪恶深重，竟会羞于做我父亲的孩子！可是虽然我在血统上是他的女儿，在作为上却不是他的女儿。罗伦佐啊！你要是能够守信不渝，我将要结束我的内心的冲突，皈依基督教，做你的亲爱的妻子。*（下）*

第四场 同前 街道

葛莱西安诺，罗伦佐，撒拉林诺及萨兰尼奥同上。

罗伦佐 不，咱们就在吃晚饭的时候溜了出去，在我的寓所里化装好了，只消一点钟工夫就可以把事情办好回来。

葛莱西安诺 咱们还没有好好儿准备过呢。

撒拉林诺 咱们还没有提到过拿火炬的人。

萨兰尼奥 那一定要经过一番训练，否则叫人瞧着笑话；依我看来，还是不用了吧。

罗伦佐 现在还不过四点钟，咱们还有两个钟头可以准备起来。

朗西洛脱持函上。

罗伦佐 朗西洛脱朋友，你带什么消息来了？

朗西洛脱　请您把这封信拆开来，好像它会告诉您的。

罗伦佐　我认识这笔迹，这几个字写得真好看，写这封信的那双手，是比这信纸还要洁白的。

葛莱西安诺　一定是情书。

朗西洛脱　大爷，小的告辞了。

罗伦佐　你还要到哪儿去？

朗西洛脱　呃，大爷，我要去请我的旧主人犹太人今天晚上陪我的新主人基督徒吃饭。

罗伦佐　慢着，这几个钱赏给你；你去回复温柔的吉雪加，我不会误她的约，留心说话的时候别给旁人听见。各位，去吧。（朗西洛脱下）你们愿意去准备今天晚上的假面跳舞会吗？我已经有了一个拿火炬的人了。

撒拉林诺　是，我立刻就去准备起来。

萨兰尼奥　我也就去。

罗伦佐　再过一点钟左右，咱们大家在葛莱西安诺的寓所里相会。

撒拉林诺　很好。（撒拉林诺、萨兰尼奥同下）

葛莱西安诺　那封信不是吉雪加写给你的吗？

罗伦佐　我必须把一切都告诉你。她已经教我怎样带着她逃出她父亲的家，告诉我她随身带了多少金银珠宝，已经准备好怎样一身小童的服装。要是她的父亲那个犹太人有一天会上天堂，那一定因为上帝看在他善良的女儿面上特别开恩。噩运再也不敢侵犯她，除非因为她的父亲是个奸诈的犹太人。来，跟我一块儿去；你可以一边走一边读这封信。美丽的吉雪加将要替我拿着火炬。（同下）

第五场　同前　夏洛克家门前

夏洛克及朗西洛脱上。

夏洛克　好，你就可以知道，你就可以亲眼瞧瞧夏洛克老头子跟巴散尼奥有什么不同啦。喂，吉雪加！我家里容得你狼吞虎咽，别人家里是不许你这样放肆的；喂，吉雪加！我家里还让你睡觉打鼾，把衣服胡乱撕破；喂，吉雪加！

朗西洛脱 喂，吉雪加！

夏洛克 谁叫你喊的？我没有叫你喊呀。

朗西洛脱 您老人家不是常常怪我一定要等人家吩咐了才做事吗？

　　　　吉雪加上。

吉雪加 您叫我吗？有什么吩咐？

夏洛克 吉雪加，人家请我去吃晚饭；这儿是我的钥匙，你好生收管着。可是我去干什么呢？人家又不是真心邀请我，他们不过拍拍我的马屁而已。可是我因为恨他们，倒要去这一趟，受用受用这个浪子基督徒的酒食。吉雪加，我的孩子，留心照看门户。我实在有点不愿意去；昨天晚上我做梦看见钱袋，恐怕不是个吉兆。

朗西洛脱 老爷，请您一定去，我家少爷在等着您赏光呢。

夏洛克 我也在等着他赏我一记耳光哩。

朗西洛脱 他们已经商量好了；我并不说您可以看到一场假面跳舞，可是您要是果然看到了，那就怪不得我在上一个黑曜日[1]早上六点钟会流起鼻血来啦，那一年正是在圣灰节星期三第四年的下午。

夏洛克 怎么！还有假面跳舞吗？听好，吉雪加，把家里的门锁上了；听见鼓声和弯笛子的怪叫声音，不许爬到窗子上张望，也不要伸出头去，瞧那些脸上涂得花花绿绿的傻基督徒们打街道上走过。所有的窗都给我关起来，别让那些无聊的胡闹的声音钻进我的清静的屋子里。凭着雅各的牧羊杖起誓，我今晚真有点不想出去参加什么宴会。可是就去这一次吧。小子，你先回去，说我就来了。

朗西洛脱 那么我先去了，老爷。小姐，留心看好窗外："跑来一个基督徒，不要错过好姻缘。"（下）

夏洛克 嘿，那个夏甲的傻瓜后裔[2]说些什么？

吉雪加 没有说什么，他只是说，"再会，小姐。"

夏洛克 这蠢材人倒还好，就是食量太大；做起事来，慢吞吞的像只蜗牛一般；白天睡觉的本领，比野猫还胜过几分；我家里可容不得懒惰的黄蜂，

---

[1] 黑曜日（Black-Monday）即复活节礼拜一。据说1360年4月14日的复活节礼拜一，英王爱德华三世进攻巴黎，正值暴风雨，兵士多冻死。流鼻血为不吉之兆。故云。

[2] 夏甲（Hagar）为犹太人始祖亚伯兰（后上帝改其名为亚伯拉罕）正妻撒拉的婢女，撒拉因无子，劝亚伯兰纳夏甲为次妻；夏甲生子后，遭撒拉之妒，与其子并遭斥逐。见《圣经·旧约·创世纪》。此处所云"夏甲后裔"，系表示"贱种"之意。

所以才打发他走了，让他去跟着那个靠借债过日子的败家精，正好帮他消费。好，吉雪加，进去吧；也许我一会儿就回来，记住我的话，把门随手关了。"缚得牢，跑不了"，这是一句千古不磨的至理名言。（下）

吉雪加　再会；要是我的命运不跟我作梗，那么我将要失去一个父亲，你也要失去一个女儿了。（下）

第六场　同前

葛莱西安诺及撒拉林诺戴假面同上。

葛莱西安诺　这儿屋檐下便是罗伦佐叫我们守望的地方。

撒拉林诺　他约定的时间快要过去了。

葛莱西安诺　他会迟到真是件怪事，因为恋人们总是赶在时钟的前面的。

撒拉林诺　啊！维纳斯的鸽子飞去缔结新欢的盟约，比之履行旧日的诺言，总是要快上十倍。

葛莱西安诺　那是一定的道理。谁在席终人散以后，他的食欲还像初入座时候那么强烈？哪一匹马在冗长的归途上，会像它启程时那么长驱疾驰？世间的任何事物，追求时候的兴致总要比享用时候的兴致浓烈。一艘新下水的船只扬帆出港的当儿，多么像一个娇养的少年，给那轻狂的风儿爱抚搂抱！可是等到它回来的时候，船身已遭风日的侵蚀，船帆也变成了百结的破衲，它又多么像一个落魄的浪子，给那轻狂的风儿肆意欺凌！

撒拉林诺　罗伦佐来啦，这些话你留着以后再说吧。

罗伦佐上。

罗伦佐　两位好朋友，累你们久等了，对不起得很，实在是因为我有点事情，急切里抽身不出。等你们将来也要偷妻子的时候，我一定也替你们守这么些时候。过来，这儿就是我的犹太岳父所住的地方。喂！里面有人吗？

吉雪加男装自上方上。

吉雪加　你是哪一个？我虽然认识你的声音，可是为了免得错认了人，请你把名字告诉我。

罗伦佐 我是罗伦佐，你的爱人。

吉雪加 你果然是罗伦佐，也的确是我的爱人，谁会使我爱得像爱你一样呢？罗伦佐，除了你之外，谁还知道我究竟是不是属于你的？

罗伦佐 上天和你的思想，都可以证明你是属于我的。

吉雪加 来，把这匣子接住了，你拿了去会大有好处的。幸亏在夜里，你瞧不见我，我改扮成这个样子，怪不好意思哩。可是恋爱是盲目的，恋人们瞧不见他们自己所干的傻事；要是他们瞧得见的话，那么丘比特瞧见我变成一个男孩子，也会脸红起来哩。

罗伦佐 下来吧，你必须替我拿着火炬。

吉雪加 什么！我必须拿着烛火，照亮自己的羞耻吗？像我这样子，已经太轻狂了，应该遮掩遮掩才是，怎么反而要在别人面前露脸？

罗伦佐 亲爱的，你穿上这一身漂亮的男孩子衣服，人家不会认出你来的。快来吧，夜色已经在不知不觉中深了起来，巴散尼奥在等着我们去赴宴呢。

吉雪加 让我把门窗关好，再收拾些银钱带在身边，然后立刻就来。（自上方下）

葛莱西安诺 凭着我的头巾发誓，她真是个基督徒，不是个犹太人。

罗伦佐 我从心底里爱着她。要是我有判断的能力，那么她是聪明的；要是我的眼睛没有欺骗我，那么她是美貌的；她已经替自己证明她是忠诚的；像她这样又聪明，又美丽，又忠诚，怎么不叫我把她永远放在自己的灵魂里呢？

　　吉雪加上。

罗伦佐 啊，你来了吗？朋友们，走吗！我们的舞伴们现在一定在那儿等着我们了。（罗伦佐、吉雪加、撒拉林诺同下）

　　安东尼奥上。

安东尼奥 那边是谁？

葛莱西安诺 安东尼奥先生！

安东尼奥 咦，葛莱西安诺！还有那些人呢？现在已经九点钟啦，我们的朋友们大家在那儿等着你们。今天晚上的假面跳舞会取消了，风势已转，巴散尼奥就要立刻上船。我已经差了二十个人来找你们了。

葛莱西安诺 那好极了；我巴不得今天晚上就开船出发。（同下）

第七场 贝尔蒙脱 鲍细霞家中一室

喇叭奏花腔。鲍细霞及摩洛哥亲王各率侍从上。

鲍细霞 去把帐幕揭开，让这位尊贵的王子瞧瞧那几个匣子。现在请殿下自己选择吧。

摩洛哥亲王 第一只匣子是金的，上面刻着这几个字："谁选择了我，将要得到众人所希求的东西。"第二只匣子是银的，上面刻着这样的约许："谁选择了我，将要得到他所应得的东西。"第三只匣子是用沉重的铅打成的，上面刻着像铅一样冷酷的警告："谁选择了我，必须准备把他所有的一切作为牺牲。"我怎么可以知道我选得错不错呢？

鲍细霞 这三只匣子中间，有一只里面藏着我的小像；您要是选中了那一只，我就是属于您的了。

摩洛哥亲王 求神明指示我！让我看；我且先把匣子上面刻着的字句再推敲一遍。这一个铅匣子上面说些什么？"谁选择了我，必须准备把他所有的一切作为牺牲。"必须准备牺牲，为什么？为了铅吗？为了铅而牺牲一切吗？这匣子说的话儿倒有些吓人。人们为了希望得到重大的利益，才会不惜牺牲一切；一颗贵重的心，决不会屈躬俯就鄙贱的外表；我不愿为了铅的缘故而作任何的牺牲。那个色泽皎洁的银匣子上面说些什么？"谁选择了我，将要得到他所应得的东西。"得到他所应得的东西！且慢，摩洛哥，把你自己的价值作一下公正的估计吧。照你自己判断起来，你应该得到很高的评价，可是也许凭着你这几分长处，还不配娶到这样一位小姐；然而我要是疑心我自己不够资格，那未免太小看自己了。得到我所应得的东西！当然那就是指这位小姐而说的；讲到家世，财产，人品，教养，我在哪一点上配不上她？可是超乎这一切之上，凭着我这一片深情，也就应该配得上她了。那么我不必迟疑，就选了这一个匣子吧。让我再瞧瞧那金匣子上说些什么话："谁选择了我，将要得到众人所希求的东西。"啊，那正是这位小姐了。整个儿的世界都希求着她。从地球的四角他们迢迢而来，顶礼这位尘世的仙真：赫堪尼亚的沙漠和广大的阿拉伯的辽阔的荒野，现在已经成为各国王子们前来瞻仰美貌的鲍细霞的通衢大道；把唾沫吐在天庭面上的傲慢不逊的海洋，也不能阻止外邦的远客，他们越过汹涌的波涛，就像跨过一条小河一样，为了要看一看鲍细霞的绝世姿容。在这三只匣子中间，有一只里面藏着她的天仙似的小像。难道那铅匣子里会藏着她吗？想起这样一个卑劣的思想，就是一种亵渎。那么她是会藏在那价值只及纯金十分之一的银匣子里面吗？啊，罪恶的思想！这样一颗珍贵的珠宝，决不会装在比金子低贱的匣子里。把钥匙交给我；我已经选定了，但愿我的希望能够实现！

鲍细霞 亲王，请您拿着这钥匙；要是这里边有我的小像，我就是您的了。（摩洛哥亲王开金匣）

摩洛哥亲王 哎哟，该死！这是什么？一个死人的骷髅，那空空的眼眶里藏着一张有字的纸卷。让我读一读上面写着什么。

发闪光的不全是黄金，

古人的说话没有骗人；

多少世人出卖了一生，

不过看到了我的外形，

蛆虫占据着镀金的坟。

你要是又大胆又聪明，

手脚壮健，见识却老成，

就不会得到这样回音；

再见，劝你冷却这片心。

冷却这片心；真的是枉费辛劳！

永别了，热情！欢迎，凛冽的寒飙！

再见，鲍细霞；悲伤塞满了心胸，

莫怪我这败军之将去得匆匆。（率侍从下；喇叭奏花腔）

鲍细霞 他去得倒还知趣。把帐幕拉下。但愿像他一样肤色的人，都像他一样选不中。（同下）

莎士比亚喜剧集

第八场 威尼斯 街道

撒拉林诺及萨兰尼奥上。

撒拉林诺 啊，朋友，我看见巴散尼奥开船，葛莱西安诺也跟他同船去；我相信罗伦佐一定不在他们船里。

萨兰尼奥 那个恶犹太人大呼小叫地吵到公爵那儿去，公爵已经跟着他去搜巴散尼奥的船了。

撒拉林诺 他去迟了一步，船已经开出。可是有人告诉公爵，说他们曾经看见罗伦佐跟他的多情的吉雪加在一艘平底船里；而且安东尼奥也向公爵证明他们并不在巴散尼奥的船上。

萨兰尼奥 那犹太狗在街上一路乱叫乱喊："我的女儿！啊，我的银钱！啊，我的女儿！跟一个基督徒逃走啦！啊，我的基督徒的银钱！公道啊！法律啊！我的银钱，我的女儿！一袋封好的，两袋封好的银钱，给我的女儿偷去了！还有珠宝！两颗宝石，两颗珍贵的宝石，都给我的女儿偷去了！公道啊！把那女孩子找出来！她身边带着宝石，还有银钱。"

撒拉林诺 威尼斯城里所有的小孩子们，都跟在他背后，喊着他的宝石，他的女儿，他的银钱。

萨兰尼奥 安东尼奥应该留心那笔债款不要误了期，否则他要在他身上报复的。

撒拉林诺 对了，你想起得不错。昨天我跟一个法国人谈天，他对我说起，在英法二国之间的狭隘的海面上，有一艘从咱们国里开出去的满载着货物的船只出事了。我一听见这句话，就想起安东尼奥，但愿那艘船不是他的才好。

萨兰尼奥 你最好把你听见的消息告诉安东尼奥；可是你要轻描淡写地说话，免得害他着急。

撒拉林诺 世上没有一个比他更仁厚的君子。我看见巴散尼奥跟安东尼奥分别，巴散尼奥对他说他一定尽早回来，他就回答说，"不必，巴散尼奥，不要为了我的缘故而误了你的正事，你等到一切事情圆满完成以后再回来吧；至于我在那犹太人那里签下的约，你不必放在心上，你只管高高兴兴，一心一意地进行着你的好事，施展你的全副精神，去博得美人的欢心吧。"说到这里，他的眼睛里已经噙着一包眼泪，他就回转身去，把他的手伸到背后，亲亲热热地握着巴散尼奥的手，他们就这样分别了。

萨兰尼奥　我看他只是为了他的缘故才爱这世界的。咱们现在就去找他，想些开心的事儿替他解解愁闷，你看好不好？

撒拉林诺　很好很好。（同下）

第九场　贝尔蒙脱　鲍细霞家中一室

聂莉莎及一仆人上。

聂莉莎　赶快，赶快，扯开那帐幕；阿拉贡亲王已经宣过誓，就要来选匣子啦。喇叭奏花腔。阿拉贡亲王及鲍细霞各率侍从上。

鲍细霞　瞧，尊贵的王子，那三个匣子就在这儿；您要是选中了有我的小像藏在里头的那一只，我们就可以立刻举行婚礼；可是您要是失败了的话，那么殿下，您必须立刻离开这儿。

阿拉贡亲王　我已经宣誓遵守三项条件：第一，不得告诉任何人我所选的是哪一只匣子；第二，要是我选错了匣子，终身不得再向任何女子求婚；第三，要是我选不中，必须立刻离开此地。

鲍细霞　为了我这微贱的身子来此冒险的人，没有一个不曾发誓遵守这几个条件。

阿拉贡亲王　我也是这样宣誓过了。但愿命运满足我的心愿！一只是金的，一只是银的，还有一只是下贱的铅的。"谁选择了我，必须准备把他所有的一切作为牺牲。"你要我为你牺牲，应该再好看一点才是。那个金匣子上面说的什么？"谁选择了我，将要得到众人所希求的东西。"众人所希求的东西！那"众人"也许是指那无知的群众，他们只知道凭着外表取人，信赖着一双愚妄的眼睛，不知道窥察到内心，就像暴风雨中的燕子，把巢筑在屋外的墙壁上，自以为可保万全，不想到灾祸就会接踵而至。我不愿选择众人所希求的东西，因为我不愿随波逐流，与庸俗的群众为伍。那么还是让我瞧瞧你吧，你这白银的宝库；待我再看一遍刻在你上面的字句："谁选择了我，将要得到他所应得的东西。"说得好，一个人要是自己没有几分长处，怎么可以妄图非分？尊荣显贵，原来不是无德之人所可以忝窃的。唉！要是世间的爵禄官职，都能够因功授赏，不藉钻营，那么多少脱帽侍立的人将会高冠盛服，多少发号施令的人将会唯唯听命，多少卑劣鄙贱的渣滓可以从高贵的种子中间筛分出来，多少隐暗不彰的贤才异能，可以从世俗的糠秕中间剔选出来，大放它们的光泽！闲话少说，还是让我考虑考虑怎样选择吧。"谁选择了我，将要得到他所应得的东西。"那么我有份了。把这匣子上的钥匙给我，让我立刻打开藏在这里面的我的命运。（开银匣）

鲍细霞 您在这里面瞧见些什么？怎么呆住了一声也不响？

阿拉贡亲王 这是什么？一个眯着眼睛的傻瓜的画像，上面还写着字句！让我读一下看。唉！你跟鲍细霞相去得多么远！你跟我的希望又相去多么远！难道我只配得到你这样一个东西吗？"谁选择了我，将要得到他所应得的东西。"难道我只应该得到一副傻瓜的嘴脸吗？那便是我的奖品吗？我不该得到好一点的东西吗？

鲍细霞 毁谤和评判，是两件作用不同，性质相反的事。

阿拉贡亲王 这儿写着什么？

这银子在火里烧过七遍；
那永远不会错误的判断，
也必须经过七次的试炼。
有的人终身向幻影追逐，
只好在幻影里寻求满足。
我知道世上尽有些呆鸟，
空有着一个镀银的外表；
随你娶一个怎样的妻房，
摆脱不了这傻瓜的皮囊；
去吧，先生，莫再耽搁时光！
我要是再留在这儿发呆，
愈显得是个十足的蠢材；
顶一颗傻脑袋来此求婚，
带两个蠢头颅回转家门。

别了，美人，我愿遵守誓言，

默忍着心头愤怒的熬煎。（阿拉贡亲王率侍从下）

鲍细霞　正像飞蛾在烛火里伤身，

这些傻瓜们自恃着聪明，

免不了被聪明误了前程。

聂莉莎　古话说得好，上吊娶媳妇，

都是一个人注定的天数。

鲍细霞　来，聂莉莎，把帐幕拉下了。

一仆人上。

仆　人　小姐呢？

鲍细霞　在这儿；尊驾有什么见教？

仆　人　小姐，门口有一个年轻的威尼斯人，说是来通知一声，他的主人就要
来啦；他说他的主人叫他先来向小姐致意，除了一大堆恭维的客套以
外，还带来了几件很贵重的礼物。小的从来没有见过这么一位体面的
爱神的使者；预报繁茂的夏季快要来临的四月的天气，也不及这个为
主人先驱的俊仆温雅。

鲍细霞　请你别说下去了吧；你把他称赞得这样天花乱坠，我怕你就要说他是
你的亲戚了。来，来，聂莉莎，我倒很想瞧瞧这一位爱神差来的体面
的使者。

聂莉莎　爱神啊，但愿来的是巴散尼奥！（同下）

莎士比亚喜剧集

第三幕

第一场 威尼斯 街道

萨兰尼奥及撒拉林诺上。

萨兰尼奥 交易所里有什么消息？

撒拉林诺 他们都在那里说安东尼奥有一艘满装着货物的船在海峡里倾覆了；那地方的名字好像是古特温，是一处很危险的沙滩，听说有许多大船的残骸埋葬在那里，要是那些传闻之辞是确实可靠的话。

萨兰尼奥 我但愿那些谣言就像那些吃饱了饭没事做，嚼嚼生姜，或者一把鼻涕一把眼泪地假装为了她第三个丈夫死去而痛哭的那些婆子们所说的鬼话一样靠不住。可是那的确是事实——不说啰哩啰唆的废话，也不说枝枝节节的闲话。这位善良的安东尼奥，正直的安东尼奥。啊，我希望我有一个可以充分形容他的好处的字眼！

撒拉林诺 好了，好了，别说下去了吧。

萨兰尼奥 吓！你说什么！总归一句话，他损失了一艘船。

撒拉林诺 但愿这是他最末一次的损失。

萨兰尼奥 让我赶快喊"阿门"，免得给魔鬼打断了我的祷告，因为他已经扮成一个犹太人的样子来啦。

夏洛克上。

萨兰尼奥 啊，夏洛克！商人中间有什么消息？

夏洛克 有什么消息！我的女儿逃走啦，这件事情是你比谁都格外知道得详细的。

撒拉林诺 那当然啦，就是我也知道她飞走的那对翅膀是哪一个裁缝替她做的。

萨兰尼奥 夏洛克自己也何尝不知道，她羽毛已长，当然要离开娘家啦。

夏洛克 她干出这种不要脸的事来，死了一定要下地狱。

撒拉林诺 倘然魔鬼做她的判官，那是当然的事情。

夏洛克 我自己的血肉跟我造反！

撒拉林诺 你的肉跟她的肉比起来，比黑炭和象牙还差得远，你的血跟她的血比起来，比红葡萄酒和白葡萄酒还差得远。可是告诉我们，你听没听见人家说起安东尼奥在海上遭到了损失？

夏洛克 说起他，又是我的一桩倒霉事情。这个败家精，这个破落户，他不敢在交易所里露一露脸，他平常到市场上来，穿着得多么齐整，现在可变成一个叫花子啦。让他留心他的借约吧；他老是骂我盘剥取利；让他留心他的借约吧；他是本着基督徒的精神，放债从来不取利息的；让他留心他的借约吧。

撒拉林诺 我相信要是他不能按约偿还借款，你一定不会要他的肉的；那有什么用处呢？

夏洛克 拿来钓鱼也好；即使他的肉不中吃，至少也可以出出我这一口气。他曾经羞辱过我，夺去我几十万块钱的生意，讥笑着我的亏蚀，挖苦着我的盈余，侮蔑我的民族，破坏我的买卖，离间我的朋友，煽动我的仇敌；他的理由是什么？只因为我是一个犹太人。难道犹太人没有眼睛吗？难道犹太人没有五官四肢，没有知觉，没有感情，没有血气吗？他不是吃着同样的食物，同样的武器可以伤害他，同样的医药可以疗治他，冬天同样会冷，夏天同样会热，就像一个基督徒一样吗？你们要是用刀剑刺我们，我们不是也会出血的吗？你们要是搔我们的痒，我们不是也会笑起来的吗？你们要是用毒药谋害我们，我们不是也会死的吗？那么要是你们欺侮了我们，我们难道不会复仇吗？要是在别的地方我们都跟你们一样，那么在这一点上也是彼此相同的。要是一个犹太人欺侮了一个基督徒，那基督徒应该怎样表现他的忍让？报仇呀。要是一个基督徒欺侮了一个犹太人，那么照着基督徒的榜样，那犹太人应该怎样？报仇呀。你们已经把残虐的手段教给我，我一定会照着你们的教训实行，而且还要加倍奉敬哩。

一仆人上。

仆　人 两位先生，我家主人安东尼奥在家里要请两位过去谈谈。

撒拉林诺　我们正在到处找他呢。

　　　　　杜拔尔上。

萨兰尼奥　又是一个他的族中人来啦；世上再也找不到第三个像他们这样的人，除非魔鬼自己也变成了犹太人。（萨兰尼奥、撒拉林诺及仆下）

夏洛克　啊，杜拔尔！热诺亚有什么消息？你有没有找到我的女儿？

杜拔尔　我所到的地方，往往听见人家说起她，可是总找不到她。

夏洛克　哎呀，糟糕！糟糕！糟糕！我在法兰克福出两千块钱买来的那颗金钢钻也丢啦！诅咒到现在才降落到咱们民族头上，我到现在才觉得它的厉害。那一颗金刚钻就是两千块钱，还有别的贵重的贵重的珠宝。我希望我的女儿死在我的脚下，那些珠宝都挂在她的耳朵上；我希望她就在我的脚下入土安葬，那些银钱都放在她的棺材里！不知道他们的下落吗？哼，我不知道为了寻访他们，又花去了多少钱。你这你这——损失上再加损失！贼子偷了这么多走了，还要花这么多去寻访贼子，结果仍旧是一无所得，出不了这一口怨气。只有我一个人倒霉，只有我一个人叹气，只有我一个人流眼泪！

杜拔尔　倒霉的不单是你一个人。我在热诺亚听人家说，安东尼奥——

夏洛克　什么？什么？什么？他也倒了霉吗？他也倒了霉吗？

杜拔尔　——有一艘从特里坡利斯来的大船，在途中触礁。

夏洛克　谢谢上帝！谢谢上帝！是真的吗？是真的吗？

杜拔尔　我曾经跟几个从那船上出险的水手谈过话。

夏洛克　谢谢你，好杜拔尔。好消息，好消息！哈哈！什么地方？在热诺亚吗？

杜拔尔　听说你的女儿在热诺亚一个晚上花去八十块钱。

夏洛克　你把一把刀戳进我的心里！我再也瞧不见我的银子啦！一下子就是八十块钱！八十块钱！

杜拔尔　有几个安东尼奥的债主跟我同路到威尼斯来，他们肯定地说他这次一定要破产。

夏洛克　我很高兴。我要摆布摆布他；我要叫他知道些厉害。我很高兴。

杜拔尔　有一个人给我看一个指环，说是你女儿拿它向他买一只猴子的。

夏洛克　该死该死！杜拔尔，你提起这件事，真叫我心里难过；那是我的绿玉指环，是我的妻子莉娅在我们没有结婚的时候送给我的；即使人家把一大群猴子来向我交换，我也不愿把它给人。

杜拔尔　可是安东尼奥这次一定完了。

夏洛克　对了，这是真的，一点不错。去，杜拔尔，现在离开借约满期还有半个月，你先给我到衙门里走动走动，花费几个钱。要是他违了约，我要挖出他的心来；即使他不在威尼斯，我也不怕他逃出我的掌心。去，去，杜拔尔，咱们在会堂里见面。好杜拔尔，去吧；会堂里再见，杜拔尔。（各下）

第二场　贝尔蒙脱　鲍细霞家中一室

巴散尼奥，鲍细霞，葛莱西安诺，聂莉莎及侍从等上。

鲍细霞　请您不要太急，停一两天再选吧；因为要是您选得不对，咱们就不能再在一块儿，所以请您暂时缓一下吧。我心里仿佛有一种什么感觉——可是那不是爱情——告诉我我不愿失去您；您一定也知道，嫌憎是不会向人说这种话的。一个女孩儿家本来不该信口说话，可是唯恐您不能懂得我的意思，我真想留您在这儿住上一两个月，然后再让您为我而冒险一试。我可以教您怎样选才不会有错；可是这样我就要违犯了誓言，那是断断不可的；然而那样您也许会选错；要是您选错了，您一定会使我起了一个有罪的愿望，懊悔我不该为了不敢背誓而忍心让您失望。顶可恼的是您这一双眼睛，它们已经瞧透了我的心，把我分成两半：半个我是您的，还有那半个我也是您的，——不，我的意思是说那半个我是我的，可是既然是我的，也就是您的，所以整个儿的我都是您的。唉！都是这些无聊的世俗礼法，使人们不能享受他们合法的权利；所以我虽然是您的，却又不是您的。要是结果果真如此，作孽的命运，不是我。我说得太啰唆了，可是我的目的是要尽量拖延时间，不放您马上去选择。

巴散尼奥　让我选吧；我现在这样提心吊胆，才像给人拷问一样受罪呢。

鲍细霞　给人拷问，巴散尼奥！那么你给我招认出来，在你的爱情之中，隐藏着什么奸谋？

巴散尼奥　没有什么奸谋，我只是有点怀疑忧惧，但恐我的痴心化为徒劳；奸谋跟我的爱情正像冰炭一样，是无法相容的。

鲍细霞　嗯，可是我怕你是因为受不住拷问的痛苦，才说这样的话。

巴散尼奥　您要是答应赦我一死，我愿意招认真情。

鲍细霞　好，赦你一死，您招认吧。

巴散尼奥　"爱"便是我所能招认的一切，多谢我的刑官，您给我怎样免罪的答话了！可是让我去瞧瞧那几个匣子，试试我的运气吧。

鲍细霞　那么去吧！在那三个匣子中间，有一个里面锁着我的小像，您要是真的爱我，您会把我找出来的。聂莉莎，你跟其余的人都站开些。在他选择的时候，把音乐奏起来，要是他失败了，好让他像天鹅一样在音乐声中死去。把这比喻说得更确当一些，我的眼睛就是他葬身的清流。也许他会胜利的，那么那音乐又像什么呢？那时候音乐就像忠心的臣子俯伏迎迓新加冕的君王的时候所吹奏的号角，又像是黎明时分送进正在做着好梦的新郎的耳中，催他起来举行婚礼的甜柔的琴韵。现在他去了，他的沉毅的姿态，就像少年赫邱里斯奋身前去，在特洛亚人的呼叫声中，把他们祭献给海怪的处女拯救出来一样，可是他心里却藏着更多的爱情；我站在这儿作牺牲，她们站在旁边，就像泪眼模糊的达达尼尔妇女们，出来看这场争斗的结果。去吧，赫邱里斯！我的生命悬在你手里，但愿你安然生还，我这观战的人心中，比你上场作战的人还要惊恐万倍！

　　　　巴散尼奥独白时，乐队奏乐唱歌。

歌

告诉我爱情生长在何方？

还是在脑海？还是在心房？

它怎样发生？它怎样成长？

　　回答我，回答我。

爱情的火在眼睛里点亮，

凝视是爱情生活的滋养，

它的摇篮便是它的坟堂。

让我们把爱的丧钟鸣响。

　　叮当！叮当！

（众和）叮当！叮当！

巴散尼奥　外观往往和事物的本身完全不符，世人却容易为表面的装饰所欺骗。

在法律上，哪一件卑鄙邪恶的陈诉，不可以用娓娓动听的言辞掩饰它的罪状？在宗教上，哪一桩罪大恶极的过失，不可以引经据典，文过饰非，证明它的确上合天心？任何彰明昭著的罪恶，都可以在外表上装出一副道貌岸然的样子。多少没有胆量的懦夫，他们的心其实软如流沙，可他们的颊上却长着天神一样威武的胡须，人家只看着他们的外表，也就居然把他们当作英雄一样看待！再看那些世间所谓美貌吧，那是完全靠着脂粉装点出来的，愈是轻浮的女人，所涂的脂粉也愈重；至于那些随风飘扬，像蛇一样的金丝鬈发，看上去果然漂亮，不知道却是从坟墓中死人的骷髅上借来的。所以装饰不过是一道把船只诱进凶涛险浪的怒海中去的陷人的海岸，又像是遮掩着一个黑丑蛮女的一道美丽的面幕；总而言之，它是狡诈的世人用来欺诱智士的似是而非的真理。所以，你炫目的黄金，米达斯王[1]的坚硬的食物，我不要你；你惨白的银子，在人们手里来来去去的下贱的奴才，我也不要你；可是你，寒碜的铅，你的形状只能使人退走，一点没有吸引人的力量，然而你的质朴却比巧妙的言辞更能打动我的心，我就选了你吧，但愿结果美满！

鲍细霞　（旁白）一切纷杂的思绪，多心的疑虑，鲁莽的绝望，战栗的恐惧，酸性的猜忌，多么快地烟消云散了！爱情啊！把你的狂喜节制一下，不要让你的欢乐溢出界限，让你的情绪越过分寸；你使我感觉到太多的幸福，请你把它减轻几分吧，我怕我快要给快乐窒息而死了！

巴散尼奥　这里面是什么？（开铅匣）美丽的鲍细霞的副本！这是谁的神化之笔，描画出这样一位绝世的美人？这双眼睛是在转动吗，还是因为我的眼球在转动，所以仿佛它们也在随着转动？她的微启的双唇，是因为她嘴里吐出来的甘美芳香的气息而分裂的；唯有这样甘美的气息才能分开这样甜蜜的朋友。画师在描画她的头发的时候，一定曾经化身为蜘蛛，织下了这么一个金丝的发网，来诱捉男子们的心，哪一个男子见了它，不会比飞蛾投入蛛网还快地陷下网罗呢？可是她的眼睛！他怎么能够睁了眼睛把它们画出来呢？他在画了一只眼睛以后，我想它的逼人的光芒，一定会使他自己目眩神夺，再也描画不成其余的一

---

[1] 米达斯（Midas），弗立基亚（Phrygia）王，祷神求点金术，神允之，触指成金，食物亦成金。

只。可是瞧，我用尽一切赞美的字句，还不能充分形容出这一个画中幻影的美妙；然而这幻影跟它的实体比较起来，又是多么望尘莫及！

这儿是一纸手卷，宣判着我的命运。

你选择不凭着外表，

果然给你直中鹄心！

胜利既已入你怀抱，

你莫再往别处追寻。

这结果倘使你满意，

就请接受你的幸运，

赶快回转你的身体，

给你的爱深深一吻。

温柔的纶音！美人，请恕我大胆。（吻鲍细霞）

我奉命来把彼此的深情交换。

像一个夺标的健儿驰骋身手，

耳旁只听见沸腾的人声如吼，

虽然明知道胜利已在他手掌，

却不敢相信人们在向他赞赏。

绝世的美人，我现在神眩目晕，

仿佛闯进了一场离奇的梦境；

除非你亲口证明这一切是真，

我再也不相信我自己的眼睛。

鲍细霞 巴散尼奥公子，您瞧我站在这儿，不过是这样的一个人。虽然为了我自己的缘故，我不愿妄想自己比现在的我更好一点；可是为了您的缘故，我希望我能够六十倍胜过我的本身，再加上一千倍的美丽，一万倍的富有；我但愿我有无比的贤德，美貌，财产和亲友，好让我在您的心目中占据一个很高的位置。可是我这一身却是一无所有，我只是一个不学无术，没有教养的女子；幸亏她的年纪还不是顶大，来得及发愤学习；她的天资也不是顶笨，可以加以教导之功；尤其大幸的，她有一颗柔顺的心灵，愿意把它奉献给您，听从您的指导，把您当作她的主人，她的统治者和她的君王。我自己以及我所有的一切，现在都变成您的所有了；刚才我还拥有着这一座华丽的大厦，我的仆人都听从着我的指挥，我是支配我自己的女王，可是就在现在，这屋子，这些仆人和这一个我，都是属于您的了，我的夫君。凭着这一个指环，我把这一切完全呈献给您；要是您让这指环离开您的身边，或者把它丢了，或者把它送给了别人，那就预示着您的爱情的毁灭，我可以因此责怪您的。

巴散尼奥　小姐，您使我说不出一句话来，只有我的热血在我的血管里跳动着向您陈诉。我的精神是在一种恍惚的状态中，正像喜悦的群众在听到他们所爱戴的君王的美妙的演说以后那种心灵眩惑的神情，除了口头的赞叹和内心的欢乐以外，一切的一切都混合起来，化成白茫茫的一片模糊。可是这指环要是有一天离开这手指，那么我的生命也一定已经终结；那时候您可以放胆地说，巴散尼奥已经死了。

聂莉莎　姑爷，小姐，我们站在旁边，眼看我们的愿望成为事实，现在该让我们来道喜了。恭喜姑爷！恭喜小姐！

葛莱西安诺　巴散尼奥大爷和我的温柔的夫人，愿你们享受一切的快乐！我还有一个请求，要是你们决定在什么时候举行嘉礼，我也想跟你们一起结婚。

巴散尼奥　很好，只要你能够找到一个妻子。

葛莱西安诺　谢谢大爷，您已经替我找到一个了。不瞒大爷说，我这一双眼睛瞧起人来，并不比您大爷慢；您瞧见了小姐，我也看中了使女；您发生了爱情，我也发生了爱情。您的命运靠那几个匣子决定，我也是一样；因为我在这儿千求万告，身上的汗出了一身又是一身，指天誓日地说到唇干舌燥，才算得到这位好姑娘的一句回音，答应我要是您能够得到她的小姐，我也可以得到她的爱情。

鲍细霞　这是真的吗，聂莉莎？

聂莉莎　是真的，小姐，要是您赞成的活。

巴散尼奥　葛莱西安诺，你也是出于真心吗？

葛莱西安诺　是的，大爷。

巴散尼奥　我们的喜筵有你们的婚礼添兴，那真是喜上加喜了。

葛莱西安诺　我们要跟他们打赌一千块钱，看谁先养儿子。

聂莉莎　什么，还要赌一把？

葛莱西安诺　嗷，我们怕是赢不了，还是不赌了吧。可是谁来啦？罗伦佐和他的异教徒吗？什么！还有我那威尼斯老朋友萨兰尼奥？

罗伦佐，吉雪加及萨兰尼奥上。

巴散尼奥　罗伦佐，萨兰尼奥，虽然我也是初履此地，让我借用着这里主人的名义，欢迎你们的到来。亲爱的鲍细霞，请您允许我接待我这几个同乡朋友。

鲍细霞　我也是竭诚欢迎他们。

罗伦佐　谢谢。巴散尼奥大爷，我本来并没有想到要到这儿来看您，因为在路上碰见萨兰尼奥，给他不由分说地硬拉着一块儿来啦。

萨兰尼奥　是我拉他来的，大爷，我是有理由的，安东尼奥先生叫我替他向您致意。（给巴散尼奥一信）

巴散尼奥　在我没有拆开这信以前，请你告诉我，我的好朋友近来好吗？

萨兰尼奥　他没有病，除非有点儿心病；您看了他的信，就可以知道他的近况。

葛莱西安诺　聂莉莎，招待招待那位客人。把你的手给我，萨兰尼奥。威尼斯有些什么消息？我们善良的商人安东尼奥怎样？我知道他听见了我们的成功，一定会十分高兴；我们是两个杰生，把金羊毛取了来啦。

萨兰尼奥　我希望你们能够把他失去的金羊毛取了回来，那就好了。

鲍细霞　那信里一定有些什么坏消息，巴散尼奥的脸色都变白了；多半是一个什么好朋友死了，否则不会有别的事情会把一个堂堂男子汉激动到这个样子的。怎么，还有更坏的事情吗？恕我冒渎，巴散尼奥，我是您自身的一半，这封信所带给您的任何不幸的消息，也必须让我分一半去。

巴散尼奥　啊，亲爱的鲍细霞！这信里所写的，是自有纸墨以来最悲惨的字句。好小姐，当我初次向您倾吐我的爱慕之忱的时候，我坦白地告诉您，我的高贵的家世是我仅有的财产，那时我并没有向您说谎；可是，亲爱的小姐，单单把我说成一个两袖清风的寒士，还未免夸张过分，因为我不但一无所有，而且还负着一身的债务；不但欠了我的一个好朋友许多钱，还累他为了我的缘故，欠了他仇家的钱。这一封信，小姐，那信纸就像是我朋友的身体，上面的每一个字，都是一处血淋淋的创伤。可是，萨兰尼奥，那是真的吗？难道他的船舶都一起遭难了？竟没有一艘平安到港吗？从特里坡利斯，从墨西哥，从英国，里斯本，巴巴里和印度来的船只，没有一艘能够逃过那些毁害商船的礁石的可怕的撞击吗？

萨兰尼奥　一艘也没有逃过。而且即使他现在有钱还那犹太人，那犹太人也不肯收他。我从来没有见过这样一个样子像人的家伙，一心一意只想残害他的同类，他不分昼夜地向公爵絮叨，说是他们倘不给他主持公道，那么威尼斯根本不成其为自由邦。二十个商人，公爵自己，还有那些最有名望的士绅，都曾劝过他，可是谁也不能叫他回心转意，放弃他的狠毒的控诉，他一口咬定，要求按照约文的规定，处罚安东尼奥的违约。

吉雪加　我在家里的时候，曾经听见他向杜拔尔和邱斯，他的两个同族的人谈起，说他宁可取安东尼奥身上的肉，不愿收受比他的欠款多二十倍的钱。要是法律和威权不能拒绝他，那么可怜的安东尼奥恐怕难逃一死了。

鲍细霞　遭到这样危难的人，是不是您的好朋友？

巴散尼奥　我的最亲密的朋友，一个心肠最仁慈的人，热心为善，多情尚义，在他身上存留着比任何意大利人更多的古代罗马的仁侠精神。

鲍细霞　他欠那犹太人多少钱？

巴散尼奥　他为了我的缘故，向他借了三千块钱。

鲍细霞　什么，只有这一点数目吗？还他六千块钱，把那借约毁了；两倍六千块钱，或者照这数目再加三倍都可以，可是万万不能因为巴散尼奥的过失，害这样一位好朋友损伤一根毛发。先和我到教堂里去结为夫妇，然后你就到威尼斯去看你的朋友，鲍细霞决不让你抱着一颗不安宁的良心睡在她的身旁。你可以带偿还这笔小小借款的二十倍那么多的钱去；债务清了以后，就带你的忠心的朋友到这儿来。我的侍女聂莉莎陪着我在家里，仍旧像未嫁的时候一样，守候着你们的归来。来，今天就是你结婚的日子，大家快快乐乐，好好招待你的朋友们。你既然是用这么大的代价买来的，我一定格外爱你。可是让我听听你朋友的信。

巴散尼奥　"巴散尼奥挚友如握：弟船只悉数遇难。债主煎迫，家业荡然。犹太人之约，业已愆期；履行罚则，殆无生望。足下前此欠弟债项，一切勾销，唯盼及弟未死之前，来相临视，或足下燕婉情浓，不忍遽别，则亦不复相强，此信置之可也。"

鲍细霞　啊，亲爱的，快把一切事情办好，立刻就去吧！

莎士比亚喜剧集

巴散尼奥　既然蒙您允许，我就赶快收拾动身，可是——

　　　　　此去经宵应少睡，长留魂魄紧相思。（同下）

第三场　威尼斯　街道

夏洛克，撒拉林诺，安东尼奥及狱吏上。

夏洛克　狱官，留心看住他；不要对我讲什么慈悲。这就是那个放债不取利息的傻瓜。狱官，留心看住他。

安东尼奥　再听我说句话，好夏洛克。

夏洛克　我一定要照约实行；你倘然想推翻这一张契约，那还是请你免开尊口的好。我已经发过誓，非得照约实行不可。你曾经无缘无故骂我狗，既然我是狗，那么你可留心着我的狗牙齿吧。公爵一定会给我主持公道的。你这糊涂的狱官，我真不懂你老是会答应他的请求，陪着他到外边来。

安东尼奥　请你听我说。

夏洛克　我一定要照约实行，不要听你讲什么鬼话；我一定要照约实行，所以请你闭嘴吧。我不像那些软心肠流泪的傻瓜们一样，听了基督徒的几句劝告，就会摇头叹气，懊悔屈服。别跟着我，我不要听你说话，我要照约实行。（下）

撒拉林诺　这是人世间一头最顽固的恶狗。

安东尼奥　别理他；我也不愿再费无益的唇舌向他哀求了。他要的是我的命，我也知道他的原因。常常有许多人因为不堪他的剥削，向我诉苦，是我帮助他们脱离他的压迫，所以他才恨我。

撒拉林诺　我相信公爵一定不会允许他执行这一种处罚。

安东尼奥　公爵不能变更法律的规定，因为威尼斯的繁荣，完全倚赖着各国人民的来往通商，要是剥夺了异邦人应享的权利，一定会使人对威尼斯的法治精神发生重大的怀疑。去吧，这些不如意的事情，已经把我搅得心力交瘁，我怕到明天身上也许割不下一磅肉来，偿还我这位不怕血腥气的债主了。狱官，走吧，求上帝，让巴散尼奥来亲眼看见我替他还债，我就死而无怨了！（同下）

第四场 贝尔蒙脱 鲍细霞家中一室

鲍细霞，聂莉莎，罗伦佐，吉雪加及包尔萨泽上。

罗伦佐 夫人，不是我当面恭维您，您的确有一颗高贵真诚，不同凡俗的仁爱的心，尤其像这次敦促尊夫就道，宁愿割舍儿女的私情，这一种精神毅力，真令人万分钦佩。可是您倘使知道受到您这种好意的是个什么人，您所救援的是怎样一个正直的君子，他对于尊夫的交情又是怎样深挚，我相信您一定会格外因为做了这一件好事而自傲，不仅仅认为这是在人道上一件不得不尽的义务而已。

鲍细霞 我做了好事从来不后悔，现在也当然不会。因为凡是常在一块儿谈心游戏的朋友，彼此之间都有一重相互的友爱，他们在容貌上，风度上，习性上，也必定相去不远；所以在我想来，这位安东尼奥既然是我的丈夫的心腹好友，他的为人一定很像我的丈夫。要是我的猜想果然不错，那么我把一个跟我的灵魂相仿的人从残暴的迫害下救赎出来，花了这一点儿代价，算得什么！可是这样的话，太近于自吹自擂了，所以别说了吧，还是谈些其他的事情。罗伦佐，在我的丈夫没有回来以前，我要劳驾您替我照管家里；我自己已经向天许下密誓，要在祈祷和默念中过着生活，只让聂莉莎一个人陪着我，直到我们两人的丈夫回来。在两英里路之外有一所修道院，我们就预备住在那儿。我向您提出这一个请求，不只是为了个人的私情，还有其他事实上的必要，请您不要拒绝我。

罗伦佐 夫人，您有什么吩咐，我无不乐于遵命。

鲍细霞 我的仆人们都已知道我的决心，他们会把您和吉雪加当作巴散尼奥和我自己一样看待。后会有期，再见了。

罗伦佐 但愿美妙的思想和安乐的时光追随在您的身旁！

吉雪加 愿夫人一切如意！

鲍细霞 谢谢你们的好意，我也愿意用同样的愿望祝福你们。再见，吉雪加。（吉雪加、罗伦佐下）包尔萨泽，我一向知道你诚实可靠，希望你永远做一个诚实可靠的人。这一封信你给我火速送到帕度亚，交给我的表兄裴拉里奥博士亲手收拆；要是他有什么回信和衣服交给你，你就赶快带着它们到码头上，乘公共渡船到威尼斯去。不要多说话，去吧；我会在威尼斯等你。

包尔萨泽 小姐，我尽快去就是了。（下）

鲍细霞 来，聂莉莎，我现在还要干一些你没有知道的事情；我们要在我们的丈夫还没有想到我们之前去跟他们相会。

聂莉莎 我们要让他们看见我们吗？

鲍细霞 他们将会看见我们，聂莉莎，可是我们要打扮得叫他们认不出来我们的本来面目。我可以拿无论什么东西跟你打赌，要是我们都扮成了少年男子，我一定比你漂亮点儿，带起刀子来也比你格外神气点儿；我会沙着喉咙讲话，就像一个正在发育着的男孩子一样；我会把两个姗姗细步并成一个男人家的阔步；我会学着那些爱吹牛的哥儿们的样子，谈论一些击剑比武的玩意儿，再随口编造些巧妙的谎话，什么谁家的千金小姐爱上了我啦，我不接受她的好意，她害起病来死啦，我怎么心中不忍，后悔不该害了人家的性命啦，以及二十个诸如此类的无关紧要的谎话，人家听见了，一定以为我走出学校的门还不满一年。这些爱吹牛的娃娃们的鬼花样儿我有一千种在脑袋里，都可以搬出来应用。

聂莉莎 怎么，我们要扮成男人吗？

鲍细霞 为什么不？来，车子在门口等着我们，我们上了车，我可以把我的整个计划一路告诉你，快去吧，今天我们要赶二十英里路呢。（同下）

第五场　同前　花园

朗西洛脱及吉雪加上。

朗西洛脱 真的，不骗您，父亲的罪恶是要子女承当的，所以我倒真的在替您捏着一把汗呢，我一向喜欢对您说老实话，所以现在我也老老实实地把我心里所担忧的事情告诉您；您放心吧，我想您总免不了下地狱。只有一个希望也许可以帮帮您的忙，可是那也是个不大高妙的希望。

吉雪加 请问你，是什么希望呢？

朗西洛脱 嗯，您可以存着一半儿的希望，希望您不是您的父亲所生，不是这个犹太人的女儿。

吉雪加 这个希望可真的太不高妙啦；这样说来，我的母亲的罪恶又要降到我的身上来了。

朗西洛脱 那倒也是真的，您不是为您的父亲下地狱，就是为您的母亲下地狱；逃过了凶恶的礁石，逃不过危险的旋涡。好，您下地狱是下定了。

吉雪加 我可以靠着我的丈夫得救；他已经使我变成一个基督徒了。

朗西洛脱 这就是他大大的不该。咱们本来已经有很多的基督徒，简直快要挤都挤不下啦；要是再这样把基督徒一批一批制造出来，猪肉的价钱一定会飞涨，大家吃起猪肉来，恐怕每人只好分到一片薄薄的咸肉了。

吉雪加 朗西洛脱，你这样胡说八道，我一定要告诉我的丈夫。他来啦。

罗伦佐上。

罗伦佐 朗西洛脱，你要是再拉着我的妻子在壁角里说话，我真的要吃起醋来了。

吉雪加 不，罗伦佐，你放心好了，我已经跟朗西洛脱翻脸啦。他老是不客气地告诉我，上天不会对我发慈悲，因为我是一个犹太人的女儿；他又说你不是国家的好公民，因为你把犹太人变成了基督徒，提高了猪肉的价钱。

罗伦佐 要是政府向我质问起来，我自有话说。可是，朗西洛脱，你把那黑人的女儿弄大了肚子，这该是什么罪名呢？

朗西洛脱 那摩尔姑娘若是失去理智给人弄大肚子，当然是非同小可；可是如果她并不是个规矩女人，那我倒是抬举她啦。

罗伦佐 瞧，傻瓜都说起俏皮话来啦！这样下去，最好的辩才也只好哑口无言，就只听见八哥在那儿出风头了！给我进去，小鬼，叫他们好预备吃饭了。

朗西洛脱 先生，他们早已预备好了，他们都是有肚子的呢。

罗伦佐 你的嘴真尖利！那么关照他们把饭菜准备好。

朗西洛脱 他们准备好了，大爷。您只用说：把饭菜端上来。

罗伦佐 那么就有劳尊驾吩咐吧。

朗西洛脱 小的可不敢这样使唤人啊。

罗伦佐 竟然一招都不放过！你可是打算把你的全部本领在今天一齐使出来？

　　我是个老实人，不会跟你瞎扯。去对你那些同伴们说，桌子可以铺起来，饭菜可以端上来，我们要进来吃饭啦。

朗西洛脱　是，先生，我就去叫他们把饭菜铺起来，桌子端上来；至于您进不进来吃饭，那可悉听尊便。（下）

罗伦佐　瞧，这个傻瓜话说得多么巧妙动听。我知道有好多傻瓜，地位比他高，一件正事不管，只管卖弄俏皮话。你好吗，吉雪加？亲爱的好人儿，现在告诉我，你对于巴散尼奥的夫人有什么意见？

吉雪加　好到没有话说。巴散尼奥大爷娶到这样一位好夫人，享尽了人世天堂的幸福；自然应该不会走上邪路了。要是有两个天神打赌，各自拿一个人间的女子做赌注，如其一个是鲍细霞，那么还有一个必须另外加上些什么，才可以彼此相抵，因为这一个寒碜的世界还不能产生一个跟她同样好的人来。

罗伦佐　他娶到了她这么一个好妻子，你也嫁着了我这么一个好丈夫。

吉雪加　那可要先问问我的意见。

罗伦佐　可以可以，可是先让我们吃了饭再说。

吉雪加　不，让我趁着胃口没有倒之前，先把你恭维两句。

罗伦佐　不，你有话还是留到吃饭的时候说吧；那么不论你说得好说得坏，我都可以连着饭菜一起吞下去。

吉雪加　好，你且等着听我怎样说你吧。（同下）

第四幕

第一场　威尼斯　法庭

公爵，众绅士，安东尼奥，巴散尼奥，葛莱西安诺，撒拉林诺，萨兰尼奥及余人等同上。

公　爵　安东尼奥有没有来？

安东尼奥　有，殿下。

公　爵　我很替你不快乐；你是来跟一个心如铁石的对手当庭对质，一个不懂得怜悯，没有一丝慈悲心的不近人情的恶汉。

安东尼奥　听说殿下曾经用尽力量劝他不要过为已甚，可是他一味坚持，不肯略作让步。既然没有合法的手段可以使我脱离他的怨毒的掌握，我只有用默忍迎受他的愤怒，安心等待着他的残暴的处置。

公　爵　来人，传那犹太人到庭。

撒拉林诺　他在门口等着；他来了，殿下。

夏洛克上。

公　爵　大家让开些，让他站在我的面前。夏洛克，人家都以为你不过故意装出这一副凶恶的姿态，到了最后关头，就会显出你的仁慈恻隐来，比你现在这种表面上的残酷更加出人意料；现在你虽然坚持着照约处罚，一定要从这个不幸的商人身上割下一磅肉来，到了那时候，你不但愿意放弃这一种处罚，而且因为受到良心上的感动，说不定还会豁免他一部分的欠款。人家都是这样说，我也是这样猜想着。你看他最近接连遭逢的巨大损失，足以使无论怎样富有的商人倾家荡产，即使铁石一样的心肠，从来不知道人类同情的野蛮人，也不能不对他的境遇发

莎士比亚喜剧集

生怜悯。犹太人，我们都在等候你一句温和的回答。

夏洛克　我的意思已经向殿下告禀过了；我也已经指着我们的圣安息日起誓，一定要照约执行处罚；要是殿下不准许我的请求，那就是蔑视宪章，我要到京城里上告去，要求撤销贵邦的特权。您要是问我为什么不愿接受三千块钱，宁愿拿一块腐烂的臭肉，那我可没有什么理由可以回答您，我只能说我喜欢这样，这是不是一个回答？要是我的屋子里有了耗子，我高兴出一万块钱叫人把它们赶掉，谁管得了我？这不是回答了您吗？有的人不爱看张开嘴的猪，有的人瞧见一头猫就要发脾气，还有人听见人家吹风笛的声音，就忍不住要小便；因为一个人的感情完全受着喜恶的支配，谁也做不了自己的主。现在我就这样回答您：为什么有人受不住一只张开嘴的猪，有人受不住一只有益无害的猫，还有人受不住咿咿唔唔的风笛的声音，这些都是毫无充分的理由的，只是因为天生的癖性，使他们一受到刺激，就会情不自禁地现出丑相来；所以我不能举什么理由，也不愿举什么理由，除了因为我对于安东尼奥抱着久积的仇恨和深刻的反感，所以才会向他进行这一场对于我自己并没有好处的诉讼。现在您不是已经得到我的回答了吗？

巴散尼奥　你这冷酷无情的家伙，这样的回答可不能作为你的残忍的辩解。

夏洛克　我的回答本来不是为要讨你的欢喜。

巴散尼奥　难道人们对于他们所不喜欢的东西，都一定要置之死地吗？

夏洛克　哪一个人会恨他所不愿意杀死的东西？

巴散尼奥　初次的冒犯，不应该就引为仇恨。

夏洛克　什么！你愿意给毒蛇咬两次吗？

安东尼奥　请你想一想，你现在跟这个犹太人讲理，就像站在海滩上，叫那大海的怒涛减低它的奔腾的威力，责问豺狼为什么害母羊为了失去它的羔羊而哀啼，或是叫那山上的松柏，在受到天风吹拂的时候，不要摇头摆脑，发出簌簌的声音。要是你能够叫这个犹太人的心变软——世上还有什么东西比它更硬呢？那么还有什么难事不可以做到？所以我请你不用再跟他商量什么条件，也不用替我想什么办法，让我爽爽快快受到判决，满足这犹太人的心愿吧。

巴散尼奥　借了你三千块钱，现在拿六千块钱还你好不好？

夏洛克　即使这六千块钱中间的每一块钱都可以分作六份，每一份都可以变成一块钱，我也不要它们，我只要照约处罚。

公　爵　你这样一点没有慈悲之心，将来怎么能够希望人家对你慈悲呢？

夏洛克　我又不干错事，怕什么刑罚？你们买了许多奴隶，把他们当作驴狗骡马一样看待，叫他们做种种卑贱的工作，因为他们是你们出钱买来的。我可不可以对你们说，让他们自由，叫他们跟你们的子女结婚？为什么他们要在重担之下流着血汗呢？让他们的床铺得跟你们的床同样柔软，让他们的舌头也尝尝你们所吃的东西吧，你们会回答说："这些奴隶是我们所有的。"所以我也可以回答你们：我向他要求的这一磅肉，是我出了很大的代价买来的；它是我的所有，我一定要把它拿到手里。您要是拒绝了我，那么你们的法律根本就是骗人的东西！我现在等候着判决，请快些回答我，我可不可以拿到这一磅肉？

公　爵　我已经差人去请裴拉里奥，一位有学问的博士，来替我们审判这件案子了；要是他今天不来，我可以有权宣布延期判决。

撒拉林诺　殿下，外面有一个使者刚从帕度亚来，带着这位博士的书信，等候着殿下的召唤。

公　爵　把信拿来给我；叫那使者进来。

巴散尼奥　高兴起来吧，安东尼奥！喂，老兄，不要灰心！这犹太人可以把我的肉，我的血，我的骨头，我的一切都拿去，可是我决不让你为了我的缘故流一滴血。

安东尼奥　我是羊群里一头不中用的病羊，死是我的应分，最软弱的果子最先落到地上，让我也就这样结束了我的一生吧。你应当继续活下去，巴散尼奥；我的墓志铭除了你以外，是没有人写得好的。

　　　　　聂莉莎扮律师书记上。

公　爵　你是从帕度亚裴拉里奥那里来的吗？

聂莉莎　是，殿下。裴拉里奥叫我向殿下致意。（呈上一信）

巴散尼奥　你这样使劲儿磨着刀干吗？

夏洛克　从那破产的家伙身上割下那磅肉来。

葛莱西安诺　狠心的犹太人，你的刀不应该放在你的靴底磨，应该放在你的灵魂里磨，才可以磨得锐利；就是刽子手的钢刀，也赶不上你的刻毒的心肠厉害。难道什么恳求都不能打动你吗？

夏洛克　不能，无论你说得多么婉转动听，都没有用。

葛莱西安诺　万恶不赦的狗，看你死后不下地狱！让你这种东西活在世上，真是公道不生眼睛。你简直使我的信仰发生摇动，相信起毕达哥拉斯[1]所说畜生的灵魂可以转生人体的议论来了；你的前生一定是一只豺狼，因为吃了人给人捉住吊死，它那凶恶的灵魂就从绞架上逃了出来，钻进了你那老娘的胎里，因为你的性情正像豺狼一样残暴贪婪。

夏洛克　除非你能够把我这一张契约上的印章骂掉，否则像你这样拉开了喉咙直嚷，不过白白伤了你的肺，何苦来呢？好兄弟，我劝你还是修养修养你的脑子吧，免得它将来一起毁坏得不可收拾。我在这儿要求法律的裁判。

公　爵　裴拉里奥在这封信上介绍一位年轻有学问的博士出席我们的法庭。他在什么地方？

聂莉莎　他就在这儿附近等着您的答复，不知道殿下准不准许他进来？

公　爵　非常欢迎。来，你们去三四个人，恭恭敬敬领他到这儿来。现在让我们把裴拉里奥的来信当庭宣读。

书　记　（读）"尊翰到时，鄙人抱疾方剧；适有一青年博士包尔萨泽君自罗马来此，致其慰问，因与详讨犹太人与安东尼奥一案，遍稽群籍，折中是非，遂恳其为鄙人庖代，以应殿下之召。凡鄙人对此案所具意见，此君已深悉无遗；其学问才识，虽穷极赞辞，亦不足道其万一，务希勿以其年少而忽之，盖如此少年老成之士，实鄙人生平所仅见也。倘蒙延纳，必能不辱使命。敬祈钧裁。"

公　爵　你们已经听到了博学的裴拉里奥的来信，这儿来的大概就是那位博士了。

　　　　鲍细霞扮律师上。

公　爵　把您的手给我。足下是从裴拉里奥老前辈那儿来的吗？

鲍细霞　正是，殿下。

公　爵　欢迎欢迎；请上坐。您有没有明了今天我们在这儿审理的这件案子的两方面的争点？

鲍细霞　我对于这件案子的详细情形已经完全知道了。这儿哪一个是那商人，哪一个是犹太人？

---

[1] 毕达哥拉斯（Pythagoras）为主张灵魂轮回说的古希腊哲学家。

公　爵　安东尼奥，夏洛克，你们两人都上来。

鲍细霞　你的名字就叫夏洛克吗？

夏洛克　夏洛克是我的名字。

鲍细霞　你这场官司打得倒也奇怪，可是按照威尼斯的法律，你的控诉是可以成立的。（向安东尼奥）你的生死现在操在他的手里，是不是？

安东尼奥　他是这样说的。

鲍细霞　你承认这借约吗？

安东尼奥　我承认。

鲍细霞　那么犹太人应该慈悲一点。

夏洛克　为什么我应该慈悲一点？把您的理由告诉我。

鲍细霞　慈悲不是出于勉强，它是像甘霖一样从天上降下尘世，它不但给幸福于受施的人，也同样给幸福于施与的人；它有超乎一切的无上威力，比皇冠更足以显出一个帝王的高贵：御杖不过象征着俗世的威权，使人民对于君上的尊严凛然生畏；慈悲的力量却高出于权力之上，它深藏在帝王的内心，是一种属于上帝的德性，执法的人倘能把慈悲调剂着公道，人间的权力就和上帝的神力没有差别。所以，犹太人，虽然你所要求的是公道，可是请你想一想，要是真的按照公道执行起赏罚来，谁也没有死后得救的希望；我们既然祈祷着上帝的慈悲，就应该自己做一些慈悲的事。我说了这一番话，为的是希望你能够从你的法律的立场上作几分让步；可是如果你坚持着原来的要求，那么威尼斯的法庭是执法无私的，只好把那商人宣判定罪了。

夏洛克　我只要求法律允许我照约执行处罚。

鲍细霞　他是不是不能清还你的债款？

巴散尼奥　不，我愿意替他当庭还清；照原数加倍也可以；要是这样他还不满足，那么我愿意签署契约，还他十倍的数目，倘然不能如约，他可以割我的手，砍我的头，挖我的心；要是这样还不能使他满足，那就是存心害人，不顾天理了。请堂上运用权力，把法律稍为变通一下，犯一次小小的错误，干一件大大的功德，别让这个残忍的恶魔逞他杀人的兽欲。

鲍细霞　那可不行，在威尼斯谁也没有权力变更既成的法律；要是开了这个恶例，以后谁都可以借口有例可援，什么坏事情都可以干了。这是不行的。

夏洛克　一个但尼尔[1]来做法官了！真的是但尼尔再世！聪明的青年法官啊，我真佩服你！

鲍细霞　请你让我瞧一瞧那借约。

夏洛克　在这儿，可尊敬的博士；请看吧。

鲍细霞　夏洛克，他们愿意出三倍的钱还你呢！

夏洛克　不行，不行，我已经对天发过誓啦，难道我可以让我的灵魂背上毁誓的罪名吗？不，把整个儿的威尼斯给我，我都不能答应。

鲍细霞　好，那么就应该照约处罚；根据法律，这犹太人有权要求从这商人的胸口割下一磅肉来。还是慈悲一点，把三倍原数的钱拿去，让我撕了这张约吧。

夏洛克　等他按照约中所载条款受罚以后，再撕不迟。您瞧上去像是个很好的法官；您懂得法律，您讲的话也很有道理，不愧是法律界的中流砥柱，所以现在我就用法律的名义，请您立刻进行宣判，凭着我的灵魂起誓，谁也不能用他的口舌改变我的决心。我现在但等着执行原约。

安东尼奥　我也诚心请求堂上从速宣判。

鲍细霞　好，那么就是这样：你必须准备让他的刀子刺进你的胸膛。

夏洛克　啊，尊严的法官！好一位优秀的青年！

鲍细霞　因为这约上所订定的惩罚，对于法律条文的含义并无抵触。

夏洛克　很对很对！啊，聪明正直的法官！想不到你瞧上去这样年轻，见识却这么老练！

鲍细霞　所以你应该把你的胸膛袒露出来。

夏洛克　对了，"他的胸部"，约上这么说的。不是吗，尊严的法官？——"靠近心口的所在"，约上写得明明白白的。

鲍细霞　不错，称肉的天平有没有预备好？

夏洛克　我已经带来了。

鲍细霞　夏洛克，你应该自己拿出钱来，请一位外科医生替他堵住伤口，免得他流血而死。

夏洛克　约上有这样的规定吗？

鲍细霞　约上并没有这样的规定，可是那又有什么相干呢？为了人道起见，你

---

[1] 但尼尔（Daniel），以色列人的著名律师，以善于折狱称。

应该这样做的。

夏洛克　我找不到；约上没有这一条。

鲍细霞　商人，你还有什么话说吗？

安东尼奥　我没有多少话要说，我已经准备好了。把你的手给我，巴散尼奥，再会吧！不要因为我为了你的缘故遭到这种结局而悲伤。因为命运对我已经特别照顾了：它往往让一个不幸的人在家产荡尽以后继续活下去，用他凹陷的眼睛和满是皱纹的额头去挨受贫困的暮年；这一种拖延时日的刑罚，它已经把我豁免了。替我向尊夫人致意，告诉她安东尼奥的结局。对她说我怎样爱你，替我在死后说几句好话；等到你把这一段故事讲完以后，再请她判断一句，巴散尼奥是不是曾经有过一个真心爱他的朋友。不要因为你将要失去一个朋友而懊恨，替你还债的人是死而无怨的；只要那犹太人的刀刺得深一点，我就可以在一刹那的时间把那笔债完全还清。

巴散尼奥　安东尼奥，我爱我的妻子，就像我自己的生命一样；可是我的生命，我的妻子，以及整个的世界，在我的眼中都不比你的生命更为贵重；我愿意丧失一切，把它们献给这恶魔做牺牲，来救出你的生命。

鲍细霞　尊夫人要是就在这儿听见你说这话，恐怕不见得会感谢您吧。

葛莱西安诺　我有一个妻子，我可以发誓我是爱她的；可是我希望她马上归天，好去求告上帝改变这恶狗一样的犹太人的心。

聂莉莎　幸亏尊驾在她的背后说这样的话，否则府上一定要吵得鸡犬不宁了。

夏洛克　这些便是相信基督教的丈夫！我有一个女儿，我宁愿她嫁给强盗的子孙，不愿她嫁给一个基督徒，别再浪费光阴了；请快些儿宣判吧。

鲍细霞　那商人身上的一磅肉是你的；法庭判给你，法律许可你。

夏洛克　公平正直的法官！

鲍细霞　你必须从他的胸前割下这磅肉来；法律许可你，法庭判给你。

夏洛克　博学多才的法官！判得好！来，预备！

鲍细霞　且慢，还有别的话哩。这约上并没有允许你取他的一滴血，只是写明着"一磅肉"，所以你可以照约拿一磅肉去，可是在割肉的时候，要是流下一滴基督徒的血，你的土地财产，按照威尼斯的法律，就要全部充公。

葛莱西安诺　啊，公平正直的法官！听着，犹太人；啊，博学多才的法官！

莎士比亚喜剧集

夏洛克　法律上是这样说吗？

鲍细霞　你自己可以去查查明白。既然你要求公道，我就给你公道，不管这公道是不是你所希望的。

葛莱西安诺　啊，博学多才的法官！听着，犹太人；好一个博学多才的法官！

夏洛克　那么我愿意接受还款；照约上的数目三倍还我，放了那基督徒吧。

巴散尼奥　钱在这儿。

鲍细霞　别忙！这犹太人必须得到绝对的公道，别忙！他除了照约处罚以外，不能接受其他的赔偿。

葛莱西安诺　啊，犹太人！一个公平正直的法官，一个博学多才的法官！

鲍细霞　所以你准备着动手割肉吧。不准流一滴血，也不准割得超过或是不足一磅的重量。要是你割下来的肉，比一磅略微轻一点或是重一点，即使相差只有一丝一毫，或者仅仅一根汗毛之微，就要把你抵命，你的财产全部充公。

葛莱西安诺　一个再世的但尼尔，一个但尼尔，犹太人！现在你可掉在我的手里了，你这异教徒！

鲍细霞　那犹太人为什么还不动手？

夏洛克　把我的本钱还我，放我去吧。

巴散尼奥　钱我已经预备好在这儿，你拿去吧。

鲍细霞　他已经当庭拒绝过了；我们现在只能给他公道，让他履行原约。

葛莱西安诺　好一个但尼尔，一个再世的但尼尔！谢谢你，犹太人，你教会我说这句话。

夏洛克　难道我不能单单拿回我的本钱吗？

鲍细霞　犹太人，除了冒着你自己生命的危险，割下那一磅肉以外，你不能拿一个钱。

夏洛克　好，那么魔鬼保佑他去享用吧！我不打这场官司了。

鲍细霞　等一等，犹太人，法律上还有一点牵涉你。威尼斯的法律规定：凡是一个异邦人企图用直接或间接手段，谋害任何公民，查明确有实据者，他的财产的半数应当归被害的一方所有，其余的半数没入公库，犯罪者的生命悉听公爵处置，他人不得过问。你现在刚巧陷入这一条法网，因为根据事实的发展，已经足以证明你确有运用直接间接手段，危害被告生命的企图，所以你已经遭逢着我刚才所说起的那种危险了。快快跪下来，请公爵开恩吧。

葛莱西安诺 求公爵开恩，让你自己去寻死吧，可是你的财产现在充了公，一根绳子也买不起啦，所以还得要让公家破费把你吊死。

公　爵 让你瞧瞧我们基督徒的精神，你虽然没有向我开口，我自动饶恕了你的死罪，你的财产一半划归安东尼奥，还有一半没入公库；要是你能够诚心悔过，也许还可以减处你一笔较轻的罚款。

鲍细霞 这是说没入公库的一部分，不是说划归安东尼奥的一部分。

夏洛克 不，把我的生命连着财产一起拿了去吧，我不要你们的宽恕。你们夺去了我的养家活命的根本，就是夺去了我的家，活活的要了我的命。

鲍细霞 安东尼奥，你能不能够给他一点慈悲？

葛莱西安诺 白送给他一根上吊的绳子吧；看在上帝的面上，不要给他别的东西！

安东尼奥 要是殿下和堂上愿意从宽发落，免予没收他的财产的一半，我就十分满足了；只要他能够让我接管他的另外一半的财产，等他死了以后，把它交给最近和他的女儿私奔的那位绅士；可是还要有两个附带的条件：第一，他接受了这样的恩典，必须立刻改信基督教；第二，他必须当庭写下一张文契，声明他死了以后，他的全部财产传给他的女婿罗伦佐和他的女儿。

公　爵 他必须履行这两个条件，否则我就撤销刚才所宣布的赦令。

鲍细霞 犹太人，你满意吗？你有什么话说？

夏洛克 我满意。

鲍细霞 书记，写下一张授赠产业的文契。

夏洛克 请你们允许我退庭，我身子不大舒服，文契写好了送到我家里，我在上面签名就是了。

公　爵 去吧，可是临时变卦是不成的。

葛莱西安诺 你在受洗礼的时候，可以有两个教父；要是我做了法官，我一定给你请十二个教父，不是领你去受洗，是送你上绞架。（夏洛克下）

公　爵 先生，我想请您到舍间去用餐。

鲍细霞 请殿下多多原谅，我今天晚上要回帕度亚去，必须现在就动身，恕不奉陪了。

公　爵 您这样忙，不能容我略尽寸心，真是抱歉得很。安东尼奥，谢谢这位

先生，你这回全亏了他。（公爵，众士绅及侍从等下）

巴散尼奥　最可尊敬的先生，我跟我这位敝友今天多赖您的智慧，免去了一场无妄之灾，为了表示我们的敬意，这三千块钱本来是预备还那犹太人的，现在就奉送给先生，聊以报答您的辛苦。

安东尼奥　您的大恩大德，我们永远不忘记的。

鲍细霞　一个人做了心安理得的事，就是得到了最大的酬报；我这次帮了两位的忙，总算没有失败，已经引为十分满足，用不着再谈什么酬谢了。但愿咱们下次见面的时候，两位仍旧认识我。现在我就此告辞了。

巴散尼奥　好先生，我不能不再向您提出一个请求，请您随便从我们身上拿些什么东西去，不算是酬谢，只算是留个纪念，请您答应接受我两件礼物，赏我这一个面子，原谅我的礼轻意重。

鲍细霞　你们这样殷勤，我只好却之不恭了。（向安东尼奥）把您的手套送给我，让我戴在手上留个纪念吧；（向巴散尼奥）为了纪念您的盛情，让我拿了这戒指去，不要缩回您的手，我不再向您要什么了；您既然是一片诚意，想来总也不会拒绝我吧。

巴散尼奥　这指环吗，好先生？唉！它是个不值钱的玩意儿；我不好意思把这东西送给您。

鲍细霞　我什么都不要，就是要这指环；现在我想我非得把它要来不可了。

巴散尼奥　这指环的本身并没有什么价值，可是因为有其他的关系，我不能把它送人。我愿意搜访威尼斯最贵重的一枚指环来送给您，可是这一枚却只好请您原谅了。

鲍细霞　先生，您原来是个口头上慷慨的人；您先教我怎样伸手求讨，然后再教我懂得了一个叫花子会得到怎样的回答。

巴散尼奥　好先生，这指环是我的妻子给我的，她把它套上我的手指的时候，曾经叫我发誓永远不把它出卖，送人，或是遗失。

鲍细霞　人们在吝惜他们的礼物的时候，都可以用这样的话做推托的。要是尊夫人不是一个疯婆子，她知道了我对于这指环是多么受之无愧，一定不会因为您把它送掉了而跟您长久反目的。好，愿你们平安！（鲍细霞、聂莉莎同下）

安东尼奥　我的巴散尼奥少爷，让他把那个指环拿去吧；看在他的功劳和我的交情分上，违犯一次尊夫人的命令，想来不会有什么要紧。

巴散尼奥　葛莱西安诺，你快追上他们，把这指环送给他；要是可能的话，领他到安东尼奥的家里去。去，赶快！（葛莱西安诺下）来，我就陪着你到你府上；明天一早咱们两人就飞到贝尔蒙脱去。来，安东尼奥。

（同下）

第二场　同前　街道

鲍细霞及聂莉莎上。

鲍细霞　打听打听这犹太人住在什么地方，把这文契交给他，叫他签了字。我们要比我们的丈夫先一天到家，所以一定得在今天晚上动身。罗伦佐拿到了这一张文契，一定高兴得不得了。

葛莱西安诺上。

葛莱西安诺　好先生，我好容易追上了您。我家大爷巴散尼奥再三考虑之下，决定叫我把这指环拿来送给您，还要请您赏光陪他吃一顿饭。

鲍细霞　那可没法应命；他的指环我收下了，请你替我谢谢他。我还要请你给我这小兄弟带路到夏洛克老头儿的家里。

葛莱西安诺　可以可以。

聂莉莎　大哥，我要向您说句话儿。（向鲍细霞旁白）我要试一试我能不能把我丈夫的指环拿下来。我曾经叫他发誓永远不离手。

鲍细霞　你一定能够。我们回家以后，一定可以听听他们指天誓日，说他们把指环送给了男人；可是我们要压倒他们，比他们发更厉害的誓。你快去吧，你知道我会在什么地方等你。

聂莉莎　来，大哥，请您给我带路。（各下）

莎士比亚喜剧集

第五幕

第一场 贝尔蒙脱 通至鲍细霞住宅的林荫路

罗伦佐及吉雪加上。

罗伦佐 好皎洁的月色！微风轻轻地吻着树枝，不发出一点声响；我想正是在这样一个夜里，特洛亚勒斯登上了特洛亚的城墙，遥望着克蕾雪达所寄身的希腊人的营幕，发出他内心深处的悲叹[1]。

吉雪加 正是在这样一个夜里，雪丝佩心惊胆战地踩着霜露，去赴她情人的约会，因为看见了一头狮子的影子，吓得远远逃走。

罗伦佐 正是在这样一个夜里，黛陀手里执着柳枝，站在辽阔的海滨，招她的爱人回到迦泰基来。

吉雪加 正是在这样一个夜里，美狄亚采集了灵芝仙草，使衰迈的伊孙[2]返老还童。

罗伦佐 正是在这样一个夜里，吉雪加从犹太富翁的家里逃了出来，跟着一个不中用的情郎从威尼斯一直走到贝尔蒙脱。

吉雪加 正是在这样一个夜里，年轻的罗伦佐发誓说他爱她，用许多忠诚的誓言偷去了她的灵魂，可是没有一句话是真的。

罗伦佐 正是在这样一个夜里，可爱的吉雪加像一个小泼妇似的，信口毁谤他的情人，可是他饶恕了她。

吉雪加 倘不是有人来了，我可以搬弄出比你所知道的更多的夜的典故来，可是听！这不是一个人的脚步声吗？

---

[1] 特洛埃勒斯和克蕾雪达的恋爱故事见莎士比亚悲剧《特洛埃勒斯与克蕾雪达》。

[2] 伊孙即杰生之父，得杰生恋人美狄亚之灵药而返老还童。

史梯番诺上。

罗伦佐 谁在这静悄悄的深夜里跑得这么快？

史梯番诺 一个朋友。

罗伦佐 一个朋友！什么朋友？请问朋友尊姓大名？

史梯番诺 我的名字是史梯番诺，我来向你们报个信，我家女主人在天明以前，就要到贝尔蒙脱来了；她一路上看见圣十字架，便停步下来，长跪祷告，祈求着婚姻的美满。

罗伦佐 谁陪她一起来？

史梯番诺 没有什么人，只是一个修道的隐士和她的侍女。请问我家主人有没有回来？

罗伦佐 他没有回来，我们也没有听到他的消息。可是，吉雪加，我们进去吧；让我们按照着礼节，准备一些欢迎这屋子的女主人的仪式。

朗西洛脱上。

朗西洛脱 索拉！索拉！哦哈呵！索拉！索拉！

罗伦佐 谁在那儿嚷？

朗西洛脱 索拉！你看见罗伦佐大爷吗？罗伦佐大爷！索拉！索拉！

罗伦佐 别嚷啦，朋友；他就在这儿。

朗西洛脱 索拉！哪儿？哪儿？

罗伦佐 这儿。

朗西洛脱 对他说我家主人差一个人带了许多好消息来了；他在天明以前就要回家来啦。（下）

罗伦佐 亲爱的，我们进去，等着他们回来吧。不，还是不用进去。我的朋友史梯番诺，请你进去通知家里的人，你们的女主人就要来啦，叫他们准备好乐器到门外来迎接。（史梯番诺下）月光多么恬静地睡在山坡上！我们就在这儿坐下来，让音乐的声音悄悄送进我们的耳边；柔和的静寂和夜色，是最足以衬托出音乐的甜美的。坐下来，吉雪加，瞧，天宇中嵌满了多少灿烂的金钹；你所看见的每一颗微小的天体，在转动的时候都会发出天使般的歌声，永远应和着嫩眼的天婴的妙唱。在永生的灵魂里也有这一种音乐，可是当它套上这一具泥土制成的俗恶易朽的皮囊以后，我们便再也听不见了。

众乐工上。

罗伦佐 来啊！奏起一支圣歌来唤醒黛安娜女神；用最温柔的节奏倾注到你们
女主人的耳中，让她被乐声吸引着回来。（音乐）

吉雪加 我听见了柔和的音乐，总觉得有些惆怅。

罗伦佐 这是因为你有一个敏感的灵魂。你只要看一群野性未驯的小马，逞着
它们奔放的血气，乱跳狂奔，高声嘶叫，倘然偶尔听到一声喇叭，或
是任何乐调，就会一齐立定，它们狂野的眼光，因为中了音乐的魅力，
变成温和的注视。所以诗人会选出奥菲厄斯用音乐感动木石，平息风
浪的故事，因为无论怎样坚硬顽固狂暴的事物，音乐都可以立刻改变
它们的性质；灵魂里没有音乐，或是听了甜蜜和谐的乐声而不会感动
的人，都是善于为非作恶，使奸弄诈的；他们的灵魂像黑夜一样昏沉，
他们的感情像鬼域一样幽暗；这种人是不可信任的。听这音乐！

鲍细霞及聂莉莎自远处上。

鲍细霞 那灯光是从我家里发出来的。一支小小的蜡烛，它的光照耀得多么远！
一件善事也正像这支蜡烛一样，在这罪恶的世界上发出广大的光辉。

聂莉莎 月光明亮的时候，我们就瞧不见灯光。

鲍细霞 小小的荣耀也正是这样给更大的光荣所掩。国王出巡的时候摄政的威
权未尝不就像一个君主，可是一到国王回来，他的威权就归于乌有，
正像溪涧中的细流注入大海一样。音乐！听！

聂莉莎 小姐，这是我们家里的音乐。

鲍细霞 没有比较，就显不出长处；我觉得它比在白天好听得多哪。

聂莉莎 小姐，那是因为晚上比白天静寂的缘故。

鲍细霞 没有欣赏的人时，乌鸦的歌声也就和云雀一样；要是夜莺在白天杂在
群鹅的聒噪里歌唱，人家绝不以为它比鹪鹩唱得更美。多少事情因为
逢到有利的环境，才能够达到尽善的境界，博得一声恰当的赞赏！喂，
静下来！月亮正在拥着她的情郎酣睡，不肯就醒来呢。（音乐停止）

罗伦佐 要是我没有听错，这分明是鲍细霞的声音。

鲍细霞 我的声音太难听，所以一下子就给他听出来了。正像瞎子能够辨认杜
鹃一样。

罗伦佐 好夫人，欢迎您回家来！

鲍细霞 我们在外边为我们的丈夫祈祷平安，希望他们能够因我们的祈祷而多
福，他们已经回来了吗？

罗伦佐　夫人，他们还没有回来。可是刚才有人来送过信，说他们就要回来了。

鲍细霞　进去，聂莉莎，吩咐我的仆人们，叫他们就当我们两人没有出去过一样。罗伦佐，您也给我保守秘密；吉雪加，您也不要多说。（喇叭声）

罗伦佐　您的丈夫回来啦，我听见他的喇叭的声音。我们不是搬嘴弄舌的人，夫人，您放心好了。

鲍细霞　这样的夜色就像一个昏沉的白昼，不过略微惨淡点儿；没有太阳的白天，瞧上去也不过如此。

　　　　巴散尼奥，安东尼奥，葛莱西安诺及侍从等上。

巴散尼奥　要是您在没有太阳的地方走路，我们就可以和地球那一面的人共同享有着白昼。

鲍细霞　让我发出光辉，可是不要让我像光一样轻浮；因为一个轻浮的妻子，是会使丈夫的心头沉重的，我决不愿意巴散尼奥为了我而心头沉重。可是一切都是上帝做主！欢迎您回家来，夫君！

巴散尼奥　谢谢您，夫人，请您欢迎我这位朋友；这就是安东尼奥，我曾经受过他无穷的恩惠。

鲍细霞　他的确使您受惠无穷，因为我听说您曾经使他受累无穷呢。

安东尼奥　没有什么，现在一切都已经圆满解决了。

鲍细霞　先生，我们非常欢迎您的光临；可是口头的空言不能表示诚意，所以一切客套的话，我郁不说了。

葛莱西安诺　（向聂莉莎）我凭着那边的月亮起誓，你冤枉了我，我真的把它送给了那法官的书记。好人，你既然把这件事情看得这么重，那么我但愿拿了去的人是个割掉了鸡巴的。

鲍细霞　啊！已经在吵架了吗？为了什么事？

葛莱西安诺　为了一个金圈圈儿，她给我的一个不值钱的指环，上面刻着的诗句，就跟那些刀匠们刻在刀子上的差不多，什么"爱我毋相弃"。

聂莉莎　你管它什么诗句，什么值钱不值钱？我当初给你的时候，你曾经向我发誓，说你要戴着它直到死去，死了就跟你一起葬在坟墓里；即使不为我，为了你所发的重誓，你也应该把它看重，好好儿地保存着。送给一个法官的书记！呸！上帝可以替我判断，拿了这指环去的那个书记，一定是个脸上永远不会出毛的。

葛莱西安诺　他年纪长大起来，自然会出胡子的。

聂莉莎　一个女人也会长成男子吗？

葛莱西安诺　我举手起誓，我的确把它送给一个少年人，一个年纪小小，发育不全的孩子，他的个儿并不比你高，这个法官的书记。他是个多话的孩子，一定要我把这指环给他做酬劳，我实在不好意思不给他。

鲍细霞　恕我说句不客气的话，这是你的不对。你怎么可以把你妻子的第一件礼物随随便便给了人？你已经发过誓把它套在你的手指上，它就是你身体上不可分的一部分。我也曾经送给我的爱人一个指环，使他发誓永不把它抛弃。他现在就在这儿，我敢代他发誓，即使把世间所有的财富向他交换，他也不肯丢掉它或是把它从他的手指上取下来。真的，葛莱西安诺，你太对不起你的妻子了。倘然是我的话，我早就发起脾气来啦。

巴散尼奥　（旁白）哎哟，我应该把我的左手砍掉了，那就可以发誓说，因为强盗要我的指环，我不肯给他，所以连手都给砍下来了。

葛莱西安诺　巴散尼奥大爷也把他的指环给了那法官了。因为那法官一定要向他讨那指环；其实他就是拿了那指环去，也一点不算过分，那个孩子，那法官的书记。因为写了几个字，也就讨了我的指环去做酬劳。他们主仆两人什么都不要。就是要这两个指环。

鲍细霞　我的爷，您把什么指环送了人哪？我想不会是我给您的那一个吧？

巴散尼奥　要是我可以用说谎来加重我的过失，那么我会否认的；可是您瞧我的手指上已没有指环；它已经没有了。

鲍细霞　正像你的虚伪的心里没有一丝真情。我对天发誓，除非等我见了这指环，我再也不跟你同床共枕。

聂莉莎　要是我看不见我的指环，我也再不跟你同床共枕。

巴散尼奥　亲爱的鲍细霞，要是您知道我把这指环送给什么人，要是您知道我为了谁的缘故把这指环送人，要是您能够想到为了什么理由我把这指环送人，我又是怎么舍不下这个指环，可是人家偏偏什么也不要，一定要这个指环，那时候您就不会生这么大的气了。

鲍细霞　要是您知道这指环的价值，或是把这指环给你的那人的一半好处，或是您自己保存着这指环的光荣，您就不会把这指环抛弃。只要你用诚恳的话向他剖切解释，世上哪有这样不讲理的人，会好意思硬要人家留作纪念品的东西？聂莉莎讲的话一点也不错，我可以用我的生命赌咒，一定是什么女人把这指环拿了去了。

巴散尼奥　不，夫人，我用我的名誉，我的灵魂起誓，并不是什么女人拿去，的确是送给那位法学博士的；他不接受我送给他的三千块钱，一定要讨这指环，我不答应，他就老大不高兴地去了。就是他救了我的好朋友的性命；我应该怎么说呢，好太太？我没有法子，只好叫人追上去送给他；人情和礼貌逼着我这样做。我不能让我的名誉沾上忘恩负义的污点。原谅我，好夫人，凭着天上的明灯起誓，要是那时候您也在那儿，我想您一定会恳求我把这指环送给这位贤能的博士的。

鲍细霞　让那博士再也不要走近我的屋子，他既然拿去了我所珍爱的宝物，又是你所发誓永远为我保存的东西，那么我也会像你一样慷慨；我会把我所有的一切都给他，即使他要我的身体，或是我的丈夫的眠床，我都不会拒绝他。我总有一天会认识他。你还是一夜也不要离开家里，像个百眼怪人那样看守着我吧；否则我可以凭着我的尚未失去的贞操起誓，要是你让我一个人在家里，我一定要跟这个博士睡在一床的。

聂莉莎　我也要跟他的书记睡在一床，所以你还是留心不要走开我的身边。

葛莱西安诺　好，随你的便，只要不让我碰到他；要是他给我捉住了，我就折断这个少年书记的那支笔。

安东尼奥　都是我的不是，引出你们这一场吵闹。

鲍细霞　先生，这跟您没有关系；您来我们是很欢迎的。

巴散尼奥　鲍细霞，饶恕我这一次出于不得已的错误，当着这许多朋友的面前，我向你发誓，凭着你这一双美丽的眼睛，在它们里面我可以看见我自己，——

鲍细霞　你们听他的话！我的左眼里也有一个他，我的右眼里也有一个他；你用你的两重人格发誓，我还能够相信你吗？

巴散尼奥　不，听我说。原谅我这一次错误，凭着我的灵魂起誓，我以后再不违犯对你所作的誓言。

安东尼奥　我曾经为了他的幸福，把我自己的身体向人抵押，倘不是幸亏那个把您丈夫的指环拿去的人，几乎送了性命；现在我敢再立一张契约，把我的灵魂作为担保，保证您的丈夫绝不会再有故意背信的行为。

鲍细霞　那么就请您做他的保证人，把这个给他，叫他比上回那个保存得牢一些。

安东尼奥　拿着，巴散尼奥；请您发誓永远保存这一个指环。

巴散尼奥　天哪！这就是我给那博士的那一个！

鲍细霞　我就是从他手里拿来的。原谅我，巴散尼奥。因为凭着这个指环，那
博士已经跟我睡过觉了。

聂莉莎　原谅我，我的好葛莱西安诺；就是那个发育不全的孩子，那个博士的
书记，因为我问他讨这个指环，昨天晚上已经跟我睡在一起了。

葛莱西安诺　哎哟，这就像是在夏天把铺得好好的道路重新翻造。嘿！我们就
这样冤冤枉枉地做起王八来了吗？

鲍细霞　不要说得那么难听。你们大家都有点莫名其妙。这儿有一封信，拿去
慢慢地念吧，它是裴拉里奥从帕度亚寄来的，你们从这封信里，就可
以知道那位博士就是鲍细霞，她的书记便是这位聂莉莎。罗伦佐可以
向你们证明，当你们出发以后，我就立刻动身；我回家来还没有多少
时候，连大门也没有进去过呢。安东尼奥，我们非常欢迎您到这儿来。
我还带着一个您所意料不到的好消息给您，请您拆开这封信，您就可
以知道您有三艘商船，已经满载而归，快要到港了。您再也想不出这
封信怎么会那么巧地到了我的手里。

安东尼奥　我没有话说。

巴散尼奥　你就是那个博士，我还不认识你吗？

葛莱西安诺　你就是要叫我当王八的那个书记吗？

聂莉莎　是的，可是除非那书记会长成一个男子，他再也不能叫你当王八。

巴散尼奥　好博士，你今晚就陪着我睡觉吧；当我不在的时候，你可以睡在我
妻子的床上。

安东尼奥　好夫人，您救了我的命，又给了我一条活路；我从这封信里得到了
确实的消息，我的船只已经平安到港了。

鲍细霞　喂，罗伦佐！我的书记也有一件好东西要给您哩。

聂莉莎　是的，我可以免费送给他。这儿是那犹太富翁亲笔签署的一张授赠产
业的文契，声明他死了以后，全部遗产都传给您和吉雪加，请你们收
下吧。

罗伦佐　两位好夫人，你们像是散布玛哪[1]的天使，救济着饥饿的人们。

---

[1] 玛哪（manna），天粮，见《圣经·旧约·出埃及记》。

鲍细霞 天已经差不多亮了，可是我知道你们还想把这些事情知道得详细一点。我们大家进去吧；你们还有什么疑惑的地方，尽管再向我们发问，我们一定老老实实地回答一切的问题。

葛莱西安诺 很好，我要我的聂莉莎宣誓答复的第一个问题，是现在离白昼只有两小时了，我们是去睡觉呢，还是等明天晚上再睡？

正是——

不惧黄昏近，但愁白日长；

翩翩书记俊，今夕喜同床。

金环束指间，灿烂自生光，

唯恐娇妻骂，莫将弃道旁。（众下）

温莎的风流娘儿们

剧中人物

约翰·福斯泰夫爵士	
范通	少年绅士
夏禄	乡村法官
史量德	夏禄的侄儿
傅德 裴琪	温莎地方的两个绅士
威廉·裴琪	裴琪的幼子
修·伊文师傅	威尔斯籍牧师
凯易斯大夫	法国籍医生
嘉德饭店的店主	
巴道夫 毕斯托 聂姆	福斯泰夫的从仆
罗宾	福斯泰夫的侍童
辛普儿	史量德的仆人
鲁贝	凯易斯的仆人
傅德大娘	
裴琪大娘	
安痕·裴琪	裴琪的女儿，与范通相恋
快嘴桂嫂	凯易斯的女仆

裴琪、傅德两家的仆人及其他

地 点

温莎及其附近

第一幕

第一场　温莎　裴琪家门前

夏禄法官，史量德及修·伊文牧师上。

夏　禄　修师傅，别劝我，我一定要告到御前法庭去；就算他是二十个约翰·福
斯泰夫爵士，他也不能欺侮夏禄老爷。

史量德　夏禄老爷是葛罗斯脱州的治安法官，哪个不知，谁人不晓？牧师先生，
我告诉您吧，他出身就是个绅士，签起名来，总是要加上"大人"两
个字，无论什么公文、笔据、账单、契约，写起来总是夏禄大人。

夏　禄　对了，这三百年来，一直都是这样。

史量德　他的子孙在他以前就是这样了，他的祖宗在他以后也可以这样；他们
家里那件绣着十二条白梭子鱼的外套可以作为证明。

夏　禄　那是一件古老的外套。

修·伊文　一件古老的外套上有着十二条白虱子，那真是相得益彰了；白虱是
人类的老朋友，也是亲爱的象征。可是闲话少说，要是福斯泰夫爵士
有什么地方得罪了您，我是个出家人，方便为怀，很愿意尽力替你们
两位和解和解。

夏　禄　我要把这事情向枢密院提出，这简直是暴动。

修·伊文　不要把暴动的事情告诉枢密院，暴动是不敬上帝的行为。枢密院
希望听见人民个个敬畏上帝，不喜欢听见有什么暴动，您还是考虑
考虑吧。

夏　禄　嘿！他妈的！要是我再年轻点儿，一定用刀子跟他解决。

修·伊文　冤家宜解不宜结，还是大家和和气气的好。我脑子里还有一个计划，

要是能够成功，倒是一件美事。裴琪大爷有一位女儿叫安痕，她是一个标致的姑娘。

史量德 安痕小姐吗？她有一头棕色的头发，说起话来细声细气像个娘儿们似的。

修·伊文 正是这位小姐，全世界找不出第二个来，她的爷爷临死的时候——上帝接引他上天堂享福！——留给她七百镑钱，还有金子银子，等她满了十七岁，这笔财产就可以到她手里。我们现在还是把那些吵吵闹闹的事情搁在一旁，想法子替史量德少爷和安痕·裴琪小姐做个媒吧。

夏　禄 她的爷爷留给她七百镑钱吗？

修·伊文 是的，还有她父亲给她的钱。

夏　禄 这姑娘我也认识，她的人品倒不错。

修·伊文 七百镑钱还有其他的妆奁，那还会错吗？

夏　禄 好，让我们去瞧瞧裴琪大爷吧。福斯泰夫也在里边吗？

修·伊文 我能向您说谎吗？我顶讨厌的就是说谎的人，正像我讨厌说假话的人，或是不老实的人一样。约翰爵士是在里边，请您看在大家朋友份上，忍着点儿吧。让我去打门。（敲门）喂！有人吗？上帝祝福你们这一家！

裴　琪 （在内）谁呀？

修·伊文 上帝祝福你们，是您的朋友，还有夏禄法官和史量德少爷，我们要跟您谈些事情，也许您听了会高兴的。

　　　　裴琪上。

裴　琪 我很高兴看见你们各位的气色都这样好。夏禄老爷，我还要谢谢您的鹿肉呢！

夏　禄 裴琪大爷，我很高兴看见您，您心肠好，福气一定也好！鹿肉弄得实在不成样子，您别见笑。嫂夫人好吗？——我从心坎里谢谢您！

裴　琪 我才要谢谢您哪。

夏　禄 我才要谢谢您；干脆一句话，我谢谢您。

裴　琪 史量德少爷，我很高兴看见您。

史量德 裴琪大叔，您那头黄毛的猎狗怎样啦？听说它在最近的赛狗会上跑不过人家，有这回事吗？

裴　琪 那可不能这么说。

史量德　您还不肯承认，您还不肯承认。

夏　禄　他当然不肯承认的，这是你的不好，这是你的不好。那是一头好狗哩。

裴　琪　是一头不中用的畜生。

夏　禄　不，它是一头好狗，很漂亮的狗；那还用说吗？它又好又漂亮。福斯泰夫爵士在里边吗？

裴　琪　他在里边，我很愿意给你们两位彼此消消气。

修·伊文　真是一个好基督徒说的话。

夏　禄　裴琪大爷，他侮辱了我。

裴　琪　是的，他自己也有几分认错。

夏　禄　认了错不能就算完事呀，裴琪大爷，您说是不是？他侮辱了我，真的，他侮辱了我；一句话，他侮辱了我；你们听着，夏禄老爷说，他被人家侮辱了。

裴　琪　约翰爵士来啦。

　　　　福斯泰夫爵士，巴道夫，聂姆，毕斯托上。

福斯泰夫爵士　喂，夏禄老爷，您要到皇上面前去告我吗？

夏　禄　爵士，你打了我的佣人，杀了我的鹿，闯进我的屋子里。

福斯泰夫爵士　可是没有吻过你家看门人女儿的脸吧？

夏　禄　他妈的，什么话！我一定要跟你算账。

福斯泰夫爵士　明人不做暗事，这一切事都是我干的。现在我回答了你啦。

夏　禄　我要告到枢密院去。

福斯泰夫爵士　你要是不怕人家笑话你，你就告去吧。史量德，我要捶碎你的头，你也想跟我算账吗？

史量德　呃，爵士，我也想跟您还有您那几位流氓跟班，巴道夫，聂姆和毕斯托，算一算账呢。他们带我到酒店里去，把我灌了个醉，偷了我的钱袋。

巴道夫　你这又酸又臭的干酪！

史量德　好，随你说吧。

毕斯托　喂，枯骨鬼！

史量德　好，随你说吧。

聂　姆　喂，风干肉片！这别号我给你取得好不好？

史量德　我的跟班辛普儿呢？叔叔，您知道吗？

修·伊文　请你们大家别闹，让我们来看：关于这一场争执，已经有了三位公证人，第一位是裴琪大爷，第二位是我自己，第三位也就是最后一位，是嘉德饭店的老板。

裴　琪　咱们三个人要听一听两方面的曲直，替他们调停出一个结果来。

修·伊文　很好，让我先在笔记簿上把要点记下来，然后我们可以仔细研究出一个方案来。

福斯泰夫爵士　毕斯托！

毕斯托　他用耳朵听见了。

修·伊文　见他妈的鬼！这算什么话，"他用耳朵听见了？"嘿，这简直是矫揉造作。

福斯泰夫爵士　毕斯托，你有没有偷过史量德少爷的钱袋？

史量德　凭着我这双手套起誓，他偷了我七个六便士的锯边银币，还有两个爱德华时代的银币，我用每个两先令两便士的价钱换来的。倘然我冤枉了他，我就不叫史量德。

福斯泰夫爵士　毕斯托，这是真的吗？

修·伊文　不，扒钱袋肯定是见不得人的事。

毕斯托　主人，我用这柄剑向他挑战。赶快对我说你认错了人！你这不中用的人渣，你在说谎！

史量德　那么我赌咒这一定是他。

聂　姆　说话留点儿神吧，朋友，大家客客气气。你要是想在太岁头上动土，咱老子可也不是好惹的。

史量德　凭着这顶帽子起誓，那么一定是那个红脸的家伙偷的。我虽然不记得我给你们灌醉以后做了些什么事，可是我还不是一头十足的驴子哩。

福斯泰夫爵士　你怎么说，红脸呢？

巴道夫　我说，这位先生一定是喝酒喝昏了头啦。

史量德　好，随你们怎么说吧，我以后再不喝醉了；我要是喝酒，一定跟规规矩矩敬重上帝的人在一起喝，决不再跟这种坏东西在一起喝了。

修·伊文　好一句有志气的话！

福斯泰夫爵士　各位先生，你们听他什么都否认了，你们听。

　　　　　安痕持酒具，及傅德大娘，裴琪大娘同上。

裴　琪　不，女儿，你把酒拿进去，我们就在里面喝酒。（安痕下）

史量德　天啊！这就是安痕小姐。

裴　琪　您好，傅德嫂子！

福斯泰夫爵士　傅德大娘，我今天能够碰见您，真是三生有幸；恕我冒昧，好嫂子。（吻傅德大娘）

裴　琪　娘子，请你招待招待各位客人。来，我们今天烧好一盘滚热的鹿肉馒头，要请诸位尝尝鲜。来，各位朋友，我希望大家一杯在手，旧怨全忘。（除夏禄、史量德、修·伊文师傅外皆下）

史量德　我宁愿要一本诗集，即使现在有人给我四十个先令。

　　辛普儿上。

史量德　啊，辛普儿，你到哪儿去了？难道我必须自己服侍自己吗？你有没有把那本猜谜的书带来？

辛普儿　猜谜的书！怎么，您不是在上一次万圣节的时候——迈克尔节的前两个星期，把它借给矮铎铎爱丽思了吗？

夏　禄　来，侄儿；来，侄儿，我们等着你呢。侄儿，我有句话要对你说，是这样的，侄儿，刚才修师傅曾经提起过这么一个意思；你懂得我的意思吗？

史量德　嗯，叔叔，我是个好说话的人，只要是合理的事，我总是愿意的。

夏　禄　不，你听我说。

史量德　我在听着您哪，叔叔。

修·伊文　史量德少爷，听清他的意思；您要是愿意的话，我可以把这件事情向您解释。

史量德　不，我的夏禄叔叔叫我怎么做，我就怎么做。请您原谅，他是个治安法官，谁人不知，哪个不晓？

修·伊文　不是这个意思，我们现在所要谈的，是关于您的婚姻问题。

夏　禄　对了，就是这一回事。

修·伊文　就是这一回事，我们要给您跟裴琪小姐做个媒。

史量德　噢，原来是这么一回事，只要条件合理，我总可以答应娶她的。

修·伊文　可是您能不能喜欢这一位姑娘呢？我们必须从您自己嘴里知道您的意思，所以请您明明白白地回答我们，您能不能对这位姑娘发生好感呢？

夏　禄　史量德贤侄，你能够爱她吗？

史量德　叔叔，我希望我总是照着道理去做。

修·伊文 哎哟,天上的爷爷奶奶们!您一定要讲得明白点儿,您想不想要她?

夏　禄 你一定要明明白白地讲。要是她有很丰盛的妆奁,你愿意娶她吗?

史量德 叔叔,您叫我做的事,只要是合理的,比这更重大的事我也会答应下来。

夏　禄 不,你得明白我的意思,好侄儿;我所做的事,完全是为了你的幸福。你能够爱这姑娘吗?

史量德 叔叔,您叫我娶她,我就娶她,也许在开头的时候彼此之间没有多大的爱情,可是结过了婚以后,大家慢慢地互相熟悉起来,日久生厌,也许爱情会自然而然地一天不如一天,可是只要您说一声"跟她结婚"我就跟她结婚,这是我的不可动摇的决心。

修·伊文 这是一个很明理的回答,虽然措词有点不妥,他的意思是很好的。

夏　禄 嗯,我的侄儿的意思是很好的。

史量德 要不然的话,我就是个该死的畜生了!

夏　禄 安痕小姐来了。

　　　　　安痕重上。

夏　禄 安痕小姐,为了您的缘故,我但愿自己再年轻起来。

安痕·裴琪 酒菜已经预备好了,家父叫我来请各位进去。

夏　禄 我愿意奉陪,好安痕小姐。

修·伊文 哎哟!念起餐前祈祷来,我可不能缺席哩。(夏禄、修·伊文师傅下)

安痕·裴琪 史量德世兄,您也请进吧。

史量德 不,谢谢您,真的,托福托福。

安痕·裴琪 大家都在等着您呢!

史量德 我不饿,我真的谢谢您。喂,你虽然是我的跟班,还是进去侍候我的夏禄叔叔吧。(辛普儿下)一个治安法官一定得有个跟班,才不失体面。现在家母还没有死,我随身有三个跟班一个书童,可是这算得上什么呢?我的生活还是过得一点也不舒服。

安痕·裴琪 您要是不进去,那么我也不能进去了;他们都要等您到了才坐下来呢。

史量德 真的,我不要吃什么东西;可是我多谢您的好意。

安痕·裴琪 世兄,请您进去吧。

史量德 我还是在这儿走走的好,我谢谢您。我前天跟一个击剑教师比赛刀剑,三个回合赌一碟蒸熟的梅子,结果把我的胫骨也弄伤了。不瞒您说,

131

从此以后，我闻到烧热的肉的味道就受不了。你家的狗为什么叫得这样厉害？城里有熊吗？

安痕·裴琪 我想是有的，我听见人家说过。

史量德 您要是看见关在笼子里的熊逃了出来，您怕不怕？

安痕·裴琪 我怕。

史量德 我现在可把它当作家常便饭一样没有什么稀罕了。我曾经看见巴黎花园里那头著名的撒克逊大熊逃出来二十次，我还亲手拉住它的链条。可是我告诉您吧，那些女人们一看见了，就哭呀叫呀地闹得天翻地覆，实在说起来，也难怪她们受不了，那些畜生都是又难看又粗暴的家伙。

裴琪重上。

裴　琪 来，史量德少爷，来吧，我们等着您呢。

史量德 我不要吃什么东西，我谢谢您。

裴　琪 这怎么可以呢？您不吃也得吃，来，来。

史量德 那么您先请吧。

裴　琪 您先请。

史量德 安痕小姐，还是您先请。

安痕·裴琪 不，您别客气了。

史量德 真的，我不能走在你们前面，真的，那不是太无礼了吗？

安痕·裴琪 您何必这样客气呢？

史量德 既然这样，与其让你们讨厌，还是失礼的好。你们可不能怪我放肆呀！

（同下）

第二场　同前

修·伊文牧师及辛普儿上。

修·伊文 你去打听打听，有一个凯易斯大夫住在哪儿？他的家里有一个叫作快嘴的桂嫂，是他的看护，或者是他的保姆，或者是他的厨娘，或者是帮他洗洗衣服的女人。

辛普儿 好的，师傅。

修·伊文 慢着，还有更要紧的话哩。你把这封信交给她，因为她跟裴琪家小姐是很熟悉的，这封信里的意思，就是要请她代你的主人向裴琪家小姐传达他的爱慕之情，请你快点儿去吧，我饭还没有吃完，还有一道苹果跟干酪在后头呢。（各下）

第三场　嘉德饭店的一室

　　　　福斯泰夫，店主，巴道夫，聂姆，毕斯托及罗宾上。

福斯泰夫爵士　店主东！

店　主　怎么说，我的老狐狸？

福斯泰夫爵士　不瞒你说，我要辞掉一两个跟班啦。

店　主　好，叫他们滚蛋，滚蛋！滚蛋！

福斯泰夫爵士　尽是坐着吃饭，我一个星期也要花上十镑钱。

店　主　当然啰，你就像个皇帝，像个恺撒。我可以把巴道夫收留下来，让他做个酒保，你看好不好？

福斯泰夫爵士　老板，那好极啦。

店　主　那么就这么办，叫他跟我来吧。（下）

福斯泰夫爵士　巴道夫，跟他去，酒保也是一种很好的行业。旧外套可以改作新裤子；一个不中用的跟班，也可以变成一个出色的酒保，去吧，再见。

巴道夫　这种生活我正是求之不得，我一定会从此交运。

毕斯托　哼，没出息的东西！你要去开酒桶吗？（巴道夫下）

聂　姆　这个酒桶生下来的废物！我这随口而出的话妙吧？

福斯泰夫爵士　我很高兴把这家伙打发走了；他的偷窃太公开啦，他在偷偷摸摸的时候，就像一个不会唱歌的人一样，一点不懂得轻重快慢。

聂　姆　做贼的唯一妙诀，是看准下手的时刻。

毕斯托　聪明的人把它叫作"不告而取"。"做贼"！啐！好难听的话儿！

福斯泰夫爵士　孩子们，我快要穷得鞋子都没有后跟啦。

毕斯托　好，那么就让你的脚跟上长起老大的冻疮来吧。

福斯泰夫爵士　没有法子，我必须想个办法，捞一些钱来。

毕斯托　小乌鸦们不吃东西也是不行的呀。

福斯泰夫爵士　你们有谁知道本地有一个叫傅德的家伙？

毕斯托　我知道那家伙，他很有几个钱。

福斯泰夫爵士　我的好孩子们，现在我要把我的计划告诉你们。我想去吊傅德
　　　　老婆的膀子。我觉得她对我很有几分意思；她跟我讲话的那种口气，
　　　　给我切肉的那种姿势，还有她那一瞟一瞟的脉脉含情的眼光，都好像
　　　　在说："我的心是福斯泰夫爵士的。"

毕斯托　你果然把她的心理研究得非常透彻，居然把它一个字一个字地解释出
　　　　来啦。

福斯泰夫爵士　听说她丈夫的钱都是她一手经管的；他有数不清的钱藏在家里。

毕斯托　财多招鬼忌，咱们应该去给他消消灾；我说，向她进攻吧！

福斯泰夫爵士　我已经写下一封信在这儿预备寄给她；这儿还有一封，是写给
　　　　裴琪老婆的，她刚才也向我眉目传情，她那双水汪汪的眼睛一眨不眨
　　　　地望着我身上的各部分，一会儿瞧瞧我的脚，一会儿瞧瞧我的大肚子。

毕斯托　正好比太阳照在粪堆上。

聂　姆　这个比喻打得好极了！

福斯泰夫爵士　啊！她用贪馋的神气把我从上身望到下身，她的眼睛里简直要
　　　　喷出火来炙我。这一封信是给她的。她已经管着钱财，她就像是一座
　　　　取之不竭的金矿。我要去接管她们两人的全部富源，她们两人便是我
　　　　的两个国库；她们一个是东印度，一个是西印度，我就在这两地之间
　　　　开辟我的生财大道。你给我去把这信送给裴琪大娘；你给我去把这信
　　　　送给傅德大娘。孩子们，咱们从此可以过舒服日子啦！

毕斯托　你要我给你拉皮条吗？鬼才干这种事！

聂　姆　这种龌龊的事情我也不干；把这封宝贝信拿回去吧。我的名誉要紧。

福斯泰夫爵士　（向罗宾）来，小鬼，你给我把这两封信送去，小心别丢了。
　　　　你就像我的一艘快船一样，赶快开到这两座金山的脚下去吧。（罗宾
　　　　下）你们这两个浑蛋，一起给我滚吧！再不要让我看见你们的影子！
　　　　像狗一样爬得远远的，我这里容不了你们。滚！这年头儿大家都要讲
　　　　究个紧缩，福斯泰夫也要学学法国人的算计，留着一个随身的童儿，
　　　　也就够了。（下）

毕斯托　让饿老鹰把你的心肝五脏一起抓了去！你用假骰子到处诈骗人家，看
　　　　你作孽到几时！等你有一天穷得一个子儿都没有的时候，再瞧瞧老子
　　　　是不是一定要靠着你才能活命，这万恶不赦的老贼！

聂　姆　我心里正在转着一个念头，我要复仇。

毕斯托　你要复仇吗？

聂　姆　皇天在上，此仇非报不可！

毕斯托　用计策还是用武力？

聂　姆　两样都要用；我先去向裴琪报告有人正在勾搭他的老婆。

毕斯托　我就去叫傅德加倍留神，

　　　　说福斯泰夫，那混账东西，

　　　　想把他的财产一口侵吞，

　　　　还要占夺他的美貌娇妻。

聂　姆　我的脾气是想到就做，我要去煽动裴琪，让他心里充满了醋意，叫他用毒药毒死这家伙，谁要是对我不起，让他知道咱老子也不是好惹的。

毕斯托　你就是个天煞星，我愿意跟你合作，走吧。（同下）

第四场　凯易斯医生家中一室

快嘴桂嫂及辛普儿上。

桂　嫂　喂，鲁贝！

　　　　鲁贝上。

桂　嫂　请你到窗口去瞧瞧看，咱们这位东家来了没有；要是他来了，看见屋子里有人，一定又要给他昏天黑地骂一顿。

鲁　贝　好，我去看看。

桂　嫂　去吧，今天晚上等我们烘罢了火，我请你喝杯酒。（鲁贝下）他是一个老实听话和善的家伙，你找不到第二个像他这样的仆人；他又不会说长道短，他的唯一的缺点，就是太喜欢祷告了，他祷告起来，简直像个呆子，可是谁都有几分错处，那也不用说它了。你说你的名字叫辛普儿吗？

辛普儿　是，人家就这样叫我。

桂　嫂　史量德少爷就是你的主人吗？

辛普儿　正是。

桂　嫂　他不是留着一大把胡须吗？

辛普儿　不，他只有一张小小的白白的脸，略微有几根黄胡子。

桂　嫂　他是一个很文弱的人，是不是？

辛普儿　是的，可是真要比起力气来，他也不怕人家；他曾经跟着守猎苑的人打过架呢。

桂　嫂　你怎么说？啊，我记起来啦！他不是走起路来大摇大摆，把头抬得高高的吗？

辛普儿　对了，一点不错，他正是这样子。

桂　嫂　好，天老爷保佑裴琪小姐嫁到这样一位好郎君吧！你回去对修牧师先生说，我一定愿意尽力帮你家少爷的忙，安痕是个好孩子，我但愿——

　　　　鲁贝重上。

鲁　贝　不好了，快出去，我们老爷来啦！

桂　嫂　咱们大家都要挨一顿臭骂了；这儿来，好兄弟，赶快钻到这个壁橱里去。（将辛普儿关在壁橱内）他一会儿就要出去的。喂，鲁贝！喂，你在哪里？鲁贝，你去瞧瞧老爷去，他现在还不回来，不知道人好不好。（鲁贝下，桂嫂唱歌）

　　　　　得儿郎当，得儿郎当……

　　　　凯易斯大夫上。

凯易斯大夫　你在唱些什么？我讨厌这种玩意儿。请你快给我到壁橱里去，把一只匣子，一只绿的匣子，给我拿来；听见我的话吗？一只绿的匣子。

桂　嫂　好，好，我就去给您拿来。（旁白）谢天谢地他没有自己去拿，要是给他看见了壁橱里有一个小伙子，他一定要暴跳如雷了。

凯易斯大夫　快点，我有要紧的事，就要出去。

桂　嫂　是这一个吗，老爷？

凯易斯大夫　对了，给我放在口袋里，快点，鲁贝那个浑蛋呢？

桂　嫂　喂，鲁贝！鲁贝！

　　　　鲁贝重上。

鲁　贝　有，老爷。

凯易斯大夫　鲁贝，把剑拿来，跟我到宫廷里去。

鲁　贝　剑已经放在门口了，老爷。

凯易斯大夫　我已经耽搁得太久了。该死！我又忘了！壁橱里还有点儿药草，一定要带去。

桂　嫂　（旁白）糟了！

凯易斯大夫　什么东西在我的壁橱里？浑蛋！狗贼！（将辛普儿拖出）鲁贝，把我的剑拿来！

桂　嫂　好老爷，请您息怒吧！

凯易斯大夫　我为什么要息怒？嘿！

桂　嫂　这个年轻人是个好人。

凯易斯大夫　是好人躲在我的壁橱里干什么？躲在我的壁橱里，就不是好人。

桂　嫂　请您别发这么大的脾气。老实告诉您吧，是修牧师叫他来的。

凯易斯大夫　好。

辛普儿　正是，修牧师叫我请这位大娘

桂　嫂　你不要说话。

凯易斯大夫　闭住你的嘴！你说吧。

辛普儿　请这位大娘替我家少爷去向裴琪家小姐说亲。

桂　嫂　真的，只是这么一回事。可是我才不愿多管这种闲事，把手指头伸到火里去呢；跟我又没有什么相干。

凯易斯大夫　是修牧师叫你来的吗？鲁贝，拿张纸来。你再等一会儿。（写）

桂　嫂　我很高兴他今天这么安静，要是他真的动起怒来，那才会吵得日月无光呢。可是别管他，我一定尽力帮你家少爷的忙；不瞒你说，这个法国医生，我的主人，我可以叫他做我的主人，因为你瞧，我替他管屋子，还给他洗衣服、酿酒、烘面包、扫地擦桌、烧肉烹茶、铺床叠被、什么都是我一个人做的

辛普儿　一个人做这么多事，真太辛苦啦。

桂　嫂　可不是吗？真把人都累死了，天一亮就起身，老晚才睡觉；可是这些话也不用说了，让我悄悄地告诉你，你可不许对人家说，我那个东家他自己也爱着裴家小姐；可是安痕的心思我是知道的，她的心既不在这儿也不在那儿。

凯易斯大夫　猴崽子，你去把这封信交给修牧师，这是一封挑战书，我要割断他的喉咙，我要教训教训这个猴崽子的牧师，问他以后还多管闲事不管。你去吧，你留在我这儿没有好处。哼，我要是不把他的两颗睾丸一起割下来，我就不是个人。（辛普儿下）

桂　嫂　啊！他也不过帮他朋友说句话罢了。

凯易斯大夫　我可不管；你不是对我说安痕·裴琪一定会嫁给我的吗？哼，我
　　　　　要是不把那个狗牧师杀掉，我就不是个人；我要叫嘉德饭店的老板替
　　　　　我们做公证人。哼，我要是不娶安痕·裴琪为妻，我就不是个人。

桂　嫂　老爷，那姑娘喜欢您哩，包您万事如意。人家高兴嚼嘴嚼舌，就让他
　　　　　们去嚼吧。真是哩！

凯易斯大夫　鲁贝，跟我到宫廷去。哼，要是我娶不到安痕·裴琪为妻，我不
　　　　　把你赶出门，我就不是个人。跟我来，鲁贝。（凯易斯大夫、鲁贝下。）

桂　嫂　呸！做你的梦！安痕的心思我是知道的；在温莎这地方，谁也没有像
　　　　　我这样明白安痕的心思了；谢天谢地，她也只肯听我的话，别人的话
　　　　　她才不理呢。

范　通　（在内）里面有人吗？喂！

桂　嫂　谁呀？进来吧。

　　　　　范通上。

范　通　啊，大娘，你好哇？

桂　嫂　多承大爷问起，托福托福。

范　通　什么消息？安痕小姐近来好吗？

桂　嫂　凭良心说，大爷，她真是一位又标致，又端庄，又温柔的好姑娘；范
　　　　　通大爷，我告诉您吧，她很佩服您哩，谢天谢地。

范　通　你看起来我有几分希望吗？我的求婚不会失败吗？

桂　嫂　真的，大爷，什么事情都是天老爷注定了的；可是，范通大爷，我可
　　　　　以发誓她是爱您的。您的眼皮上不是长着一个小疙瘩吗？

范　通　是有个疙瘩，那便怎样呢？

桂　嫂　嗯，这上面就有一段话呢。真的，我们这位小安痕就像换了个人似的，
　　　　　我们讲那个疙瘩足足讲了一点钟。人家讲的笑话一点不好笑，那姑娘
　　　　　讲的笑话才叫人打心窝里笑出来呢。可是我可以跟无论什么人打赌，
　　　　　她是个顶规矩的姑娘。她近来也实在太喜欢一个人发呆了，老像在想
　　　　　着什么心事似的。至于讲到您，那您尽管放心吧。

范　通　好，我今天要去看她。这几个钱请你收下，多多拜托你帮我说句好话。
　　　　　要是你比我先看见她。请你替我向她致意。

桂　嫂　那还用说吗？下次要是有机会，我还要给您讲起那个疙瘩哩；我也可
　　　　　以告诉您还有些什么人在转她的念头。

范　通　好，回头见；我现在还有要事，不多谈了。

桂　嫂　回头见，范通大爷。（范通下）这人是个规规矩矩的绅士，可是安痕
　　　　并不爱他，谁也不及我更明白安痕的心思了。该死！我又忘了什么啦？

　　　　（下）

第二幕

第一场 裴琪家门前

裴琪大娘持书信上。

裴琪大娘 什么！我在年轻貌美的时候，都不曾收到过什么情书，现在倒有人
写起情书来给我了吗？让我来看："不要问我为什么爱你；因为理智
是疗治相思的药饵，可爱情却是从来不听理智的劝告的。你并不年轻，
我也是一样；好吧，咱们同病相怜。你爱好风流，我也是一样；哈哈，
那尤其是同病相怜。你喜欢喝酒，我也是一样；咱们岂不是天生的一
对？要是一个军人的爱可以使你满足，那么裴琪大娘，请你相信我是
爱你的。我不愿意说，可怜我吧，因为那不是一个军人所应该说的话；
可是我说，爱我吧。愿意为你赴汤蹈火的，你的忠心的武士，约翰·福
斯泰夫上。"哎哟，万恶的万恶的世界！一个快要老死了的家伙，还
要自命风流！真是见鬼！这个酒鬼究竟从我的谈话里抓到了什么出言
不检的地方，竟敢用这种话来试探我？我还没有见过他三次面呢？我
应该怎样对他说呢？那个时候，上帝饶恕我！我的确是说说笑笑得太
高兴了点儿。哼，我要到议会里去上一个条陈，请他们把天下的男人
一概格杀勿论。我应该怎样报复他呢？这一口气是非出不可的。

傅德大娘上。

傅德大娘 裴琪嫂子！我正要到您府上来呢。

裴琪大娘 我也正要到您家里去呢。您脸色可不大好看呀。

傅德大娘 那我可不信，我应该满面红光才是呢。啊，裴琪嫂子！您给我出个
主意吧。

裴琪大娘　什么事，大姐？

傅德大娘　啊，大姐，我倘不是因为觉得这种事情太不好意思，我就可以富贵起来啦！

裴琪大娘　大姐，管他什么好意思不好意思，富贵起来不好吗？是怎么一回事？是怎么一回事？

傅德大娘　我只要高兴下地狱走一趟，我就可以封爵啦。

裴琪大娘　什么？你在胡说。爱丽·傅德爵士！现在这种爵士满街都是，你还是不用改变你的头衔吧。

傅德大娘　废话少说，你读一读这封信；你瞧了以后，就可以知道我怎样可以封起爵来。从此以后，只要我长着眼睛，我要永远瞧不起那些胖子。是那一阵暴风把这条肚子里装着许多吨油的鲸鱼吹到了温莎的海岸上来？我应该怎样报复他呢？我想最好的办法是假意敷衍他，却永远不让他达到目的，直等罪恶的孽火把他熔化在他自己的脂油里。你有没有听见过这样的事情？

裴琪大娘　你有一封信，我也有一封信，就是换了个名字！你瞧吧，这是你那封信的孪生兄弟。我敢说他已经写好了一千封这样的信，只要在空白的地方填下了姓名，就可以寄给人家；也许还不止一千封，咱们的已经是再版的了。他一定会把这种信刻成板子印起来的，因为他会把咱们两人的名字都放上去，可见他无论刻下了些什么乱七八糟的东西，都会一样不在乎。我要是跟他在一起睡觉，还是让一座山把我压死了吧。嘿，你可以找到二十只贪淫的乌龟，却不容易找到一个规规矩矩的男人。

傅德大娘　哎哟，这两封信简直是一个印版里印出来的，同样的笔迹，同样的字句。他到底把我们看作什么人啦？

裴琪大娘　那我可不知道；我看见了这样的信，真有点自己不相信自己起来了。以后我一定得留心察看自己的行动，因为他要是不在我身上看出了一点自己也没有知道的不大规矩的地方，一定不会毫无忌惮到这个样子。

傅德大娘　哼，我一定要叫他知道厉害。

裴琪大娘　我们一定要向他报复，让我们约他一个日子相见，把他哄骗得心花怒放，然后我们采取长期诱敌的计策，只让他闻到鱼儿的腥气，不让他尝到鱼儿的味道，逗得他馋涎欲滴，饿火雷鸣，吃尽当光，把他的马儿都变卖给嘉德饭店的老板为止。

傅德大娘　好，为了作弄这个坏东西，我什么恶毒的事情都愿意干，只要对我自己的名誉没有损害。啊，要是我的男人见了这封信，那还了得！他那股醋劲儿才大呢。

裴琪大娘　哎哟，你瞧，他来啦，我的那个也来啦；他是从来不吃醋的，我也从来不给他一点可以使他吃醋的理由。

傅德大娘　那你的运气比我好得多啦。

裴琪大娘　我们再商量商量怎样对付这个好色的武士吧。过来。（二人退后）
　　　　　傅德，毕斯托，裴琪，聂姆同上。

傅　德　我希望不会有这样的事。

毕斯托　希望在有些事情上是靠不住的。福斯泰夫在转你老婆的念头哩。

傅　德　我的妻子年纪也不小了。

毕斯托　他玩起女人来，不论贵贱贫富老少，在他都是一样。傅德，你可留点神吧。

傅　德　爱上我的妻子！

毕斯托　他心里火一样的热呢，你要是不赶快防备，只怕将来你会得到一个不雅的头衔。

傅　德　什么头衔？

毕斯托　王八哪，再见。偷儿总是乘着黑夜行事的，千万留心门户。走吧，聂姆伍长！裴琪，他说的都是真话，你不可不信。（下）

傅　德　（旁白）我必须忍耐一下，把这事情调查明白。

聂　姆　（向裴琪）这是真的，我不喜欢撒谎。他在许多地方对不起我，他本来叫我把那鬼信送给她，可是我就是真没有饭吃，也可以靠我的剑过日子，总而言之一句话，他爱你的老婆，我的名字叫作聂姆伍长，我说的话全是真的；我的名字叫聂姆，福斯泰夫爱你的老婆，再见。（下）

裴　琪　（旁白）这家伙夹七夹八的，不知在讲些什么东西！

傅　德　我要去找那福斯泰夫。

裴　琪　我从来没有听见过这样一个啰哩啰唆莫名其妙的家伙！

傅　德　要是给我发觉了，哼。

裴　琪　我就不相信这种狗东西的话。

傅　德　他的话说得倒很有理，哼。

裴　琪　啊，娘子！

裴琪大娘　官人，你到哪儿去？——我对你说。

傅德大娘　哎哟，我的老爷！你有了什么心事啦？

傅　德　我有什么心事！我有什么心事？你回家去吧，去吧。

傅德大娘　真的，你一定又在转着些什么古怪的念头。裴琪嫂子，咱们去吧。

裴琪大娘　好，你先请。官人，你今天回来吃饭吗？（向傅德妻旁白）瞧，那
　　　　边来的是什么人？咱们可以叫她去带信给那个下流的武士。

傅德大娘　我刚才还想起了她，叫她去是再好没有了。

　　　　快嘴桂嫂上。

裴琪大娘　你是来瞧我的女儿安痕的吗？

桂　嫂　正是呀，请问我们那位好安痕小姐好吗？

裴琪大娘　你跟我们一块儿进去瞧瞧她吧；我们还有很多话要跟你讲哩。（裴
　　　　琪妻，傅德妻及桂嫂同下）

裴　琪　傅德大爷，您怎么啦？

傅　德　你听见那家伙告诉我的话没有？

裴　琪　我听见了，还有那个家伙告诉我的话，你听见了没有？

傅　德　你想他们说的话靠得住靠不住？

裴　琪　理他呢，这些狗东西！那个武士固然不是好人，可是这两个说他意图
　　　　勾引你我妻子的人，都是他的革退的跟班，现在没有事做了，什么坏
　　　　话都会说得出来的。

傅　德　他们都是他的跟班吗？

裴　琪　是的。

傅　德　那倒很好。他住在嘉德饭店里吗？

裴　琪　正是。他要是真想勾搭我的妻子，我可以假作痴聋，给他一个下手的
　　　　机会，看他除了一顿臭骂之外，还会从她身上得到什么好处。

傅　德　我并不疑心我的妻子，可是我也不放心让她跟别的男人在一起。一个
　　　　男人太相信他的妻子，也是危险的。我不愿戴头巾，这事情倒不能就
　　　　这样一笑置之。

裴　琪　瞧，咱们那位爱吵闹的嘉德饭店的老板来了。他瞧上去这样高兴，倘
　　　　不是喝醉了酒，一定是袋里有了几个钱——
　　　　店主及夏禄上。

傅　德　老板，您好?

店　主　啊，老狐狸! 你是个好人。喂，法官先生!

夏　禄　我在这儿，老板，我在这儿。晚安，裴琪大爷! 裴琪大爷，您跟我们
　　　　一块儿去好吗? 我们有新鲜的玩意儿看呢。

店　主　告诉他，法官先生;告诉他，老狐狸。

夏　禄　那个威尔斯牧师修·伊文跟那个法国医生凯易斯要有一场决斗。

傅　德　老板，我跟您讲句话儿。

店　主　你怎么说，我的老狐狸? (二人退立一旁)

夏　禄　(向裴琪)您愿意跟我们一块儿瞧瞧去吗? 我们这位淘气的店主已经
　　　　替他们把剑较量过了,而且我相信已经跟他们约好了两个不同的地方,
　　　　因为我听人家说那个牧师是个非常认真的家伙。来，我告诉您，我们
　　　　将要有怎样一场玩意儿。(二人退立一旁。)

店　主　客人先生，你不是跟我的武士有点儿过不去吗?

傅　德　不，绝对没有。我愿意送给您一瓶烧酒，请您让我去见见他，对他说
　　　　我的名字是白罗克，那不过是跟他开开玩笑而已。

店　主　很好，我的好汉;你可以自由出入，你说好不好? 你的名字就叫白罗
　　　　克。他是个淘气的武士哩。诸位，咱们走吧。

夏　禄　好，老板，请你带路。

裴　琪　我听人家说，这个法国人的剑术很不错。

夏　禄　这算得了什么! 我在年轻的时候，也着实来得一手呢。现在这种讲究
　　　　剑法的，一个站在这边，一个站在那边，你这么一刺，我这么一挥，
　　　　还有各式各样的名目，我记也记不清楚;可是裴琪大爷，顶要紧的毕
　　　　竟还要看自己有没有勇气，不瞒您说，我从前凭着一把长剑，就可以
　　　　叫四个高大的汉子抱头鼠窜哩。

店　主　喂，孩子们，来! 咱们该走了!

裴　琪　好，你先请吧。我倒不喜欢看他们真的打起来，宁愿听他们吵一场嘴。

　　　　(店主，夏禄，裴琪同下)

傅　德　裴琪是个胆大的傻瓜，他以为他的老婆一定不背着他偷汉子，可是我
　　　　却不能把事情看得这样大意。我的女人在裴琪家的时候，他也在那儿，
　　　　他们两人捣过什么鬼我也不知道。好，我还要仔细调查一下;我要先
　　　　假扮了去试探试探福斯泰夫。要是侦察的结果，她并没有做过不规矩

的事情，那我也可以放下心来；不然的话，也可以不至于给她们蒙在鼓里。（下）

第二场　嘉德饭店中之一室

福斯泰夫及毕斯托上。

福斯泰夫爵士　我一个子儿也不借给你。

毕斯托　那么我要凭着我的宝剑，去打出一条生路来了。你要是答应借给我，我将来一定如数奉还，决不拖欠。

福斯泰夫爵士　一个子儿也没有。我让你把我的面子丢尽，从来不曾跟你计较过；我曾经不顾人家的讨厌，替你和你那个同伙聂姆一次两次求情说项，否则你们早已像一对大猩猩一样，给他们抓起来关在铁笼子里了。我不惜违背良心，向我的朋友们发誓说你们都是很好的军人，堂堂的男子；白律治太太丢了她的扇柄，我还用我的名誉替你辩护，说你没有把它偷走。

毕斯托　你不是也分到好处吗？我不是给你十五便士吗？

福斯泰夫爵士　浑蛋，一个人总要讲理呀；我难道白白地出卖良心吗？一句话，别纠缠我了，快给我滚回你的贼窠里去吧！你不肯替我送信，你这浑蛋！你的名誉要紧！哼，你这不要脸的东西！就说我自己吧，有时为了没有办法，也只好昧了良心，把我的名誉置之不顾，去干一些偷偷摸摸的勾当；可是像你这样一个衣衫褴褛、野猫一样的面孔，满嘴醉话，动不动赌咒骂人的家伙，却也要讲起什么名誉来了！你不肯替我送信，好，你这浑蛋！

毕斯托　我现在认错了，难道还不够吗？

罗宾上。

罗宾　爵爷，外面有一个妇人要见您说话。

福斯泰夫爵士　叫她进来。

快嘴桂嫂上。

桂嫂　爵爷，您好？

福斯泰夫爵士　你好，大嫂。你有什么事见我？

桂　嫂　我可以跟爵爷讲一两句话吗？

福斯泰夫爵士　好大嫂，你就是跟我讲两千句话，我也愿意听。

桂　嫂　爵爷，有一位傅德娘子，请您再过来点儿；我自己是住在凯易斯大夫
　　　　家里的。

福斯泰夫爵士　好，你说下去吧，你说那位傅德娘子——

桂　嫂　爵爷说得一点不错，请您再过来点儿。

福斯泰夫爵士　你放心吧。这儿没有外人，都是自家人，都是自家人。

桂　嫂　真的吗？上帝保佑他们，收留他们做他的仆人！

福斯泰夫爵士　好，你说吧，那位傅德娘子

桂　嫂　哎哟，爵爷，她真是个好人儿。天哪，天哪！您爵爷是个风流的人儿！
　　　　但愿天老爷饶恕您，也饶恕我们众人吧！

福斯泰夫爵士　傅德娘子，说呀，傅德娘子

桂　嫂　好，干脆一句话，她一见了您，说来叫人不相信，简直就给您迷住啦；
　　　　就是王上驾幸温莎的时候，那些头儿脑儿顶儿尖儿的官儿们，也没有
　　　　您这样中她的意。不瞒您说，那些武士们，老爷子们，数一数二的绅
　　　　士们，去了一辆马车来了一辆马车，一封接一封的信，一件接一件的
　　　　礼物，他们的身上都用麝香薰得香喷喷的，穿着用金线绣花的绸缎衣
　　　　服，满口都是文绉绉的话儿，还有顶好的酒，顶好的糖，无论哪个女
　　　　人都会给他们迷醉的，可是天地良心，她向他们眼睛也不曾瞅过一瞅。
　　　　不瞒您说，今天早上人家还想塞给我二十块钱哩，可是我不要这种人
　　　　家所说的不明不白的钱。说句老实话，就是叫他们中间坐第一把交椅
　　　　的人来，也休想叫她陪他喝一口酒；可是尽有那些伯爵们呀，王上身
　　　　边的官员们呀，一个一个在转她的念头；可是天地良心，她一点不把
　　　　他们放在眼里。

福斯泰夫爵士　可是她对我说些什么话？说简单一点，我的好牵线人。

桂　嫂　她要我对您说，您的信她接到啦，她非常感激您的好意；她叫我通知
　　　　您，她的丈夫在十点到十一点钟之间不在家。

福斯泰夫爵士　十点到十一点钟之间？

福斯泰夫爵士　对啦，一点不错；她说，您可以在那个时候来瞧瞧您所知道的
　　　　那幅画像，她的男人不在家里的。唉！说起她的那位傅德大爷来，也
　　　　真叫人气恨，一位好的娘子，跟着他才是倒霉；他是个妒心很重的男

人，老是无缘无故跟她寻事。

福斯泰夫爵士 十点到十一点钟之间。大嫂，请您替我向她致意，我一定不失约。

桂　嫂 哎哟，您说得真好。可是我还有一个信要带给您，裴琪娘子也叫我问候您。让我悄悄地告诉您吧，她是位贤惠端庄的好娘子，清早晚上从来不忘记祈祷。她要我对您说她的丈夫在家的日子多，不在家的日子少，可是她希望总会找到一个机会。我从来不曾看见过一个女人会这么喜欢一个男人；我想您一定有一点迷人的地方，真的。

福斯泰夫爵士 哪儿的话，我不过略有几分才干而已，怎么会有什么迷人的地方？

桂　嫂 您真是太客气啦。

福斯泰夫爵士 可是我还要问您一句话，傅德家和裴琪家的两位娘子让彼此知道她们两个人都爱着我一个人？

桂　嫂 那真是笑话了！她们怎么会这样不害羞把这种事情告诉大家呢？要是真有那样的事，才笑死人哩！可是裴琪娘子要请您把您那个小童儿送给她，因为她的丈夫很喜欢那个小厮；天地良心，裴琪大爷是个好人。在温莎地方，谁也不及裴琪大娘那样享福啦；她爱做什么，就做什么，爱说什么，就说什么，要什么有什么，不愁吃，不愁穿，高兴睡就睡，高兴起来就起来，什么都称她的心。可是天地良心，也是她自己做人好，才会有这样的福气，在温莎这地方，她是位心肠再好不过的娘子了。您千万要把您那童儿送给她，可别忘了啊。

福斯泰夫爵士 好，那一定可以。

桂　嫂 一定这样办吧，您看，他可以在你们两人之间来来去去传递消息；要是有不便明言的事情，你们可以自己商量好了一暗号，只有你们两人自己心里明白，不必让那孩子懂得，因为小孩子们是不应该知道这些坏事情，不比上了年纪的人，懂得世事，识得是非，那就不要紧了。

福斯泰夫爵士 再见，请你替我向她们两位多多致意。这几个钱你先拿去，我以后还要重谢你哩。孩子，跟这位大娘去吧。（桂嫂、罗宾同下）这消息倒害得我心乱如麻。

毕斯托 这雌儿是爱神手下的传书鸽，待我追上前去，拉满弓弦，把她一箭射下，岂不有趣！（下）

福斯泰夫爵士 老家伙，你说竟会有这等事吗？真有你的！从此以后，我要格

147

外喜欢你这副老皮囊了。人家真的还会看中你吗？你花费了这许多本钱以后，现在才发起利市来了吗？皮囊，谢谢你，人家嫌你长得太胖，只要胖得有样子，再胖些又有什么关系！

巴道夫持酒杯上。

巴道夫 爵爷，下面有一位白罗克大爷要见您说话，他说很想跟您交个朋友，特意送了一瓶白葡萄酒来给您解解渴。

福斯泰夫爵士 他的名字叫白罗克吗？

巴道夫 是，爵爷。

福斯泰夫爵士 叫他进来。（巴道夫下）只要有酒喝，管他什么白罗克不白罗克，我都一样欢迎。哈哈！傅德大娘，裴琪大娘，你们果然给我钓上了吗？很好！很好！

巴道夫偕傅德化装重上。

傅　德 您好，爵爷！

福斯泰夫爵士 您好，先生！您有什么话要对我说吗？

傅　德 素昧平生，就这样前来打搅您，实在冒昧得很。

福斯泰夫爵士 不必客气。请问有何见教？酒保，你去吧。（巴道夫下）

傅　德 爵爷，贱名是白罗克，我是一个素来喜欢随便花钱的绅士。

福斯泰夫爵士 久仰久仰！白罗克大爷，我很希望咱们以后常常来往。

傅　德 倘蒙爵爷不弃下交，真是三生有幸。不瞒爵爷说，我现在总算身边有几个钱，您要是需要的话，随时问我拿好了。人家说的，有钱路路通，否则我也不敢大胆惊动您啦。

福斯泰夫爵士 不错，金钱是个好兵士，有了它就可以使人勇气百倍。

傅　德 不瞒您说，我现在带着一袋钱在这儿，因为嫌它拿着太累赘了，想请您帮帮忙，不论是分一半去也好，完全拿去也好，好让我走路也轻松一点。

福斯泰夫爵士 白罗克大爷，我怎么可以无功受禄呢？

傅　德 您要是不嫌繁琐，请您耐心听我说下去，就可以知道我还要多多仰仗大力哩。

福斯泰夫爵士 说吧，白罗克大爷，凡有可以效劳之处，我一定愿意为您出力。

傅　德 爵爷，我一向听说您是一个博学明理的人，今天一见之下，果然名不虚传，我也不必向您多说废话了。我现在所要对您说的事，提起来很是惭愧，因为那等于宣布了我自己的弱点。可是爵爷，当您一面听着我供认我的愚蠢的时候，一面也要请您反躬自省一下，那时您就可以知道一个人是多么容易犯这种过失，也就不会过分责备我了。

福斯泰夫爵士 很好，请您说下去吧。

傅　德 本地有一个良家妇女，她的丈夫名叫傅德。

福斯泰夫爵士 嗯。

傅　德 我已经爱得她很久了，不瞒您说，在她身上我也花过不少钱；我用一片痴心追求着她，千方百计找机会想见她一面；不但买了许多礼物送给她，并且到处花钱打听她喜欢人家送给她什么东西，总而言之，我追逐她就像爱情追逐我一样，一刻都不肯放松；可是费了这许多心思力气的结果，一点不曾得到什么报酬，偌大的代价，只换到了一段痛苦的经验，正所谓"痴人求爱，如形捕影，瞻之在前，即之已冥"。

福斯泰夫爵士 她从来不曾有过什么答应您的表示吗？

傅　德 从来没有。

福斯泰夫爵士 那么您的爱究竟是怎样一种爱呢？

傅　德 就像是建筑在别人地面上的一座华厦，因为看错了地位方向，使我一场辛苦完全白费。

福斯泰夫爵士 您把这些话告诉我，是什么用意呢？

傅　德 请您再听我说下去，您就可以完全明白我今天的来意了。有人说，她虽然在我面前装模作样，好像是十分规矩，可是在别的地方，她却是非常放荡，已经引起不少人的闲话了。爵爷，我的用意是这样的：我知道您是一位教养优良，谈吐风雅，交游广阔的绅士，无论在地位上人品上都是超人一等，您的武艺，您的礼貌，您的学问，尤其是谁都佩服的。

福斯泰夫爵士 您太过奖啦！

傅　德 我说的是真话。我这儿有的是钱，您尽管用吧，把我的钱全用完了都可以，只要请您分出一部分时间来，去把这个傅德家的女人弄上了手，尽量发挥您的风流解数，把她征服下来。这件事情请您去办，一定比谁都要便当得多。

福斯泰夫爵士 您把您心爱的人让给我去享用，那不会使您心里难过吗？我觉得老兄这样的主意，未免太不近情理啦。

莎士比亚喜剧集

傅　德　啊，请您明白我的意思。她靠着她的冰清玉洁的名誉做掩护，我虽有
　　　　一片痴心，却不敢妄行非礼；她的光彩过于耀目了，使我不敢向她抬
　　　　头仰望。可是假如我能够抓住她的一个把柄，知道她并不是神圣不可
　　　　侵犯的，我就可以放大胆子，去实现我的愿望了；什么贞操，什么名
　　　　誉，什么有夫之妇以及诸如此类的她的一千种振振有词的借口，到了
　　　　那个时候便可以完全推翻了。爵爷，您看怎样？

福斯泰夫爵士　白罗克大爷，第一，我要老实不客气地收下您的钱；第二，让
　　　　我握您的手；第三，我要用我自己的身份向您担保，只要您下定决心，
　　　　不怕傅德的老婆不到您的手里。

傅　德　哎哟，您真是太好了！

福斯泰夫爵士　我说她一定会到您手里的。

傅　德　不要担心没有钱用，爵爷，一切都在我身上。

福斯泰夫爵士　不要担心傅德大娘会拒绝您，白罗克大爷，一切都在我身上。
　　　　不瞒您说，刚才她还差了个人来约我跟她相会呢；就在您进来的时候，
　　　　替她送信的人刚刚出去。十点到十一点钟之间，我就要看她去，因为
　　　　在那个时候，她那吃醋的浑蛋男人不在家里，您今晚再来看我吧，我
　　　　可以让您知道我进行得顺利不顺利。

傅　德　能够跟您结识，真是幸运万分。您认不认识傅德？

福斯泰夫爵士　哼，这个死乌龟！谁跟这种东西认识？人家说这个爱吃醋的王
　　　　八倒很有钱，所以我才高兴去勾搭他的老婆；我可以用她做钥匙，去
　　　　打开这个王八的钱箱，这才是我的真正的目的。

傅　德　我很希望您认识那个傅德，因为您要是认识他，看见他的时候也可以
　　　　躲避躲避。

福斯泰夫爵士　哼，这种不中用的蠢东西！我只要向他瞪一瞪眼，就会把他吓
　　　　坏了。白罗克大爷，您放心吧，这种家伙不在我的眼里，您一定可以
　　　　跟他的老婆睡觉。天一晚您就来。傅德是个浑蛋，可是白罗克大爷，
　　　　您瞧着我吧。（下）

傅　德　好一个万恶不赦的淫贼！我的肚子都几乎给他气破了。谁说这是我的
　　　　瞎疑心？我的老婆已经寄信他，约好钟点和他相会了，谁想得到会
　　　　有这种事情？娶了一个不贞的妻子，真是倒霉！我的床要给他们弄脏
　　　　了，我的钱要给他们偷了，还要让别人在背后讥笑我；这样害苦我不

算，还要听那奸夫当着我的面辱骂我！骂我别的名字倒也罢了，魔鬼夜叉，都没有什么关系，偏偏口口声声的乌龟王八！乌龟！王八！这种名字就是魔鬼听了也要摇头的。裴琪是个呆子，是个粗心的呆子，他居然会相信他的妻子，他不吃醋！哼，我可以相信猫儿不会偷荤，我可以相信我们那位威尔斯牧师修师傅不爱吃干酪，我可以把我的烧酒瓶交给一个爱尔兰人，我可以让一个小偷把我的马儿拖走，可是我不能放心让我的妻子一个人待在家里；让她一个在家里，她就会千方百计地耍起花样来，她们一想到要做什么事，简直可以什么都不顾，非把它做到了决不罢休。感谢上帝赐给我这一副爱吃醋的脾气！他们约定在十一点钟会面。我要去打破他们的好事，侦察我的妻子的行动，向福斯泰夫出出我胸头这一口冤气，还要把裴琪取笑一番。我马上就去，宁可早三点钟，不可迟一分钟。哼！哼！乌龟！王八！（下）

第三场　温莎附近的野地

　　　　凯易斯及鲁贝上。

凯易斯大夫　鲁贝！

鲁　贝　有，老爷？

凯易斯大夫　鲁贝，现在几点钟了？

鲁　贝　老爷，修师傅约好的时间已经过去了。

凯易斯大夫　哼，他不来，便宜了他的狗命；他在念《圣经》做祷告，所以他不来。哼，鲁贝，他要是来了，早已一命呜呼了。

鲁　贝　老爷，这是他的聪明，他知道他要是来了，一定会给您杀死的。

凯易斯大夫　哼，我要是不把他杀死，我就不是个人。鲁贝，拔出你的剑来，我要告诉你我怎样杀死他。

鲁　贝　哎哟，老爷！我可不会使剑呢。

凯易斯大夫　狗才，拔出你的剑来。

鲁　贝　慢慢，有人来啦。

　　　　店主，夏禄，史量德及裴琪上。

店　主　你好，老头儿！

夏　禄　凯易斯大夫，您好！

裴　琪　您好，大夫！

史量德　早安，大夫！

凯易斯大夫　你们一个，两个，三个，四个，来干什么？

店　主　瞧你斗剑，瞧你招架，瞧你回手；瞧你这边一跳，瞧你那边一闪；瞧你仰冲俯刺，旁敲侧击，进攻退守。他死了吗，我的黑家伙？他死了吗？哈，好家伙！你怎么说，我的好医生？

凯易斯大夫　哼，他是个没有种的狗牧师；他不敢到这儿来露脸。

店　主　你是粪缸里的元帅，好家伙！

凯易斯大夫　你们大家给我证明，我已经等了他六七个钟头，两个钟头，三个钟头，他还是没有来。

夏　禄　大夫，这是他的有见识之处；他给人家医治灵魂，您给人家医治肉体，要是你们打起架来，那不是违反了你们平日的宗旨了吗？裴琪大爷，您说我这话对不对？

裴　琪　夏禄老爷，您现在喜欢替人家排难解纷，从前却也是一名打架的好手哩。

夏　禄　可不是吗？裴琪大爷，我现在虽然老了，人也变得好说话了，可是看见人家拔出刀剑来，我的手指还是觉得痒痒的。裴琪大爷，我们虽然做了法官，做了医生，做了教士，总还有几分年轻人的血气；我们都是女人生下来的呢，裴琪大爷。

裴　琪　正是正是，夏禄老爷。

夏　禄　裴琪大爷，您看吧，我的话是不会错的。凯易斯大夫，我想来送您回家去。我是一向主张什么事情都可以和平解决的。您是一个明白道理的好医生，修师傅是一个明白道理很有涵养的好教士，大家何必伤了和气。凯易斯大夫，您还是跟我一起回去吧。

店　主　对不起，法官先生，（向夏禄等旁白）你跟裴琪大爷和史量德少爷从大路走，先到弗劳莫去。

裴　琪　修师傅就在那里吗？

店　主　是的，你们去看看他在那里发些什么牢骚，我再领着这个医生从小路也到那里。你们看这样好不好？

夏　禄　很好。

裴琪、夏禄、史量德　凯易斯大夫，我们先走一步，回头见。（下）

凯易斯大夫　哼，我要是不杀死这个牧师，我就不是个人；谁叫他多事，替一个猴崽子向安痕·裴琪说亲。

店　主　这种人让他死了也好。来，把你的怒气平一平，跟我在田野里走走，我带你到弗劳莫去，安痕·裴琪小姐正在那里一家乡下人家吃酒，你可以当面向她求婚。你说我这主意好不好？

凯易斯大夫　谢谢你，谢谢你，你是我的好朋友。我一定要介绍许多主顾给你，那些阔佬大官，我都看过他们的病。

店　主　你这样帮我忙，我一定帮助你娶到安痕·裴琪。我说得好不好？

凯易斯大夫　很好很好，好得很。

店　主　那么咱们走吧。

凯易斯大夫　跟我来，鲁贝。（同下）

第三幕

第一场 弗劳莫附近的野地

修·伊文牧师及辛普儿上。

修·伊文 史量德少爷的尊价，辛普儿我的朋友，我叫你去看看那个自称为医
生的凯易斯大夫究竟来不来，请问你是到哪一条路上去看他的？

辛普儿 师傅，我每一条路上都去看过了，就是那条通到城里去的路上没有去
看过。

修·伊文 千万请你再到那一条路上去看一看。

辛普儿 好的，师傅。（下）

修·伊文 祝福我的灵魂！我气得心里在发抖。我倒希望他欺骗我。真的气死
我也！我恨不得把他的便壶摔在他那狗头上。祝福我的灵魂！（唱）

　　　　众鸟嘤鸣其相和兮，

　　　　　临清流之潺湲，

　　　　展蔷薇之芳茵兮，

　　　　　缀百花以为环。

上帝可怜我！我真的要哭出来啦。（唱）

　　　　众鸟嘤鸣其相和兮，

　　　　　余独处乎巴比伦，

　　　　缀百花以为环兮，

　　　　　临清流——

辛普儿重上。

辛普儿 他就要来了，在这一边，修师傅。

修・伊文 他来得正好。（唱）

　　　　临清流之潺湲——

　　　上帝保佑好人！他拿着什么家伙？

辛普儿 他没有带什么家伙，师傅。我家少爷，还有夏禄老爷和另外一位大爷，也从那边一条路上来了。

修・伊文 请你把我的道袍给我；不，还是你给我拿在手里吧。（读书）

　　　　裴琪，夏禄及史量德上。

夏　禄 啊，牧师先生，您好？又在用功了吗？真的是赌鬼手里的骰子，学士手里的书本，夺也夺不下来的。

史量德 （旁白）啊，可爱的安痕・裴琪！

裴　琪 您好，修师傅！

修・伊文 上帝祝福你们！

夏　禄 啊，怎么，一手宝剑，一手经典！牧师先生，难道您竟然是学究之人，才兼文武吗？

裴　琪 在这样阴寒的天气，您这样短衣长袜，外套也不穿一件，精神倒着实不比年轻人坏哩！

修・伊文 这都是有缘故的。

裴　琪 牧师先生，我们是来给您做一件好事的。

修・伊文 很好，是什么事？

裴　琪 我们刚才碰见一位很有名望的绅士，大概是受了什么人的委屈，在那儿大发脾气。

夏　禄 我活了八十多岁了，从来不曾听见过一个像他这样有地位有学问的人，会这样忘了自己的身份。

修・伊文 他是谁？

裴　琪 我想您也一定认识他的，就是那位著名的法国医生凯易斯大夫。

修・伊文 哎哟，气死我也！你们向我提起他的名字，还不如向我提起一块烂糨糊。

裴　琪 为什么？

修・伊文 他懂得什么医经药典！他是个坏蛋，一个十足没有种的坏蛋！

裴　琪 您跟他打起架来，才知道他厉害呢。

史量德 （旁白）啊，可爱的安痕・裴琪！

夏　禄　看样子他们真的要打起来呢。凯易斯大夫来了，别让他们碰在一起。

店主，凯易斯及鲁贝上。

裴　琪　不，好牧师先生，把您的剑收起来吧。

夏　禄　凯易斯大夫，您也收起来吧。

店　主　把他们的剑夺下来，让他们对骂一场。

凯易斯大夫　请你让我在你的耳边问你一句话，你为什么失约不来？

修·伊文　（向凯易斯大夫旁白）不要生气，有话慢慢讲。

凯易斯大夫　哼，你是个懦夫，你是个狗东西猴崽子！

修·伊文　（向凯易斯大夫旁白）别人在寻我们的开心，我们不要上他们的当，
　　　　　伤了各人的和气。（高声）我要把你的便壶摔在你的狗头上，谁叫你
　　　　　约了人家自己不来！

凯易斯大夫　他妈的！鲁贝老板，我没有等他来送命吗？我不是在约定的地方
　　　　　等了他好久吗？

修·伊文　我是个相信耶稣基督的人，我不会说假话，这儿才是你约定的地方，
　　　　　我们这位老板可以替我证明。

店　主　我说，你这位法国大夫，你这位威尔斯牧师，一个替人医治身体，一
　　　　　个替人医治灵魂，你也不要吵，我也不要闹，大家算了吧！

凯易斯大夫　嗯，那倒是很好，好极了！

店　主　我说，大家静下来，听我店主说话。你们看我的手段巧不巧？主意高
　　　　　不高？计策妙不妙？咱们少得了这位医生吗？少不了，他要给我开方
　　　　　服药。咱们少得了这位牧师，这位修师傅吗？少不了，他要给我念经
　　　　　讲道。来，一位在家人，一位出家人，大家跟我握握手。好，老实告
　　　　　诉你们吧，你们两个人都给我骗啦，我叫你们一个人到这儿，一个人
　　　　　到那儿，大家扑了个空，现在我们已经知道你们两位都是好汉，谁的
　　　　　身上也不曾伤了一根毛，落得喝杯酒，大家讲和了吧。来，把他们的
　　　　　剑拿去当了。来，孩子们，大家跟我来。

夏　禄　真是一个疯老板！——各位，大家跟着他去吧。

史量德　（旁白）啊，可爱的安痕·裴琪！（夏禄、史量德、裴琪及店主同下）

凯易斯大夫　嘿！有这等事！你把我们当作傻瓜了吗？嘿！嘿！

修·伊文　好得很，他简直拿我们开玩笑。我说，咱们还是言归于好，大家商
　　　　　量出个办法，来向这个欺人的坏家伙，这个嘉德饭店的老板，报复一

下吧。

凯易斯大夫　很好，我完全赞成。他答应带我来看安痕·裴琪，原来也是句骗人的话，他妈的！

修·伊文　好，我要打破他的头。咱们走吧。（同下）

第二场　温莎街道

　　　　裴琪大娘及罗宾上。

裴琪大娘　走慢点儿，小滑头；你一向都是跟在人家屁股后面跑的，现在倒要抢在人家前头啦。我问你，你愿意我跟着你走呢，还是你愿意跟着主人走？

罗　宾　我愿意像一个男子汉那样在您前头走，不愿意像一个小鬼那样跟着他人走。

裴琪大娘　哟！你倒真是个小油嘴，我看你将来很可以到宫廷里去呢。

　　　　傅德上。

傅　德　裴琪嫂子，咱们碰见得巧极啦，您上哪儿去？

裴琪大娘　傅德大爷，我正要去瞧您家嫂子哩，她在家吗？

傅　德　在家，她因为没有伴，正闷得发慌。照我看来，要是你们两人的男人都死掉了，你们两人大可以权充一下夫妻呢。

裴琪大娘　您不用担心，我们各人会再去嫁一个男人的。

傅　德　您这个可爱的小鬼头是哪儿来的？

裴琪大娘　我总记不起把他送给我丈夫的那个人叫什么名字。喂，你说你那个武士姓甚名谁？

罗　宾　约翰·福斯泰夫爵士。

傅　德　约翰·福斯泰夫爵士！

裴琪大娘　对了，对了，正是他；我顶不会记人家的名字。他跟我的丈夫非常要好。您家嫂子真的在家吗？

傅　德　真的在家。

裴琪大娘　那么，失陪了，傅德大爷，我巴不得立刻就看见她呢。（裴琪妻及罗宾下）

傅　德　裴琪难道没有脑子吗？他难道一点都看不出，一点不会思想吗？哼，他的眼睛跟脑子一定都睡着了，因为他就是生了它们也不会去用的。嘿，这孩子可以送一封信到二十里外的地方去，就像炮弹从炮口射出去一样容易。他放纵他的妻子，让她想入非非，为所欲为；现在她要去瞧我的妻子，还带着福斯泰夫的小厮！好计策！他们已经完全布置好了；我们两家不贞的妻子，已经通同一气，一块儿去干这种不要脸的事啦。好，让我先去捉住那家伙，再去教训教训我的妻子，把这位假正经的裴琪大娘的假面具揭了下来，让大家知道裴琪是个冥顽不灵的王八。我干了这一番轰轰烈烈的事情，人家一定会称赞我。（钟鸣）时间已经到了，事不宜迟，我必须马上就去；我相信一定可以把福斯泰夫找到。人家都会称赞我，不会讥笑我，因为福斯泰夫一定跟我妻子在一起，就像地球是结实的一样毫无疑问。我就去。

　　　　　裴琪，夏禄，史量德，店主，修·伊文，凯易斯及鲁贝上。

裴琪、夏禄等　傅德大爷，咱们遇见得巧极啦。

傅　德　真是巧极啦。我正要请各位到舍间去喝杯酒呢。

夏　禄　傅德大爷，我有事不能奉陪，请您原谅。

史量德　傅德大叔，我也要请您原谅，我们已经约好到安痕小姐家里吃饭，人家无论给我多少钱，也不能使我失她的约。

夏　禄　我们打算替裴琪家小姐跟我这位史量德贤侄攀一门亲事，今天就可以得到回音。

史量德　裴琪大叔，我希望您不会拒绝我。

裴　琪　我是一定答应的，史量德少爷；可是凯易斯大夫，我的内人却看中您哩。

凯易斯大夫　嗯，是的，而且那姑娘也爱着我，我家那个快嘴桂嫂已经这样告诉我了。

店　主　您觉得那位年轻的范通怎样？他会跳舞，他的眼睛里闪耀着青春，他会写诗，他会说漂亮话，他的身上有春天的香味；他一定会成功的，他一定会成功的。

裴　琪　可是他要是不能得到我的允许，就不会成功。这位绅士没有家产，他常常跟那位胡闹的王子[1]混在一起，他的地位太高，他所知道的事情

----

[1]　"胡闹的王子"指亨利四世的太子，后为亨利五世，为王储时不修德行；参看莎士比亚史剧"亨利四世"。

也太多啦。不，我的财产是不能让他染指的。要是他跟她结婚，就让他把她空身娶了过去，我这份家私要归我自己做主，我可不能答应让他分了去。

傅　德　请你们中间无论哪几位赏我一个面子，到舍间吃顿便饭；除了酒菜之外，还有新鲜的玩意儿，我有一头怪物要拿出来给你们欣赏欣赏。凯易斯大夫，您一定要去；裴琪大爷，您也去；还有修师傅，您也去。

夏　禄　好，那么再见吧；你们去了，我们到裴琪大爷家里求起婚来，说话也可以方便一些。（夏禄、史量德下）

凯易斯大夫　鲁贝，你先回家去，我就来。（鲁贝下）

店　主　回头见，我的好朋友们；我要回去陪我的好武士福斯泰夫喝酒去。

傅　德　（旁白）对不起，我要先让他出一场丑哩。——列位，请了。

众　人　请了，我们倒要瞧瞧那个怪物去。（同下）

第三场　傅德家中一室

傅德大娘及裴琪大娘上。

傅德大娘　喂，约翰！喂，劳勃！

裴琪大娘　赶快，赶快！——那个盛脏衣服的篓子呢？

傅德大娘　已经预备好了。喂，罗宾！

　　　二仆携篓上。

裴琪大娘　来，来，来。

傅德大娘　这儿，放下来。

裴琪大娘　你吩咐他们怎样做，干干脆脆几句话就得了。

傅德大娘　好，约翰和劳勃，我早就对你们说过了，叫你们在酿酒的近旁等着不要走开，我一叫你们，你们就跑来，马上把这篓子扛了出去，跟着那些洗衣服的人一起到野地里去，跑得越快越好，一到那里，就把它扔在泰晤士河旁边的烂泥沟里。

裴琪大娘　听见了没有？

傅德大娘　我已经告诉过他们好几次了，他们不会弄错的。快去，我一叫你们，你们就来。（二仆下）

裴琪大娘　小罗宾来了。

　　　　　罗宾上。

傅德大娘　啊，我的小鹰儿！你带什么信息来了？

罗　宾　傅德奶奶，我家主人约翰爵士已经从您的后门进来了，他要跟您谈几句话。

裴琪大娘　你这小鬼，你有没有在你主人面前搬嘴弄舌？

罗　宾　我可以发誓，我的主人不知道您也在这儿；他还向我说，要是我把他到这儿来的事情告诉了您，他一定要把我撵走。

裴琪大娘　这才是个好孩子，你嘴巴紧，我一定替你做一身新衣服穿。现在我先去躲起来。

傅德大娘　好的。你去告诉你的主人，说屋子里只有我一个人。（罗宾下）裴琪嫂子，记住等我说了那一句话你就出来。

裴琪大娘　你放心吧，我要是这场戏演不好，你尽管喝倒彩好了。（下）

傅德大娘　好，让我们教训教训这个肮脏的脓包，这个满肚子臭水的胖冬瓜，叫他知道鸽子和老鸦的分别。

　　　　　福斯泰夫上。

福斯泰夫爵士　我的天上的明珠，你果然给我捉到了吗？我已经活得很长久了，现在让我死去吧，因为我的心愿已经完全达到了，啊，这幸福的时辰！

傅德大娘　哎哟，好爵爷！

福斯泰夫爵士　好娘子，我不会说话，那些口是心非的好听话，我一句也不会。我现在心里正在起着一个罪恶的念头，但愿你的丈夫早早死了，我一定要娶你回来，做我的夫人。

傅德大娘　我做您的夫人！唉，爵爷！那我怎么做得像呢？

福斯泰夫爵士　在整个法兰西宫廷里也找不出像你这样一位漂亮的夫人。瞧你的眼睛比金刚钻还亮；你的秀美的额角，戴上无论哪一种威尼斯流行的新式帽子，都是一样合适的。

傅德大娘　爵爷，像我这样的村婆娘，只好用青布包包头儿，能够不给人家笑话，也就算了，哪里配得上讲什么打扮。

福斯泰夫爵士　哎哟，你说这样的话，未免太侮辱了你自己啦。你要是到宫廷里去，一定可以大出风头；你那端庄的步伐，穿起圆圆的围裙来，一定走一步路都是仪态万方。命运虽然不曾眷顾你，造物却给了你绝世的姿容，你就是有意把它遮掩，也是遮掩不了的。

傅德大娘 您太过奖啦，我怎么有这样的好处呢？

福斯泰夫爵士 那么我为什么爱你呢？这就可以表明在你的身上，的确有一点与众不同的地方。我不会像那些油头粉面的轻薄少年一样，说你是这样是那样，把你捧上天去；可是我爱你，我爱的只是你，你是值得我爱的。

傅德大娘 别骗我啦，爵爷，我怕您爱着裴琪嫂子哩。

福斯泰夫爵士 难道我放着大门不走，偏偏要去走那黑黝黝的旁门吗？

傅德大娘 好，天知道我是怎样爱着您，您总会有一天明白我的心。

福斯泰夫爵士 希望你永远不要变心，我总不会有负于你。

傅德大娘 我得向您吐露真情，您也得用真心呀；要不然我就枉费这番心思了。

罗　宾 （在内）傅德奶奶！裴琪奶奶在门口，她满头是汗，气都喘不上来，慌慌张张的，一定要立刻跟您说话。

福斯泰夫爵士 别让她看见我；我就躲在帐幕后面吧。

傅德大娘 好，您快躲起来吧，她是个多嘴多舌的女人。（福斯泰夫匿幕后）裴琪大娘及罗宾重上。

傅德大娘 什么事？怎么啦？

裴琪大娘 哎哟，傅德嫂子！你干了什么事啦，你的脸从此丢尽，你再也不能做人啦！

傅德大娘 什么事呀，好嫂子？

裴琪大娘 哎哟，傅德嫂子！你嫁了这么一位好丈夫，为什么要让他对你起疑心？

傅德大娘 对我起什么疑心？

裴琪大娘 起什么疑心！算了，别装傻啦！总算我看错了人。

傅德大娘 唉，到底是怎么一回事呀？

裴琪大娘 我的好奶奶，你那汉子带了温莎城里所有的捕役，就要到这儿来啦；他说有一个男人在这屋子里，是你趁着他不在家的时候约来的，他们要来捉这奸夫哩。这回你可完啦！

傅德大娘 （旁白）说响一点。——哎哟，不会有这种事吧？

裴琪大娘 谢天谢地，但愿你这屋子里没有男人！可是半个温莎城里的人都跟在你丈夫背后，要到这儿搜寻这么一个人，这件事情却是千真万确的。

我抢先一步来通知你，要是你没有做过亏心事，那自然最好，倘若你
真的有一个朋友在这儿，那么，赶快带他出去吧。别怕，镇静一点。
你必须保全你的名誉，否则你的一生从此完啦。

傅德大娘　我怎么办呢？果然有一位绅士在这儿，他是我的好朋友；我自己丢
脸倒还不要紧，只怕连累了他，要是能够把他弄出这间屋子，叫我损
失一千镑钱我都愿意。

裴琪大娘　要命！你的汉子就要来啦，你还尽说废话！想想办法吧，这屋子里
是藏不了他的。唉，我还当你是个好人！瞧，这儿有一个篓子，他要
是不太高大，倒可以钻进去躲一下，再用些龌龊衣服堆在上面，让人
家看见了，当作一篓预备送出去漂洗的衣服——啊，对了，就叫你家
的两个仆人把他连篓一起抬了出去，岂不一干二净？

傅德大娘　他太胖了，恐怕钻不进去，怎么好呢？

福斯泰夫爵士　（自幕后出）让我看，让我看，啊，让我看！我进去，我进去。
就照你朋友的话做吧；我进去。

裴琪大娘　啊，福斯泰夫爵士！原来是你吗？你给我的信上怎么说的？

福斯泰夫爵士　我爱你，我只爱你一个人；帮我离开这屋子；让我钻进去。我
再也不——（钻入篓内，二妇以污衣覆其上）

裴琪大娘　孩子，你也来帮着把你的主人遮盖遮盖。傅德嫂子，叫你的仆人进
来吧。好一个欺人的武士！

傅德大娘　啊，约翰！劳勃！约翰！（罗宾下）

二仆重上。

傅德大娘　赶快把这一篓衣服抬起来，杠子在什么地方？哎哟，瞧你们这样慢
手慢脚的！把这些衣服送到洗衣服的那里去；快点！快点！

傅德，裴琪，凯易及修·伊文同上。

傅　德　各位请过来，要是我的疑心全无根据，你们尽管把我取笑好了。啊！
这是什么？你们把这篓子抬到哪儿去？

仆　抬到洗衣服的那里去。

傅德大娘　咦，他们把它抬到什么地方，跟你有什么相干？你就是爱多管闲事，
人家洗衣服，你也要问长问短的。

傅　德　哼，洗衣服！我倒希望把这屋子也洗洗干净呢，什么野畜生都可以跑
进跑出的！（二仆抬篓下）各位朋友，昨天晚上我做了一个梦，让我

把这个梦告诉你们听。这儿是我的钥匙，请你们跟我到房间里来搜一下，我相信我们一定会捉到那头狐狸的。让我先把这门锁上。好，咱们捉狐狸去。

裴　琪　傅德大爷，有话好讲，何必急成这个样子，让人家瞧着笑话。

傅　德　对啦，裴琪大爷。各位上去吧，你们马上就有新鲜的把戏看了；大家跟我来。（下）

修·伊文　这种吃醋简直是无理取闹。

凯易斯大夫　我们法国就没有这种事，法国人是不兴吃醋的。

裴　琪　咱们还是跟他上去吧，瞧他搜出什么来。（裴琪、凯易斯大夫、修·伊文同下）

裴琪大娘　咱们这计策岂不是一举两得？

傅德大娘　我不知道愚弄我的丈夫跟愚弄福斯泰夫，比较起来哪一件事更使我高兴。

裴琪大娘　你的丈夫问那篓子里有什么东西的时候，那脓包一定吓得要命。

傅德大娘　我想他是应该洗个澡了，把他扔在水里，对于他也是有好处的。

裴琪大娘　该死的骗人的坏蛋！我希望像他那一类的人都要得到这种报应。

傅德大娘　我觉得我的丈夫有点知道福斯泰夫在这儿；我从来没有见过他像今天这样的一股醋劲。

裴琪大娘　让我想个计策把他试探试探。福斯泰夫那家伙虽然已经受到一次教训，可是像他那样荒唐惯了的人，一服药吃下去未必见效，我们应该让他多知道些厉害才是。

傅德大娘　我们要不要再叫快嘴桂嫂那个傻女人到他那儿去，对他说这次把他扔在水里，实在是一时疏忽，并非故意；请他原谅，再约他一个日期，好让我们再把他作弄一次？

裴琪大娘　一定那么办；我们叫他明天八点钟来，替他压惊。

　　　　　傅德，裴琪，凯易斯及修·伊文重上。

傅　德　我找不到他；这浑蛋也许只会吹牛，他自己知道这种事情是办不到的。

裴琪大娘　（向傅德大娘旁白）你听见吗？

傅德大娘　（向裴琪大娘旁白）嗯，别说话。傅德大爷，您待我真是太好了，是不是？

傅　德　是，是，是。

傅德大娘　上帝保佑您以后再不要用这种龌龊心思猜疑人家！

傅　德　阿门！

裴琪大娘　傅德大爷，您真太对不起您自己啦。

傅　德　是，是，是我不好。

修·伊文　这屋子里，房间里，箱子里，壁橱里，要是找得出一个人来，那么上帝在最后审判的日子饶恕我的罪恶吧！

凯易斯大夫　我也找不出来，一个人也没有。

裴　琪　啧！啧！傅德大爷！您不害羞吗？什么鬼附在您身上，叫您想起这种事情来呢？我希望您以后再不要发这种精神病了。

傅　德　裴琪大爷，这是我的不好，自取其辱。

修·伊文　这都是您良心不好的缘故，尊夫人是一位大贤大德的娘子，五千个女人里头也找不到像她那样的一个；不，就是五万个里也找不到呢。

凯易斯大夫　她真的是一个规矩的女人。

傅　德　好，我说过我请你们来吃饭。来，来，咱们先到公园里走走吧。请诸位多多原谅，我以后会告诉你们今天我有这一番举动的缘故。来，娘子，来，裴琪嫂子。请你们原谅我，今天实在吵得太不像话了，请不要见怪！

裴　琪　列位，咱们进去吧，可是今天一定要把他大大地取笑一番，明天早晨我请你们到舍间吃一顿早饭，吃过早饭，就去打鸟去；我有一只很好的猎鹰，要请你们赏识赏识它的本领。诸位以为怎样？

傅　德　一定奉陪。

修·伊文　要是只有一个人去，我就是第二个。

凯易斯大夫　要是只有一个两个人去，我就是第三个。

傅　德　裴琪大爷，请了。

修·伊文　请你明天不要忘记嘉德饭店老板那个坏家伙。

凯易斯大夫　很好，我一定不忘记。

修·伊文　这坏家伙，专爱开人家的玩笑！　（同下）

第四场 裴琪家中一室

范通，安痕·裴琪及快嘴桂嫂上；桂嫂立一旁。

范 通 我知道我得不到你父亲的欢心，所以你别再叫我去跟他说话了，亲爱的小安痕。

安痕·裴琪 唉！那么怎么办呢？

范 通 你应当自己做主才是。他反对我的理由，是说我的门第太高，又说我因为家产不够挥霍，想到靠他的钱来弥补弥补；此外他又举出种种的理由，说我过去的行为太放荡，说我结交的都是一班胡闹的朋友；他老实不客气地对我说，我所以爱你，不过是把你看作一注财产而已。

安痕·裴琪 他说的话也许是对的。

范 通 不，我永远不会有这样的存心！安痕，我可以向你招认，我最初来向你求婚的目的，的确是为了你父亲的财产，可是自从我认识了你以后，我就觉得你的价值远超过一切的金银财富；我现在除了你本身的美好以外，再没有别的希求。

安痕·裴琪 好范通大爷，您还是去向我父亲说说吧。要是机会和最谦卑的恳求都不能使您达到目的，那么——您过来，我对您说。

（二人在一旁谈话）

夏禄及史量德上。

夏 禄 桂嫂，打断他们的谈话，让我的侄子自己去向她求婚。

史量德 成功失败，在此一试。

夏 禄 不要慌。

史量德 不，她不会使我发慌，可是我有点胆怯。

桂 嫂 安痕，史量德少爷要跟你讲句话哩。

安痕·裴琪 我就来。（旁白）这是我父亲中意的人。唉！有了一年三百镑的收入，顶不上眼的伧夫也就变成俊汉了。

桂 嫂 范通大爷，您好？请您过来说句话。

夏 禄 她来了；侄儿，你上去吧。对她说，你父亲生前是个什么人。

史量德 安痕小姐，我有一个父亲，我的叔父可以告诉您许多关于他的很有趣

165

的笑话。叔父，请您把我的父亲怎样从人家篱笆里偷了两只鹅的那个
笑话讲给安痕小姐听吧，好叔父。

夏　禄　安痕小姐，我的侄儿很爱您。

史量德　对了，正像我爱葛罗斯脱的无论哪一个女人一样。

夏　禄　他愿意像贵妇人一样地供养您。

史量德　凭着我一个绅士的身份，这是一定可以办得到的。

夏　禄　他愿意在他的财产里划出一百五十镑钱来归在您的名下。

安痕·裴琪　夏禄老爷，还是让他自己说吧。

夏　禄　啊，谢谢您，我真感谢您的好意。侄儿，她叫你哩；我让你们两个人
谈谈吧。

安痕·裴琪　史量德世兄。

史量德　是，好安痕小姐！

安痕·裴琪　您对我有什么见教？

史量德　实实在在说，我自己本来一点没有这个意思，都是令尊跟家叔两个人
的主张。要是我有这运气，那固然很好，不然的话，就让别人来享受
这个福分吧！他们可以告诉您许多我自己不会说的话，您还是去问您
的父亲吧；他来了。

裴琪及裴琪大娘上。

裴　琪　啊，史量德少爷！安痕，你爱他吧。咦，怎么！范通大爷，您到这儿
来有什么事？我早就对您说过了，我的女儿已经有了人家；您还是一
趟一趟地到我家里来，这不是太不成话了吗？

范　通　啊，裴琪大爷，您别生气。

裴琪大娘　范通大爷，您以后别再来看我的女儿了。

裴　琪　她是不会嫁给您的。

范　通　裴琪大爷，请您听我说。

裴　琪　不，范通大爷，我不要听您说话。来，夏禄老爷；来，史量德贤婿，
咱们进去吧。范通大爷，您实在太不讲理啦。（裴琪、夏禄、史量德
同下）

桂　嫂　向裴琪大娘说去。

范　通　裴琪大娘，我对于令爱的一片至诚，天日可表，一切的阻碍谴责和世
俗的礼法，都不能使我灰心后退；我希望能够得到您的同意。

安痕·裴琪　好妈妈，别让我跟那个傻瓜结婚。

裴琪大娘　我是不愿让你嫁给他；我会替你找一个好一点的丈夫。

桂　嫂　那就是我的主人凯易斯大夫。

安痕·裴琪　唉！要是叫我嫁给那个医生，我宁愿让你们把我活埋了！

裴琪大娘　算了，别自寻烦恼啦。范通大爷，我不愿帮您忙，也不愿跟您作梗，让我先去问问我的女儿，看她究竟对您有几分意思，慢慢地再说吧。现在我们失陪了，范通大爷；她要是再不进去，她的父亲一定又要发脾气的。

范　通　再见，裴琪大娘。再见，小安痕。（裴琪大娘及安痕下）

桂　嫂　瞧，这都是我帮您的忙。我说，"您愿意把您的孩子随随便便嫁给一个傻瓜，一个医生吗？瞧范通大爷多好！"这都是我帮您的忙。

范　通　谢谢您；这个戒指，请您今天晚上送给我的亲爱的小安痕。这几个钱是赏给你的。

桂　嫂　天老爷赐给您好福气！（范通下）他的心肠真好，一个女人碰见这样好心肠的人，就是为他到火里水里去也甘心。可是我倒希望我的主人娶到了安痕小姐；我也希望史量德少爷能够娶到她；天地良心，我也希望范通大爷娶到她。我要替他们三个人同样出力，因为我已经答应过他们。说过的话总是要作准的；可是我要替范通大爷特别出力。啊，两位奶奶还要叫我到福斯泰夫那儿去一趟呢，该死，我怎么还在这儿拉拉扯扯的！（下）

第五场　嘉德饭店中的一室

福斯泰夫及巴道夫上。

福斯泰夫爵士　喂，巴道夫！

巴道夫　有，爵爷。

福斯泰夫爵士　给我倒一碗酒来，放一块面包在里面。（巴道夫下）想不到我活到今天，却给人装在篓子里抬出去，像一车屠夫切下来的肉骨肉屑一样倒在泰晤士河里！好，要是我再上人家一次当，我一定把我的脑髓敲出来，涂上牛油丢给狗吃；这两个混账东西把我扔在河里，简直就像淹死一只瞎眼的老母狗的一窠小狗一样，不当一回事。你们瞧我这样庞大的身体，就可以知道我沉下水里去，是比别人格外快的，即使河底深得像地狱一样，我也会一下子就沉下去，要不是水浅多沙，我早就淹死啦；我最怕的就是淹死，因为一个人淹死了尸体会发胀，像我这样的人要是发起胀来，那还成什么样子！不是要变成一堆死人山了吗？

巴道夫携酒重上。

巴道夫 爵爷，桂嫂要见您说话。

福斯泰夫爵士 来，我一肚子都是泰晤士河里的水，冷得好像欲火上升的时候吞下了雪块一样，让我倒下些酒去把它温一温吧。叫她进来。

巴道夫 进来，妇人。

快嘴桂嫂上。

桂　嫂 爵爷，您好？早安，爵爷！

福斯泰夫爵士 把这些酒杯拿去了，再给我好好地煮一壶酒来。

巴道夫 要不要放鸡蛋？

福斯泰夫爵士 什么也别放。（巴道夫下）怎么？

桂　嫂 呃，爵爷，傅德娘子叫我来看看您。

福斯泰夫爵士 别向我提起什么傅德大娘啦！要不是她，我怎么会给人丢在河里，灌满了一肚子的水。

桂　嫂 哎哟！那怎么怪得了她？她太相信她那两个仆人啦，谁想得到他们竟误会了她的意思。

福斯泰夫爵士 我也是太轻信啦，会去应一个傻女人的约。

桂　嫂 爵爷，她为了这件事，心里说不出地难过呢；看见了她那种伤心的样子，谁都会心软的。她的丈夫今天一早就去打鸟去了，她请您在八点到九点之间，再到她家里去一次。我必须赶快把她的话向您交代清楚。您放心好了，这一回她一定会好好地补报您的。

福斯泰夫爵士 好，你回去对她说，我一定来；叫她想一想哪个男人不是朝三暮四，像我这样的男人，可是不容易找到的。

桂　嫂 我一定这样对她说。

福斯泰夫爵士 你说是在九点到十点之间吗？

桂　嫂 八点到九点之间，爵爷。

福斯泰夫爵士 好，你去吧，我一定来就是了。

桂　嫂 再会了。爵爷。（下）

福斯泰夫爵士 白罗克到这时候还不来，倒有些奇怪；他寄信来叫我等在这儿
不要出去。我很喜欢他的钱。啊！他来啦。

傅德上。

傅　德 您好，爵爷！

福斯泰夫爵士 啊，白罗克大爷，您是来探问我到傅德老婆那儿去的经过吗？

傅　德 我正是要来问您这件事。

福斯泰夫爵士 白罗克大爷，我不愿对您撒谎，昨天我是按照她约定的时候到
她家里去的。

傅　德 那么您进行得顺利不顺利呢？

福斯泰夫爵士 不必说起，白罗克大爷。

傅　德 怎么？难道她又变卦了吗？

福斯泰夫爵士 那倒不是，白罗克大爷，都是她的丈夫，那只贼头贼脑的乌龟，
一天到晚见神见鬼地疑心他的妻子；我跟她抱过了，嘴也亲过了，誓
也发过了，一本喜剧刚刚念好引子，他就疯疯癫癫地带了一大批狐群
狗党，气势汹汹地说是要到家里来捉奸。

傅　德 啊！那时候您正在屋子里吗？

福斯泰夫爵士 那时候我正在屋子里。

傅　德 他没有把您搜到吗？

福斯泰夫爵士 您听我说下去。总算我命中有救，来了一位裴琪大娘，报告我
们傅德就要来了的消息；傅德家的女人吓得毫无主意，只好听了她的
计策，把我装进一只盛脏衣服的篓子里去。

傅　德 盛脏衣服的篓子！

福斯泰夫爵士 正是一只盛脏衣服的篓子！把我跟那些脏衬衫，臭袜子，油腻
的手巾，一股脑儿塞在一起，白罗克大爷，您想想这股气味叫人可受
得了？

傅　德 您在那篓子里待了多久？

福斯泰夫爵士 别急，白罗克大爷，您听我说下去，就可以知道我为了您的缘
故去勾引这个妇人，吃了多少苦。她们把我这样装进了篓子以后，就
叫两个浑蛋仆人把我当作一篓脏衣服，抬到洗衣服的那里去；他们刚

把我抬上肩走到门口，就碰见他们的主人，那个醋天醋地的家伙，问他们这里面装的是什么东西；我怕这个疯子真的要搜起篓子来，吓得浑身乱抖，可是命运注定他要做一个王八，居然他没有搜。好，于是他就到屋子里去搜查，我也就冒充着脏衣服出去啦。可是白罗克大爷，您听着，还有下文呢。我一共差不多死了三次：第一次，因为碰在这个吃醋的王八羔子手里，把我吓得死去活来；第二次，我让他们把我塞在篓里，像一柄插在鞘子里的宝剑一样，头朝地，脚朝天，再用那些油腻得恶心的衣服把我闷起来，您想，像我这样胃口的人，本来就是像牛油一样遇到了热气会融化的，不闷死总算是侥天之幸；到末了，脂油跟汗水把我煎得半熟以后，这两个浑蛋仆人就把我像一个滚热的出笼包子似的，向泰晤士河里丢了下去，白罗克大爷，您想，我简直像一块给铁匠打得通红的马蹄铁，放下水里，连河水都滋拉滋拉地叫起来呢！

傅　德　爵爷，您为我受了这许多苦，我真是抱歉万分。这样看来，我的希望是永远达不到的了，您未必会再去一试吧？

福斯泰夫爵士　白罗克大爷，别说他们把我扔在泰晤士河里，就是把我扔到火山洞里，我也不会就此把她放手的。她的男人今天早上打鸟去了，我已经又得到了她的信，约我八点到九点之间再去。

傅　德　现在八点钟已经过了，爵爷。

福斯泰夫爵士　真的吗？那么我要去赴约了。您有空的时候再来吧，我一定会让您知道我进行得怎样，总而言之，她一定会到您手里的，再见，白罗克大爷，您一定可以得到她；白罗克大爷，您一定可以叫傅德做一个大王八。（下）

傅　德　哼！嘿！这是一场梦境吗？我在做梦吗？我在睡觉吗？傅德，醒来！醒来！你最好的外衣上有了一个窟窿了，傅德大爷！这就是娶了妻子的好处！这就是脏衣服篓子的用处！好，我要让他知道我究竟是什么人；我要现在就去把这奸夫捉住，他在我的家里，这回一定不让他逃走，他一定逃不了；也许魔鬼会帮助他躲起来，这回我一定要把无论什么稀奇古怪的地方都一起搜到，连胡椒瓶子都要倒出来看看，看他能躲到哪里去。王八虽然已经做定了，可是我不能就此甘心呀；我要叫他们看看，王八也不是好欺侮的。（下）

第四幕

第一场　街道

裴琪大娘，快嘴桂嫂及威廉·裴琪上。

裴琪大娘　你想他现在是不是已经在傅德家了？

桂　嫂　这时候他一定已经去了，或者就要去了。可是他因为给人扔在河里，很生气哩。傅德大娘请您快点过去。

裴琪大娘　等我把这孩子送到学校，我就去。瞧，他的先生来了，今天大概又是放假。

修·伊文上。

裴琪大娘　啊，修师傅！今天不上课吗？

修·伊文　不上课，史量德少爷放孩子们一天假。

桂　嫂　真是个好人！

修·伊文　（向威廉）你去玩去吧。再见，裴琪大娘。

裴琪大娘　再见，修师傅。（修师傅下）孩子，你先回家去。来，我们已经耽搁得太久了。（同下）

第二场　傅德家中一室

福斯泰夫及傅德大娘上。

福斯泰夫爵士　娘子，你的懊恼已经让我忘记了我身受的种种痛苦。你既然这样一片真心对待我，我也决不会有丝毫亏负你；我一定会加意奉承，

格外讨好，管保教你心满意足就是了。只是你相信你的丈夫这回一定
不会再来了吗？

傅德大娘　好爵爷，他打鸟去了，一定不会早回来的。

裴琪大娘　（在内）喂！傅德嫂子！喂！

傅德大娘　爵爷，您进去一下。（福斯泰夫下）

　　　　　　裴琪大娘上。

裴琪大娘　啊，心肝！你屋子里还有什么人吗？

傅德大娘　没有，就是自己家里几个人。

裴琪大娘　真的吗？

傅德大娘　真的。（向裴琪大娘旁白）大声一点儿说。

裴琪大娘　真的没有什么人，那我就放心啦。

傅德大娘　为什么？

裴琪大娘　为什么，我的奶奶，你那汉子的老毛病又发作啦。他正在那儿拉着
　　　　　　我的丈夫，痛骂那些有妻子的男人，不分青红皂白地咒骂着天下所有
　　　　　　的女人，还把拳头捏紧了敲着自己的额角。无论什么疯子狂人，比起
　　　　　　他这种疯狂的样子来，都会变成顶文雅顶安静的人了。那个胖武士不
　　　　　　在这儿，真是运气！

傅德大娘　怎么，他又说起他吗？

裴琪大娘　不说起他还说起谁？他发誓说上次他来搜他的时候，他是给装在篓
　　　　　　子里抬出去的；他一口咬定说他现在就在这儿，一定要叫我的丈夫和
　　　　　　同去的那班人停止了打鸟，陪着他再来试验一次他疑心得对不对。我
　　　　　　真高兴那武士不在这儿，这回他该明白他自己的傻气了。

傅德大娘　裴琪嫂子，他离这儿有多远？

裴琪大娘　只有一点点路，就在街的尽头，一会儿就来了。

傅德大娘　完了！那武士正在这儿呢？

裴琪大娘　那么你的脸要丢尽，他的命也保不住啦，你真是个宝货！快打发他
　　　　　　走吧！快打发他走吧！丢脸是小事，弄出人命案子来可不是玩的。

傅德大娘　叫他到哪儿去呢？我怎样把他送出去呢？还是把他装在篓子里吗？

　　　　　　福斯泰夫重上。

福斯泰夫爵士　不，我再也不躲在篓子里了。还是让我趁他没有来，赶快出去吧。

裴琪大娘　唉！傅德的三个弟兄手里拿着枪，把守着门口，什么人都不让出去；

否则您倒可以溜出去的。可是您干什么又到这儿来呢？

福斯泰夫爵士　那么我怎么办呢？还是让我钻到烟囱里去吧。

傅德大娘　他们平常打鸟回来，枪里剩下的子弹都是往烟囱里放的。

裴琪大娘　灶洞里倒可以躲一躲。

福斯泰夫爵士　在什么地方？

傅德大娘　他一定会找到那个地方的。他已经把所有的柜啦，橱啦，板箱啦，皮箱啦，铁箱啦，井啦，地窖啦，以及诸如此类的地方，一起记在笔记簿上，只要照着单子一处处搜寻，总会把您搜到的。

福斯泰夫爵士　那么我还是要出去。

裴琪大娘　爵爷，您要是就照您的本来面目跑出去，那您休想活命，除非化装一下——

傅德大娘　我们把他怎样化装起来呢？

裴琪大娘　唉！我不知道，哪里找得到一身像他那样身材的女人衣服？否则叫他戴上一顶帽子，披上一条围巾，头上罩一块布，也可以混了出去。

福斯泰夫爵士　好心肝乖心肝，替我想想法子。只要完全无事，什么丢脸的事我都愿意干。

傅德大娘　我家女佣人的姑母，就是那个住在勃伦府的胖婆子，倒有一件罩衫在这儿楼上。

裴琪大娘　对了，那正好给他穿上，她的身材是跟他一样大的；而且她的那顶粗呢帽和围巾也在这儿，爵爷，您快奔上去吧。

傅德大娘　去，去，好爵爷；让我跟裴琪嫂子再给您找一方包头的布儿。

裴琪大娘　快点，快点！我们马上就给您打扮，您先把那罩衫穿上再说。（福斯泰夫爵士下）

傅德大娘　我希望我那汉子能够瞧见他扮成这个样子；他一见这个勃伦府的老婆子就眼中冒火，他说她是个妖妇，不许她走进我们家里，说是一看见她就要打她。

裴琪大娘　但愿上天有眼，让他尝一尝你丈夫的棍棒的滋味！但愿那棍棒落在他身上的时候，有魔鬼附在你丈夫的手里！

傅德大娘　可是我那汉子真的就要来了吗？

裴琪大娘　真的，他还在说起那篓子呢，也不知道他哪里得来的消息。

傅德大娘　让我们再试他一下。我仍旧去叫我的仆人把那篓子抬到门口，让他看见，就像上一次一样。

裴琪大娘 可是他立刻就要来啦，还是先把他装扮作那个勃伦府的巫婆吧。

傅德大娘 我先去吩咐我的仆人，叫他们把篓子预备好了。你先上去，我马上把他的包头巾带上来。（下）

裴琪大娘 该死的狗东西！这种人就是作弄他一千次也不算罪过。

　　不要看我们一味胡闹，

　　　这蠢猪是他自取其殃；

　　我们要让世人知道，

　　　风流娘们不一定轻狂。（下）

　　傅德大娘率二仆重上。

傅德大娘 你们再把那篓子抬出去；大爷快要到门口了，他要叫你们放下来，你们就听他的话放下来，快点，马上就去。（下）

甲　仆 来，来，把它抬起来。

乙　仆 但愿这篓子里不要再装满了武士才好。

甲　仆 我也希望不再像前次一样；抬一篓的铅都没有那么重哩。

　　傅德，裴琪，夏禄，凯易斯及修·伊文同上。

傅　德 不错，裴琪大爷，可是要是真有这回事，您还有法子替我洗去污名吗？狗才，把这篓子放下来，又有人来拜访过我的妻子了。把年轻的男人装在篓子里抬进抬出！你们这两个混账的家伙也不是好东西！你们都是串通了一气来算计我的。现在这个鬼可要叫他出丑了。喂，我的太太，你出来！瞧瞧你给他们洗些什么好衣服！

裴　琪 这真太过分了！傅德大爷，您要是再这样疯下去，我们真要把您铐起来了，免得闹出什么乱子来。

修·伊文 哎哟，这简直是发疯！像疯狗一样发疯！

夏　禄 真的，傅德大爷，这真有点儿不大好。

傅　德 我也是这样的哩。——

　　傅德大娘重上。

傅　德 过来，傅德大娘，咱们这位贞洁的妇人，端庄的妻子，贤德的人儿，可惜嫁给了一个爱吃醋的傻瓜！娘子，是我无缘无故瞎起疑心吗？

傅德大娘 天日为证，你要是疑心我有什么不规矩的行为，那你的确太会多心了。

傅　德　说得好，不要脸的东西！你尽管嘴硬吧。过来，狗才！（翻出篓中衣服。）

裴　琪　这真太过分了！

傅德大娘　你好意思吗？别去翻那衣服了。

傅　德　我就会把你的秘密揭穿的。

修·伊文　这简直是岂有此理。还不把你妻子的衣服拿起来吗？去吧，去吧。

傅　德　把这篓子倒空了！

傅德大娘　为什么呀，傻子，为什么呀？

傅　德　裴琪大爷，不瞒您说，昨天就有一个人装在这篓子里从我的家里抬出去，谁知道今天他不会仍旧在这里面？我相信他一定在我家里，我的消息是绝对可靠的，我的疑心是完全有根据的。给我把这些衣服一起拿出来。

傅德大娘　要是你在这里面找得出一个男人来，那他一定是一个虱子。

裴　琪　没有什么人在这里面。

夏　禄　傅德大爷，这真太不成话了，真太不成话了。

修·伊文　傅德大爷，您应该常常祷告，不要随着自己的心一味胡思乱想；吃醋也没有这样吃法。

傅　德　好，他没有躲在这里面。

裴　琪　除了在您自己脑子里以外，您根本就找不到这样一个人。（二仆将篓抬下）

傅　德　帮我再把我的屋子搜一回，要是再找不到我所要的人，你们尽管把我嘲笑得体无完肤好了；让我永远做你们餐席上谈笑的资料，要是人家提起吃醋的男人来，就把我当作一个现成的例子，因为我会在一枚空的核桃壳里找寻妻子的情人。请你们再帮我这一次忙，替我搜一下，好让我死了心。

傅德大娘　喂，裴琪嫂子！您陪着那位老太太下来吧；我的丈夫要上楼来了。

傅　德　老太太！哪里来的老太太？

傅德大娘　就是我家女仆的姑妈，住在勃伦府的那个老婆子。

傅　德　哼，这妖妇，这贼老婆子！我不是不许她走进我的屋子里吗？她又是给什么人带信来的，是不是？我们都是头脑简单的人，不懂得求神问卜这些玩意儿；什么画符、念咒、起课这一类鬼把戏，我们全不懂得。

快给我滚下来，你这妖妇，鬼老太婆！滚下来！

傅德大娘 　不，我的好大爷！列位大爷，别让他打这可怜的老婆子。

裴琪大娘偕福斯泰夫女装重上。

裴琪大娘 　来，老婆婆；来，搀着我的手。

傅　德 　（打福斯泰夫）滚出去，你这妖妇，你这贱货，你这臭猫，你这鬼老
太婆！滚出去！滚出去！　（福斯泰夫下）

裴琪大娘 　你羞不羞？这可怜的老妇人差不多给你打死了。

傅德大娘 　欺负一个苦老太婆，真有你的！

傅　德 　该死的妖妇！

修·伊文 　我想这妇人的确是一个妖妇，我不喜欢长胡须的女人，我看见她的
围巾下面露出几根胡须呢。

傅　德 　列位，请你们跟我来好不好？看看我究竟是不是瞎起疑心。要是我完
全无理取闹，请你们以后再不要相信我的话。

裴　琪 　咱们就再顺顺他的意思吧。各位，大家都来。（傅德，裴琪，夏禄，
凯易斯大夫，修·伊文同下）

裴琪大娘 　他把他打得真可怜。

傅德大娘 　这一顿打才打得痛快呢。

裴琪大娘 　我想把那棒儿放在祭坛上供奉起来，它今天立下了很大的功劳。

傅德大娘 　我倒有一个意思，不知道你以为怎样？我们横竖名节无亏，问心无
愧，索性一不做，二不休，再把他作弄一番好不好？

裴琪大娘 　他吃过了这两次苦头，一定把他的色胆都吓破了；除非魔鬼盘踞在
他心里，大概他不会再来冒犯我们了。

傅德大娘 　我们要不要把我们怎样作弄他的情形告诉我们的丈夫知道？

裴琪大娘 　很好，这样也可以点破你那汉子的疑心。要是他们认为这个荒唐的
胖武士还有应加惩处的必要，那么仍旧可以委托我们全权办理的。

傅德大娘 　我想他们一定要让他当着众人面出一次丑；我们这一个笑话也一定
要这样才可以告一段落。

裴琪大娘 　好，那么我们就去商量办法吧；我的脾气是想到就做，不让事情耽
搁下去的。（同下）

第三场　嘉德饭店中的一室

店主及巴道夫上。

巴道夫　老板，那几个德国人要向您借三匹马；公爵明天要上朝来了，他们要去迎接他。

店　主　什么公爵来得这样秘密？我不曾在宫廷里听见人家说起。让我去跟那几个客人谈谈。

巴道夫　好，我去叫他们来。

店　主　马可以借给他们，可是我不能让他们白骑，世上没有这样便宜的事情。他们已经住了我的房子一个星期了，我已经为了他们回绝了多少别的客人；我可不能跟他们客气，这笔损失是一定要叫他们赔偿的。来。

（同下）

第四场　傅德家中一室

裴琪，傅德，裴琪大娘，傅德大娘及修·伊文上。

修·伊文　女人家有这样的心思，难得难得！

裴　琪　他是同时寄信给你们两个人的吗？

裴琪大娘　我们在一刻钟内同时接到。

傅　德　娘子，请你原谅我，从此以后，我一切听任你；我宁愿疑心太阳失去了热力，不愿疑心你有不贞的行动。你已经使一个对于你的贤德缺少信心的人，变成你的一个忠实的信徒了。

裴　琪　好了，好了，别说下去了。太冒冒失失固然不好，太服服帖帖可也不对。我们还是来商量计策吧；让我们的妻子再跟这个胖老头子约好一个时间，到了那时候，我们就去捉住他，把他羞辱一顿。

傅　德　她们刚才说起的那个办法，再好没有了。

裴　琪　怎么？约他在半夜里到公园里去相会吗？嘿！他再也不会来的。

修·伊文　你们说他已经给丢在河里，还给人当作一个老婆子打了一顿，我想

莎士比亚喜剧集

他一定吓怕了，不会再来了；他的肉体已经受到责罚，他一定不敢再起邪念了。

裴　琪　我也这样想。

傅德大娘　你们只要商量商量等他来了怎样对付他，我们两人自会想法子叫他来的。

裴琪大娘　有一个古老的传说，说是曾经在这儿做过管林子的猎夫赫恩，鬼魂常常在冬天的深夜里出现，绕着一株橡树兜圈子，头上还长着又粗又大的角，手里摇着一串链子，发出怕人的声音。他一出来，树木就要枯黄，牲畜就要害病，乳牛的乳汁会变成血液。这一个传说从前代那些迷信的人们嘴里传下来，就好像真有这回事一样，你们各位也都听见过的。

裴　琪　是呀，有许多人不敢在深夜里经过这株赫恩的橡树呢。可是你为什么要提起它呢？

傅德大娘　这就是我们的计策：我们要叫福斯泰夫头上装了两只大角，扮作赫恩的样子，在那橡树的旁边等着我们。

裴　琪　好，就算他听着你们这样打扮着来了，你们预备把他怎样呢？

裴琪大娘　那我们也已经想好了：我们先叫我的女儿安痕和我的小儿子，还有三四个跟他们差不多大的孩子，大家打扮成一队精灵的样子，穿着绿色的和白色的衣服，各人头上顶着一圈蜡烛，手里拿着响铃，埋伏在树旁的土坑里；等福斯泰夫跟我们相会的时候，他们就一拥而出，嘴里唱着各色各样的歌儿；我们一看见他们出来，就假装吃惊逃走了，然后让他们把他团团围住，把这龌龊的武士你拧一把，我刺一下，还要质问他为什么在这仙人们游戏的时候，胆敢装扮作那种秽恶的形状，闯进神圣的地方来。

傅德大娘　这些假扮的精灵们要把他拧得遍体鳞伤，还用蜡烛烫他的皮肤，直等他招认一切为止。

裴琪大娘　等他招认以后，我们大家就一起出来，揪下他的角，把他一路取笑着回家。

傅　德　孩子们倒要叫他们练习得熟一点，否则会露出破绽来的。

修·伊文　我可以教这些孩子们怎样做；我自己也要扮作一个猴崽子，用蜡烛去烫这武士哩。

傅　德　　那好极啦。我去替他们买些面具来。

裴琪大娘　　我的小安痕要扮作一个仙后，穿着很漂亮的白袍子。

裴　琪　　我去买缎子来给她做衣服。（旁白）到了那个时候，我可以叫史量德
　　　　　　把安痕偷走，到伊登去跟她结婚。——你们马上就派人到福斯泰夫那
　　　　　　里去吧。

傅　德　　不，我还要用白罗克的名字去见他一次，他会把什么话都告诉我。他
　　　　　　一定会来的。

裴琪大娘　　不怕他不来。我们这些精灵们的一切应用的东西和饰物，也该赶快
　　　　　　预备起来了。

修·伊文　　我们就去办起来吧；这是个很好玩的玩意儿，而且也是光明正大的
　　　　　　恶作剧。（裴琪，傅德，修·伊文同下）

裴琪大娘　　傅德嫂子，你就去找桂嫂，叫他到福斯泰夫那里去，探探他的意思。
　　　　　　（傅德大娘下）我现在要到凯易斯大夫那里去，他是我看中的人，除
　　　　　　了他谁也不能娶我的小安痕。那个史量德虽然有家私，却是一个呆子，
　　　　　　我的丈夫偏偏喜欢他。这医生又有钱，他的朋友在宫廷里又有势力，
　　　　　　只有他才配做安痕的丈夫，即使有二万个更了不得的人来向她求婚，
　　　　　　我也不给他们。（下）

第五场　嘉德饭店中的一室

店主及辛普儿上。

店　主　　你要干吗，乡下佬，蠢东西？说吧，讲吧，干干脆脆的。

辛普儿　　呃，老板，我是史量德少爷叫我来跟约翰·福斯泰夫爵士说话的。

店　主　　那边就是他的房间，他的公馆，他的床铺，你瞧门上新画着浪子回家
　　　　　　故事的就是。只要你去敲敲门，喊他一声，他就会跟你胡说八道。

辛普儿　　刚才有一个胖大的老妇人跑进他的房间里去，请您让我在这儿等她下
　　　　　　来吧；我本是要跟他说话的。

店　主　　哈！一个胖女人！也许是来偷东西的，让我叫他一声。喂，武士！好
　　　　　　爵爷！你在房间里吗？使劲回答我，你的店主东在叫你哪。

福斯泰夫爵士　　（在上）什么事，老板？

店　主　这儿有一个流浪的鞑靼人等着你的胖婆娘下来。叫她下来，好家伙，叫她下来；我的屋子是干干净净的，不能让你们干那些鬼鬼祟祟的勾当。哼，不要脸！

福斯泰夫上。

福斯泰夫爵士　老板，刚才是有一个胖老婆子在我这儿，可是现在她已经走了。

辛普儿　请问一声，爵爷，她就是勃伦府那个算命的女人吗？

福斯泰夫爵士　对啦，螺蛳精；你问她干吗？

辛普儿　爵爷，我家主人史量德少爷因为瞧见她在街上走过，所以叫我来问问她，他有一串链子给一个叫作聂姆的骗去了，不知道那链子还在不在那聂姆的手里。

福斯泰夫爵士　我已经跟那老婆子讲起过这件事了。

辛普儿　请问爵爷，她怎么说呢？

福斯泰夫爵士　呃，她说，那个从史量德手里把那链子骗去的人，就是偷他链子的人。

辛普儿　我希望我能够当面跟她谈谈；我家少爷还叫我问她别的事情哩。

福斯泰夫爵士　什么事情？说出来听听看。

店　主　对了，快说。

辛普儿　爵爷，我家少爷吩咐我要保守秘密呢。

店　主　你要是不说出来，就叫你死。

辛普儿　啊，实在没有什么事情，不过是关于裴琪家小姐的事情，我家少爷叫我来问问看，他命里能不能娶她做妻子。

福斯泰夫爵士　那可要看他的命运怎样了。

辛普儿　您怎么说？

福斯泰夫爵士　娶得到是他的命，娶不到也是他的命，你回去告诉主人，说那老妇人这样对我说的。

辛普儿　我可以这样告诉他吗？

福斯泰夫爵士　是的，乡下佬，你尽管这样说好了。

辛普儿　多谢爵爷；我家少爷听见了这样的消息，一定会十分高兴的。（下）

店　主　你真聪明，爵爷，你真聪明。真有一个算命的婆子在你房间里吗？

福斯泰夫爵士　是的，老板，她刚才还在我这儿，她教给我许多我一生从来没有学过的智慧，我不但没有花半个钱的学费，而且她反倒给我酬劳呢。

巴道夫上。

巴道夫 哎哟，老板，不好了！又是骗子，尽是些骗子！

店　主 我的马呢？蠢奴才，好好地对我说。

巴道夫 都跟着那些骗子们跑掉啦；一过了伊登，他们就把我从马上推下来，把我丢在一个烂泥潭里，他们就像三个德国鬼子似的，策马加鞭，飞也似的去了。

店　主 狗才，他们是去迎接公爵去的。别说他们逃走，德国人都是规规矩矩的。

修·伊文上。

修·伊文 老板在哪儿？

店　主 师傅，什么事？

修·伊文 留心你的客人，我有一个朋友到城里来，他告诉我有三个德国骗子，一路上骗人家的马匹金钱；里亭，梅登海，科白路，各家旅店，都上了他们的当。我是一片好心来通知你，因为你是个很乖巧的人，专爱开人家的玩笑，要是你也被人家骗了，那未免太笑话啦。再见。（下）

凯易斯上。

凯易斯大夫 店主东呢？

店　主 凯易斯大夫，我正在这儿心乱如麻呢。

凯易斯大夫 我不懂你的意思；可是人家告诉我，你正在准备着隆重地招待一个德国的公爵，可是我不骗你，我在宫廷里就不知道有什么公爵要来。我是一片好心来通知你。再见。（下）

店　主 狗才，快去喊人去捉贼！武士，帮帮我忙，我这回可完了！快跑，捉贼！完了！完了！（店主及巴道夫下）

福斯泰夫爵士 我但愿全世界的人都受骗，因为我自己也受了骗，而且还挨了打。要是宫廷里的人听见了我怎样一次次的化身，给人当衣服洗，用棍子打，他们一定会把我身上的油一滴一滴溶下来，去擦渔夫的靴子；他们一定会用俏皮话把我挖苦得像一个干瘪的梨一样丧气。自从那一次赖了赌债以后，我一直交着坏运。好，要是我在临终以前还来得及念祷告，我一定要忏悔。

快嘴桂嫂上。

福斯泰夫爵士 啊，又是谁叫你来的？

桂　嫂 除了那两个人还有谁？

福斯泰夫爵士 让魔鬼跟他的老娘把那两个先抓了去吧！我已经为了她们的缘故吃过多少苦，男人本来是容易变心的，谁受得了这样的欺负！

桂　嫂 您以为她们没有吃苦吗？说来才叫人伤心哪，尤其是那位傅德娘子，真可怜的，给她的汉子打得身上一块青一块黑的，简直找不出一处白净的地方。

福斯泰夫爵士 什么一块青一块黑的，我自己给他打得五颜六色，浑身挂彩呢；我还差一点给他们当作勃伦府的妖妇抓了去。要不是我急中生智，把一个老太婆的举动装扮得活灵活现，我早已给浑蛋官差们锁上脚铐，办我一个妖言惑众的罪名了。

桂　嫂 爵爷，让我到您房间里去跟您说话，您就会明白一切，而且包在我身上，一定会叫您满意的。这儿有一封信，您看了就知道了。天啊！把你们拉拢在一起，真麻烦死了！你们中间一定有谁得罪了上天，所以才这样颠颠倒倒的。

福斯泰夫爵士 那么你跟我上楼，到我的房间里来吧。（同下）

第六场　嘉德饭店中的另一室

范通及店主上。

店　主 范通大爷，别跟我说话，我一肚子都是闷气，我想索性这桩生意也不做了。

范　通 可是你听我说，我要你帮我做一件事，事成之后，我不但赔偿你的全部损失，而且还愿意送给你黄金百镑，作为酬谢。

店　主 好，范通大爷，您说吧。我不知道我能不能帮您的忙，可是至少我不会泄露秘密。

范　通 我曾经屡次告诉你我对于裴琪家安痕小姐的深切的爱情，她对我也已经表示默许了，要是她自己做得了主，我一定可以如愿以偿。刚才我收到了她一封信，信里所说起的事情，你要是知道了，一定会拍手称奇；因为它跟我自己的事情很有关系，所以我不能不让你知道。他们的意思，是要把那胖武士福斯泰夫捉弄一番吓吓他。你瞧，（指信）听着，我的好老板，今夜十二点钟到一点钟之间，在赫恩橡树的近旁，我的亲爱的小安痕要扮成仙后的样子，为什么要这样打扮，这儿写得很明白。她父亲叫她趁着大家开玩笑开得乱哄哄的时候，跟史量德悄悄地溜到伊登去结婚，她已经答应他了。可是她母亲竭力反对她嫁给史量德，决意把她嫁给凯易斯，她也已经约好那个医生，叫他也趁着人家忙得不留心的时候，用同样的方式把她带到教长家里去，请一个牧师替他们立刻成婚；她对于她母亲的这个计策，也已经假装服从的样子，答应了那医生了。他们的计划是这样的：她的父亲要她全身穿着白衣服，以便识认，史量德看准了时机，就搀着她的手，叫她跟着走，她就跟着他走；她的母亲为了让那医生容易辨认起见——因为他们大家都戴着面具的——却叫她穿着宽大的浅绿色的袍子，头上系着飘扬的丝带，那医生一看有了下手的机会，便上去把她的手捏一把，这一个暗号便是叫她跟着他走的。

店　主　她预备欺骗她的父亲呢，还是欺骗她的母亲？

范　通　我的好老板，她要把他们两人一起骗了，跟我一块儿溜走。所以我要请你费心去替我找一个牧师，十二点钟到一点钟之间在教堂里等着我，为我们举行正式的婚礼。

店　主　好，您去实行您的计划吧，我一定给您找牧师去。只要把那位姑娘带来，牧师是不成问题的。

范　通　多谢多谢，我一定永远记住你的恩德，而且我马上就会报答你的。(同下)

莎士比亚喜剧集

第五幕

第一场　嘉德饭店中的一室

福斯泰夫及快嘴桂嫂上。

福斯泰夫爵士　请你别再啰哩啰唆了，去吧，我一定不失约就是了。这已经是第三次啦，我希望单数是吉利的。去吧，去吧！

桂　嫂　我去给您弄一根链子来，再去设法打一对角来。

福斯泰夫爵士　好，去吧；别耽搁时间了。抬起你的头来，扭扭屁股走吧。（桂嫂下）

傅德上。

福斯泰夫爵士　啊，白罗克大爷！白罗克大爷，事情成功不成功，今天晚上就可以知道。请您在半夜时候，到赫恩橡树那儿去，就可以看见新鲜的事儿。

傅　德　您昨天不是对我说过，要到她那儿去赴约吗？

福斯泰夫爵士　白罗克大爷，我昨天到她家里去的时候，正像您现在看见我一样，是个可怜的老头儿。可是白罗克大爷，我从她家里出来的时候，却变成一个苦命的老太婆了。白罗克大爷，她的丈夫，傅德那个浑蛋，简直是个吃醋鬼投胎，他欺我是个女人，把我没头没脑一顿打；可是，白罗克大爷，要是我穿着男人的衣服，别说他是个傅德，就算他是个身长丈二的天神，拿着一根千斤重的梁柱向我打来，我也不怕他。我现在还有要事，请您跟我一路走吧，白罗克大爷，我可以把一切的事情完全告诉您。自从我小时候偷鹅、赖学、抽陀螺挨打以后，直到现在才重新尝到挨打的滋味。跟我来，我要告诉您关于这个叫作傅德的浑蛋的古怪事儿；今天晚上我就可以向他报复，我一定会把他的妻子送到您的手里。跟我来。白罗克大爷，您就有新鲜事儿看了！跟我来。（同下）

第二场　温莎公园

裴琪，夏禄，史量德同上。

裴　琪　来，来，咱们就躲在这座古堡的壕沟里，等我们那班精灵们的火光出现以后再出来。史量德贤婿，记着我的女儿。

史量德　好，一定记着；我已经跟她当面谈过，约好了用什么口号互相通知。我看见她穿着白衣服，就上去对她说"嗨"她就回答我"不见得"，这样我们就不会认错啦。

夏　禄　那也好，可是何必嚷什么"嗨"哩，什么"不见得"哩，你只要看定了穿白衣服的人就行啦。钟已经敲十点了。

裴　琪　天黑沉沉的，精灵和火光在这时候出现，再好没有了。愿上天保佑我们的游戏成功！除了魔鬼以外，谁都没有恶意；我们只要看谁的头上有角，就知道他是魔鬼。去吧，大家跟我来。（同下）

第三场　温莎街道

裴琪大娘，傅德大娘，凯易斯同上。

裴琪大娘　大夫，我的女儿是穿绿的；您看时机一到，便过去揽她的手，带她到教长家里去，赶快把事情办了。现在您一个人先到公园里去，我们两个人是要一块儿去的。

凯易斯大夫　我知道我应当怎么办，再见。

裴琪大娘　再见，大夫。（凯易斯大夫下）我的丈夫把福斯泰夫羞辱过了以后，知道这医生已经跟我的女儿结婚，一定会把一场高兴，化作满腔怒火的；可是管他呢，与其让他害得我将来心碎，宁可眼前挨他一顿臭骂。

傅德大娘　小安痕和她的一队精灵现在在什么地方？还有那个威尔斯鬼子修牧师呢？

莎士比亚喜剧集

裴琪大娘　他们都把灯遮得暗暗的，躲在赫恩橡树近旁的一个土坑里；一等到福斯泰夫跟我们会见的时候，他们就立刻在黑夜里出现。

傅德大娘　那一定会叫他大吃一惊的。

裴琪大娘　要是吓不倒他，我们也要把他讥笑一番，要是他果然吓倒了，我们还是要讥笑他的。

傅德大娘　咱们这回不怕他不上圈套。

裴琪大娘　像他这种淫棍，教训教训他也是好事。

傅德大娘　时间快到啦，到橡树底下去，到橡树底下去！（同下）

第四场　温莎公园

修·伊文化装率扮演精灵的一群上。

修·伊文　跑，跑，精灵们，来；别忘了你们各人的词句。大家放大胆子，跟我跑下这土坑里，等我一发号令，就照我吩咐你们的做起来。来，来；跑，跑。（同下）

第五场　公园中的另一部分

福斯泰夫顶公鹿头扮赫恩上。

福斯泰夫爵士　温莎的钟已经敲了十二点，时间快到了。好色的天神们，照顾照顾我吧！记着，乔武大神，你曾经为了你的爱人欧罗巴的缘故，化身做过一头公牛，爱情使你头上生角。强力的爱啊！它会使畜生变成人类，也会使人类变成畜生。而且，乔武大神，你为了你心爱的莉达，还化身做过一只天鹅呢。万能的爱啊！你差一点儿把天神的尊容变得像一只蠢鹅！既然天神们也都这样贪淫，我们可怜的凡人又有什么办法呢？至于讲到我，那么我是这儿的一匹公鹿；在这树林子里，也可以算得上顶胖的了。谁来啦？我的母鹿吗？

傅德大娘及裴琪大娘上。

傅德大娘　爵爷，你在这儿吗，我的公鹿？我的亲爱的公鹿？

福斯泰夫爵士　我的黑尾巴的母鹿！让天上落下马铃薯般大的雨点来吧，让它大锣大鼓般地响起雷声来吧，只要让我躲在你的怀里，什么大风大雨我都不怕。（拥抱傅德妻）

傅德大娘　裴琪嫂子也跟我一起来了呢，好人儿。

福斯泰夫爵士　那么你们把我切开来，各人分一条大腿去，留下两块肋条肉给我自己，肩膀肉赏给那看园子的，还有这两只角，送给你们的丈夫做个纪念品吧。哈哈！你们瞧我像不像猎人赫恩？丘比特是个有良心的孩子，现在他让我尝到甜头了。我用鬼魂的名义欢迎你们！（内喧声）

裴琪大娘　哎哟！什么声音？

傅德大娘　天老爷饶恕我们的罪过吧！

福斯泰夫爵士　又是什么事情？

傅德妻、裴琪妻　快逃！快逃！（二人奔下）

福斯泰夫爵士　我想多半是魔鬼不愿意让我下地狱，因为我身上的油太多啦，恐怕在地狱里惹起一场大火来，否则他不会这样一次一次地跟我捣蛋。

　　　　修·伊文乔装萨脱，毕斯托扮小妖，安痕·裴琪扮仙后，威廉·裴琪及若干儿童各扮精灵侍从，头插小蜡烛，同上。

安痕·裴琪　黑的，灰的，绿的，白的精灵们，

　　　　月光下的狂欢者，黑夜里的幽魂，

　　　　你们是没有父母的造化的儿女，

　　　　不要忘记了你们各人的职务。

　　　　传令的小妖，替我向众精灵宣告。

毕斯托　众精灵，静听召唤，不许喧吵！

　　　　蟋蟀儿，你去跳进人家的烟囱：

　　　　看他们炉里的灰屑有没有扫空；

　　　　我们的仙后最恨贪懒的婢子，

　　　　看见了就把她拧得浑身青紫。

福斯泰夫爵士　他们都是些精灵，谁要是跟他们说话，就不得活命；让我闭上眼睛躲起来吧，神仙们的事情是不许凡人窥看的。（俯伏地上）

修·伊文　皮特在哪里？你去看有谁家的姑娘，

　　　　念了三遍祈祷方才睡上眠床，

　　　　你就悄悄地替她把妄想收束，

让她睡得像婴儿一样甜熟；

谁要是临睡前不思量自己的过错，

你要叫他们腰麻背疼，手脚酸楚。

安痕·裴琪 去，去，小精灵！

把温莎古堡内外搜寻：

每一间神圣的华堂散播着幸运，

让它巍然卓立，永无毁损，

祝福它宅基巩固，门户长新，

辉煌的大厦恰称着贤德的主人！

每一个尊严的宝座用心扫洗，

洒满了被邪垢的鲜花香水，

祝福那文梲绣瓦，画栋雕梁，

千秋万岁永远照耀着荣光！

每夜每夜你们手搀手在草地上，

拉成一个圆圈儿跳舞歌唱，

清晨的草上留下你们的足迹，

一团团葱翠新绿的颜色；

再用青紫粉白的各色鲜花，

写下了天书仙语，"清心去邪"，

像一簇簇五彩缤纷的珠玉，

草地是神仙的纸，花是神仙的符篆，

去，去，往东的向东，往西的向西！

等到钟鸣一下，可不要忘了

我们还要绕着赫恩橡树舞蹈。

修·伊文 大家排着队，大家手牵手，

二十个萤虫给我们点亮灯笼，

照着我们树阴下舞影幢幢。

且慢！哪里来的生人气？

福斯泰夫爵士 天老爷保佑我不要给那个威尔斯老怪瞧见，他会叫我变成一块
干酪哩！

毕斯托 坏东西！你是个天生的孽种。

安痕·裴琪　让我用炼狱火把他指尖灼烫，

看他的心地是纯洁还是肮脏：

他要是心无污秽，火不能伤，

哀号呼痛的一定居心不良。

毕斯托　来，试一试！

修·伊文　来，看这木头怕不怕火熏。（众以烛烫福斯泰夫。）

福斯泰夫爵士　啊！啊！啊！

安痕·裴琪　坏透了，坏透了，这家伙淫毒攻心！

精灵们，唱个歌儿取笑他；

围着他蹿蹿跳跳，拧得他遍体酸麻。

歌：

哼，罪恶的妄想！

哼，淫欲的孽障！

淫欲是一把血火，

不洁的邪念把它点亮，

痴心煽着它的火焰，

妄想把它愈吹愈旺。

精灵们，拧着他，

不要把恶人宽放；

拧他，烧他，拖着他团团转，

直等星月烛光一齐黑暗。

精灵等一面唱歌，一面拧福斯泰夫，凯易斯自一旁上，将一穿绿衣之
精灵偷走；史量德自另一旁上，将一穿白衣之精灵偷走；范通上，将
安痕·裴琪偷走。内猎人号角声，犬吠声，众精灵纷纷散去。

福斯泰夫扯下鹿头起立。

裴琪，傅德，裴琪大娘，傅德大娘同上，将福斯泰夫捉住。

裴　琪　嗳，别逃呀；现在您可给我们瞧见啦；难道您只好扮扮猎人赫恩吗？

裴琪大娘　好了好了，咱们不用尽跟他开玩笑啦。好爵爷，您现在喜不喜欢温莎？

傅　德　爵爷，现在究竟谁是个大王八？白罗克大爷，福斯泰夫是个浑蛋，是
个混账王八蛋；瞧他的头上还长着角哩，白罗克大爷！白罗克大爷，
他从傅德那里什么好处也没有得到，只得到了一只脏衣服的篓子，一

189

顿棒儿，还有二十镑钱，那笔钱是要向他追还的，白罗克大爷；我已经把他的马扣留起来做抵押了，白罗克大爷。

傅德大娘 爵爷，只怪我们运气不好，没有缘分，总是好事多磨。以后我再不把您当作我的情人了，可是我会永远记着您是我的公鹿。

福斯泰夫爵士 我现在才明白我给你们愚弄啦。原来这些都不是精灵吗？我曾经三四次疑心他们不是什么精灵，可是一则因为我自己做贼心虚，二则因为突如其来的怪事，把我吓昏了头，所以会把这种破绽百出的骗局当作真实，虽然荒谬得不近情理，也会使我深信不疑，可见一个人做了坏事，虽有天大的聪明，也会受人之愚的。

修·伊文 福斯泰夫爵士，您只要敬奉上帝，去除邪念，精灵们就不会来拧您的。

傅　德 说得有理，修大仙。

修·伊文 还有您的嫉妒心也要除掉才好。

傅　德 我以后再不疑心我的妻子了。

福斯泰夫爵士 难道我已经把我的脑子剜出来放在太阳里晒干了，所以连这样明显的骗局也看不出来吗？难道一只威尔斯的老山羊都会作弄我？罢了罢了！这也算是我贪欢好色的下场！

裴琪大娘 爵爷，我们虽然愿意把那些三从四德的道理一脚踢得远远的，为了寻欢作乐，甘心死后下地狱；可是什么鬼附在您身上，叫您相信我们会喜欢您呢？

傅　德 像你这样一只杂碎布丁？一袋烂麻线？

裴琪大娘 一个浸泡的浮尸？

裴　琪 又老，又冷，又干枯，再加上一肚子的肮脏？

傅　德 像魔鬼一样到处造谣生事？

裴　琪 一个穷光蛋的孤老头子？

傅　德 像个泼老太婆一样千刁万恶？

修·伊文 一味花天酒地，玩玩女人，喝喝酒儿，喝醉了酒白瞪着眼睛骂人吵架？

福斯泰夫爵士 好，尽你们说吧，算我倒霉落在你们手里，我也懒得跟这头威尔斯山羊斗嘴了。无论哪个无知无识的傻瓜都可以欺负我，悉听你们把我怎样处置吧。

傅　德 好，爵爷，我们要带您到温莎去看一位白罗克大爷，您骗了他的钱，却没有替他把事情办好；您现在已经吃过不少苦了，要是再叫您把那笔钱还出来，我想您一定要万分心痛的吧？

傅德大娘　不，丈夫，他已经受到报应，那笔钱就算了吧；冤家宜解不宜结，咱们不要逼人太甚。

傅　德　好，咱们拉拉手，过去的事情，以后不用再提啦。

裴　琪　武士，不要懊恼，今天晚上请你到我家里来喝杯酒儿。我的妻子刚才把你取笑，等会儿我也要请你陪我把她取笑取笑，告诉她史量德已经跟她的女儿结了婚啦。

裴琪大娘　（旁白）博士们不会信他的胡说。要是安痕·裴琪是我的女儿，那么这个时候她已经做了凯易斯大夫的太太啦。

　　　　史量德上。

史量德　哎哟！哎哟！岳父大人，不好了！

裴　琪　怎么，怎么，贤婿，你已经把事情办好了吗？

史量德　办好了！哼，我要让葛罗斯脱人都知道这件事，否则还是让你们把我吊死了吧！

裴　琪　什么事情，贤婿？

史量德　我到了伊登那里去本来是要跟安痕·裴琪小姐结婚的，谁知道她是一个又高又大又笨头笨脑的男孩子；倘不是在教堂里，我一定要把他揍一顿，说不定他也要把我揍一顿。我还以为他真的就是安痕·裴琪哩，谁知道他是邮政局长的儿子。

裴　琪　那么一定是你看错了人啦。

史量德　那还用说吗？我把一个男孩子当作女孩子，当然是看错了人啦。要是我真的跟他结了婚，虽然他穿着女人的衣服，我也不要他的。

裴　琪　这是你自己太笨的缘故。我不是告诉你怎样从衣服上认出我的女儿来吗？

史量德　我看见她穿着白衣服，便上去喊了一声"嗨"，她答应我一声"不见得"，正像安痕跟我预先约好的一样；谁知道他不是安痕，却是邮政局长的儿子。

修·伊文　耶稣基督！史量德少爷，难道您生着眼睛不会看，竟会去跟一个男孩子结婚吗？

裴　琪　我心里乱得很，怎么办呢？

裴琪大娘　好官人，别生气，我因为知道了你的计划，所以叫女儿改穿绿衣服；

不瞒你说，她现在已经跟凯易斯医生一同到了教长家里，在那里举行婚礼啦。

　　　　凯易斯上。

凯易斯大夫　裴琪大娘呢？哼，我上了人家的当啦！我跟一个男孩子结了婚，一个男孩子，不是安痕·裴琪。我上了当啦！

裴琪大娘　怎么，你不是看见她穿着绿衣服的吗？

凯易斯大夫　是的，可是那是个男孩子；我一定要叫全温莎的人评个理去。（下）

傅　德　这可奇了。谁把真的安痕带了去呢？

裴琪大娘　我心里怪不安的。范通大爷来了。

　　　　范通及安痕·裴琪上。

裴琪大娘　啊，范通大爷！

安痕·裴琪　好爸爸，原谅我！好妈妈，原谅我！

裴　琪　小姐，你怎么不跟史量德少爷一块儿去？

裴琪大娘　姑娘，你怎么不跟凯易斯大夫一块儿去？

范　通　你们不要吓坏了她，让我把实在的情形告诉你们吧。你们用可耻的手段，想叫她嫁给她所不爱的人；可是她跟我两个人久已心心相许，到了现在，更觉得什么都不能把我们两个人拆开。她所犯的过失是神圣的，虽然我们欺骗了你们，却不能说是不正当的诡计，更不能说是忤逆不孝，因为她要避免强迫婚姻所造成的无数不幸的日子，这是唯一的办法。

傅　德　木已成舟，裴琪大爷，您也不必发呆啦。在恋爱的事情上，都是上天亲自安排好的；金钱可以买田地，娶妻只能靠运气。

福斯泰夫爵士　我很高兴，虽然我遭了你们的算计，你们的箭却也会发而不中。

裴　琪　算了，有什么办法呢？——范通，愿上天给你快乐！拗不过来的事情，也只好将就过去。

福斯泰夫爵士　在晚上出来的猎狗，什么鹿都追。

裴琪大娘　好，我也不再想这样那样了。范通大爷，愿上天给您许许多多快乐的日子！官人，我们大家回家去，在火炉旁边把今天的笑话谈笑一番吧。

傅　德　很好。爵爷，您对白罗克并没有失信，因为他今天晚上真的要去陪傅德大娘一起睡觉了。（同下）

无事烦恼

剧中人物

唐·彼特罗	阿拉贡亲王
唐·约翰	唐·彼特罗的庶弟
克劳第奥	佛罗伦萨的少年贵族
裴尼狄克	帕度亚的少年贵族
里昂那托	梅辛那总督
安东尼奥	里昂那托之弟
鲍尔萨泽	唐·彼特罗的仆人
薄拉契奥	
康雷特	唐·约翰的侍从
道勃雷	警吏
佛其慈	警佐
法兰西斯神父	
教堂司事	
希罗	里昂那托的女儿
琵特丽丝	里昂那托的侄女
玛茄蕾脱	
欧苏拉	希罗的侍女

使者，巡丁，小童，侍从等

梅专派

秘方

第一幕

第一场 里昂那托住宅门前

里昂那托，希罗，琵特丽丝及一使者上。

里昂那托 这封信里说，阿拉贡的唐·彼特罗今晚就要到梅辛那来了。

使　者 他现在快要到了。我跟他分手的时候，他离开这儿不过八九英里路。

里昂那托 你们在这次战事里损失了多少将士？

使　者 没有损失多少，有点名气的一个也没有。

里昂那托 得胜者全师而归，那是双重的胜利了。信上还说起唐·彼特罗十分看重一位叫作克劳第奥的年轻的佛罗伦萨人。

使　者 他果然是一位很有才能的人，唐·彼特罗赏识得不错，他年纪虽然很轻，做的事情十分了不得，看上去像一头羔羊，上起战场来却像一头狮子；他的确能够超过一般人对他的期望，我这一张嘴也说不尽他的好处。

里昂那托 他有一个伯父在这儿梅辛那，听见了一定非常高兴。

使　者 我已经送过信给他了，看他的样子十分快乐，甚至于快乐得忍不住心酸起来。

里昂那托 他流起眼泪来了吗？

使　者 流了很多的泪。

里昂那托 这是天性中温情的自然流露；泪洗过的脸，是最真诚不过的了，因为快乐而哭泣，比之看见别人哭泣而快乐，总要好得多啦！

琵特丽丝 请问你，那位剑客先生是不是也从战场上回来了？

使　者 小姐，这个名字我没有听见过；在军队里没有这样一个人。

莎士比亚喜剧集

里昂那托 侄女，你问的是什么人？

希　罗 姐姐说的是帕度亚的裴尼狄克先生。

使　者 啊，他也回来了，仍旧是那么爱打趣的。

琵特丽丝 从前他在这儿的时候，曾经公开扬言要跟爱神较量；我叔父那傻子
听后，还拿着钝头箭以爱神的名义要跟他较量个高低。请问你，他在
这次战事中间杀了多少人？吃了多少人？可是你先告诉我他杀了多少
人，因为我曾经答应他，无论他杀死多少人，我都可以把他们吃下去。

里昂那托 真的，侄女，你把裴尼狄克先生取笑得太过分了；我相信他一定会
向你报复的。

使　者 小姐，他在这次战事里立下很大的功劳呢。

琵特丽丝 你们那些发霉的军粮，都是他一个人吃下去的；他是个著名的大饭
桶。他的胃口好得很哩。

使　者 而且他也是个很好的军人，小姐。

琵特丽丝 他在小姐太太们面前是个很好的军人；可是在老爷们面前呢？

使　者 在老爷们面前，就是一个正人君子，一个堂堂的男儿，充满了各种美德。

琵特丽丝 究竟他一肚子里充满了些什么，我们还是别说了吧；我们谁也不是
圣人。

里昂那托 请你不要误会舍侄女的意思，裴尼狄克先生跟她是说笑惯了的，他
们一见了面，是舌剑唇枪，各不相让。

琵特丽丝 可惜他总是占不到便宜！在我们上次交锋的时候，他的五分才气倒
有四分给我杀得狼狈逃走，现在他全身只剩一分了。要是他还有些儿
才气留着，那么就让他保存起来，叫他跟他的马儿有个分别吧，因为
这是使他可以被称为有理性动物的唯一的财产了，现在谁是他的同
伴？听说他每个月都要换一个把兄弟。

使　者 有这等事吗？

琵特丽丝 很可能；他的心就像他帽子的式样一般，时时刻刻会起变化的。

使　者 小姐，看来这位先生的名字不曾注在您的册子上。

琵特丽丝 没有，否则我要把我的书斋都一起烧了呢。可是请问你，谁是他的
同伴？

使　者 他跟那位尊贵的克劳第奥来往得顶亲密了。

琵特丽丝 天哪，他要像一场瘟疫一样缠住人家呢；他比瘟疫还容易传染。谁

要是跟他发生接触，立刻就会变做疯子。上帝保佑尊贵的克劳第奥！要是他给那个裴尼狄克缠住了，一定要花上一千镑钱才可以把他赶走哩。

使　者　小姐，我愿意跟您交个朋友。

琵特丽丝　很好，好朋友。

里昂那托　侄女，你是永远不会发疯的。

琵特丽丝　不到大热的冬天，我是不会发疯的。

使　者　唐·彼特罗来啦。

　　　唐·彼特罗，唐·约翰，克劳第奥，裴尼狄克，鲍尔萨泽等同上。

彼特罗　里昂那托大人，您是来迎接麻烦来了；一般人都只想避免耗费；您却偏偏自己愿意多事。

里昂那托　多蒙殿下枉驾，已经是莫大的荣幸，怎么说是麻烦呢？麻烦去了，可以使人如释重负；可是当您离开我的时候，我只觉得怅怅然若有所失。

彼特罗　您真是太喜欢自讨麻烦啦。这位便是令爱吧？

里昂那托　她的母亲好几次对我说她是我的女儿。

裴尼狄克　大人，您在问她的时候，是不是心里有点疑惑？

里昂那托　不，裴尼狄克先生，因为那时候您还是个孩子哩。

彼特罗　裴尼狄克，你也被人家挖苦了；我们可以猜想到你现在长大了，是个怎么样的人。真的，这位小姐很像她的父亲，小姐，您真幸福。因为您是像这样一位高贵的父亲。

裴尼狄克　要是里昂那托大人果然是她的父亲，就是把梅辛那全城的财富给她，她也不愿意生得像他那样一副容貌的。

琵特丽丝　裴尼狄克先生，你怎么还在那儿讲话呀？没有人听着您哩。

裴尼狄克　哎哟，我的傲慢的小姐！您还活着吗？

琵特丽丝　世上有裴尼狄克先生那样的人，傲慢是不会死去的；顶有礼貌的人，只要一看见您，也就会傲慢起来。

裴尼狄克　那么礼貌也是一个反复无常的小人了。可是除了您以外，无论哪个女人都爱我，这一点是毫无疑问的；我希望我的心肠不是那么硬，因为说句老实话，我实在一个也不爱她们。

琵特丽丝　那真是女人们好大的运气。因为否则她们就要给一个讨厌的求婚者

莎士比亚喜剧集

麻烦死了。我感谢上帝和我自己冷酷的心，我在这一点上完全跟您一致；与其叫我听一个男人发誓说他爱我，我宁愿听我的狗向着一只乌鸦叫。

裴尼狄克　上帝保佑小姐您永远抱着这样的心理吧！这样某一位先生就可以逃过他命中注定的抓破脸皮的噩运了。

琵特丽丝　要是像您这样一副尊容，抓破了也不会使它变得比原来更难看的。

裴尼狄克　好，您真是一位好鹦鹉教师。

琵特丽丝　像我一样会说话的鸟儿，比起像尊驾一样的畜生来，总要好得多啦。

裴尼狄克　我希望我的马儿能够跑得像您说起话来一样快，也像您的舌头一样不知道疲倦。请您尽管说下去吧，我可要恕不奉陪啦。

琵特丽丝　您在说不过人家的时候，总是像一匹不听话的马儿一样，往岔路里溜了过去，我知道您的老脾气。

彼特罗　那么就是这样吧，里昂那托。克劳第奥，裴尼狄克，我的好朋友里昂那托请你们一起住下来，我对他说我们至少要在这儿耽搁一个月；他却诚心希望会有什么事情留着我们多住一些时候。我敢发誓他不是一个假情假义的人，他的话都是从心里发出来的。

里昂那托　殿下，您要是发了誓，您一定不会背誓。（向唐·约翰）欢迎，大人；您现在已经跟令兄言归于好，我应该向您竭诚致敬。

约　翰　谢谢！我是一个不会说话的人，可是我谢谢你。

里昂那托　殿下请了。

彼特罗　让我搀着您的手，里昂那托，咱们一块儿走吧。（除裴尼狄克、克劳第奥外皆下）

克劳第奥　裴尼狄克，你有没有注意到里昂那托的女儿？

裴尼狄克　看是看见的，可是我没有对她注意。

克劳第奥　她不是一位贞静的少女吗？

裴尼狄克　您是规规矩矩要我把老实话告诉您呢？还是要我照平常的习惯，摆出一副女性暴君的面孔来发表我的意见？

克劳第奥　不，我要你根据冷静的判断回答我。

裴尼狄克　好，那么我说，她是太矮了点儿，不能给她太高的恭维；太黑了点儿，不能给她太美的恭维；又太小了点儿，不能给她太大的恭维。我所能给她的唯一的称赞，就是她倘不是像现在这样子，一定很不漂亮；

可是她既然不能再好看一点，所以我一点不喜欢她。

克劳第奥　你以为我是在说着玩玩儿。请你老老实实告诉我，你觉得她怎样。

裴尼狄克　您这样问起她，是不是要把她买下来呢？

克劳第奥　全世界所有的财富，可以买得到这样一颗美玉吗？

裴尼狄克　是的，而且还可以附送一只匣子把它藏起来哩。可是您说这样的话，是一本正经的呢，还是随口胡说，就像说盲目的丘比特是个猎兔的好手；打铁的佛尔坎[1]是个出色的木匠一样？告诉我，您唱的歌儿究竟是什么调子？

克劳第奥　在我的眼睛里，她是我平生所见的最可爱的姑娘。

裴尼狄克　我现在还可以不戴眼镜瞧东西，可是我却瞧不出来她有什么可爱。她那个族姊就是脾气太坏了点儿，要是讲起美貌来，那就正像一个是五月的春朝，一个是十二月的岁暮，比她好看得多啦。可是我希望您不是要想做起丈夫来了吧？

克劳第奥　虽然我曾经立誓终身不娶，可是要是希罗肯做我的妻子，我一定会信不过我自己。

裴尼狄克　事情已经到了这一个地步了吗？难道世界上的男子个个都愿意戴上绿头巾吗？难道我永远看不见一个六十岁的童男子吗？好，要是你愿意把你的头颈伸进轭里去，那么你就把它套起来，到星期日休息的日子自己怨怨命吧。瞧，唐·彼特罗回来找您了。

　　　　唐·彼特罗重上。

彼特罗　你们不跟我到里昂那托家里去，在这儿讲些什么秘密话儿？

裴尼狄克　我希望殿下命令我说出来。

彼特罗　好，我命令你说出来。

裴尼狄克　听着，克劳第奥伯爵。我能够像哑子一样保守秘密，我也希望您相信我不是一个搬嘴弄舌的人；可是殿下这样命令我，有什么办法呢？他是在恋爱了。跟谁呢？这就应该殿下自己去问他了。听好他的回答是多么短：他爱的是希罗，里昂那托的短短的女儿。

克劳第奥　要是真有这么一回事，那么他已经替我说出来了。

裴尼狄克　正像老古话说的，殿下，"既不是这么一回事，也不是那么一回事，

---

[1]　佛尔坎（Vulcan），司火与锻冶之神。

可是真的，上帝保佑不会有这么一回事"。

克劳第奥　我的感情倘不是一下子就会变化，我倒并不希望上帝改变这事实。

彼特罗　阿门，要是你真的爱她；这位小姐是很值得你眷恋的。

克劳第奥　殿下，您这样说是有意诱我吐露真情吗？

彼特罗　真的，我不过说我心里想说的话。

克劳第奥　殿下，我说的也是我自己心里的话。

裴尼狄克　凭着我的三心二意起誓，殿下，我说的也是我自己心里的话。

克劳第奥　我觉得我真的爱她。

彼特罗　我知道她是位很好的姑娘。

裴尼狄克　我既不觉得为什么要爱她，也不知道她有什么好处；你们就是用火刑烧死我，也不能使我改变这一个意见。

彼特罗　你永远是一个排斥美貌的顽固的异教徒。

克劳第奥　他这种不近人情的态度，都是违背了良心故意做作出来的。

裴尼狄克　一个女人生下了我，我应该感谢她；她把我养育长大，我也要向她表示至诚的感谢；可是要我为了女人的缘故而戴起一顶不雅的头巾来，那么我只好敬谢不敏了；因为我不愿意对任何一个女人猜疑而使她受到委屈，所以宁愿对任何女人都不信任，免得委屈了自己。总而言之，为了让我自己穿得漂亮一点起见，我愿意一生一世做个光棍。

彼特罗　我在未死之前，总有一天会看见你为了爱情而憔悴的。

裴尼狄克　殿下，我可以因为发怒，因为害病，因为挨饿而脸色惨白，可是决不会因为爱情而憔悴；您要是能够证明有一天我因为爱情而消耗的血液，喝了酒以后不能把它恢复过来，就请您用编造歌谣的人的那支笔挖去我的眼睛，把我当作一个瞎眼的丘比特，挂在妓院门口做招牌。

彼特罗　好，要是有一天你的决心动摇起来，可别怪人家笑话你。

裴尼狄克　要是有那么一天，我就让你们把我像一头猫似的放在口袋里吊起来，叫大家用箭射我；谁把我射中了，就可以拍拍他的肩膀，夸奖他是个好汉子。

彼特罗　好，咱们等着瞧吧；有一天野牛也会俯首就轭的。

裴尼狄克　野牛也许会俯首就轭，可是有理性的裴尼狄克要是也会钻上圈套，那么请您把牛角拔下来，插在我的额角上吧；我可以让你们把我涂上油彩，就像人家写着"好马出租"一样，替我用大字写好一块招牌，招牌上这么说："请看结了婚的裴尼狄克。"

克劳第奥　要是真的把你这样，你一定要气得把你的一股牛劲儿都使出来了。

彼特罗　嘿，要是丘比特没有把他的箭在威尼斯一起放完，他会叫你知道他的厉害的。

裴尼狄克　那时候一定要天翻地覆啦。

彼特罗　好，咱们等着瞧吧。现在，好裴尼狄克，请你到里昂那托那儿去，替我向他致意，对他说晚餐的时候我一定准时出席，因为他已经费了不少手脚在那儿预备呢。

裴尼狄克　我现在忙得很，实在无法分身，所以我想敬请——

克劳第奥　大安，自家中发——

彼特罗　七月六日，裴尼狄克谨上。

裴尼狄克　嗳，别开玩笑啦。你们讲起话来，老是这么支离破碎，不成片段，要是你们还要把这种滥调搬弄下去，请你们问问自己的良心吧？我可要失陪了。（下）

克劳第奥　殿下，您现在可以帮我一下忙。

彼特罗　咱们是好朋友，你有什么事尽管吩咐我；无论它是多么为难的事，我都愿意竭力帮助你。

克劳第奥　殿下，里昂那托有没有儿子？

彼特罗　没有，希罗是他唯一的后嗣。你喜欢她吗，克劳第奥？

克劳第奥　啊，殿下，当我们向战场出发的时候，我用一个军人的眼睛望着她，虽然心中羡慕，可是因为有更艰巨的工作在我的面前，来不及顾到儿女的私情；现在我回来了，战争的思想已经离开我的脑中，代替它的是一缕缕的柔情，它们指点我年轻的希罗是多么美丽，对我说，我在出征以前，就已经爱上她了。

彼特罗　你就要像一个恋人似的，动不动长篇大论，叫人家听着厌倦了。要是你果真爱希罗，你就爱下去吧。我可以替你向她和她的父亲说去，一定叫你如愿以偿，你向我转弯抹角地说了这一大堆，不就是为了这个目的吗？

克劳第奥　您这样鉴貌辨色，真是医治相思的妙手！可是人家也许以为我一见钟情，未免太过孟浪，所以我想还是慢慢儿再说吧。

彼特罗　造桥只要量着河身的阔度就行了，何必过分铺张呢？做事情也只要按照事实上的需要，凡是能够帮助你达到目的的，就是你所应该采取的手段，你现在既然害着相思，我可以给你治相思的药饵，我知道今晚我们将要有一个跳舞会；我可以化装一下冒充着你，对希罗说我是克劳第奥，当着她的面前倾吐我的心曲，用动人的情话迷惑她的耳朵；然后我再替你向她的父亲传达你的意思，结果她一定会属你所有。让我们立刻着手吧。（同下）

第二场　里昂那托家中一室

里昂那托及安东尼奥自相对方向上。

里昂那托　啊，贤弟！我的侄儿，你的儿子呢？他有没有把音乐预备好？

安东尼奥　他正在那儿忙着呢。可是，大哥，我可以告诉你一些新鲜的消息，你做梦也想不到的。

里昂那托　是好消息吗？

安东尼奥　那要看事情的发展而定；可是从外表上看起来，那是个很好的消息。亲王跟克劳第奥伯爵刚才在我的花园里一条浓密的树阴下的小路上散步，他们讲的话给我的一个佣人听见了许多；亲王告诉克劳第奥，说他爱上了我的侄女，你的女儿，想要在今晚跳舞的时候向她倾吐衷情；要是她表示首肯，他就要抓住眼前的时机，立刻向你提起这件事情。

里昂那托　告诉你这个消息的家伙，是不是个有头脑的人？

安东尼奥　他是一个很机灵的家伙；我可以去叫他来，你自己问问他。

里昂那托　不，不，在这事情没有实现以前，我们只能把它当作一个幻梦；可是我要先去通知我的女儿一声，万一真有那么一回事，她好预先准备准备怎样回答。你去告诉她吧。（若干人穿过舞台）各位侄儿，记好你们各人做的事。啊，对不起，朋友，跟我一块儿去，我还要仰仗您的大力哩。贤侄，在这大家手忙脚乱的时候，请你留心照看。（同下）

第三场　里昂那托家中的另一室

唐·约翰及康雷特上。

康雷特　哎哟，我的爷！您为什么这样闷闷不乐？

约　翰　我的烦闷是茫无涯际的，因为不顺眼的事情太多啦。

康雷特　您应该听从理智的劝告呀。

约　翰　听从了理智的劝告，又有什么好处呢？

康雷特　即使不能立刻医好您的烦闷，至少也可以教您怎样安心忍耐。

约　翰　我真不懂像你这样一个自己说是土星照命的人，[1] 居然也会用道德的箴言来医治人家致命的沉疴。我不能掩饰我自己的为人：心里不快活的时候，我不会听了人家的嘲谑而赔着笑脸；肚子饿了我就吃，谁愿意管人家方不方便；精神疲倦了我就睡，谁去理会人家的闲事；心里高兴我就笑，谁去窥探人家的颜色。

康雷特　话是说得不错，可是您现在在别人的约束之下，总不能完全照着您自己的意思做去。最近您跟王爷闹过别扭，你们兄弟俩言归于好还是不久的事，您要是不格外赔些小心，那么他现在对您的种种恩宠，也是靠不住的；您必须自己造成一个机会，然后才可以达到您的目的。

约　翰　我宁愿做一朵篱下的野花，不愿做一朵受他恩惠的蔷薇；与其逢迎献媚，偷取别人的欢心，我宁愿被众人所鄙弃；我固然不是一个善于阿谀的正人君子，可是谁也不能否认我是一个正大光明的小人，人家用口罩套着我的嘴，表示对我信任，用木桩系住我的脚，表示给我自由；关在笼子里的我，还能够唱歌吗？要是我有嘴，我就要咬人；要是我有自由，我就要做我喜欢做的事。现在你还是让我保持我的本来面目，不要设法改变它吧。

康雷特　您不能利用您的不平之气来干一些事情吗？

约　翰　我把它尽量利用着呢，因为它是我的唯一的武器。谁来啦？
薄拉契奥上。

---

[1] 西洋星相家的说法，谓土星照命的人，性格必阴沉忧愁。

约　翰　有什么消息，薄拉契奥？

薄拉契奥　我刚从那边盛大的晚餐席上出来，王爷被里昂那托招待得十分隆重；我还可以告诉您一件正在计划中的婚事的消息哩。

约　翰　我们可以在这上面出个主意跟他们捣乱捣乱吗？那个愿意白讨麻烦的傻瓜是谁？

薄拉契奥　他就是王爷的右手。

约　翰　谁？那个最了不得的克劳第奥吗？

薄拉契奥　正是他。

约　翰　好家伙！那个女的呢？他中意了那一个？

薄拉契奥　里昂那托的女儿希罗。

约　翰　一只早熟的小母鸡！你怎么知道的？

薄拉契奥　他们叫我去用香料把屋子熏一熏，我正在那儿熏一间发霉的房间的时候，亲王跟克劳第奥两个手搀手走了进来，郑重其事地在商量着什么事情；我就把身子闪到屏风后面，听见他们约定由亲王出面去向希罗求婚，等她答应以后，就把她让给克劳第奥。

约　翰　来，来，咱们到那边去；也许我可以借此出出我的一口怨气。自从我失势以后，那个年轻的新贵享足了风光；要是我能够叫他受到些挫折，也好让我拍手称快。你们两个都愿意帮助我，不会变心吗？

康雷特、薄拉契奥　我们愿意誓死为爵爷尽忠。

约　翰　让我们也去参加那盛大的晚餐吧；他们看见我的屈辱，一定格外高兴。要是厨子也跟我抱着同样的心理就好了！我们要不要去决定一下怎样着手的方法？

薄拉契奥　我们愿意侍候您的旨意。（同下）

第二幕

第一场　里昂那托家中的厅堂

里昂那托，安东尼奥，希罗，琵特丽丝及余人等同上。

里昂那托　约翰伯爵有没有在这儿吃晚饭？

安东尼奥　我没有看见他。

琵特丽丝　那位先生的面孔多么阴沉！我每一次看见他，总要有一个时辰心里不好过。

希　罗　他有一种很忧郁的脾气。

琵特丽丝　要是把他跟裴尼狄克折中一下，那就是个顶好的人啦：一个太像泥塑木雕似的，老是一言不发；一个却像骄纵惯了的小少爷，叽里呱啦地吵个不停。

里昂那托　那么把裴尼狄克先生的半条舌头放在约翰伯爵的嘴里，把约翰伯爵的半副心事面孔装在裴尼狄克先生脸上——

琵特丽丝　叔叔，再加上一双好腿，一双好脚，袋里有几个钱，这样一个男人，世上无论哪个女人都愿意嫁给他的——要是他能够得到她的欢心的话。

里昂那托　真的，侄女，你要是说话这样刻薄，我看你一辈子也嫁不出去的。

琵特丽丝　谢天谢地！我每天早晚都在跪求上帝，我说主啊！叫我嫁给一个脸上出胡子的丈夫，我是怎么也受不了的，还是让我睡在毛毯里吧！

里昂那托　你可以拣一个没有胡子的丈夫。

琵特丽丝　我要他来做什么呢？叫他穿起我的衣服来，让他做我的侍女吗？有胡子的人年纪一定不小了，没有胡子的人，算不得须眉男子，我不要一个老头子做我的丈夫，也不愿意嫁给一个没有丈夫气的男人。人家说，老处女死了要在地狱里牵猴子，所以还是让我把六便士的保证金交给动物园里的看守，把他的猴子牵下地狱去吧。

里昂那托 好，那么你决心下地狱吗？

琵特丽丝 不，我刚走到门口，头上出角的魔鬼就像个老王八似的，出来迎接我，说："您到天上去吧，琵特丽丝，您到天上去吧，这儿不是你们姑娘家住的地方。"所以我就把猴子交给他，到天上去见圣彼得了，他指点我单身者在什么地方，我们就在那儿快快乐乐地过日子。

安东尼奥 （向希罗）好，侄女，我相信你一定听你父亲的话。

琵特丽丝 是的，我的妹妹是最懂得规矩的，她会行个礼儿，说，"父亲，您看怎么办，就怎么办吧。"可是虽然这么说，妹妹，他一定要是个漂亮的家伙才好，否则你还是再行个礼儿，说，"父亲，这可要让我自己做主了。"

里昂那托 好，侄女，我希望看见你有一天嫁到一个丈夫。

琵特丽丝 男人都是泥做的，我不要。一个女人要把她的终身托付给一块道旁的泥土，还要在他面前低头服小，岂不倒霉！不，叔叔，亚当的儿子都是我的兄弟，跟自己的亲族结婚是一件罪恶哩。

里昂那托 女儿，记好我对你说的话；要是亲王真的向你提出那样的请求，你知道你应该怎样回答她。

琵特丽丝 妹妹，要是那亲王太冒冒失失啦，你就对他说，什么事情都应该有个节拍；你就睬也不睬他，自个儿跳舞下去。听我说，希罗，求婚，结婚和后悔，就像是苏格兰急舞，慢步舞和五步舞一样。开始求婚的时候，正像苏格兰急舞一样狂执，迅速而充满了幻想；到了结婚的时候，循规蹈矩的，正像慢步舞一样，拘泥着仪式和虚文；于是接着来了后悔，拖着疲乏的脚腿，开始跳起五步舞来，愈跳愈快，一直跳到精疲力竭尽，倒下在坟墓里为止。

里昂那托 侄女，你的观察倒是十分深刻。

琵特丽丝 叔叔，我的眼光很不错哩。

里昂那托 贤弟，跳舞的人进来了，咱们让开吧。

唐·彼特罗，克劳第奥，裴尼狄克，鲍尔萨泽，唐·约翰，薄拉契奥，玛茄蕾脱，欧苏拉及余人等各戴假面上。

彼特罗　姑娘，您愿意陪着您的朋友走走吗？

希　罗　您要是轻轻儿地走，态度文静点儿，也不说什么话，我就愿意奉陪；尤其是当我要走出去的时候。

彼特罗　您要不要我陪着您一块儿出去呢？

希　罗　我要是心里高兴，我可以这样说。

彼特罗　您什么时候才高兴这样说呢？

希　罗　当我看见您的相貌并不讨厌的时候；但愿上帝保佑琴儿不像琴囊一样难看！

彼特罗　我的脸罩像法利门的草屋，屋里住着天神乔武。[1]

希　罗　那么您的脸罩上应该盖起草来才是。

彼特罗　讲情话要低声点儿。（拉希罗至一旁）

鲍尔萨泽　好，我希望您喜欢我。

玛茄蕾脱　为了您的缘故，我倒不敢这样希望，因为我有许多缺点哩。

鲍尔萨泽　可以让我略知一二吗？

玛茄蕾脱　我念起祷告来，总是提高了声音。

鲍尔萨泽　那我更加爱您了；高声念祷告，人家听见了就可以喊阿门。

玛茄蕾脱　求上帝赐给我一个好舞伴！

鲍尔萨泽　阿门！

玛茄蕾脱　等到跳舞完毕，让我再也不要看见他！您怎么不接应呀，执事先生？

鲍尔萨泽　别多讲啦，执事先生已经得到他的答复了。

欧苏拉　我认识您，您是安东尼奥老爷。

安东尼奥　干脆一句话，我不是。

欧苏拉　我瞧您摇头摆脑的样子，就知道是您啦。

安东尼奥　老实告诉你吧，我是学着他的样子的。

欧苏拉　您倘不就是他，决不会把他那种怪样子学得这么惟妙惟肖。这一只挥上挥下的手，正是他的干瘪的手；您一定是他，您一定是他。

安东尼奥　干脆一句话，我不是。

欧苏拉　算啦算了吧，像您这样能言善辩，您以为我不能一下就听出来除了您还有别的人吗？一个人有了好处，难道遮掩得了吗？算了吧，别多话

---

[1] 法利门（Philemon）是腓力基亚（Phrygia）的一个穷苦老人，天神乔武（Jove）遨游人间，借宿在他的草屋时，法利门和他的妻子鲍雪斯招待尽礼，乔武乃将其草屋变成殿宇。

莎士比亚喜剧集

了，您正是他，不用再赖了。

琵特丽丝 您不肯告诉我谁对您说这样的话吗?

裴尼狄克 不，请您原谅我。

琵特丽丝 您也不肯告诉我您是谁吗?

裴尼狄克 现在不能告诉您。

琵特丽丝 说我目中无人，说我的俏皮话儿都是从笑话书里偷下来的；哼，这一定是裴尼狄克说的话。

裴尼狄克 他是什么人?

琵特丽丝 我相信您一定很熟悉他的。

裴尼狄克 相信我，我不认识他。

琵特丽丝 他没有叫您笑过吗?

裴尼狄克 请您告诉我，他是什么人?

琵特丽丝 他呀，他是亲王手下的弄人，一个语言无味的傻瓜；他的唯一的本领，就是捏造一些无稽的谣言，只有那些胡闹的家伙才会喜欢他，可是他们并不赏识他的机智，只是赏识他的奸刁；他一方面会讨好人家，一方面又会惹人家生气，所以他们一面笑他，一面打他。我想他一定在人丛里；我希望他会碰到我!

裴尼狄克 等我认识了那位先生以后，我可以把您说的话告诉他。

琵特丽丝 很好，请您一定告诉他。他听见了顶多不过把我侮辱两句；要是人家没有注意到他的话，或者听了笑也不笑，他就要郁郁不乐，这样就可以有一块鹧鸪的翅膀省下来啦，因为这傻瓜会气得不吃晚饭的。(内乐声)我们应该跟随领队的人跳舞。

除唐·约翰，薄拉契奥及克劳第奥外皆下。

约　翰 我的哥哥真的给希罗迷住啦；他已经拉着她的父亲，去把他的意思告诉他了。女人们都跟着她去了。只有一个戴假面的人留着。

薄拉契奥 那是克劳第奥；我从他的神气上认得出来。

约　翰 您不是裴尼狄克先生吗?

克劳第奥 您猜得不错，我正是他。

约　翰 先生，您是我的哥哥亲信的人，他现迷恋着希罗，请您劝劝他打断这一段痴情，她是配不上他这样的家世门第的；您要是肯这样去劝他，才是尽一个朋友的正道。

克劳第奥　您怎么知道他爱着她？

约　翰　我听见他发过誓申说他的爱情了。

薄拉契奥　我也听见；他刚才发誓说要跟她结婚。

约　翰　来，咱们喝酒去吧。（约翰、薄拉契奥同下）

克劳第奥　我这样冒认着裴尼狄克的名字，却用克劳第奥的耳朵听见了这些坏消息，事情一定是这样；亲王为了他自己才去求婚。友谊在别的事情上都是可靠的，在恋爱的事情上却不能信托，所以恋人们都是用他们自己的唇舌。谁生着眼睛，让他自己去传达情愫吧，总不要请别人代劳，因为美貌是一个女巫，在她的魔力之下，忠诚是会在热情里溶解的。这是一个任何时候里都可以找到证明的例子，毫无怀疑的余地。那么永别了，希罗！

　　　　裴尼狄克重上。

裴尼狄克　是克劳第奥伯爵吗？

克劳第奥　正是。

裴尼狄克　您跟着我来吧。

克劳第奥　到什么地方去？

裴尼狄克　到最近的一棵杨柳树底下去[1]，伯爵，为了您自己的事。您欢喜把花圈怎样戴法？是把它套在您的头颈上，像盘剥重利的人套着的锁链似的呢，还是把它串在您的臂上，像一个军官的臂章似的？您一定要把它戴起来，因为您的希罗已经给亲王夺去啦。

克劳第奥　我希望他姻缘美满！

裴尼狄克　哎哟，听您说话的神气，简直好像一个牛贩子卖掉了一头牛似的。可是您想亲王会这样对待您吗？

克劳第奥　请你让我一个人待在这儿。

裴尼狄克　哈！现在您又变作一个不问是非的瞎子了，小孩子偷了您的肉去，您却去打一根柱子。

克劳第奥　你要是不肯走开，那么我走了。（下）

裴尼狄克　唉，可怜的受伤的鸟儿！现在他要爬到芦苇里去了。可是想不到咱们那位琵特丽丝小姐居然会见了我认不出来！亲王的弄人！嘿？也许

---

[1] 杨柳树是悲哀和失恋的象征。

因为人家瞧我喜欢说笑，所以背地里这样叫我。可是我要是这样想，那就是自己看轻自己了。不，人家不会这样叫我，这都是琵特丽丝凭着她那下流刻薄的脾气，把自己的意见代表着众人，随口编造出来毁谤我的。好，我一定要向她报复此仇。

唐·彼特罗重上。

彼特罗　裴尼狄克，那伯爵呢？你看见他了吗？

裴尼狄克　不瞒殿下说，我已经做过一个搬弄是非的长舌妇了。我看见他一个人孤零零地在这儿发呆，我就对他说——我想我对他说的是真话——您已经得到这位姑娘的芳心了。我说我愿意陪着他到一株杨柳树底下去；或者给他编一个花圈，表示被弃的哀思；或者给他扎起一条藤鞭来，因为他有该打的理由。

彼特罗　该打！他做错了什么事？

裴尼狄克　他犯了一个小学生的过失，因为发现了一巢小鸟，高兴非常，指点给他的同伴看见，让他的同伴把它偷去了。

彼特罗　你把信任当作一种过失吗？偷的人才是有罪的。

裴尼狄克　可是他把藤鞭和花圈扎好，总是有用的；花圈可以给他自己戴，藤鞭可以赏给您。照我看来，您就是把他那巢小鸟偷去的人。

彼特罗　我不过要教它们唱歌，教会了就把它们归还原主的。

裴尼狄克　那么且等它们唱的歌儿来证明您的一片好心吧。

彼特罗　琵特丽丝小姐在生你的气；陪她跳舞的那位先生告诉她你说了许多她的坏话。

裴尼狄克　啊！她才把我侮辱得连一块顽石都要气得直跳起来呢！一株秃得只剩一片青叶子的橡树，也会忍不住跟她拌嘴；就是我的脸罩也差不多给她骂活了，要跟她对骂一场哩。她不知道在她面前的就是我自己，对我说，我是亲王的弄人，我比融雪的天气还要无聊；她用一连串恶毒的讥讽，像放连珠炮似的向我射了过来，我简直变成了一个箭垛啦。她的每一句话都是一把钢刀，每一个字都刺到人心里；要是她嘴里的气息跟她的说话一样恶毒，那一定无论什么人走近她身边都不能活命的；她的毒气会把北极星都熏坏呢，即使亚当把他没有犯罪以前的全部家产传给她，我也不愿意娶她做妻子。她会叫赫邱里斯给她烤肉，把他的棍子劈碎了当柴烧的。好了，别讲她了。她就是母夜叉的变相。

但愿上帝差一个有法力的人来把她一道咒赶回地狱里去，因为她一天留在这世上，人家就会觉得地狱里简直清静得像一座洞天福地，大家为了希望下地狱，都会故意犯起罪来，所以一切的混乱、恐怖、纷扰，都跟她一起来了。

彼特罗　瞧，她来啦。

克劳第奥、琵特丽丝、希罗及里昂那托重上。

裴尼狄克　殿下有没有什么事情要派我到世界的尽头去？我现在愿意到地球的那一边去，给您干无论哪一件您所能想得到的最琐细的差使：我愿意给您从亚洲最远的边界上拿一根牙签回来；我愿意给您到埃塞俄比亚去量一量护法王约翰的脚有多长；我愿意给您去从蒙古大可汗的脸上拔下一根胡须，或者到侏儒国里去办些无论什么事情；可是我不愿意跟这妖精谈三句话儿。您没有什么事可以给我做吗？

彼特罗　没有，我要请你陪着我。

裴尼狄克　啊，殿下，这是强人所难了；我可受不住咱们这位尖嘴的小姐。（下）

彼特罗　来，小姐，来，裴尼狄克先生在生您的气呢。您欺侮了他了。

琵特丽丝　殿下，我可不让他欺侮我。您叫我去找克劳第奥伯爵来，我已经把他找来了。

彼特罗　啊，怎么，伯爵！你为什么这样不高兴？

克劳第奥　没有什么不高兴，殿下。

彼特罗　那么害病了吗？

克劳第奥　也不是，殿下。

琵特丽丝　这位伯爵无所谓高兴不高兴，也无所谓害病不害病。您瞧他皱着眉头，也许他吃了一个酸橘子，心里头有一股酸溜溜的味道。

彼特罗　真的，小姐，我想您把他形容得很对。可是我可以发誓，要是他果然有这样的心思，那就错了。来，克劳第奥，我已经替你向希罗求过婚，她已经答应了；我也已经向她的父亲说起，他也表示同意了；现在你只要选定一个结婚的日子，愿上帝给你快乐！

里昂那托　伯爵，从我手里接受我的女儿，我的财产也随着她一起给您了。这门婚事多仗殿下鼎力，一定能够得到上天的嘉许！

琵特丽丝　说呀，伯爵，现在要轮到您开口了。

克劳第奥　静默是表示快乐的最好的方法；要是我能够说出我的心里多么快乐，

莎士比亚喜剧集

　　　　　那么我的快乐只是有限度的。小姐，您现在既然已经属于我，我也就
　　　　　是属于您的了；我把我自己跟您交换，我要把您当作瑰宝一样珍爱。

琵特丽丝　说呀，妹妹；要是你不知道说些什么话好，你就用一个吻堵住他的
　　　　　嘴，让他也不要说话。

彼特罗　真的，小姐，您真会说笑。

琵特丽丝　是的，殿下；也幸亏是这样，我这可怜的傻子才从来不知道有什么
　　　　　心事。我那妹妹附着他的耳朵，在那儿告诉他她的心里有着他呢。

克劳第奥　她正是这么说，姐姐。

琵特丽丝　天哪，真好亲热！人家一个个嫁了出去，只剩下我一个人年老珠黄；
　　　　　我还是躲在壁角里，哭哭自己的没有丈夫吧！

彼特罗　您愿意嫁给我吗，小姐？

琵特丽丝　不，殿下，除非我可以再有一个家常用的丈夫；因为您是太贵重啦，
　　　　　只好留着在星期日装装场面。可是我要请殿下原谅，我这一张嘴是向
　　　　　来胡说惯的，没有一句正经。

彼特罗　您要是不声不响，我才要恼呢；这样说说笑笑，正是您的风趣的本色，
　　　　　我想您一定是在一个快乐的时辰里出世的。

琵特丽丝　不，殿下，我的妈哭得才苦呢；可是那时候刚巧有一颗星在跳舞，
　　　　　我就在那颗星底下生下来了。妹妹，妹夫，愿上帝给你们快乐！

里昂那托　侄女，你肯不肯去把我对你说起过的事情办一办？

琵特丽丝　对不起，叔叔。殿下，恕我失陪了。（下）

彼特罗　真是一个快乐的小姐。

里昂那托　殿下，她身上找不出一丝丝的忧愁；除了睡觉的时候，她从来不曾
　　　　　板起过脸孔；就是在睡觉的时候，她也还是嘻嘻哈哈的，因为我曾经
　　　　　听见小女说起，她往往梦见什么有趣的事情，会把自己笑醒来。

彼特罗　她顶不喜欢听见人家向她谈起丈夫。

里昂那托　啊，她听都不要听；向她求婚的人，一个个给她嘲笑得退缩回去啦。

彼特罗　要是把她配给裴尼狄克，倒是很好的一对。

里昂那托　哎哟！殿下，他们两人要是结了婚一个星期，准会吵疯了呢。

彼特罗　克劳第奥伯爵，你预备什么时候上教堂？

克劳第奥　就是明天吧，殿下，在爱情没有完成它的一切仪式以前，时间总是
　　　　　走得像一个扶着拐杖的跛子一样慢。

里昂那托　那不成，贤婿，还是等到星期一吧，左右也不过七天工夫；要是把事情办得一切都称我的心，这几天日子还嫌太仓促了些。

彼特罗　好了，别这么摇头长叹啦；克劳第奥，包在我身上，我们要把这段日子过得一点也不沉闷。我想在这几天的时间以内，干一件非常艰辛的工作，换句话说，我要叫裴尼狄克先生跟琵特丽丝小姐彼此热恋起来。我很想把他们两人配成一对；要是你们三个人愿意听我的吩咐，帮我把这件事情进行起来，一定可以成功的。

里昂那托　殿下，我愿意全力赞助，即使叫我十个晚上不睡觉都可以。

克劳第奥　我也愿意出力，殿下。

彼特罗　温柔的希罗，您也愿意帮帮忙吗？

希　罗　殿下，我愿意尽我的微力，帮助我的姐姐得到一位好丈夫。

彼特罗　裴尼狄克并不是一个没有出息的丈夫，至少我可以对他说这几句好话：他的家世是高贵的；他的勇敢，他的正直，都是大家所公认的。我可以教您用怎样的话打动令姊的心，叫她对裴尼狄克发生爱情；再靠着你们两位的合作，我只要向裴尼狄克略施小计，凭他怎样刁钻古怪，不怕他不爱上琵特丽丝。要是我们能够把这件事情做成功，丘比特也可以不用再射他的箭啦；他的一切的光荣都要属于我们，因为我们才是真正的爱神。跟我一块儿进去，让我把我的计划告诉你们。（同下）

第二场　里昂那托家中的另一室

唐·约翰及薄拉契奥上。

约　翰　果然是这样，克劳第奥伯爵要跟里昂那托的女儿结婚了。

薄拉契奥　是，爵爷；可是我有法子破坏他们。

约　翰　无论什么破坏手段，都可以消一消我心头的闷气；我把他恨得什么似的，只要能够打破他的恋爱的美梦，什么办法我都愿意采取。你想怎样破坏他们的婚姻呢？

薄拉契奥　不是用正当的手段，爵爷；可是我会把事情干得十分诡秘，让人家看不出破绽来。

约　翰　把你的计策简单一点告诉我。

莎士比亚喜剧集

薄拉契奥　我想我在一年以前，就告诉过您我跟希罗的侍女玛茄蕾脱相好了。

约　翰　我记得。

薄拉契奥　我可以约她在夜静更深的时候，在她小姐闺房里的窗口等着我。

约　翰　这是什么用意？怎么就可以把他们的婚姻破坏了呢？

薄拉契奥　毒药是要您自己配合起来的。您去对王爷说，他不该叫克劳第奥这
　　　　　样一位赫赫有名的人物——您可以拼命抬高他的身价——去跟希罗那
　　　　　样一个下贱的女人结婚；您尽管对他说，这一次的事情对于他的名誉
　　　　　一定大有影响。

约　翰　我有什么证据可以提出呢？

薄拉契奥　有，有，一定可以使亲王受骗，叫克劳第奥懊恼，毁坏了希罗的名
　　　　　誉，把里昂那托活活气死：这不正是您所希望得到的结果吗？

约　翰　为了发泄我对他们这批人的气愤，什么事情我都愿意试一试。

薄拉契奥　那么好，找一个适当的时间，您把亲王跟克劳第奥拉到一处没有旁
　　　　　人的所在，告诉他们说您知道希罗跟我很好，您可以假意装出一副
　　　　　对亲王和他的朋友的名誉十分关切的样子，因为这次婚姻是亲王一手
　　　　　促成，现在克劳第奥将要娶到一个已非完璧的女子，您不忍坐视他们
　　　　　受人之愚，所以不能不把您所知道的告诉他们。他们听了这样的话，
　　　　　当然不会就此相信；您就向他们提出真凭实据，把他们带到希罗的窗
　　　　　下，让他们看见我站在窗口，听我把玛茄蕾脱叫作希罗，听玛茄蕾脱
　　　　　叫我薄拉契奥。就在预定的婚期的前一个晚上，您带着他们看一看这
　　　　　幕把戏，我可以预先设法把希罗调开；他们见到这样似乎是千真万确
　　　　　的事实，一定会相信希罗果真是一个不贞的女子，在妒火中烧的情绪
　　　　　下，决不会做冷静的推敲，这样他们的一切准备就可以全部推翻了。

约　翰　不管它会引起怎样不幸的后果，我要把这计策实行起来。你给我用心
　　　　　办理，我赏你一千块钱。

薄拉契奥　您只要一口咬定，我的诡计是不会失败的。

约　翰　我就去打听他们的婚期。（同下）

第三场 里昂那托的花园

裴尼狄克上。

裴尼狄克 童儿!

小童上。

小　童 大爷叫我吗?

裴尼狄克 我的寝室窗口有一本书,你去给我拿来。(小童下)我真不懂一个人明明知道沉迷在恋爱里是一件多么愚蠢的事,可是在讥笑他人的浅薄无聊以后,偏偏会自己打自己的耳光,照样跟人家闹起恋爱来,克劳第奥就是这种人。从前我认识他的时候,战鼓和军笛是他的唯一的音乐;现在他却宁愿听小鼓和洞箫了。从前他会跑十英里路去看一身好甲胄;现在他却会接连十个晚上不睡觉,为了设计一身新的紧身衣的式样。从前他说起话来,总是直截爽快,像个老实的军人;现在他却变成了个老学究,满嘴都是些稀奇古怪的话儿。我会不会也变得像他一样呢?我不知道;我想不至于。我不敢说爱情不会叫我变成一只牡蛎;可是我可以发誓,在它没有把我变成牡蛎以前,它一定不能叫我变成这样一个傻瓜。好看的女人,聪明的女人,贤惠的女人,我都碰见过,可是我还是个原来的我;除非在一个女人身上能够集合一切女人的优点,否则没有一个女人会中我的意的。她一定要有钱,这是不用说的;她必须聪明,不然我就不要;她必须贤惠,不然我也不敢领教;她必须美貌,不然我看也不要看她;她必须温柔,否则不要叫她走近我的身;她必须有很好的人品,否则我不愿花十先令把她买下来;她必须会讲话,精音乐,而且她的头发必须是天然颜色。哈!亲王跟咱们这位多情种子来啦!让我到凉亭里去躲他一躲。(退后)

唐·彼特罗、里昂那托、克劳第奥同上;鲍尔萨泽及众乐工随上。

彼特罗 来,我们要不要听听音乐?

克劳第奥 好的,殿下。暮色是多么沉寂,好像故意静下来,让乐声格外显得和谐似的!

彼特罗 你们看见裴尼狄克躲在什么地方吗?

克劳第奥 啊，看得很清楚，殿下，等音乐停止了，我们要叫这小狐狸钻进我们的圈套。

彼特罗 来，鲍尔萨泽，我们要把那首歌再听一遍。

鲍尔萨泽 啊，我的好殿下，像我这样坏的嗓子，把好好的音乐糟蹋了一次，也就够了，不要再叫我献丑了吧！

彼特罗 越是本领超人一等的人，越是不满意他自己的才能。请你唱起来吧，别让我向你再三求告了。

鲍尔萨泽 既蒙殿下如此错爱，我就唱了。有许多求婚的人，在开始求婚的时候，虽然明知道他的恋人没有什么可爱，仍旧会把她恭维得天花乱坠，发誓说他真心爱着她的。

彼特罗 好了好了，请你别说下去了，要是你还想发表什么意见，就放在歌里边唱出来吧。

鲍尔萨泽 在我未唱以前，先要声明一句：我唱的歌儿是一点也不值得你们注意的。

彼特罗 他在那儿净说些废话。（音乐）

裴尼狄克 （旁白）啊，神圣的曲调！现在他的灵魂要飘飘然起来了！几根羊肠绷起来的弦线，会把人的灵魂从身体里抽了出来，真是不可思议！好，等他唱好以后，少不了要布施他几个钱。

鲍尔萨泽 （唱）

不要叹气，姑娘，不要叹气，

男人们都是些骗子，

一脚在岸上，一脚在海里，

他天性里朝三暮四。

不要叹息，让他们去，

你何必愁眉不展？

收起你的哀思怨绪，

唱一曲清歌婉转。

莫再悲吟，姑娘，莫再悲吟，

停住你沉重的哀音；

哪一个夏天不绿叶成荫？

哪一个男子不负心？

不要叹息，让他们去，

　　你何必愁眉不展？

收起你的哀思怨绪，

　　唱一曲清歌婉转。

彼特罗　真是一首好歌。

鲍尔萨泽　可是唱歌的人太不行啦，殿下。

彼特罗　哈，不，不，真的，你唱得总算过得去。

裴尼狄克　（旁白）倘然他是一只狗叫得这样子，他们一定把他吊死啦；求上帝别让他的坏喉咙预兆着什么灾殃！与其听他唱歌，我宁愿听夜里乌鸦叫，不管有什么祸事会跟着它一起来。

彼特罗　好，你听见了没有，鲍尔萨泽？请你给我们预备些好音乐，因为明天晚上我们要在希罗小姐的窗下弹奏。

鲍尔萨泽　我一定尽力办去，殿下。

彼特罗　很好，再见。（鲍尔萨泽及乐工等下）过来，里昂那托。您今天对我怎么说，说是令侄女琵特丽丝在恋爱着裴尼狄克吗？

克劳第奥　啊！是的。（向彼特罗旁白）小心，小心，鸟儿正在那边歇着呢。我再也想不到那位小姐会爱上什么男人的。

里昂那托　我也是出乎意料；尤其想不到的是她竟会对裴尼狄克这样一往情深，照外表上看起来，总像她把他当作冤家对头似的。

裴尼狄克　（旁白）有这样的事吗？风会吹到那个角落里去吗？

里昂那托　真的，殿下，这件事情简直使我莫名其妙；我只知道她爱得他像发狂一般。谁也万万想象不到会有这样的怪事。

彼特罗　也许她是假装着骗人的。

克劳第奥　嗯，那倒也有几分可能。

里昂那托　上帝啊！假装出来的！我从来没有见过谁会把情感假装得像她这样逼真的。

彼特罗　啊，那么她怎样表示她的热情的呢？

克劳第奥　（旁白）好好儿把钓钩放下去，鱼儿就要吞饵了。

里昂那托　怎样表示，殿下？她会一天到晚坐着出神；（向克劳第奥）你听见过我的女儿怎样告诉你的。

克劳第奥　她是这样告诉过我的。

彼特罗　怎么？怎么？你们说呀。你们把我奇怪死了；我以为像她那样的性格，是无论如何不会受到爱情袭击的。

里昂那托　殿下，我也可以跟人家赌咒说决不会有这样的事哩，尤其是对于裴尼狄克。

裴尼狄克　（旁白）倘不是这白胡子老头儿说的话，我一定会把它当作一场诡计；可是诡计是不会藏在这样庄严的外表之下的。

克劳第奥　（旁白）他已经上钩了，别让他溜走。

彼特罗　她有没有把她的衷情向裴尼狄克表示出来？

里昂那托　不，她发誓说一定不让他知道；这是使她痛苦的最大的原因。

克劳第奥　对了，我听令爱说过这样的话："我当着他的面前屡次把他讥笑，难道现在却要写信给他，说我爱他吗？"

里昂那托　她每次提起笔来要想写信给他，便这样自言自语；一个夜里她总要起来二十次，披了一件衬衫，写满了一张纸再睡下去。这都是小女告诉我们的。

克劳第奥　您说起一张纸，我倒记起令爱告诉我的一个有趣的笑话来了。

里昂那托　啊！是不是说她写好了信，把它读了一遍，发现"裴尼狄克"跟"琵特丽丝"两个名字刚巧写在一块儿？

克劳第奥　正是。

里昂那托　啊！她把那封信撕成了一千片，把她自己痛骂了一顿，说她不应该这样不知羞耻，写信给一个她知道肯定会把她嘲笑的人，她说，"我根据自己的脾气推想他，要是他写信给我，即使我心里爱他，我也还是要嘲笑他的。"

克劳第奥　于是她跪在地上，痛哭流涕，捶着她的心，扯着她的头发，一面祈祷一面诅咒，"啊，亲爱的裴尼狄克！上帝呀，给我忍耐吧！"

里昂那托　她真是这样；小女就是这样说的。她这种疯疯癫癫如醉如痴的神气，有时候简直使小女提心吊胆，恐怕她会对自己闹出些什么不顾死活的事情来呢。这都是千真万确的。

彼特罗　要是她自己不肯说，那么叫别人去告诉裴尼狄克知道也好。

克劳第奥　有什么用处呢？他不过把它当作一桩笑话，叫这个可怜的姑娘格外难堪罢了。

彼特罗　他要是真的这样，那么吊死他也是一件好事，她是个很好的可爱的姑娘，她的品行也是无可非议的。

克劳第奥　而且她是一个绝世聪明的人儿。

彼特罗　她什么都聪明，就是在爱裴尼狄克这件事上不大聪明。

里昂那托　啊，殿下！智慧和感情在这么一个娇嫩的身体里交战，十之八九感情会得到胜利的，我是她的叔父和保护人，瞧着她这样子，心里真是难受。

彼特罗　我倒希望她把这样的痴情用在我身上；我一定会不顾一切，娶她做我的妻子的。依我看来，你们还是去告诉裴尼狄克，听他怎么说。

里昂那托　您想这样可有用处吗？

克劳第奥　希罗相信她迟早活不下去：因为她说要是他不爱她，她一定会死，可是她宁死也不愿让他知道她爱他；即使他来向她求婚，她也宁死不愿把她平日那种倔强的态度改变一丝一毫。

彼特罗　她的意思很对。要是她向他呈献了她的一片深情，多半反而要遭他奚落；因为你们都知道，这个人的脾气是非常骄傲的。

克劳第奥　他是一个很漂亮的人。

彼特罗　他的确有一副很好的仪表。

克劳第奥　凭良心说，他也很聪明。

彼特罗　他的确有几分小聪明。

里昂那托　我看他很勇敢。

彼特罗　他是个大英雄哩；可是在碰到打架的时候，你就可以看到他的聪明的地方，因为他总是小小心心地躲开，万一脱身不了，也是战战兢兢，像个好基督徒似的。

里昂那托　他要是敬畏上帝，当然应该跟人家和和气气，万一闹翻了，自然要惴惴不安的。

彼特罗　他正是这样。这家伙虽然一张嘴胡说八道，可是他倒的确敬畏上帝的。好，我对于令侄女非常同情，我们要不要去找裴尼狄克，把她的爱情告诉他？

克劳第奥　别告诉他，殿下，还是让她好好地想一想，把这段痴心慢慢地淡下去吧。

里昂那托　不，那是不可能的；等到她觉悟过来，她的心早已碎了。

彼特罗　好，我们慢慢等着听令爱报告消息吧，现在暂时不用多讲了。我很欢喜裴尼狄克；我希望他能够平心静气反省一下，看看他自己多么配不上这么一位好姑娘。

里昂那托 殿下，请吧。晚饭已经预备好了。

克劳第奥 （旁白）要是他听见了这样的话还不会爱上她，我以后再不相信我自己的预测。

彼特罗 （旁白）咱们还要给她设下同样的圈套，那可得请令爱跟她的侍女多多费心了。顶有趣的一点，就是让他们彼此以为对方在恋爱着自己，其实却根本没有这么一回事儿，这就是我所希望看到的一幕哑剧。让我们叫她来请他进去吃饭吧。（彼特罗、克劳第奥、里昂那托同下）

裴尼狄克 （自凉亭内走出）这不会是诡计，他们谈话的神气是很严肃的；他们从希罗嘴里听到了这一件事情，当然不会有假。他们好像很同情这姑娘；她的热情好像已经涨到最高度。爱我！哎哟，我一定要报答她才是。我已经听见他们怎样批评我，他们说要是我知道了她在爱我，我一定要摆架子；他们又说她宁死也不愿把她的爱情表示出来。结婚这件事我倒从来没有想起过。我一定不要摆架子；一个人知道了自己的短处，能够改过自新，就是有福的。他们说这姑娘长得漂亮，这是真的，我可以为他们证明；说她品行很好，这也是事实，我不能否认；说她除了爱我以外，别的地方都是很聪明的。其实这一件事情固然不足表示她的聪明，可是也不能因此反证她的愚蠢，因为就是我也要从此为她颠倒哩。也许人家会向我冷嘲热讽，因为我一向都是讥笑着结婚的无聊，可是难道一个人的口味是不会改变的吗？年轻的时候喜欢吃肉，也许老来一闻到肉味道就要受不住。难道这种不关痛痒的舌刃唇弹，就可以把人吓退，叫他放弃他的决心吗？不，人类是不能让它绝种的。最初我说我要一生一世做个单身汉，那是因为我没有想到我会活到结婚的一天。琵特丽丝来了。天日在上，她是个美貌的姑娘！我可以从她脸上看出她几分爱我的意思来。

琵特丽丝上。

琵特丽丝 他们叫我来请您进去吃饭，可是这是违反我自己的意志的。

裴尼狄克 好琵特丽丝，有劳枉驾，真是多谢您啦。

琵特丽丝 我并没什么劳神费力值得领受您的谢意，您也不用费神谢我。要是这是一件辛苦的事，我也不会来啦。

裴尼狄克　那么您是很愿意来叫我的吗？

琵特丽丝　是的，像您在刀尖儿上挑起东西塞进乌鸦的嘴里梗死它一样。您肚子不饿吧，先生？再见。（下）

裴尼狄克　哈！"他们叫我来请您进去吃饭，可是这是违反我自己的意志的，"这句话里含着双关的意义。"我并没什么劳神费力值得领受您的谢意，您也不用费神谢我。"那等于说，我无论给您做些什么辛苦的事，都像说一声谢谢那样不足为奇的。要是我不可怜她，我就是个浑蛋；要是我不爱她，我就是个犹太人。我要向她讨一幅小像去。（下）

第三幕

第一场　里昂那托的花园

希罗、玛茄蕾脱及欧苏拉上。

希　罗　好玛茄蕾脱，你快跑到客厅里去，我的姐姐琵特丽丝正在那儿跟亲王和克劳第奥讲话；你在她的耳边悄悄地告诉她，说我跟欧苏拉在花园里谈天，我们所讲的话都是关于她的事情，你说你因为听到了我们的谈话，所以特来通知她，叫她偷偷地溜到被金银花藤密密缠绕着的凉亭里；这繁茂的藤萝受着太阳的煦养，成长以后，却不许日光进来，正像一般凭借主子的势力作威作福的宠臣，一朝羽翼既成，却向栽培他的恩人反噬一口一样；你就叫她躲在那个地方，听我们说些什么话。这是你的事情，你好好地做去，让我们两个人在这儿。

玛茄蕾脱　我一定叫她立刻就来。（下）

希　罗　欧苏拉，我们就在这条路上走来走去，一等琵特丽丝来了，我们满嘴都讲的是裴尼狄克：我一提起他的名字，你就把他恭维得好像走遍天下也找不到他这样一个男人似的；我就告诉你他怎样为了琵特丽丝害相思。我们就是这样用谎话造成丘比特的一支利箭，凭着传闻的力量射中她的心。

琵特丽丝自后上。

希　罗　现在开始吧，瞧琵特丽丝像一只田凫似的，缩头缩脑地在那儿听我们谈话了。

欧苏拉　钓鱼最有趣的时候，就是瞧那鱼儿用她的金桨拨开银浪，贪食地吞那陷入的美饵；我们也正是这样引诱琵特丽丝上钩。她现在已经躲在金银花藤的浓荫下面了。您放心吧，我一定不会讲错了话。

希　罗　那么让我们走近她些，好让她的耳朵一字不漏地把我们给她安排下的诱饵吞咽下去。（二人走近凉亭）不，真的，欧苏拉，她太高傲啦！我知道她的脾气就像山上的野鹰一样倔强豪放。

欧苏拉　可是您真的相信裴尼狄克这样一心一意地爱着琵特丽丝吗？

希　罗　亲王跟我的未婚夫都是这么说。

欧苏拉　他们有没有叫您告诉她知道，小姐？

希　罗　他们请我把这件事情告诉她，可是我劝他们说，要是他们把裴尼狄克当作他们的好朋友，就应该希望他从爱情底下挣扎出来，无论如何不要让琵特丽丝知道。

欧苏拉　您为什么对他们这样说呢？难道这位绅士就配不上琵特丽丝小姐吗？

希　罗　爱神在上，我也知道像他这样的人品是值得享受世间一切至美至好的事物的；可是造物主从来不会造下一颗女人的心，像琵特丽丝那样的骄傲冷酷了。轻蔑和讥嘲在她的眼睛里闪耀着，把她所看见的一切贬得一文不值，她因为自恃才情，所以什么都不放在她的眼里，她不会恋爱，她从来不想到有恋爱这件事，她是太自命不凡了。

欧苏拉　不错，我也是这样想；所以还是不要让她知道他的爱，免得反而给她讥笑一番。

希　罗　是呀，你说得很对。无论怎样聪明、高贵、年轻、漂亮的男子，她总要把他批评得体无完肤：要是他面孔长得白净，她就发誓说这位先生应当作她的妹妹；要是他皮肤黑了点儿，她就说上帝在打一个小花脸的图样的时候，不小心涂上了一大块墨渍；要是他是个高个儿的，他就是柄歪头的长枪；要是他是个矮子，他就是块刻坏了的玛瑙坠子；要是他多讲了几句话，他就是个随风转的风标；要是他一声不响，他就是块没有知觉的木头。她这样指摘着每一个人的短处，至于他的纯朴的德性和才能，她却绝口不给他们应得的赞赏。

欧苏拉　真的，这种吹毛求疵可不敢恭维。

希　罗　是呀，像琵特丽丝这样古怪得不近人情，真叫人不敢恭维。可是谁敢去对她这样说呢？要是我对她说了，她会把我讥笑得无地自容，用她的俏皮话儿把我揶揄死呢！所以还是让裴尼狄克像一堆盖在灰里的火一样，在叹息中灭了他的生命的残焰吧！与其受人讥笑而死，还是不声不响地闷死了的好。

欧苏拉　可是告诉了她，听听她怎样说法也好。

希　罗　不，我想还是去劝劝裴尼狄克，叫他努力斩断这一段痴情。真的，我
　　　　想捏造一些关于我这位姐姐的谣言，一方面对她的名誉没有什么损害，
　　　　一方面却可以冷却了他的心。谁也不知道一句诽谤的话，会多么中伤
　　　　了人们的感情！

欧苏拉　啊！不要做这种对不起您姐姐的事，人家都说她心窍玲珑，她决不会
　　　　糊涂到这个地步，会拒绝裴尼狄克先生那样一位难得的绅士。

希　罗　除了我亲爱的克劳第奥以外，全意大利找不到第二个像他这样的人来。

欧苏拉　小姐，请您别生气，照我看起来，裴尼狄克先生无论在外表上，在风
　　　　度上，在智力和勇气上，都可以在意大利首屈一指。

希　罗　是的，他有一个很好的名誉。

欧苏拉　这也是因为他有过人的才德，所以才会得到这样的名誉。小姐，您的
　　　　大喜在什么时候？

希　罗　就是明天。来，进去吧；我要给你看几件衣服，你帮我决定明天穿哪
　　　　一件。

欧苏拉　（旁白）她已经上了钩了；小姐，我们已经把她捉住了。

希　罗　（旁白）要是果然这样，那么恋爱就是一个偶然的机遇；有的人被爱
　　　　神用箭射中，有的人却自己跳进网罗。（希罗、欧苏拉同下）

琵特丽丝　（上前）我的耳朵里怎么火一般热？果然会有这种事吗？难道我就
　　　　让他们这样批评我的骄傲和轻蔑吗？再会吧，处女的骄傲！人家在你
　　　　的背后，是不会说你好话的。裴尼狄克，爱下去吧，我一定会报答你，
　　　　我要把这颗狂野的心收束起来，呈献在你温情的手里。你要是真的爱
　　　　我，我的转变过来的温柔的态度，一定会鼓励你把我们的爱情用神圣
　　　　的约束结合起来。人家说你值得我的爱，可是我比人家更知道你的好
　　　　处。（下）

第二场　里昂那托家中一室

唐·彼特罗、克劳第奥、裴尼狄克、里昂那托同上。

彼特罗　我等你结过了婚，就到阿拉贡去。

克劳第奥　殿下要是准许我，我愿意伴送您到那边。

彼特罗　不，你正在新婚燕尔的时候，这不是太煞风景了吗？把一件新衣服给孩子看了，却不许他穿起来，怎么可以呢？我只要裴尼狄克愿意跟我做伴就行了，他这个人从头顶到脚跟，没有一点心事；他曾经两三次割了丘比特的弓弦，现在这个小东西再也不敢射他啦。他那颗心就像一只好钟一样完整无缺，他的舌头就是钟；心里一想到什么，便打嘴里说出来。

裴尼狄克　哥儿们，我已经不再是从前的我啦。

里昂那托　我也是这样说；我看您近来好像有些心事似的。

克劳第奥　我希望他是在恋爱了。

彼特罗　哼，这放荡的家伙，他的肚子里没有一丝真情，怎么会真的恋爱起来？要是他有了心事，那一定是因为没有钱用。

裴尼狄克　我牙齿痛。

彼特罗　啊！为了牙齿痛才这样长吁短叹吗？

里昂那托　只是因为出了点脓水，或者一个小虫儿在作怪吗？

裴尼狄克　算了吧，痛在别人身上，谁都会说风凉话的。

克劳第奥　可是我说，他是在恋爱了。

彼特罗　他一点也没有痴痴癫癫的样子，就是喜欢把自己打扮得奇形怪状：今天是个荷兰人，明天是个法国人；有时候一下子做了两个国家的人，下半身是个套着灯笼裤的德国人，上半身是个不穿紧身衣的西班牙人。除了这一股无聊的傻劲儿以外，他并没有什么反常的地方，可以证明你所说的他在恋爱的话。

克劳第奥　要是他没有爱上什么女人，那么古怪的看法也都是靠不住的了。他每天早上刷他的帽子，这表示什么呢？

彼特罗　有人见过他上理发店没有？

克劳第奥　没有，可是有人看见理发匠跟他在一起；他那脸蛋上的几根装饰品，都已经拿去塞网球去了。

里昂那托　他剃了胡须，瞧上去的确年轻了点儿。

彼特罗　他还用麝香擦他的身子哩，你们闻不出来这一股香味吗？

克劳第奥　那等于说，这一个好小子在恋爱了。

彼特罗　他的忧郁是他的最大的证据。

克劳第奥　几时他曾经用香水洗过脸？

彼特罗　对了，我听人家说他还搽粉哩。

克劳第奥　还有他那爱说笑话的脾气，现在也已经钻进了琴弦里，给音栓管住了哪。

彼特罗　不错，那已经充分揭露了他的秘密。总而言之，他是在恋爱了。

克劳第奥　噢，可是我知道谁爱着他。

彼特罗　我也很想知道知道；我想一定是个不大熟悉他的人。

克劳第奥　哪里，还深切知道他的坏脾气呢；可是却愿意为他而死。

裴尼狄克　你们这样胡说八道，不能叫我的牙齿不痛呀。老先生，陪我走走；我已经想好了八九句聪明的话儿，要跟您谈谈，可是一定不能让这些傻瓜们听见。（裴尼狄克、里昂那托同下）

彼特罗　我可以打赌，他一定是向他说起琵特丽丝的事。

克劳第奥　正是。希罗和玛茄蕾脱大概也已经把琵特丽丝同样捉弄过啦；现在这两头熊碰见了，总不会再彼此相咬了吧。

　　　　唐·约翰上。

约　翰　上帝保佑您，王兄！

彼特罗　你好，贤弟。

约　翰　您要是有工夫的话，我想跟您谈谈。

彼特罗　不能让别人听见吗？

约　翰　是；不过克劳第奥伯爵不妨让他听见，因为我所要说的话，是对他很有关系的。

彼特罗　是什么事？

约　翰　（向克劳第奥）大人预备在明天结婚吗？

彼特罗　那你早就知道了。

约　翰　要是他知道了我所知道的事，那我可就不知道了。

克劳第奥　倘然有什么妨碍，请您明白地告诉我。

约　翰　您也许以为我对您有点儿过不去，那咱们等着瞧吧；我希望您听了我现在将要告诉您的话以后，可以把您对我的意见改变过来。至于我这位兄长，我相信他是非常看重您的，他为您促成了这一门婚事，完全是他的一片好心，可惜看错了追求的对象，这一番心思气力，花得好不冤枉！

彼特罗　啊，是怎么一回事？

约　翰　我就是要来告诉你们；废话少说，这位姑娘是不贞洁的，人家久已在那儿讲她的闲话了。

克劳第奥　谁？希罗吗？

约　翰　正是她——里昂那托的希罗，您的希罗，大众的希罗。

克劳第奥　不贞洁吗？

约　翰　"不贞洁"这一个字眼，还是太好了，不够形容她的罪恶；她岂止不贞洁而已！您要是能够想得到一个更坏的名称，她也可以受之而无愧。不要吃惊，等着看事实的证明吧：您只要今天晚上跟我去，就可以看见她结婚的前一晚，还有人从窗里走进她的房间里去。您看见这种情形以后，要是仍旧爱她，那么明天就跟她结婚吧；可是为了您的名誉起见，还是把您的决心改变一下的好。

克劳第奥　有这等事吗？

彼特罗　我想不会的。

约　翰　要是你们看见了真凭实据以后，还不敢相信你们自己的眼睛，那么不要把你们所看到的情形宣布出来也好。你们只要跟我去，我一定可以叫你们看一个明白；等你们看饱听饱以后，再决定怎么办吧。

克劳第奥　要是今天晚上果然有什么事情给我看到，那我明天一定不跟她结婚，我还要在教堂里当众羞辱她呢。

彼特罗　我曾经代你向她求婚，我也要帮着你把她羞辱。

约　翰　我也不愿多说她的坏话，横竖你们会替我证明的。现在大家不用声张，等到半夜时候再看究竟吧。

彼特罗　真扫兴的日子！

克劳第奥　真倒霉的事情！

约　翰　等会儿你们就要说，幸亏发觉得早，真好的运气哩！（同下）

第三场　街道

道勃雷，佛其慈及巡丁等上。

227

道勃雷　你们都是老老实实的好人吗？

佛其慈　是啊，否则他们的肉体灵魂不一起上天堂，那才可惜哩。

道勃雷　不，他们当了王爷的巡丁，要是有一点忠心的活，这样的刑罚还嫌太轻啦。

佛其慈　好，道勃雷伙计，把他们应该做的事吩咐他们吧。

道勃雷　第一，你们看来谁是顶不配当巡丁的人？

巡丁甲　回长官，修·奥凯克跟乔治·西可尔，因为他们俩都会写字念书。

道勃雷　过来，西可尔伙计。上帝赏给你一个好名字；一个人长得漂亮是偶然的运气，会写字念书才是天生的本领。

巡丁乙　巡官老爷，这两种好处——

道勃雷　你都有，我知道你会这样说。好，朋友，讲到你长得漂亮，那么你谢谢上帝，自己少卖弄卖弄。讲到你会写字念书，那么等到用不着这种玩意儿的时候，再显显你自己的本领吧。大家公认你是这儿最没有头脑，最配当一个巡丁的人，所以你拿着这盏灯笼吧。听好我的吩咐：你要是看见什么流氓无赖，就把他抓了；你可以用王爷的名义喊，无论什么人都会站住。

巡丁甲　要是他不肯站住呢？

道勃雷　那你就不用理他，让他去好了，你就立刻召集其余的巡丁，谢谢上帝免得你们受一个浑蛋的麻烦。

佛其慈　要是喊他站住他不肯站住，他就不是王爷的子民。

道勃雷　对了，不是王爷的子民，就可以不用理他们。你们也不准在街上大声吵闹。因为巡丁们要是哗啦哗啦谈起天来，那是最叫人受不住也是最不可宽恕的事。

巡丁乙　我们宁愿睡觉，不愿说话；我们知道一个巡丁的责任。

道勃雷　啊，你说得真像一个老练的安静的巡丁，睡觉总是不会得罪人家的；只要留心你们的钩镰枪别给人偷去就行啦。好，你们还要到每一家酒店去查看，看见谁喝醉了，就叫他回去睡觉。

巡丁甲　要是他不愿意呢？

道勃雷　那么让他去，等他自己醒过来吧；要是他不好好地回答你，你可以说你看错了人啦。

巡丁甲　是，长官。

道勃雷	要是你们碰见一个贼，按着你们的职分，你们可以疑心他不是个好人；对于这种家伙，你们越是少跟他们多事，越可以显出你们都是规矩的好人。
巡丁乙	要是我们知道他是个贼，我们要不要抓住他呢？
道勃雷	按照你们的职分，你们本来是可以把他抓住的；可是我想谁把手伸进染缸里，总要弄脏了自己的手；为了省些麻烦起见，要是你们碰见了一个贼，顶好的办法就是让他使出他的看家本领来，偷偷地溜走了事。
佛其慈	伙计，你一向是个出名的好心肠人。
道勃雷	是呀，就是一条狗我也不忍把它勒死，何况是个还有几分天良的人，自然更加不在乎啦。
佛其慈	要是你们听见谁家的孩子晚上啼哭，你们必须去把那奶妈子叫醒，叫她止住他的啼哭。
巡丁乙	要是那奶妈子睡熟了，听不见我们叫喊呢？
道勃雷	那么你们就一声不响地走开去，让那孩子把她吵醒好了；因为母羊要是听不见她自己小羊的啼声，她怎么会回答一头小牛的叫喊呢？
佛其慈	你说得真对。
道勃雷	完了，你们当巡丁的，就是代表着王爷本人。要是你们在黑夜里碰见王爷，你们也可以叫他站住。
佛其慈	哎哟，圣母娘娘呀！我想那是不可以的。
道勃雷	谁要是懂得法律，我可以用五先令跟他打赌一先令，他可以叫他站住。当然啰，那还要看王爷自己愿不愿意；因为巡丁是不能得罪人的，叫一个不愿意站住的人站住，那就是他的大大的不该哩。
佛其慈	对了，这才说得有理。
道勃雷	哈哈哈！好，伙计们，晚安！倘若有要紧的事，你们来叫我起来，什么事大家彼此商量商量。再见！来，伙计。
巡丁乙	好，弟兄们，我们已经听见长官吩咐我们的话；让我们就在这儿教堂门前的凳子上坐下来，等到两点钟的时候，大家回去睡觉吧。
道勃雷	好伙计们，还有一句话。请你们留心里昂那托老爷的门口，因为他家里明天有喜事，今晚十分忙碌，怕有坏人混进去，再见，千万留心点儿。（道勃雷、佛其慈同下）
	薄拉契奥及康雷特上。

229

薄拉契奥　喂，康雷特！

巡丁甲　（旁白）静！别动！

薄拉契奥　喂，康雷特！

康雷特　这儿，朋友，我就在你的身边哪。

薄拉契奥　他妈的！怪不得我身上痒，原来有一颗癞疥疮在我身边。

康雷特　等会儿再跟你算账，现在还是先讲你的故事吧。

薄拉契奥　那么你且站在这儿屋檐下面，天在下着毛毛雨哩；我可以像一个醉
　　　　汉似的，把什么话儿都告诉你。

巡丁甲　（旁白）弟兄们，一定是些什么阴谋；可是大家站着别动。

薄拉契奥　告诉你吧，我从唐·约翰那儿拿到了一千块钱。

康雷特　干一件坏事的价钱会这样贵吗？

薄拉契奥　有钱的坏人需要没钱的坏人帮忙的时候，没钱的坏人当然可以漫天
　　　　讨价。

康雷特　我可有点不大相信。

薄拉契奥　这就表明你是个初出茅庐的人，你知道一套衣服，一顶帽子的式样
　　　　时髦不时髦，对于一个人本来是没有什么相干的。

康雷特　是的，那不过是些障身之具而已。

薄拉契奥　我说的是式样的时髦不时髦。

康雷特　对啦，时髦就是时髦，不时髦就是不时髦。

薄拉契奥　呸！那简直就像说，傻子就是傻子。可是你不知道这个时髦是个多
　　　　么坏的贼吗？

巡丁甲　（旁白）我知道有这么一个坏贼，他已经做了七年老贼了，他在街上
　　　　走来走去，就像个绅士的模样。我记得有这么一个家伙。

薄拉契奥　你没听见什么人在讲话吗？

康雷特　没有，只有屋顶上风标转动的声音。

薄拉契奥　我说你不知道这个时髦是个多么坏的贼吗？他会把那些从十四岁到
　　　　三十五岁的血气未定的青年搅昏了头，有时候把他们装扮得活像那些
　　　　烟薰的古画上的埃及法老的兵士，有时候又像漆在教堂窗上的异教邪
　　　　神的祭司，有时候又像织在污旧虫蛀的花毡上的剃光了胡须的赫邱里
　　　　斯，裤裆里的那话儿瞧上去就像他的棍子一样又粗又重。

康雷特　这一切我都知道；我也知道往往一件衣服没有穿旧，流行的式样已经

变了两三通。可是你是不是也给时髦搅昏了头，所以不向我讲你的故事，却又讨论起时髦问题来呢？

薄拉契奥　那倒不是这样说。好，我告诉你吧，我今天晚上已经去跟希罗小姐的侍女玛茄蕾脱谈过情话啦；我叫她做希罗，她靠在她小姐卧室的窗口，向我说了一千次晚安——我把这故事讲得太坏，我应当先告诉你那亲王和克劳第奥怎样听了我那主人唐·约翰的话，三个人预先站在花园里远远的地方，瞧见我们这一场幽会。

康雷特　他们都以为玛茄蕾脱就是希罗吗？

薄拉契奥　亲王跟克劳第奥是这样想着，可是我那个魔鬼一样的主人知道她是玛茄蕾脱。一则因为他言之凿凿，使他们受了他的愚弄；二则因为天色昏黑，蒙过了他们的眼睛。可是说来说去，还是全亏我的诡计多端，证实了唐·约翰随口捏造的谣言，惹得那克劳第奥一怒而去，发誓说他要在明天早上，按着预定的钟点，到教堂里去见她的面，把他晚上所见的情形当众宣布出来，出出她的丑，叫她仍旧回去做一个没有丈夫的女人。

巡丁甲　我们用亲王的名义命令你们站住！

巡丁乙　去叫巡官老爷起来。一件最危险的奸淫案子给我们破获了。

巡丁甲　他们同伙的还有一个坏贼，我认识他。他头发上打着相思结。

康雷特　列位朋友们！

巡丁乙　告诉你们吧，这个坏贼是一定要叫你们交出来的。

康雷特　列位——

巡丁甲　别说话，乖乖地跟我们去。

薄拉契奥　他们把我们抓了去，倒是捞到一批好货。

康雷特　少不得还要受一番检查呢。来，我们服从你们。（同下）

第四场　里昂那托家中一室

希罗，玛茄蕾脱及欧苏拉上。

希　罗　好欧苏拉，你去叫醒我的姐姐琵特丽丝，叫她快点儿起身。

欧苏拉　是，小姐。

希　罗　请她过来一下子。

欧苏拉　好的。（下）

玛茄蕾脱　真的，我想还是那一个绉领好一点。

希　罗　不，好玛茄蕾脱，我要戴这一个。

玛茄蕾脱　这一个真的不是顶好，您的姐姐也一定会这样说的。

希　罗　我的姐姐是个傻子，你也是个傻子，我偏要戴这一个。

玛茄蕾脱　我很欢喜这一顶新的发罩，要是头发的颜色再略微深一点儿就好了。
　　　　　您的长袍的式样真是好极啦。人家把米兰公爵夫人的那件袍子称赞得
　　　　　了不得，那件衣服我也见过。

希　罗　啊！他们说它好得很哩。

玛茄蕾脱　不是我胡说，那一件比起您这一件来，简直只好算是一件睡衣：金
　　　　　线织成的缎子，镶着银色的花边，嵌着珍珠，有垂袖，有侧袖，圆圆
　　　　　的衣裾，缀满了带点儿淡蓝色的闪光箔片；可是要是讲到式样的优美
　　　　　雅致，齐整漂亮，那您这一件就可以抵得上她十件。

希　罗　上帝保佑我快快乐乐地穿上这件衣服，因为我的心里重得好像压着一
　　　　　块石头似的！

玛茄蕾脱　等到一个男人压到您身上，它还要重得多哩。

希　罗　啐！你不害臊吗？

玛茄蕾脱　害什么臊呢，小姐？因为我说了句老实话吗？结婚就是对于一个叫
　　　　　花子，不也是光明正大的吗？只要大家明媒正娶的，那有什么要紧？
　　　　　否则倒不能说是重，只好说是轻狂了。您要是不相信，去问琵特丽丝
　　　　　小姐吧；她来啦。

　　　　　琵特丽丝上。

希　罗　早安，姐姐。

琵特丽丝　早安，好希罗。

希　罗　哎哟，怎么啦！你怎么说话这样懒洋洋的？

琵特丽丝　快要五点钟啦，妹妹；你该快点儿端整起来了，真的，我身子怪不
　　　　　舒服。唉——呵！

玛茄蕾脱　哼，您倘然没有变了一个人，那航海的人也不用看星啦。

琵特丽丝　这傻子在那儿说些什么？

玛茄蕾脱　我没有说什么；但愿上帝保佑每一个人如愿以偿！

希　罗　　这双手套是伯爵送给我的，上面薰着很好的香料。

琵特丽丝　　我的鼻子塞住啦，妹妹，我闻不出来。

玛茄蕾脱　　怎么，你伤风了吗？

琵特丽丝　　真的，我得病了。

玛茄蕾脱　　您的心病是要心药来医治的。

琵特丽丝　　怎么，怎么，你这句话是什么意思？

玛茄蕾脱　　意思！不，真的，我一点没有什么意思。您也许以为我想您在恋爱
　　　　　　啦，可是不，我不是那么一个傻子，会高兴怎么想就怎么想，我也不
　　　　　　愿意想到什么就是什么。老实说，就是想空了我的心，我也决不会想
　　　　　　到您是在恋爱，或者您将要恋爱，或者您会跟人家恋爱的。可是裴尼
　　　　　　狄克起先也跟您一样，现在他却变了个人啦。他曾经发誓决不结婚，
　　　　　　现在可死心塌地地做起爱情的奴隶来啦。我不知道您会变成个什么样
　　　　　　子，可是我觉得您现在瞧起人来的那种神气，也有点跟别的女人差不
　　　　　　多啦。

琵特丽丝　　你的一条舌头滚来滚去的，在说些什么呀？

玛茄蕾脱　　我说的都是老实话哩。

　　　　　　欧苏拉重上。

欧苏拉　　小姐，进去吧；亲王，伯爵，裴尼狄克先生，唐·约翰，还有全城的
　　　　　　公子哥儿们，都来接您到教堂里去了。

希　罗　　好姐姐，好玛茄蕾脱，好欧苏拉，快帮我穿扮起来。（同下）

第五场　里昂那托家中的另一室

　　　　　　里昂那托偕道勃雷，佛其慈同上。

里昂那托　　朋友，你有什么事要对我说？

道勃雷　　呃，老爷，我有点事情要来向您禀告，这件事情对于您自己是很有关
　　　　　　系的。

里昂那托　　那么请你说得简单一点，因为你瞧，我现在忙得很哪。

道勃雷　　呃，老爷，是这么一回事。

佛其慈　　是的，老爷，真的是这么一回事。

莎士比亚喜剧集

里昂那托　是怎么一回事呀，我的好朋友们？

道勃雷　老爷，佛其慈是个好人，他讲起话来总是有点儿缠夹不清；他年纪老啦，老爷，他的头脑已经没有从前那么糊涂，上帝保佑他！可是说句良心话，他是个老实不过的好人。

佛其慈　是的，感谢上帝，我就跟无论哪一个跟我一样老，也不比我更老实的人一样老实。

道勃雷　不要比这个比那个。叫人家听着心烦啦。少说些废话，佛其慈伙计。

里昂那托　你们究竟有些什么话要对我说？

佛其慈　呃，老爷，我们的巡丁今天晚上捉到了梅辛那地方两个顶坏的坏人。

道勃雷　老爷，他是个很好的老头子，就是喜欢多话。人家说的，年纪一老，人也变糊涂啦。上帝保佑我们！这世上新鲜的事情可多着呢！说得好，真的，佛其慈伙计。好，上帝是个好人，两个人骑一匹马，总有一个人在后面。真的，老爷，他是个老实汉子，天地良心，可是我们应该敬重上帝，世上有好人也就有坏人，唉！好伙计。

里昂那托　我可要失陪了。

道勃雷　就是一句话，老爷。我们的巡丁真的捉住了两个行踪可疑的人。我们在今天当着您面前把他们审问一下。

里昂那托　你们自己去审问吧，审问明白以后，再来告诉我；我现在忙得不得了，你们也一定可以看得出来的。

道勃雷　那么就这么办吧。

里昂那托　你们喝点儿酒再走，再见。

　　　　　一使者上。

使　者　老爷，他们都在等着您去主持婚礼。

里昂那托　我就来。我已经预备好了。（里昂那托及使者下）

道勃雷　去，好伙计，把法兰西斯·西可尔找来。叫他把他的笔和墨水壶带到监牢里，我们现在就要审问这两个家伙。

佛其慈　我们一定要审问得非常聪明。

道勃雷　是的，我们一定要尽量运用我们的智慧，叫他们狡赖不了，你就去找一个有学问的念书人来给我们记录口供；咱们在监牢里会面吧。（同下）

第四幕

第一场　教堂内部

　　唐·彼特罗、唐·约翰、里昂那托、法兰西斯神父、克劳第奥、裴尼狄克、希罗、琵特丽丝等同上。

里昂那托　来，法兰西斯神父，简单一点；只要给他们行一行结婚的仪式，以后再把夫妇间应有的责任仔细告诉他们吧。

神　父　爵爷，您到这儿来是要跟这位小姐举行婚礼的吗？

克劳第奥　不。

里昂那托　神父，他是来跟她结婚的，您才是给他们举行婚礼的人。

神　父　小姐，您到这儿来是要跟这位伯爵结婚吗？

希　罗　是的。

神　父　要是你们两人中间有谁知道有什么秘密的障碍，使你们不能结为夫妇，那么为了免得你们的灵魂受到责罚，我命令你们说出来。

克劳第奥　希罗，你知道有没有？

希　罗　没有，我的主。

神　父　伯爵，您知道有没有？

里昂那托　我敢替他回答，没有。

克劳第奥　啊！人们敢做些什么！他们会做些什么出来！他们每天都在做些什么，却不知道他们自己在做些什么！

裴尼狄克　怎么！发起感慨来了吗？那么让我来大笑三声吧——哈！哈！哈！

克劳第奥　神父，请你站在一旁。老人家，对不起，您愿意这样慷慨地把这位姑娘——您的女儿，给了我吗？

里昂那托 是的，贤婿，正像上帝把她给我的时候一样慷慨。

克劳第奥 我应当用什么来报答您,它的价值可以抵得过这一件贵重的礼物吗?

彼特罗 没有，除非把她仍旧还给他。

克劳第奥 好殿下，您已经教会我表示感谢的最得体的方法了。里昂那托，把她拿回去吧；不要把这只坏橘子送给你的朋友，她只是外表上像一个贞洁的女人罢了。瞧！她那害羞的样子，多么像是一个无邪的少女！啊，狡猾的罪恶多么善于用真诚的面具遮掩它自己！她脸上泛起的红晕,不是正可以证明她的纯朴吗？你们大家看见她这种表面上的做作，不是都会发誓说她是个处女吗？可是她已经不是一个处女了，她已经领略过枕席上的风情，她的脸红是因为罪恶，不是因为羞涩。

里昂那托 爵爷，您这是什么意思？

克劳第奥 我不要结婚，不要把我的灵魂跟一个声名狼藉的淫妇结合在一起。

里昂那托 爵爷，要是照您这样说来，您因为她年幼可欺，已经破坏了她的贞操——

克劳第奥 我知道你会这么说：要是我已经跟她发生了肉体上的关系，你就说她是把我认做她的丈夫的，所以不能算是一件不可恕的过失。不，里昂那托，我从来不曾用一句游词浪语向她挑诱；我对她总是像一个兄长对待他的弱妹一样，表示着纯洁的真诚的情爱。

希 罗 您看我对您不也正像这样吗？

克劳第奥 不要脸的！正像这样！我看你就像是月亮里的黛安娜女神一样纯洁，就像是未开放的蓓蕾一样无瑕；可是你却像维纳斯一样放荡，像纵欲的禽兽一样无耻！

希 罗 我的主病了吗？怎么他会讲起这种荒唐的话来？

里昂那托 好殿下，您怎么不说句话儿？

彼特罗 叫我说些什么呢？我竭力替我的好朋友跟一个淫贱的女人撮合，我自己的脸也丢尽了。

里昂那托 这些话是从你们嘴里说出来的，还是我在做梦？

约 翰 老人家，这些话是从他们嘴里说出来的，这些事情都是真的。

裴尼狄克 这简直不成其为婚礼啦。

希 罗 真的！啊，上帝！

克劳第奥 里昂那托，我不是站在这儿吗？这不是亲王吗？这不是亲王的兄弟吗？这不是希罗的面孔吗？我们大家不是生着眼睛的吗？

里昂那托　这一切都是事实，可是您这样说是什么意思呢？

克劳第奥　让我只问你女儿一个问题，请你用你做父亲的天赋权力，叫她老实
　　　　回答我。

里昂那托　我命令你从实答复他的问题，因为你是我的孩子。

希　罗　啊，上帝保佑我！我要给他们逼死了！这算是什么审问呀？

克劳第奥　我们要从你自己的嘴里听到你的实在的回答。

希　罗　我不是希罗吗？谁能够用公正的谴责，污毁这一个名字？

克劳第奥　嘿，那就要问希罗自己了；希罗自己可以污毁希罗的名字，昨天晚
　　　　上在十二点钟到一点钟之间，在你的窗口跟你谈话的那个男人是谁？
　　　　要是你是个处女，请你回答这一个问题吧。

希　罗　爵爷，我在那个时候不曾跟什么男人谈过话。

彼特罗　哼，你还要抵赖！里昂那托，我很抱歉要让你知道这一件事：凭着我
　　　　的名誉起誓，我自己，我的兄弟和这位受人欺骗的伯爵，昨天晚上在
　　　　那个时候的的确确看见她，也听见她在她卧室的窗口跟一个混账东西
　　　　谈话；那个荒唐的家伙已经亲口招认他们这样不法的幽会，已经有过
　　　　许多次了。

约　翰　喷！喷！王兄，那些话还是不用说了吧，说出来也不过污了大家的耳
　　　　朵。美貌的姑娘，你这样不知自重，我真替你可惜！

克劳第奥　啊，希罗！要是把你外表上的一半优美分给你的内心，那你将会是
　　　　一个多么好的希罗！可是再会吧，你这最下贱最美貌的人！你这纯洁
　　　　的淫邪，淫邪的纯洁，再会吧！为了你我要锁闭一切爱情的门户，让
　　　　猜疑停驻在我的眼睛里，把一切美色变成不可亲近的蛇蝎，永远失去
　　　　它诱人的力量。

里昂那托　这儿谁有刀子可以借给我，让我刺在我自己的心里？　（希罗晕倒）

琵特丽丝　哎哟，怎么啦，妹妹！你怎么倒下去啦？

约　翰　来，我们去吧。她因为隐私给人揭发了出来，一时羞愧交集，所以昏
　　　　过去了。　（彼特罗、约翰、克劳第奥同下）

裴尼狄克　这姑娘怎么啦？

琵特丽丝　我想是死了！叔叔，救命！希罗！哎哟，希罗！叔叔！裴尼狄克先
　　　　生！神父！

里昂那托　命运啊，不要松了你的沉重的手！对于她的羞耻，死是最好的遮掩。

琵特丽丝　希罗妹妹，你怎么啦？！

神　父　小姐，您宽心吧。

里昂那托　你的眼睛又睁开了吗？

神　父　是的，为什么她不可以睁开眼睛来呢？

里昂那托　为什么！不是整个世界都在斥责她的无耻吗？她可以否认已经刻下在她血液里的这一段丑事吗？不要活过来，希罗，不要睁开你的眼睛；因为要是你不能快快地死去，要是你的灵魂里载得下这样的羞耻，那么我在把你痛责以后，也会亲手把你杀死的。你以为我只有你这一个孩子，我会因为失去你而悲伤吗？我会埋怨造化的吝啬，不肯多给我几个子女吗？啊，像你这样的孩子，一个已经是太多了！为什么我要有这么一个孩子呢？为什么你在我的眼睛里是这么可爱呢？为什么我不曾因为一时慈悲心起，在门口收养了一个叫花的孩子，那么要是她长大以后干下这种丑事，我还可以说："她的身上没有一部分是属于我的，这一种羞辱是她从不知名的血液里传下来的？"可是我自己亲生的孩子，我所钟爱的，我所赞美的，我所引为骄傲的孩子，为了爱她的缘故，我甚至把她看得比我自己还重；她——啊！她现在落进了污泥的坑里，大海的水也洗不净她的污秽，海里所有的盐也不够解除她肉体上的腐臭。

裴尼狄克　老人家，您安心点儿吧。我瞧着这一切，简直是莫名其妙，不知道应该说些什么话好。

琵特丽丝　啊！我敢赌咒，我的妹妹是给他们冤枉的！

裴尼狄克　小姐，您昨天晚上跟她睡在一个床上吗？

琵特丽丝　那倒没有；虽然在昨晚以前，我跟她已经同床睡了一年啦。

里昂那托　证实了！证实了！啊，本来就是铁一般的事实，现在又加上一重证明了！亲王兄弟两人是会说谎的吗？克劳第奥这样爱着她，讲到她的丑事的时候，也会忍不住流泪，难道他也是会说谎的吗？别理她！让她死吧！

神　父　听我讲几句话。我刚才在这儿静静地旁观着这一件意外的变故，我也在留心观察这位小姐的神色：我看见无数羞愧的红晕出现在她的脸上，可是立刻有无数冰霜一样的皎洁的惨白把这些红晕驱走，显示出她的含冤蒙屈的清贞，我更看见在她的眼睛里射出一道火一样的光来，似乎要把这些贵人们加在她身上的无辜的诬蔑烧掉。要是这位温柔的小姐不是遭到重大的误会，要是她不是一个清白无罪的人，那么你们尽管把我叫作傻子，再不要相信我的学问，我的见识，我的经验，也不要重视我的年龄，我的身份或是我的神圣的职务吧。

里昂那托　神父，不会有这样的事。你看她虽然做出这种丧尽廉耻的事来，可是她还有几分天良未泯，不愿在她的深重的罪孽之上，再加上一种欺罔的罪恶；她并没有否认。事情已经是这样明显了，你为什么还要替她辩护呢？

神　父　小姐，他们说你跟什么人私通？

希　罗　他们这样说我，他们一定知道；我可不知道，要是我违背了女孩儿家应守的礼法，跟任何不三不四的男人来往，那么让我的罪恶不要得到宽恕吧！啊，父亲！您要是能够证明有哪个男人在可以引起嫌疑的时间里跟我谈过话，或者我在昨天晚上曾经跟别人交换过言语，那么请您斥逐我，痛恨我，用酷刑处死我吧！

神　父　亲王们一定有了些误会。

裴尼狄克　他们中间有两个人是正人君子；要是他们这次受了人家的欺骗，一定是约翰那个私生子弄的诡计，他是最喜欢设陷阱害人的。

里昂那托　我不知道。要是他们讲她的话果然是事实，我要亲手把她杀死；要是他们无中生有，损害她的名誉，我要跟他们中间最尊贵的一个人拼命去。时光不曾干涸了我的血液，年龄也不曾侵蚀了我的智慧，我的家财不曾因为逆运而消耗，我的朋友也不曾因为我的行为不检而走散；他们要是看我可欺，我就叫他们看看我还有几分精力，还会转转念头，也不是无财无势，也不是无亲无友，尽可对付得了他们的。

神　父　且慢，在这件事情上，请您还是听从我的劝告。亲王们离开这儿的时候，以为您的小姐已经死了；现在不妨暂时叫她深居简出，就向外面宣布说她真的已经死了，再给她举办一番丧事，在贵府的坟地上给她立起一方碑铭，一切丧葬的仪式都不可缺少。

里昂那托　为何要这样呢？这样有什么好处呢？

神　父　要是照这样好好地做去，就可以使诬蔑她的人心生悔恨，这也未免不是好事；可是我提起这样奇怪的办法，却有另外更大的用意。人家听说她在一听到这种诽谤的时候就立刻身死，一定谁都会悲悼她，可怜她，而原谅她。我们往往在享有某一件东西的时候，一点不看重它的好处；等到失掉它以后，却会格外夸张它的价值，发现当它还在我们手里的时候所看不出来的优点。克劳第奥一定也会这样：当他听到了他的无情的言语，已经致希罗于死地的时候，她生前可爱的影子一定会浮起在他的想象之中，她的生命中的每一部分，都会在他的心目里变得比活在世上的她格外值得珍贵，格外优美动人，格外充满生命；要是爱情果然打动过他的心，那时他一定会悲伤哀恸，即使他仍旧以为他所指斥她的确是事实，他也会后悔不该给她这样大的难堪。您就照这么办吧。它的结果一定会比我所能预料得到的还要美满。即使退一步说，它并不能收到理想中的效果，至少也可以替她把这场羞辱掩盖过去，您不妨把她隐藏在什么僻静的地方，让她潜心修道，远离世人的耳目，隔绝任何的诽谤损害，对于名誉已受创伤的她，这是一个最适当的办法。

裴尼狄克　里昂那托大人，听从这位神父的话吧。虽然您知道我对于亲王和克劳第奥都有很深的交情，可是我愿意凭着我的名誉起誓，在这一件事情上，我一定抱着公正的态度，保持绝对的秘密。

里昂那托　我已经伤心得毫无主意了，你们用一根顶细的草绳都可以牵着我走。

神　父　好，那么您已经答应了。立刻去吧，非常的病症，是要用非常的药饵来疗治的。来，小姐，您必须死里求生；今天的婚礼也许不过是暂时的延期，您耐心等着吧。

　　　　（神父，希罗及里昂那托同下）

裴尼狄克　琵特丽丝小姐，您一直在哭吗？

琵特丽丝　是的，我还要哭下去哩。

裴尼狄克　我希望您不要这样。

琵特丽丝　您有什么理由？这是我自己高兴呀。

裴尼狄克　我相信令妹一定是冤枉的。

琵特丽丝　唉！要是有人能够替她申雪这场冤枉，我才愿意跟他做朋友。

裴尼狄克　有没有可以表示这种友谊的方法？

琵特丽丝　方法是有，而且也是很直截爽快的，可惜没有这样的朋友。

裴尼狄克　可以让一个人试试吗？

琵特丽丝　那是一个男子汉做的事情，可不是您做的事情。

裴尼狄克　您是我在这世上最爱的人，这不是很奇怪吗？

琵特丽丝　那像我所不知道的事情一样奇怪。我也可以说您是我在这世上最爱的人；可是别信我；可是我没有说假话。我什么也不承认，什么也不否认，我只是为我的妹妹伤心。

裴尼狄克　琵特丽丝，凭着我的宝剑起誓，你是爱我的。

琵特丽丝　这样发过了誓，是不能反悔的。

裴尼狄克　我愿意凭我的剑发誓你爱着我；谁要是说我不爱你，我就叫他吃我一剑。

琵特丽丝　您不会食言而肥吗？

裴尼狄克　无论给它调上些什么油酱，我都不愿把我今天说过的话吃下去。我发誓我爱你。

琵特丽丝　那么上帝恕我！

裴尼狄克　亲爱的琵特丽丝，你犯了什么罪过？

琵特丽丝　您刚好打断了我的话头，我正要说我也爱着您呢。

裴尼狄克　那么就请你用整个的心说出来吧。

琵特丽丝　我用整个心儿爱着您，简直分不出一部分来向您这样诉说。

裴尼狄克　来，吩咐我给你做无论什么事。

琵特丽丝　杀死克劳第奥。

裴尼狄克　喔！那可办不到。

琵特丽丝　您拒绝了我，就等于杀死了我。再见。

裴尼狄克　等一等，亲爱的琵特丽丝。

琵特丽丝　我的身子就算在这儿，我的心也不在这儿。您一点没有真情。哎哟，请您还是放我走吧。

裴尼狄克　琵特丽丝——

琵特丽丝　真是，我要走啦。

裴尼狄克　让我们先言归于好。

琵特丽丝　您愿意跟我做朋友，却不敢跟我的敌人打架。

裴尼狄克　克劳第奥是你的敌人吗？

琵特丽丝　他不是已经充分证明了他是一个恶人，把我的妹妹这样横加诬蔑，信口毁谤，破坏她的名誉吗？啊！我但愿自己是一个男人！嘿！不动声色地搀着她的手，一直等到将要握手成礼的时候，才翻过脸来，当众宣布他的恶毒的谣言！——上帝啊，但愿我是个男人！我要在市场上吃下他的心。

裴尼狄克　听我说，琵特丽丝——

琵特丽丝　跟一个男人在窗口讲话！说得真好听！

裴尼狄克　可是，琵特丽丝——

琵特丽丝　亲爱的希罗！她负屈含冤，她的一生从此完了！

裴尼狄克　琵特丽丝！

琵特丽丝　什么亲王！什么伯爵！好一个做见证的亲王！好一个甜言蜜语的风流伯爵！啊，为了他的缘故，我但愿自己是一个男人，或者我有什么朋友愿意为了我的缘故，做一个堂堂男子！可是人们的丈夫气概，早已消磨在打躬作揖里，他们的豪侠精神，早已丧失在逢迎阿谀里了；他们已经变得只剩下一条善于拍马吹牛的舌头，谁会造最大的谣言，谁就是个英雄好汉。我既然不能凭着我的愿望变成一个男子，所以我只好做一个女人在伤心中死去。

裴尼狄克　等一等，好琵特丽丝。我举手为誓，我爱你。

琵特丽丝　您要是真的爱我，那么把您的手用在比发誓更有意义的地方吧。

裴尼狄克　凭着你的良心，你以为克劳第奥伯爵真的冤枉了希罗吗？

琵特丽丝　是的，正像我知道我有一颗良心一样毫无疑问。

裴尼狄克　够了！一言为定，我要去向他挑战。让我在离开你以前，吻一吻你的手，我举手为誓，克劳第奥一定要得到一次重大的教训。请你等候我的消息。把我放在你的心里，去吧，安慰安慰你的妹妹；我必须对他们说她已经死了。好，再见。（各下）

第二场　监狱

道勃雷，佛其慈及教堂司事各穿制服上，巡丁押康雷特及薄拉契奥随上。

道勃雷　咱们这一伙儿都到齐了吗？

佛其慈　啊！端一个凳子和垫子来给司事先生坐了。

司　事　哪两个是被告？

道勃雷　呃，那就是我跟我的伙计。

佛其慈　不错，我们是来审案子的。

司　事　可是哪两个是受审判的犯人？叫他们到巡官老爷面前来吧。

道勃雷　对，对，叫他们到我面前来，朋友，你叫什么名字？

薄拉契奥　薄拉契奥。

道勃雷　请写下薄拉契奥。小子，你呢？

康雷特　长官，我是个绅士，我的名字叫康雷特。

道勃雷　写下绅士康雷特先生。两位先生，你们都敬奉上帝吗？

康雷特、薄拉契奥　是，长官，我们希望我们是敬奉上帝的。

道勃雷　写下他们希望敬奉上帝；留心把上帝写在前面，因为要是让这两个浑
　　　　蛋的名字放在上帝前面，上帝一定要生气的。两位先生，你们已经被
　　　　证明是两个比奸恶的坏人好不了多少的家伙，大家也就要这样看待你
　　　　们了。你们自己有什么辩白没有？

康雷特　长官，我们说我们不是坏人。

道勃雷　好一个乖巧的家伙，可是我会诱他说出真话来。过来，小子，让我在
　　　　你的耳边说一句话：先生，我对您说，人家都以为你们是奸恶的坏人。

薄拉契奥　长官，我对你说，我们不是坏人。

道勃雷　好，站在一旁。天哪，他们都是老早商量好了说同样的话的。你有没
　　　　有写下来，他们不是坏人吗？

司　事　巡官老爷，您这样是审问不出什么结果来的；您必须叫那控诉他们的
　　　　巡丁上来问话。

道勃雷　对，对，这是最迅速的方法。叫那巡丁上来。弟兄们，我用亲王的名
　　　　义，命令你们控诉这两个人。

巡丁甲　禀长官，这个人说亲王的兄弟唐·约翰是个坏人。

道勃雷　写下约翰亲王是个坏人。哎哟，这简直是犯的伪证罪，把亲王的兄弟
　　　　叫作坏人！

薄拉契奥　巡官先生——

道勃雷　闭住你的嘴，家伙；我讨厌你的面孔。

司　事　你们还听见他说些什么？

巡丁乙　呃，他说他因为捏造了希罗小姐的谣言，唐·约翰给他一千块钱。

道勃雷　这简直是前所未闻的盗窃罪。

佛其慈　对了，一点不错。

司　事　还有些什么话？

巡丁甲　他说克劳第奥伯爵听了他的话，准备当着众人的面前把希罗羞辱，不
　　　　再跟她结婚。

道勃雷　哎哟，你这该死的东西！你干下这种恶事，要一辈子不会下地狱啦。

司　事　还有什么？

巡丁乙　没有什么了。

司　事　两位先生，就是这一点，你们也没有法子躲赖了。约翰亲王已经在今
　　　　天早上逃走；希罗已经这样给他们羞辱过，克劳第奥也已经拒绝跟她
　　　　结婚，她因为伤心过度，已经突然身死了。巡官老爷，把这两个人绑
　　　　起来，带到里昂那托家里去；我先走一步，把我们审问的结果告诉他。
　　　　（下）

道勃雷　来，把他们铐起来。

佛其慈　把他们交给——

康雷特　滚开，蠢货！

道勃雷　他妈的！司事呢？叫他写下亲王的官吏是个蠢货，来，把他们绑了。
　　　　你这该死的坏东西！

康雷特　滚开，你是头驴子，你是头驴子！

道勃雷　你难道瞧不起我的地位吗？你难道瞧不起我这一把年纪吗？啊，但愿
　　　　他在这儿，给我写下我是头驴子！可是列位弟兄们，记住我是头驴子；
　　　　虽然这句话没有写下来，可是别忘记我是头驴子。你这恶人，你简直
　　　　是目中无人，这儿大家都可以做见证的。老实告诉你吧，我是个聪明
　　　　人；而且是个官，而且是个有家小的人；我的相貌也比得上梅辛那地
　　　　方无论哪一个人；我懂得法律，那可不必说起；我身边还有几个钱，
　　　　那也不必说起；我不是不曾碰到过坏运气，可是我还有两件袍子，无
　　　　论到什么地方去总还是体体面面的。把他带下去！啊，但愿他给我写
　　　　下我是一头驴子！（同下）

第五幕

第一场　里昂那托家门前

里昂那托及安东尼奥上。

安东尼奥　您要是老是这样，那不过气坏了您自己的身体，帮着忧伤摧残您自己，那未免太不聪明吧。

里昂那托　请你停止你的劝告；把这些话送进我的耳中，就像把水倒在筛里一样毫无用处，不要劝我，也不要让什么人安慰我，除非他也遭到跟我同样的不幸。给我找一个像我一样溺爱他的女儿的父亲，叫他来劝我安心忍耐；把他的悲伤跟我的悲伤两两相较，必须铢两悉称，毫发不爽；要是这样一个人能够拈弄他的胡须微笑，把一切懊恼的事情放在脑后，用一些老生常谈自宽自解，那么叫他来见我吧，我也许可以从他那里学到些忍耐的方法。可是世上不会有这样的人；因为，兄弟，人们对于自己并不感觉到的痛苦，是会用空洞的说话来劝告慰藉的，可是他们要是自己尝到了这种痛苦的滋味，他们就会觉得他们给人家服用的药饵，对自己也不会发生效力，极度的疯狂，是不能用一根丝线把它拴住的。不，不，谁都会劝一个在悲哀的重压下辗转呻吟的人安心忍耐。可是谁也没有那样的修养和勇气，能够自己忍受同样的痛苦。所以不要给我劝告，我的悲哀的呼号会盖住劝告的声音。

安东尼奥　人们就是在这种时候，跟小孩子没有分别。

里昂那托　请你不必多说，我只是个血肉之躯的凡人；就是那些写惯洋洋洒洒的大文的哲学家们，尽管他们像天上的神明一样，蔑视着人一生的灾难痛苦，一旦他们的牙齿痛起来，也是会忍受不住的。

安东尼奥 可是您也不要一味自己吃苦；您应该叫那些害苦了您的人也吃些苦才是。

里昂那托 你说得有理；对了，我一定要这样。我心里觉得希罗一定是受人诽谤；我要叫克劳第奥知道他的错误，也要叫亲王跟那些破坏她的名誉的人知道他们的错误。

安东尼奥 亲王跟克劳第奥急匆匆地来了。

　　　　　唐·彼特罗及克劳第奥上。

彼特罗 早安，早安。

克劳第奥 早安，两位老人家。

里昂那托 听我说，两位贵人——

彼特罗 里昂那托，我们现在没有工夫。

里昂那托 没有工夫，殿下！好，回头见，殿下；您现在这样忙吗？好，那也不要紧。

彼特罗 哎哟，好老人家，别跟我们吵架。

安东尼奥 要是吵了架可以报复他的仇恨，咱们中间总有一个人会送命的。

克劳第奥 谁得罪他了？

里昂那托 嘿，就是你呀，你，你这假惺惺的骗子！怎么，你要拔剑吗？我可不怕你。

克劳第奥 对不起，那是我的手不好，害得您老人家吓了一跳，其实它并没有要拔剑的意思。

里昂那托 哼，朋友！别对我扮鬼脸取笑。我不像那些倚老卖老的傻老头儿一般，只会向人吹嘘我在年轻时候怎么了不得，要是现在再年轻了几岁，一定会怎么怎么。告诉你，克劳第奥，你冤枉了我的清白的女儿，把我害得好苦，我现在忍无可忍，只好不顾我这一把年纪，凭着满头的白发和这身久历风霜的老骨头，向你挑战。我说你冤枉了我的清白的女儿，你的信口的诽谤已经刺透了她的心，她现在已经跟她的祖先长眠在一起了；啊，想不到我的祖先清白传家，到她的身上却落下一个污名，这都是因为你的万恶的诡计！

克劳第奥 我的诡计？

里昂那托 是的，克劳第奥，我说是你的万恶的诡计。

彼特罗 老人家您说错了。

里昂那托　殿下，殿下，要是他有胆量，我愿意用武力跟他较量出一个是非曲直来，虽然他的击剑的本领不坏，练习得又勤，又是年轻力壮，可是我不怕他。

克劳第奥　走开！我不要跟你胡闹。

里昂那托　你会这样推开我吗？你已经杀死了我的孩子；要是你把我也杀死了，孩子，才算你是个汉子。

安东尼奥　他要把我们两人一起杀死了，才算是个汉子；可是让他先杀死一个吧。让他跟我较量一下，看他能不能把我取胜。来，跟我来，孩子；来，哥儿，来，跟我来。哥儿，我要把你杀得无招架之功，你瞧着吧。

里昂那托　兄弟——

安东尼奥　您宽心吧，上帝知道我爱我的侄女，她现在死了，给这些恶人们造的谣言气死了。他们只会欺负一个弱女子，可是叫他们跟一个男子汉打架，却像叫他们从毒蛇嘴里拔出舌头来一样没有胆子了。这些乳臭小儿，只会说大话，诓人的猴子，不中用的懦夫！

里昂那托　安东尼奥贤弟——

安东尼奥　您不要说话。哼，这些家伙！我看透了他们，知道他们的骨头一共有多少分量；这些胡闹的，寡廉鲜耻的纨绔公子们，就会说谎骗人，造谣生事，打扮得奇奇怪怪，装一副吓人相，说几句假威风的言语，这就是他们的全副本领！

里昂那托　可是，安东尼奥贤弟——

安东尼奥　不，您不用管，让我来对付他们。

彼特罗　两位老先生，我们不愿意冒犯你们。令爱的死实在使我非常抱憾；可是凭着我的名誉发誓，我们对她所说的话，都是绝对确实，而且有充分证据的。

里昂那托　殿下，殿下——

彼特罗　我不要听你的话。

里昂那托　不要听我的话？好，兄弟，我们去吧。总有人会听我的话的——

安东尼奥　不要听也得听，否则咱们就拼个你死我活。（里昂那托、安东尼奥同下）

　　　　　裴尼狄克上。

彼特罗　瞧，瞧，我们正要去找的那个人来啦。

克劳第奥　啊，老兄，什么消息？

裴尼狄克　早安，殿下。

彼特罗　欢迎，裴尼狄克；你来迟了一步，我们刚才险些儿打起来呢。

克劳第奥　我们的两个鼻子险些儿没给两个没有牙齿的老头子咬下来。

彼特罗　里昂那托跟他的兄弟。你看怎么样？要是我们真的打起来，那我们跟
　　　　他们比起来未免太年轻点儿了。

裴尼狄克　强弱异势，虽胜不武。我是来找你们两个人的。

克劳第奥　我们到处找着你，因为我们一肚子都是烦恼，想设法把它排遣。你
　　　　给我们讲个笑话吧。

裴尼狄克　我的笑话就在我的剑鞘里，要不要拔出来给你们瞧瞧？

克劳第奥　请你把它拔出来，就像乐师从他的琴囊里拿出他的乐器来一样，给
　　　　我们弹奏解解闷吧。

彼特罗　哎哟，他的脸色怎么这样白得怕人！你病了吗，还是在生气？

克劳第奥　喂，拿出勇气来，朋友！虽然忧能伤人，可是你是个好汉子，你会
　　　　把忧愁赶走的。

裴尼狄克　爵爷，您要是想用您的俏皮话儿挖苦我，那我是很可以把您对付得
　　　　了的。请你换一个题目好不好？

克劳第奥　好，他的枪已经弯断了，给他换一支吧。

彼特罗　他的脸色越变越难看了；我想他真的在生气哩。

克劳第奥　要是他真的在生气，那么叫他转一个身，把他的怒气按下去就得啦。

裴尼狄克　可不可以让我在您的耳边说句话？

克劳第奥　上帝保佑我不要是挑战！

裴尼狄克　（向克劳第奥旁白）你是个坏人，我不跟你开玩笑：你敢用什么方
　　　　式，凭着什么武器，在什么时候跟我决斗，我一定从命；你要是不接
　　　　受我的挑战，我就公开宣布你是一个懦夫。你已经害死了一位好好的
　　　　姑娘，她的阴魂一定会缠绕在你的身上。请你给我一个回音。

克劳第奥　好，我一定奉陪就是了；让我也可以借此消消闷儿。

彼特罗　怎么，你们打算喝酒去吗？

克劳第奥　是的，谢谢他的好意，他请我去吃一个小牛头，我要是不把它切得
　　　　好好的，就算我的刀子不中用。

裴尼狄克　您的才情真是太好啦，出口都是俏皮话儿。

彼特罗　让我告诉你那天琵特丽丝怎样称赞你的才情。我说你的才情很不错；"是的，"她说。"他有一点琐碎的小聪明。""不，"我说，"他有很大的才情；""对了。"她说，"他的才情是大而无当的。""不，"我说，"他有很善的才情。""正是。"她说，"因为太善了，所以不会伤人。""不，"我说，"这位绅士很聪明。""啊，"她说，"好一位聪明的绅士！""不，"我说，"他有一条能言善辩的舌头。""我相信您的话，"她说，"因为他在星期一晚上向我发了一个誓，到星期二早上又把那个誓毁了；他不止有一条舌头，他有两条舌头哩。"这样她用足足一点钟的工夫，把你的长处批评得一文不值；可是临了她却叹了口气，说你是意大利最漂亮的一个男人。

克劳第奥　因此她伤心得哭了起来，说她一点不放在心上。

彼特罗　正是这样；可是说是这么说，她倘不把他恨进骨髓里去，就会把他爱到心窝儿里。那老头子的女儿已经完全告诉我们了。

克劳第奥　而且，当他躲在园里的时候，上帝就看见他。[1]

彼特罗　可是我们什么时候把那野牛的角儿插在有理性的裴尼狄克的头上呢？

克劳第奥　对了，我要在头颈下面挂着一块招牌："请看结了婚的裴尼狄克！"

裴尼狄克　再见，哥儿；你已经知道我的意思。现在我让你一个人去唠唠叨叨说话吧；谢谢上帝，你讲的那些笑话正像只会说说大话的那些懦夫们的刀剑一样无关痛痒。殿下，一向蒙您知遇之恩，我是十分地感谢，可是现在我不能再跟您继续来往了。您那位令弟已经从梅辛那逃走；你们几个人已经合伙害死了一位纯洁无辜的姑娘。至于我们那位白脸公子，我已经跟他约期相会了；在那个时候以前，我愿他平安。（下）

彼特罗　他果然认起真来了。

克劳第奥　绝对地认真；我告诉您，他这样一本至诚，完全是为了琵特丽丝的爱情。

彼特罗　他向你挑战了吗？

克劳第奥　他非常诚意地向我挑战了。

彼特罗　一个衣冠楚楚的人，会这样迷塞了心窍，真是可笑！

克劳第奥　像这样一个人，讲外表也许比一头猴子神气得多，可是他的聪明还

[1] 此句出《圣经·旧约·创世纪》。

莎士比亚喜剧集

不及一只猴子哩。

彼特罗 且慢，让我静下来想一想；糟了！他不是说我的兄弟已经逃走了吗？

道勃雷、佛其慈及巡丁恩良雷特、薄拉契奥同上。

道勃雷 你来，朋友；要是法律管不了你，那简直可以用不到什么法律了。

彼特罗 怎么！我兄弟手下的两个人都给绑起来啦！一个是薄拉契奥！

克劳第奥 殿下，您问问他们犯的什么罪。

彼特罗 巡官，这两个人犯了什么罪？

道勃雷 禀王爷，他们乱造谣言，而且他们说了假话；第二，他们信口诽谤；末了，他们冤枉了一位小姐；第三，他们做伪证。总而言之，他们是说谎的坏人。

彼特罗 第一，我问你，他们干了些什么事？第二，我问你，他们犯的什么罪？末了，我问你，他们为什么被捕？总而言之，你控诉他们什么罪状？

克劳第奥 问得很好，而且完全套着他的口气，把一个意思用各种不同的方式表达出来。

彼特罗 你们两人得罪了谁，所以才给他们抓了起来问罪？这位聪明的巡官讲的话儿太奥妙了，我听不懂。你们犯了什么罪？

薄拉契奥 好殿下，我向您招认一切以后，请您不必再加追问，就让我们伯爵把我杀死了吧。我已经当着您的眼前把您欺骗；您的智慧所观察不到的，却让这些蠢货们揭发出来了。他们在晚上听见我告诉这个人您的兄弟唐·约翰怎样唆使我毁坏希罗小姐的名誉；你们怎样听了他的话到花园里去，瞧见我在那儿跟打扮作希罗样子的玛茄蕾脱昵昵情话；以及你们怎样在举行婚礼的时候把她羞辱。我的罪恶已经给他们记录下来；我现在但求一死，不愿再把它重新叙述出来，增加我的惭愧。那位小姐是被我跟我的主人诬陷而死的，请殿下处我应得之罪。

彼特罗 他这一番说话，不是像一柄剑似的刺进你的心里吗？

克劳第奥 我听他说话，就像是吞下了毒药。

彼特罗 可是果真是我的兄弟指使你做这种事吗？

薄拉契奥 是的，他还给了我很大的酬劳呢。

彼特罗 他是个奸恶成性的家伙，现在一定是为了阴谋暴露，所以逃走了。

克劳第奥 亲爱的希罗！现在你的形象又回复到我最初爱你的时候那样纯洁美好了！

道勃雷 来，把这两个原告带下去。咱们那位司事先生现在一定已经把这件事情告诉里昂那托老爷知道了。弟兄们，你们别忘了替我证明我是头驴子。

佛其慈 啊，里昂那托老爷来了，司事先生也来了。

里昂那托，安东尼奥及教堂司事重上。

里昂那托 这个恶人在哪里？让我把他的面孔认认清楚，以后看见跟他长得模样差不多的人，就可以远而避之。哪一个是他？

薄拉契奥 您倘要知道谁是害苦了您的人，就请瞧着我吧。

里昂那托 就是你这奴才用你的鬼话害死了我的清白的孩子吗？

薄拉契奥 是的，那全是我一个人干的事。

里昂那托 不，恶人，你错了；这儿有一对正人君子，还有第三个已经逃走了，他们都是有份的。两位贵人，谢谢你们害死了我的女儿；你们干了这一件好事，是应该在历史上大笔特书的。你们这一件事情干得真好。

克劳第奥 我不知道应该怎样向您请求原谅，可是我不能不说话。您爱怎样处置我就怎样处置我吧，我愿意接受您所能想得到的无论哪一种惩罚，虽然我所犯的罪完全是出于误会的。

彼特罗 凭着我的灵魂起誓，我也犯下了无心的错误；可是为了消消这位老人家的气起见，我也愿意领受他的任何重罚。

里昂那托 我不能叫你们把我的女儿弄活转来，那当然是不可能的事，可是我要请你们两位向这儿梅辛那所有的人宣告她死得多么清白。要是您的爱情能够鼓动您写些什么悲悼的诗歌，请您就把它悬挂在她的墓前，向她的尸骸歌唱一遍。今天晚上您就去歌唱这首挽歌。明天早上您再到我家里来；您既然不能做我的女婿，那么就做我的侄婿吧。舍弟有一个女儿，她跟我去世的女儿长得一模一样，现在她是我们兄弟两人唯一的嗣息；您要是愿意把您本来应该给她姐姐的名分转给了她，那么我这口气也就消下去了。

克劳第奥 啊，可敬的老人家，您的大恩大德，真使我感激涕零！我敢不接受您的好意，从此以后，不才克劳第奥愿意永远听从您的驱使。

里昂那托 那么明天早上我等您来；现在我要告别啦。这个坏人必须叫他跟玛茄蕾脱当面对质；我相信她也一定受到令弟的贿诱，参加同谋的。

薄拉契奥 不，我可以用我的灵魂发誓，她并不知情，当她向我说话的时候，她也不知道她已经做了些什么不应该做的事。照我平常所知道，她一向都是规规矩矩的。

道勃雷 而且，老爷，这个原告，这个罪犯，还叫我做驴子。虽然这句话没有写下来，可是请您在判罪的时候不要忘记。还有，巡丁听见他们讲起一个坏贼，到处用上帝的名义向人借钱，借了去永不归还，所以现在人们的心肠都变得硬起来，不再愿意看在上帝的面上借给别人半个子儿了。请您对于这一点也要把他仔细审问审问。

里昂那托 谢谢你这样细心，这回真的有劳你啦。

道勃雷 老爷您说得真像一个知恩感德的小子，我为您赞美上帝！

里昂那托 去吧，你的罪犯归我发落，谢谢你。

道勃雷 我把一个大恶人交在您手里，请您自己把他处罚，给别人做个榜样。上帝保佑您，老爷！愿老爷平安如意，无灾无病！后会无期，小的告辞了！来，伙计。（道勃雷、佛其慈同下）

里昂那托 两位贵人，咱们明天早上再见。

安东尼奥 再见，我们明天等着你们。

彼特罗 我们一定准时奉访。

克劳第奥 今晚我就到希罗坟上哀吊去。（彼特罗、克劳第奥同下）

里昂那托 （向巡丁）把这两个家伙带走。我们要去问一问玛茄蕾脱，她怎么会跟这个下流的东西来往。（同下）

第二场　里昂那托的花园

裴尼狄克及玛茄蕾脱自相对方向上。

裴尼狄克 好玛茄蕾脱姑娘，请你帮帮忙替我请琵特丽丝出来说话。

玛茄蕾脱 我去请她出来了，您肯不肯写一首诗歌颂我的美貌呢？

裴尼狄克 我一定会写一首顶高雅的诗送给你。

玛茄蕾脱 好，我就去叫琵特丽丝出来见您。我想她自己也生了腿的。

裴尼狄克 所以一定会来。（玛茄蕾脱下）

恋爱的神明，

高坐在天庭，

　　　　　　知道我，·知道我，

　　　　　　　多么的可怜！

我的意思是说，我的歌喉是多么糟糕得可怜；可是讲到恋爱，那么那位游泳好手李昂特，那位最初发明请人拉纤的特洛埃勒斯，以及那一大批载在书上的古代的风流才子们，他们的名字至今为骚人墨客所乐道，谁也没有像可怜的我这样真的为情颠倒了。可惜我不能把我的热情用诗句表示出来，我曾经搜索枯肠，可是找来找去，只有"儿郎"两个字可以跟"姑娘"押韵，一个孩子气的韵！可以跟"羞辱"押韵的，只有"甲壳"两个字，一个硬邦邦的韵！可以跟"学校"押韵的，只有"呆鸟"两个字，一个混账的韵！这些韵脚都不大吉利。不，我想我命里没有诗才，我也不会用那些风花雪月的话儿向人求爱。

　　　　琵特丽丝上。

裴尼狄克　亲爱的琵特丽丝，我一叫你你就出来了吗？

琵特丽丝　是的，先生；您一叫我走，我也就会去的。可是在我未去以前，让我先问您一个明白，您跟克劳第奥说过些什么话？

裴尼狄克　我已经骂过他了，所以给我一个吻吧。

琵特丽丝　骂人的嘴是不干净的；不要吻我，让我去吧。

裴尼狄克　你真会强词夺理。可是我必须明白告诉你，克劳第奥已经接受了我的挑战，要是他不给我一个回音，我就公开宣布他是个懦夫。现在我要请你告诉我，你究竟为了我哪一点坏处而开始爱起我来呢？

琵特丽丝　为了您所有的坏处，它们朋比为奸，尽量发展它们的恶势力，不让一点好处混杂在它们中间。可是您究竟为了我哪一点好处，才对我害起相思来呢？

裴尼狄克　"害起相思来"，好一句说话！我真的给相思害了，因为我爱你是违反我的本心的。

琵特丽丝　那么您原来是在跟您自己的心作对。唉，可怜的心！你既然为了我的缘故而跟它作对，那么我也要为了您的缘故而跟它作对了；因为我的朋友要是讨厌它，我当然再也不会欢喜它的。

裴尼狄克　咱们两个人都太聪明啦，总不会安安静静地讲几句情话。

琵特丽丝　照您这样说法，恐怕未必如此；真的聪明人是不会自称自赞的。

裴尼狄克　这是一句老生常谈，琵特丽丝，在从前世风淳厚，大家能够赏识他邻人的好处的时候，未始没有几分道理。可是当今之世，谁要是不乘他自己未死之前预先把墓志铭刻好，那么等到丧钟敲过，他的寡妇哭过几声以后，谁也不会再记得他了。

琵特丽丝 您想那要经过多少时间呢？

裴尼狄克 问题就在这里，左右也不过钟鸣一小时，泪流一刻钟而已。所以一个人只要问心无愧，把自己的好处自己宣传宣传，就像我对于我自己这样子，实是再聪明不过的事。我可以替我自己作证，我这个人的确不坏。现在已经自称自赞得够了，请你告诉我，你的妹妹怎样啦？

琵特丽丝 她现在憔悴不堪。

裴尼狄克 你自己呢？

琵特丽丝 我也是憔悴不堪。

裴尼狄克 敬礼上帝，尽心爱我，你的身子就可以好起来。现在我应该去啦；有人慌慌张张地找你来了。

欧苏拉上。

欧苏拉 小姐，快到您叔叔那儿去。他们正在那儿议论纷纷：希罗小姐已经证明受人冤枉，亲王跟克劳第奥上了人家一个大大的当；唐·约翰是罪魁祸首，他已经逃走了。您就来吗？

琵特丽丝 先生，您也愿意去听听消息吗？

裴尼狄克 我愿意活在你的心里，死在你的怀里，葬在你的眼里，我愿意陪着你到你叔叔那儿去。（同下）

第三场　教堂内部

唐·彼特罗，克劳第奥及侍从等携乐器蜡烛上。

克劳第奥 这儿就是里昂那托家的坟堂吗？

一侍从 正是，爵爷。

克劳第奥 （展手卷朗诵）

"青蝇玷玉，谗口铄金，嗟吾希罗，月落星沉！生蒙不虞之毁，死播百世之馨；唯今德之昭昭，斯虽死而犹生。"我将你悬在坟上，当我不能说话时候，你仍在把她赞扬！现在我奏起音乐来，歌唱你们的挽诗吧。

歌

唯兰蕙之幽姿兮，

　遽一朝而摧焚；

风云怫郁其变色兮，

　月姊掩脸而似嗔；

语月姊兮毋嗔，

　听长歌兮当哭；

绕墓门而逡巡兮，

　岂百身之可赎！

风瑟瑟兮云漫漫，

　纷助予之悲叹；

安得起重泉之白骨兮，

　及长夜之未旦！

克劳第奥　幽明从此音尘隔，岁岁空来祭墓人。永别了，希罗！

彼特罗　早安，列位朋友，把你们的火把熄了。豺狼已经开始觅食；瞧，熹微的晨光在日轮尚未出现之前，已经在欲醒未醒的东方缀上鱼肚色的斑点了。劳驾你们，现在你们可以回去了；再会。

克劳第奥　早安，列位朋友，大家各走各的路。

彼特罗　来，我们也去换好衣服，再到里昂那托家里去。

克劳第奥　但愿亥门[1]有灵，这一回赐给我好一点的运气！　（同下）

第四场　里昂那托家中一室

里昂那托、安东尼奥、裴尼狄克、琵特丽丝、玛茄蕾脱、欧苏拉、法兰西斯神父及希罗同上。

神　父　我不是对您说她是无罪的吗？

里昂那托　亲王跟克劳第奥怎样凭着莫须有的罪名冤诬她，您是听见的，他们

---

[1] 亥门（Hymen），希腊神话中司婚姻之神。

误信人言，也不能责怪他们；可是玛茄蕾脱在这件事情上也有几分不是，虽然照审问的结果看起来，她的行动并不是出于本意。

安东尼奥 好，一切事情总算圆满收场，我很高兴。

裴尼狄克 我也很高兴，因为否则我有誓在先，非得跟克劳第奥那小子算账不可了。

里昂那托 好，女儿，你跟各位姑娘进去一会儿，等我叫你们出来的时候，大家戴上面罩出来。亲王跟克劳第奥约定在这个时候来看我的。（众女下）兄弟，你知道应该做些什么事；你必须做你侄女的父亲，把她许婚给克劳第奥。

安东尼奥 我一定会扮演得神气十足。

裴尼狄克 神父，我想我也要有劳您一下。

神　父 先生，您要我做些什么事？

裴尼狄克 替我加上一层束缚，或者把我送进坟墓。里昂那托大人，不瞒您说，好老人家，令侄女对我很是另眼相看。

里昂那托 不错，她这另外一只的眼睛是我的女儿替她装上去的。

裴尼狄克 为了报答她的眷顾，我也已经把我的一片痴心呈献给她。

里昂那托 您这一片痴心，我想是亲王，克劳第奥，跟我三个人替您安放进去的。可是请问有何见教？

裴尼狄克 大人，您说的话太玄妙了。可是讲到我的意思，那么我是要希望得到您的许可，让我们就在今天正式成婚；好神父，这件事情我要有劳您啦。

里昂那托 我竭诚赞成您的意思。

神　父 我也愿意效劳。亲王跟克劳第奥来啦。

唐·彼特罗，克劳第奥及侍从等上。

彼特罗 早安，各位朋友。

里昂那托 早安，殿下；早安，克劳第奥。我们正在等着你们呢。您今天仍旧愿意娶我的侄女吗？

克劳第奥 即使她长得像个黑炭一样，我也决不反悔。

里昂那托 兄弟，你去叫她出来；神父已经等在这儿了。（安东尼奥下）

彼特罗 早安，裴尼狄克。啊，怎么，你的面孔怎么像严冬一样难看，堆满了霜雪风云？

克劳第奥　他大概想起了那头野牛。呸！怕什么，朋友！我们要用金子镶在你的角上，整个的欧罗巴都会欢喜你，正像从前尤绿葩[1]喜欢那因为爱情而变成一头公牛的乔武一样。

裴尼狄克　乔武老牛叫起来声音很是好听；大概也有那么一头野牛看中了令尊大人那头母牛，结果才生下了像老兄一样的一头小牛来，因为您的叫声也跟他差不多，倒是家学渊源哩。

克劳第奥　我暂时不跟你算账；这儿来了我一笔待清的债务。

　　　　　安东尼奥率众女戴面罩重上。

克劳第奥　哪一位姑娘我有福握住她的手？

安东尼奥　就是这一个，我现在把她交给您了。

克劳第奥　啊，那么她就是我的了。好人，让我瞻仰瞻仰您的芳容。

里昂那托　不，在您没有挽着她的手到这位神父面前宣誓娶她为妻以前，不能让您瞧见她的面孔。

克劳第奥　把您的手给我。当着这位神父之前，我愿意娶您为妻，要是您不嫌弃我的话。

希　罗　当我在世的时候，我是您的另一个妻子；（取下面罩）当您爱我的时候，您是我的另一个丈夫。

克劳第奥　又是一个希罗！

希　罗　一点不错；一个希罗已经蒙垢而死，但我以清白之身活在人间。

彼特罗　就是从前的希罗！已经死了的希罗！

里昂那托　殿下，当谗言流传的时候，她才是死的。

神　父　我可以替你们解释一切；等神圣的仪式完毕以后，我会详细告诉你们希罗逝世的一段情节。现在暂时把这些怪事看作不足为奇，让我们立刻到教堂里去。

裴尼狄克　慢点儿，神父。琵特丽丝呢？

琵特丽丝　（取下面罩）我就是她。您有什么见教？

裴尼狄克　您不是爱我吗？

琵特丽丝　啊，不，我不过照着道理对待您罢了。

裴尼狄克　这样说来，那么您的叔父，亲王，跟克劳第奥都受了骗啦，因为他

---

[1] 尤绿葩（Europa），神话中的女子，为乔武所爱。后者化为公牛，载之而去。

们发誓说您爱我的。

琵特丽丝 您不是爱我吗？

裴尼狄克 真的，不，我不过照着道理对待您罢了。

琵特丽丝 这样说来，那么我的妹妹，玛茄蕾脱，跟欧苏拉都大错而特错啦；因为她们发誓说您爱我的。

裴尼狄克 他们发誓说您为了我差不多害起病来啦。

琵特丽丝 她们发誓说您为了我差不多活不下去啦。

裴尼狄克 没有这回事。那么您不爱我吗？

琵特丽丝 不，真的，咱们不过是两个普通的朋友。

里昂那托 好了好了，侄女，我可以断定你是爱着这位绅士的。

克劳第奥 我也可以赌咒他爱着她；因为这儿就有一首他亲笔所写的歪诗，是他从自己的枯肠里搜索出来，歌颂着琵特丽丝的。

希　罗 这儿还有一首诗，是我姐姐的亲笔，是从她的口袋里偷出来的；这上面申诉着她对于裴尼狄克的爱慕。

裴尼狄克 怪事怪事！我们自己的手会写下跟我们心里的意思完全不同的话。好，我愿意娶你；可是天日在上，我是因为可怜你才娶你。

琵特丽丝 我不愿拒绝您，可是天日在上，我只是因为却不过人家的劝告，一方面也是因为要救您的性命，才答应嫁给您的；人家告诉我您在一天天地瘦下去呢。

裴尼狄克 别多话！让我堵住你的嘴。（吻琵特丽丝）

彼特罗 结了婚的裴尼狄克，请了！

裴尼狄克 殿下，我告诉你吧，就是大伙儿鼓唇弄舌地向我鸣鼓而攻，我也决不因为他们的讥笑而放弃了我的决心。你以为我会把那些冷嘲热讽的话儿放在心上吗？不，要是一个人这么容易给人家用空话打倒，他根本不配穿体面的衣服。总之，我既然立志结婚，那么无论世人说些什么闲话，我都不去理会他们；所以你们也不必因为我从前说过反对结婚的话而把我取笑，因为人本来是个出尔反尔的东西，这就是我的结论了。至于讲到你，克劳第奥，我倒很想把你打一顿；可是既然你就要做我的亲戚了，那么就让你保全你的皮肉，好好地爱我的小姨吧。

克劳第奥 我倒很希望你会拒绝琵特丽丝，这样我就可以用棍子打你一顿，打得你不敢再做光棍了。我就担心你这家伙不大靠得住；我的大姨应该把你监管得紧一点才好。

裴尼狄克　得啦得啦，咱们是老朋友。现在我们还是在没有举行婚礼以前，大家跳一场舞，让我们的心跟我们妻子的脚跟一起飘飘然起来吧。

里昂那托　还是结过婚再跳舞吧。

裴尼狄克　不，我们先跳舞再结婚；奏起音乐来！殿下，你好像有些什么心事似的；娶个妻子吧，娶个妻子吧。

　　　　　一使者上。

使　者　殿下，您的在逃的兄弟约翰已经在路上给人抓住，现在由武装的兵士把他押回到梅辛那来了。

裴尼狄克　现在不要想起他，明天再说吧；我可以给你设计一些最巧妙的惩罚他的方法。吹起来，笛子！（跳舞，众下）

皆大欢喜

剧中人物

公爵	在放逐中
弗雷特力克	其弟，篡位者
阿米恩斯 杰克斯	放逐公爵的从臣
勒·波	弗雷特力克的侍臣
查尔斯	拳师
岳力佛 贾克斯 鄂兰陀	罗兰·特·鲍埃爵士之子
亚丹 丹尼斯	岳力佛之仆
试金石	小丑
岳力佛·马退克斯脱师傅	牧师
库林 薛维厄斯	牧人
威廉	乡人，爱恋奥菊蕾
扮亥门	
罗瑟琳	放逐公爵之女
西莉霞	弗雷特力克之女

菲琵　　　　　　　　牧女

奥菊蕾　　　　　　　村姑

众臣、侍童、林居人及侍从等

地　点

岳力佛宅旁庭园

篡位者的宫廷

亚登森林

第一幕

第一场 岳力佛宅旁园中

鄂兰陀及亚丹上。

鄂兰陀　亚丹，我记得遗嘱上只给了我一笔小小的一千块钱，而且正像你所说的，吩咐我的大哥把我好生教养，否则他不能得到他的祝福：我的不幸就这样开始了。他把我的二哥贾克斯送进学校，据说成绩很好；可是我呢，他却叫我像个村汉似的住在家里，或者再说得确切一点，他把我一点不照顾地关在家里；你说像我这种身份的良家子弟，就可以像一条牛那样养着的吗？他的马匹也还比我养得好些；因为除了食料充足之外，还要对它们加以训练，因此用重金雇下了骑师；可是我，他的兄弟，却不曾在他手下得到一点好处，除了让我陡然地长大起来，这是我跟他那些粪堆上的畜生一样要感激他的。他除了这样慷慨地不给我什么之外，还要剥夺去我固有的一点点天分；他叫我和佃工在一起过活，不把我当兄弟看待，用这种教育来摧毁我的高贵的素质，这是使我伤心的缘故，亚丹；我觉得在我身体之内的我的父亲的精神已经因为受不住这种奴隶的生活而反抗起来了。我一定不能再忍受下去，虽然我还不曾想到怎样避免它的妥当的方法。

亚　丹　大爷，您的哥哥从那边来了。

鄂兰陀　到旁边去，亚丹，你就会听到他会怎样欺侮我。

岳力佛上。

岳力佛　嘿，少爷！你来做什么？

鄂兰陀　不做什么；我不曾学习过做什么。

岳力佛　　那么你在作践些什么呢，少爷？

鄂兰陀　　哼，大爷，我在帮您的忙，把一个上帝造下来的，您的可怜的没有用处的兄弟用游荡来作践着哩。

岳力佛　　那么你给我做事去，别站在这儿吧，少爷。

鄂兰陀　　我要去看守您的猪，跟它们一起吃糠吗？我浪费了什么了，才要受这种惩罚？

岳力佛　　你知道你在什么地方吗，少爷？

鄂兰陀　　噢，大爷，我知道得很清楚；我是在这儿您的园子里。

岳力佛　　你知道你是当着谁说话吗，少爷？

鄂兰陀　　哎，我知道我面前这个人，比他知道我更明白些。我知道你是我的大哥；照你的高贵的血统说起来，你也应该知道我是谁，按世间的常礼，你的身份比我高些，因为你是长子；可是同样的礼法却不能取去我的血统，即使我们之间还有二十个兄弟。我的血液里有着跟你一样多的我们父亲的素质；虽然我承认你的居长在名分上应该格外受人敬重一些。

岳力佛　　什么，孩子！

鄂兰陀　　算了吧，算了吧，大哥，你不用这样卖老啊。

岳力佛　　你要向我动起手来了吗，浑蛋？

鄂兰陀　　我不是浑蛋；我是罗兰·特·鲍埃爵士的小儿子，他是我的父亲；谁敢说这样一位父亲会生下浑蛋儿子来的，才是个大浑蛋。你倘不是我的哥哥，我这手一定不放松你的喉咙，直等我那另一只手拔出了你的舌头为止，因为你说了这样的话。你骂的是你自己。

亚　丹　　（上前）好爷爷们，别生气；看在去世老爷的脸上，大家和和气气的吧！

岳力佛　　放开我！

鄂兰陀　　等我高兴放你的时候再放你；你一定要听我说话，父亲在遗嘱上吩咐你好好教育我；你却把我训练得像个农夫，不让我跟上流社会接触。父亲的精神在我心中炽烈起来，我再也忍受不下去了。你得允许我去学习那种适合上流人身份的技艺，否则把父亲在遗嘱里指定给我的那笔小小的钱给了我，也好让我去自寻生路。

岳力佛　　等到那笔钱用完了你便怎样？去做叫花子吗？哼，少爷，给我进去吧，别再给我找麻烦了，你可以得到你所要的一部分。请你走吧。

莎士比亚喜剧集

鄂兰陀　我不愿过分冒犯你，除了为我自身的利益。

岳力佛　你跟着他去吧，你这老狗！

亚　丹　"老狗"便是您给我的谢意吗？一点不错，我服侍你们已经服侍得牙齿都落光了。上帝和我的老爷同在！他是决不会说出这种话来的。（鄂兰陀、亚丹下）

岳力佛　竟有这种事吗？你不服我管了吗？我要把你的傲气去掉，不给你那一千块钱。喂，丹尼斯！

　　　　丹尼斯上。

丹尼斯　大爷叫我吗？

岳力佛　公爵手下那个拳师查尔斯不是在这儿要跟我说话吗？

丹尼斯　禀大爷，他就在门口，要求见您呐。

岳力佛　叫他进来。（丹尼斯下）这是一个妙计；明天就是摔跤的日子。

　　　　查尔斯上。

查尔斯　早安，大爷！

岳力佛　查尔斯好朋友，新朝廷里有些什么新消息？

查尔斯　朝廷里没有什么消息，大爷，只有一些老消息：那就是说老公爵给他的弟弟新公爵放逐了；三四个忠心的大臣自愿跟着他出亡，他们的地产收入都给新公爵没收了去，因此他巴不得他们一个个滚蛋。

岳力佛　你知道公爵的女儿罗瑟琳是不是也跟她的父亲一起放逐了？

查尔斯　啊，不；因为新公爵的女儿，她的族妹，自小便跟她在一个摇篮里长大，非常爱她，一定要跟她一同出亡，否则便要寻死；所以她现在仍旧在宫里，她的叔父把她跟自家女儿一样看待着；从来不曾有两位小姐像她们这样要好的了。

岳力佛　老公爵预备住在什么地方呢？

查尔斯　据说他已经住在亚登森林 [1] 了，有好多人跟着他；他们在那边过着英国的老罗宾·荷德 [2] 那样的生活。据说每天有许多青年贵人投奔到他那儿去，逍遥自得地把时间消磨过去，像是置身在古昔的黄金时代里一样。

---

[1] 亚登森林在比利时与法国的东北部，即 Forest of Ardennes；但莎士比亚意中所写的亚登森林，则为英国窝立克郡（Warwickshire）的 Forest of Arden。

[2] 罗宾·荷德（Robin Hood），英国传说中 14 世纪时的著名侠盗。

岳力佛　喂，你明天要当着新公爵面摔跤吗？

查尔斯　正是，大爷；我来就是要通知您一件事情。我得到了一个风声，大爷，说令弟鄂兰陀想要明天来假扮跟我交手一下。明天这一场摔跤，大爷，是与我的名誉有关的；谁想不断一根骨头而安然逃出，必须好好留点儿神才行，令弟年纪太轻，顾念着咱们的交情，我不能下手把他打败；可是为了我自己的名誉起见，他如果要来，我却非得给他一点厉害不可。为此看在咱们的交情份上，我来通报您一声：您或者劝他打断了这个念头；或者请您不用为了他所将要遭到的羞辱而生气，这全然是他自取其咎，并非我的本意。

岳力佛　查尔斯，多谢你对我的好意，我一定会重重报答你的。我自己也已经注意到舍弟的意思，曾经婉言劝过他，可是他执意不改。我告诉你，查尔斯，他是我在全法国无理可喻的一个兄弟，野心勃勃，一见人家有什么好处，心里总是不服，而且老是在阴谋设计陷害我，他的同胞的兄长。一切悉听你的尊意吧；我巴不得你把他的头颈和手指一起捩断了呢。你得留心一些；要是你略削了他一点面子，或者他不能大大地削你的面子，他就会用毒药毒死你，用奸谋陷害你，非把你的性命用卑鄙的手段除掉了不肯甘休。不瞒你说，我一说起也忍不住要流泪，在现在世界上没有比他更奸恶的年轻人了。为了自己兄弟的关系，我还不好怎样说他，假如我把他的真相完全告诉了你，那我一定要惭愧而哭泣，你也要脸色发白而大吃一惊的。

查尔斯　我真幸运上您这儿来。假如他明天来，我一定要给他一顿教训；倘若不叫他瘸了腿，我以后再不跟人家摔跤赌锦标了。好，上帝保佑您大爷！（下）

岳力佛　再见，好查尔斯。——现在我要去挑拨这位好勇斗狠的家伙了。我希望他送了命，我自己也不明白为什么我是那么恨他。说起来他很善良，从来不曾受过教育，然而却很有学问，充满了高贵的思想，无论哪一等人都爱戴他；真的，大家都是这样喜欢他，尤其是我自己手下的人，以至于我倒给人家轻视起来。可是情形不会长久是这样的；这个拳师可以给我解决一切。现在我只消把那孩子激动前去就是了；我就去。（下）

第二场 公爵宫门前草地

罗瑟琳及西莉霞上。

西莉霞 罗瑟琳，我的好姐姐，请你快活些吧。

罗瑟琳 亲爱的西莉霞，我已经强作欢容，你还要我再快活一些吗？除非你能够教我怎样忘掉一个放逐的父亲，否则你总不能叫我想起无论怎样有趣的事情的。

西莉霞 我看出你爱我抵不上我爱你那样深。要是我的伯父，你的放逐的父亲，放逐了你的叔父，我的父亲，只要你仍旧跟我在一起，我可以爱你的父亲就像我自己的父亲一样。假如你爱我也像我爱你一样真纯，那么你也一定会这样的。

罗瑟琳 好，我愿意忘记我自己的处境，为了你而高兴起来。

西莉霞 你知道我父亲只有我一个孩子，看来也不见得会再有了，等他去世之后，你便可以继承他；因为他用暴力从你父亲手里夺了来的，我便要用爱心归还给你。凭着我的名誉起誓，我一定会这样；要是我背了誓，让我变成个妖怪。所以，我的好罗瑟琳，我的亲爱的罗瑟琳，快活起来吧。

罗瑟琳 妹妹，从此以后我要高兴起来，想出一些消遣的法子。让我看，你来谈一场恋爱怎样？

西莉霞 好的，不妨作为消遣，可是不要认真爱起人来；而且玩笑也总不要开得过度，羞答答地脸红了一下子就算了，不要弄到丢了脸摆不脱身。

罗瑟琳 那么我们做什么消遣呢？

西莉霞 让我们坐下来嘲笑那位好管家太太命运之神，叫她羞得离开了纺车，免得她的赏赐老是不公平。[1]

罗瑟琳 我希望我们能够这样做，因为她的恩典完全是滥给的。这位慷慨的瞎眼婆子在对于女人的赏赐上尤其是乱来。

西莉霞 一点不错，因为被她给了美貌的，她总不让她们贞洁；被她给了贞洁

---

[1] 命运女神于纺车上织人类的命运；因命运赏罚毫无定准，故下文云"瞎眼婆子"。

的，她便叫她们生得怪难看的。

罗瑟琳　不，现在你把命运的职务拉扯到造物身上去了；命运管理着人间的赏罚，可是管不了天生的相貌。

试金石上。

西莉霞　管不了吗？造物生下了一个美貌的人儿来，命运不会把她推到火里去而损坏了她的容颜吗？造物虽然给我们智慧，可以把命运取笑，可是命运不已经差这个傻瓜来打断我们的谈话了吗？

罗瑟琳　真的，那么命运太对不起造物了，她会叫一个天生的傻瓜来打断天生的智慧。

西莉霞　也许这也不干命运的事，而是造物的意思，因为看到我们的天生的智慧太迟钝了，不配议论神明，所以才叫这傻瓜来做我们的砺石；因为傻瓜的愚蠢往往是聪明人的砺石。喂，聪明人！你到哪儿去？

试金石　小姐，快到您父亲那儿去。

西莉霞　你做起差人来了吗？

试金石　不，我以名誉为誓，我是奉命来请您去的。

罗瑟琳　傻瓜，你从哪儿学来的这一句誓？

试金石　从一个武士那儿学来，他以名誉为誓说煎饼很好，又以名誉为誓说芥末不行；可是我知道煎饼不行，芥末很好；然而那武士却也不曾发假誓。

西莉霞　你怎样用你那一大堆的学问证明他不曾发假誓呢？

罗瑟琳　嗳，对了，请把你的聪明施展出来吧。

试金石　您两人都站出来；摸摸你们的下巴，以你们的胡须为誓说我是个坏蛋。

西莉霞　以我们的胡须为誓，要是我们有胡须的话，你是个坏蛋。

试金石　以我的坏蛋的身份为誓，要是我有坏蛋的身份的话，那么我便是个坏蛋。可是假如你们用你们所没有的东西起誓，你们便不算是发的假誓。这个武士用他的名誉起誓，因为他从来不曾有过什么名誉，所以他也不算是发的假誓；即使他曾经有过名誉，也早已在他看见这些煎饼和芥末之前发誓发掉了。

西莉霞　请问你说的是谁？

试金石　是您的父亲老弗雷特力克所喜欢的一个人。

西莉霞　我的父亲欢喜他，他也就够有名誉的了。够了，别再说起他；你总有一天会因为把人讥诮而吃鞭子的。

试金石	这就可发一叹了，聪明人可以做傻事，傻子却不准说聪明话。
西莉霞	真的，你说得对，自从把傻子的一点点小聪明禁止发表之后，聪明人的一点点小小的傻气却大大地显起身手来。——勒·波先生来啦。
罗瑟琳	含着满嘴的新闻。
西莉霞	他会把他的新闻向我们倾吐出来，就像鸽子哺雏一样。
罗瑟琳	那么我们要塞满一肚子的新闻了。
西莉霞	那再好不过，塞得胖胖的，更好卖啦。

勒·波上。

西莉霞	您好，勒·波先生。有什么新闻?
勒·波	好郡主，您错过一场很好的玩意儿了。
西莉霞	玩意儿! 什么花色的?
勒·波	什么花色的，小姐! 我怎么回答您呢?
罗瑟琳	凭着您的聪明和您的机缘吧。
试金石	或者按照着命运女神的旨意。
西莉霞	说得好，极堆砌之能事了。
勒·波	两位小姐，你们叫我莫名其妙。我是要来告诉你们有一场很好的摔跤，你们错过机会了。
罗瑟琳	可是把那场摔跤的情形讲给我们听吧。
勒·波	我可以把开场的情形告诉你们；假如两位小姐听着乐意，收场的情形你们可以自己看一个明白，精彩的部分还不曾开始呢；他们就要到这儿来表演了。
西莉霞	好，就把那个已经陈死了的开场说说看。
勒·波	有一个老人带着他的三个儿子到来——
西莉霞	我可以把这个开头接上一个老故事去。
勒·波	三个漂亮的青年，长得一表人才——
罗瑟琳	头颈上挂着招贴，"特此布告，俾众周知。"
勒·波	老大跟公爵的拳师查尔斯摔跤，查尔斯一下子就把他摔倒了，打断了三根肋骨，生命已无希望；老二老三也都这样给他对付过去。他们都躺在那边，那个可怜的老头子，他们的父亲，在为他们痛哭，惹得旁观的人都陪他落泪。
罗瑟琳	哎哟!

试金石 但是，先生，您说小姐们错过了的玩意儿是什么呢？

勒·波 嗨，就是我说过的这件事啊。

试金石 所以人们每天都可以增进一些见识。我今天才第一次听见折断肋骨是小姐们的玩意儿。

西莉霞 我也是第一次呢。

罗瑟琳 可是还有谁想要听自己肋下清脆动人的一声吗？还有谁喜欢让他的肋骨给人敲断吗？妹妹，我们要不要去看他们摔跤？

勒·波 要是你们不走开去，那么不看也得看；因为这儿正是指定摔跤的地方，他们就要来表演了。

西莉霞 真的，他们从那边来了；让我们不要走开，看一下子。

喇叭奏花腔。弗雷特力克公爵、群臣、鄂兰陀、查尔斯及侍从等上。

弗雷特力克 来吧，那年轻人既然不肯听劝，就让他吃些苦楚，也是他自不量力的报应。

罗瑟琳 那边就是那个人吗？

勒·波 就是他，小姐。

西莉霞 唉！他太年轻啦；可是瞧上去倒好像很有得胜的神气。

弗雷特力克 啊，吾儿和侄女！你们也溜到这儿来看摔跤吗？

罗瑟琳 是的，殿下，请您准许我们。

弗雷特力克 我可以断定你们一定不会感兴趣的，两方的实力太不平均了。我因为可怜这个挑战的人年纪轻轻，想把他劝阻了，可是他不肯听劝。小姐们，你们去对他说去，看能不能说得动他。

西莉霞 叫他过来，勒·波先生。

弗雷特力克 好吧，我就走开去。（退至一旁）

勒·波 挑战的先生，两位郡主有请。

鄂兰陀 敢不从命。

罗瑟琳 年轻人，你向拳师查尔斯挑战了吗？

鄂兰陀 不，美貌的郡主，他才是向众人挑战的人；我不过像别人一样来到这儿，想要跟他较量较量我的青春的力量。

西莉霞 年轻的先生，照您的年纪而论，您的胆量是太大了。您已经看见了这个人的无情的蛮力；要是您能够用您的眼睛瞧见您自己的形状，或者用您的理智判断您自己的能力，那么您对于这回冒险所怀的戒惧，一

269

定会劝您另外找一件比较适宜于您的事情来做。为了您自己的缘故，我们请求您顾虑您自身的安全，放弃了这种尝试吧。

罗瑟琳 是的，年轻的先生，您的名誉不会因此受损，我们可以去请求公爵停止这场摔跤。

鄂兰陀 我要请你们原谅，我觉得我自己十分有罪，胆敢拒绝这么两位美貌出众的小姐的要求。可是让你们的美貌和好意伴送着我去作这场决斗吧。假如我打败了，那不过是一个从来不曾给人看重过的人丢了脸；假如我死了，也不过死了一个自己愿意寻死的人。我不会辜负我的朋友们，因为没有人会哀悼我；我不会对世间有什么损害，因为我在世上一无所有；我不过在世间占了一个位置，也许死后可以让更好的人来补充。

罗瑟琳 我但愿我所有的一点点微弱的气力也加在您身上。

西莉霞 我也愿意把我的气力再加在她的气力上面。

罗瑟琳 再会。求上天但愿我错看了您！

西莉霞 愿您的愿望成全！

查尔斯 来，这个想要来送死的哥儿在什么地方？

鄂兰陀 已经预备好了，朋友；可是他却不像你这样傲慢。

弗雷特力克 你们斗一个回合就够了。

查尔斯 不，启禀殿下，您第一次已经敦劝过他，第二次就可以不必再劝他了。

鄂兰陀 你要在以后嘲笑我，可不必事先就嘲笑起来。来吧。

罗瑟琳 赫邱里斯默佑着你，年轻人！

西莉霞 我希望我有隐身术，去拉住那强徒的腿。（查尔斯、鄂兰陀二人摔跤）

罗瑟琳 啊，出色的青年！

西莉霞 假如我的眼睛里会打雷，我知道谁是要被打倒的。（查尔斯被摔倒；欢呼声）

弗雷特力克 算了，算了。

鄂兰陀 请殿下准许我再试；我的一口气还不曾透完哩。

弗雷特力克 你怎样啦，查尔斯？

勒·波 他说不出话来了，殿下。

弗雷特力克 把他抬出去，你叫什么名字，年轻人？（查尔斯被抬下）

鄂兰陀 禀殿下，我是鄂兰陀，罗兰·特·鲍埃的幼子。

弗雷特力克 我希望你是别人的儿子。世间都以为你的父亲是个好人，但他却是我的永远的仇敌；假如你是别族的子孙，你今天的行事一定可以使我更喜欢你一些。再见吧；你是个勇敢的青年，我愿你向我说起的是另外一个父亲。（弗雷特力克、勒·波及随从下）

西莉霞　姐姐，假如我在我父亲的地位，我会做这种事吗？

鄂兰陀　我以做罗兰爵士的儿子为荣，即使只是他的幼子；我不愿改变我的地位，过继给弗雷特力克做后嗣。

罗瑟琳　我的父亲宠爱罗兰爵士，就像他的灵魂一样；全世界都抱着和我父亲同样的意见。要是我本来就已经知道这位青年便是他的儿子，我一定含着眼泪谏劝他不要做这种冒险。

西莉霞　好姐姐，让我们到他跟前去鼓励鼓励他。我父亲的无礼猜忌的脾气，使我十分痛心。——先生，您很值得尊敬；要是您在恋爱上也像在别的事情上一样守信，那么您的情人一定是很有福气的。

罗瑟琳　先生，（自颈上取下项链赠鄂兰陀）为了我的缘故，请戴上这个吧；我是个失爱于命运的人，心有余而力不足，不过略表微忱而已。我们去吧，妹妹。

西莉霞　好，再见，好先生。

鄂兰陀　我不能说一句谢谢您吗？我的勇气都已丧失，站在这儿的只是一个人形的枪垛，一块没有生命的木石。

罗瑟琳　他在叫我们回去。我的矜傲随着我的命运一起摧毁了；我且去问他有什么话说。您叫我们吗，先生？先生，您摔跤摔得很好；给您征服了的，不单是您的敌人。

西莉霞　去吧，姐姐。

罗瑟琳　你先走，我跟着你。再会。（罗瑟琳、西莉霞下）

鄂兰陀　什么一种情感重压住我的舌头？虽然她想跟我交谈，我却想不出话来对她说。可怜的鄂兰陀啊，你给征服了！取胜了你的，不是查尔斯，却是比他更柔弱的人儿。

勒·波重上。

勒·波　先生，我为着好意劝您还是离开这地方吧。虽然您很值得恭维、赞扬和敬爱，但是公爵的脾气太坏，他会把您一切的行事都误会了。公爵的心性有点捉摸不定；他的为人怎样我不便说，还是您自己去忖度吧。

鄂兰陀　谢谢您，先生。我还是要请您告诉我，这两位小姐中间哪一位是在场

271

的公爵的女儿？

勒·波　要是我们照行为举止看起来，两个可以说都不是他的女儿；但是那位矮小一点的是他的女儿。另外一位便是放逐在外的公爵所生，被她这位篡位的叔父留在这儿陪伴他的女儿；她们两人的相爱是远过于同胞姊妹的。但是我可以告诉您，新近公爵对于他这位温柔的侄女有点不乐意；毫无理由，只是因为人民都称赞她的品德，为了她那位好父亲的缘故而同情她；我可以断定他对于这位小姐的恶意不久就会突然显露出来的。再会吧，先生；我希望在另外一个较好的世界里可以再跟您多多结识。

鄂兰陀　我非常感谢您的好意；再会。（勒·波下）才穿过浓烟，又钻进烈火；一边是专制的公爵，一边是暴虐的哥哥。可是天仙一样的罗瑟琳啊！
　　　　（下）

第三场　宫中一室

西莉霞及罗瑟琳上。

西莉霞　喂，姐姐！喂，罗瑟琳！爱神哪！没有一句话吗？

罗瑟琳　连可以丢给一条狗的一句话也没有。

西莉霞　不，你的话是太宝贵了，怎么可以丢给贱狗呢？丢给我几句吧。来，讲一些道理来叫我浑身瘫痪。

罗瑟琳　那么姊妹两人都害了病了：一个给道理害得浑身瘫痪，一个是因为想不出什么道理来而发了疯。

西莉霞　但这是不是全然为了你的父亲？

罗瑟琳　不，一部分是为了我的孩子的父亲。唉，这个平凡的世间是多么充满荆棘呀！

西莉霞　姐姐，这不过是些有刺的果壳，为了取笑玩玩而丢在你身上的；要是我们不在步道上走，我们的裙子就要给它们抓住。

罗瑟琳　在衣裳上的，我可以把它们抖去；但是这些刺是在我的心里呢。

西莉霞　你咳嗽一声就咳出来了。

罗瑟琳　要是我咳嗽一声，他就会应声而来，那么我倒会试一下的。

西莉霞　算了算了；使劲地把你的爱情克服下来吧。

罗瑟琳　唉！我的爱情比我的气力大得多哩！

西莉霞　啊，那么我替你祝福吧！即使你要失败，也得试一下。但是把笑话搁
　　　　在一旁，让我们正正经经地谈谈。你真的会突然这样猛烈地爱上了老
　　　　罗兰爵士的小儿子吗？

罗瑟琳　我的父亲和他的父亲非常要好呢。

西莉霞　因此你也必须和他的儿子非常要好吗？照这样说起来，那么我的父亲
　　　　非常恨他的父亲，因此我也应当恨他了；可是我却不恨鄂兰陀。

罗瑟琳　不，看在我的面上，不要恨他。

西莉霞　为什么不呢？他不是值得恨的吗？

罗瑟琳　因为他是值得爱的，所以让我爱他；因为我爱他，所以你也要爱他。
　　　　瞧，公爵来了。

西莉霞　他满眼都是怒气。

　　　　弗雷特力克公爵率从臣上。

弗雷特力克　姑娘，为了你的安全，你得赶快收拾起来，离开我们的宫廷。

罗瑟琳　我吗，叔父？

弗雷特力克　你，侄女。在这十天之内，要是发现你在离我们宫廷二十英里之
　　　　内，就得把你处死。

罗瑟琳　请殿下启示我，我犯了什么罪过。要是我有自知之明，要是我并没有
　　　　做梦，也不曾发疯——我相信我没有——那么，亲爱的叔父，我从来
　　　　不曾起过半分触犯您老人家的念头。

弗雷特力克　一切叛徒都是这样的；要是他们凭着口头的话便可以免罪，那么
　　　　他们都是再清白没有的了。可是我不能信任你，这一句话就够了。

罗瑟琳　但是您的不信任不能随便使我变成叛徒；请告诉我您有什么证据？

弗雷特力克　你是你父亲的女儿；还用得着说别的话吗？

罗瑟琳　当殿下您夺去了我父亲的公国的时候，我就是他的女儿；当殿下您把
　　　　他放逐的时候，我也还是他的女儿。叛逆并不是遗传的，殿下；即使
　　　　我们受到亲友的牵连，那与我又有什么相干？我的父亲并不是个叛徒
　　　　呀。所以，殿下，别看错了我，把我的穷迫看作了奸慝。

西莉霞　好殿下，听我说。

弗雷特力克　嗯，西莉霞，我让她留在这儿，只是为了你的缘故，否则她早已

莎士比亚喜剧集

跟她的父亲流浪去了。

西莉霞 那时我没有请您让她留下；那是您自己的主意，因为您自己觉得不好意思。那时我还太小，不曾知道她的好处；但现在我知道她了。要是她是个叛逆，那么我也是。我们一直都睡在一起，同时起床，一块儿读书，同游同食，无论到什么地方去，都像朱诺的一双天鹅，[1]永远成着对，拆不开来。

弗雷特力克 她这人太阴险，你敌不过她；她的和气，她的沉默和她的忍耐，都能感动人心，叫人民可怜她。你是个傻子，她已经夺去了你的名誉；她去了之后，你就可以显得格外光彩而贤德了。所以闭住你的嘴；我对她所下的判决是确定而无可挽回的，她必须被放逐。

西莉霞 那么您把这句判决也加在我身上吧，殿下；我没有她做伴便活不下去。

弗雷特力克 你是个傻子。侄女，你得端整起来，假如误了期限，凭着我的名誉和我的言出如山的命令，便要把你处死。（偕从臣下）

西莉霞 唉，我的可怜的罗瑟琳！你到哪儿去呢？您肯不肯换一个父亲？我把我的父亲给了你吧。请你不要比我更伤心。

罗瑟琳 我比你有更多的伤心的理由。

西莉霞 你没有，姐姐。请你高兴一点；你知道不知道，公爵把他的女儿也放逐了？

罗瑟琳 他没有。

西莉霞 没有？那么罗瑟琳还没有那种爱情，使你明白你我两人有如一体。我们难道要拆散了吗？我们难道要分手了吗，亲爱的姑娘？不，让我的父亲另外找一个后嗣吧。你应该跟我商量我们应当怎样飞走，到哪儿去，带些什么东西。不要因为环境的变迁而独自伤心，让我分担一些你的心事吧。我对着因为同情我们而惨白的天空起誓，无论你怎样说，我都要跟你一起走。

罗瑟琳 但是我们到哪儿去呢？

西莉霞 到亚登森林找我的伯父去。

罗瑟琳 唉，像我们这样的姑娘家，走这么远路，该是多么危险！美貌比金银更容易引起盗心呢。

---

[1] 朱诺（Juno，天后）之鸟为孔雀，天鹅为维纳斯（Venus，爱神）之鸟。

西莉霞 我可以穿了破旧的衣裳，用些黄泥涂在脸上，你也这样；我们便可以通行过去，不会遭人家算计了。

罗瑟琳 我的身材特别高，完全穿得像个男人一样岂不更好？腰间插一把出色的匕首，手里拿一柄刺野猪的长矛；心里尽管隐藏着女人家的胆怯，俺要在外表上装了一副雄赳赳气昂昂的样子来，正像那些冒充好汉的懦夫一般。

西莉霞 你做了男人之后，我叫你什么名字呢？

罗瑟琳 我要取一个和乔武的侍童一样的名字，所以你叫我盖尼密[1]吧。但是你叫什么呢？

西莉霞 我要取一个可以表示我的境况的名字；不要再叫西莉霞，叫爱莲娜[2]吧。

罗瑟琳 但是妹妹，我们设法去把你父亲宫廷里的小丑偷了来好不好？他在我们的旅途中不是很可以给我们解闷吗？

西莉霞 他要跟着我走遍广大世界；让我独自去向他说吧。我们且去把珠宝钱物收拾起来。我出走之后，他们一定要追寻，我们该想出一个最适当的时间和最安全的方法来避过他们。现在我们是满心欢畅，去找寻自由，不是流亡。（同下）

---

[1] 盖尼密（Ganymede），乔武（Jove，即 Jupiter）之持爵童子。

[2] 爱莲娜原文 Aliena，暗示 alienated（远隔）之意。

第二幕

第一场　亚登森林

老公爵，阿米恩斯及众臣作林居人装束上。

公　爵　我的流放生涯中的同伴和弟兄们，我们不已经习惯了这种生活，觉得
它比虚饰的浮华有趣得多吗？这些树林不比猜忌的朝廷更为安全吗？
我们在这儿所感觉到的，只是时序的改变，那是上帝加于亚当的惩
罚；[1]那冬天的风张舞着冰雪的爪牙，发出暴声的呼啸，即使当它砭
刺着我的身体，使我寒冷而抖缩的时候，我也会微笑着说："这不是
谄媚啊；它们就像是忠臣一样，谆谆提醒我所处的地位。"逆运也有
它的好处，就像丑陋而有毒的蟾蜍，它的头上却顶着一颗珍贵的宝石。
我们的这种生活，虽然与世间相隔离，却可以听树木的谈话，溪中的
流水便是大好的文章，一石之微，也暗寓着教训；每一件事物中间，
都可以找到些益处来。我不愿改变这种生活。

阿米恩斯　殿下真是幸福，能把运命的顽逆说成了这样恬静而可爱的样子。

公　爵　来，我们打鹿去吧；可是我心里有些不忍，这种可怜的花斑的蠢物，
本来是这荒凉的城市中的居民，在它们自己的领域之内，它们的肥圆
的腰肉上却要受到箭镞的刺伤。

甲　臣　不错，那忧愁的杰克斯很为那事伤心，发誓说您在那上面比之您那篡
位的兄弟是一个更大的篡位者；今天阿米恩斯大人跟我两人悄悄地躲
在背后，瞧他躲在一株橡树底下，那古老的树根露出在沿着林旁潺潺

---

[1] 亚当（Adam，人类的始祖）未逐出乐园之前，四季常春。

流去的溪水面上，有一只可怜的失群的壮鹿中了猎人的箭受伤，奔到那边去喘气。真的，殿下，这头不幸的畜生发出了那样的呻吟，真要把它的皮囊都涨破了，一颗颗又大又圆的泪珠怪可怜地争先恐后流到它的无辜的鼻子上；忧愁的杰克斯瞧着这头可怜的毛畜这样站在急流的小溪边，用眼泪添注在溪水里。

公　爵　但是杰克斯怎样说呢？他见了此情此景，不又要讲起一番道理来了吗？

甲　臣　啊，是的，他作了一千种的譬喻。起初他看见那鹿把眼泪浪费地流下水流之中，便说："可怜的鹿，你就像世人立遗嘱一样，把你所有的一切给了那已经有得太多的人。"于是，看它孤身独自，被它那些皮毛柔滑的朋友们所遗弃，便说，"不错，人倒了霉，朋友也不会来睬你了。"不久又有一群吃得饱饱的、无忧无虑的鹿跳过它的身边，也不停下来向它打个招呼；"嗯，"杰克斯说，"奔过去吧，你们这批肥胖而富于脂肪的市民们；世事无非如此，那个可怜的破产的家伙，瞧他作什么呢？"他这样用最恶毒的话来辱骂着乡村、城市和宫廷的一切，甚至于骂着我们的这种生活；发誓说我们只是些篡位者、暴君或者比这更坏的人物，到这些畜生们的天然的居处来惊扰它们，杀害它们。

公　爵　你们就在他作这种思索的时候离开了他吗？

甲　臣　是的，殿下，就在他为了这头啜泣的鹿而流泪发议论的时候。

公　爵　带我到那地方去，我喜欢趁他发愁的时候去见他，因为那时他最富于见识。

甲　臣　我就领您去见他。（同下）

第二场　宫中一室

弗雷特力克公爵，众臣及侍从上。

弗雷特力克　难道没有一个人看见她们吗？决不会的；一定在我的宫廷里有奸人知情串通。

甲　臣　我不曾听见谁说曾经看见她。她寝室里的侍女们看她上了床；可是一早就看见床上没有她们的郡主了。

乙　臣　殿下，那个常常逗您发笑的下贱小丑也失踪了。郡主的侍女雪丝卑梨霞供认她曾经偷听到郡主跟她的姐姐常常称赞最近在摔跤赛中打败了强有力的查尔斯的那个汉子的技艺和人品；她说她相信不论她们到哪里去，那个少年一定是跟她们在一起的。

弗雷特力克　差人到他哥哥家里去，把那家伙抓来。要是他不在，就带他的哥哥来见我，我要叫他去找他。马上去，这两个逃走的傻子一定要用心搜寻探访，非把她们寻回来不可。（众下）

第三场　岳力佛家门前

鄂兰陀及亚丹自相对方向上。

鄂兰陀　那边是谁？

亚　丹　啊！我的少爷吗？啊，我的善良的少爷！我的好少爷！啊，您叫人想起了老罗兰爵爷！唉，您为什么到这里来呢？您为什么是这样好呢？为什么人家要爱您呢？为什么您是这样仁慈、这样健壮、这样勇敢呢？为什么您这么傻要去把那乖僻的公爵手下那个壮大的拳师打败呢？您的声誉是来得太快了。您不知道吗，少爷，有些人常会因为他们太好了，反而害了自己？您也正是这样。您的好处，好少爷，就是陷害您自身的圣洁的叛徒，唉，这算是一个什么世界，怀德的人会因为他们的德行而反遭毒手！

鄂兰陀　啊，怎么一回事？

亚　丹　唉，不幸的青年！不要走进这扇门来；在这屋子里潜伏着您一切美德的敌人呢。您的哥哥——不，不是哥哥，然而却是您父亲的儿子——不，他也不能称为他的儿子——他听见了人家称赞您的话，预备在今夜放火烧去您所住的屋子；要是这计划不成功，他还会想别的法子来除掉您。他的阴谋给我偷听到了。这儿不是安身之处，这屋子不过是一所屠场，您要回避，您要警戒，别走进去。

鄂兰陀　什么，亚丹，你要我到哪儿去？

亚　丹　随您到哪儿去都好，只要不在这儿。

鄂兰陀　什么，你要我去做个要饭的吗，还是在大路上用下贱无耻的剑做一个强盗？我只好走这种路，否则我就不知道怎么办；可是即使我有这种本事，我也不愿这样干；我宁愿忍受一个不念手足之情的凶狠的哥哥的恶意。

亚　丹　可是不要这样。我在您父亲手下侍候了这么多年，曾经辛辛苦苦把工钱省下了五百块；我把那笔钱存下，本来是预备等我没有气力做不动事的时候作养老之本。人一老不中用了，是会给人踢在角落里的。您拿了去吧。上帝给食物与乌鸦，他也不会忘记把麻雀喂饱，我这一把年纪，就悉听他的慈悲吧！钱就在这儿，我把它全给了您了。让我做您的仆人。我虽然瞧上去这么老，可是我的气力还不错；因为我在年轻时候从不曾灌下过一滴猛烈的酒，也不曾鲁莽地贪欲伤身，所以我的老年就像是个生气勃勃的冬天，虽然结着严霜，却并不惨淡。让我跟着您去，我可以像一个年轻人一样，为您照料一切。

鄂兰陀　啊，好老人家！在你身上多么明白地表现出来古时那种忠心的服务，不是为了报酬，只是为了尽职而流着血汗！你是太不合时了。现在的人们努力工作，只是为着希望高升，等到目的一达到，便耽于安逸，你却不是这样。但是，可怜的老人家，你虽然这样辛辛苦苦地费尽培植的工夫，给你培植的却是一株不成材的树木，开不出一朵花来酬答你的殷勤。可是赶路吧，我们要在一块儿走，在我们没有把你年轻时的积蓄花完之前，一定要找到一处小小的安身的地方。

亚　丹　少爷，走吧，我愿意忠心地跟着您，直至喘尽最后一口气。从十七岁起我到这儿来，到现在快八十了，却要离开我的老地方。许多人们在十七岁的时候都去追求幸运，但八十岁的人是不济的了，可是我只要能够有个好死，对得住我的主人，那么命运对我也不算无恩。（同下）

第四场　亚登森林

罗瑟琳男装，西莉霞作牧羊女装束及试金石上。

罗瑟琳　天哪！我的精神多么疲乏啊。

试金石　假如我的两腿不疲乏，我可不管我的精神。

罗瑟琳　我真想丢了我这身男装的脸，而像一个女人一样哭起来。可是我必须安慰安慰这位小娘子，穿褐衫短裤的，总该向穿裙子的显出一点勇气来才是。好，提起精神来吧，好爱莲娜。

西莉霞　请你担待担待我吧；我再也走不动了。

罗瑟琳　好，这儿就是亚登森林了。

试金石　哎，现在我到了亚登了。我真是个大傻瓜！在家里舒服得多哩，可是旅行人只好知足一点。

罗瑟琳　对了，好试金石。你们瞧，谁来了？一个年轻人和一个老头子在一本正经地讲话。

库林及薛维厄斯上。

库　林　你那样不过叫她永远把你笑骂而已。

薛维厄斯　啊，库林，你要是知道我是多么爱她！

库　林　我有点猜得出来，因为我也曾经恋爱过呢。

薛维厄斯　不，库林，你现在老了，也就不能猜想了。虽然在你年轻的时候，你好像那些半夜三更在枕上翻来覆去的情人们一样真心。可是假如你的爱也是跟我差不多的——我想一定没有人会像我那样爱法——那么你为了你的痴心梦想，一定做出过了多少可笑的事情来呢！

库　林　我做过一千种的傻事，现在都已忘记了。

薛维厄斯　噢！那么你就是不曾诚心爱过。假如你记不得你为了爱情而做出来的一件最琐细的傻事，你就不算真的恋爱过。假如你不曾像我现在这样坐着絮絮讲你的姑娘的好处，使听的人不耐烦，你就不算真的恋爱过。假如你不曾突然离开你的同伴，像我的热情现在驱使我一样，你也不算真的恋爱过。啊，菲琵！菲琵！菲琵！（下）

罗瑟琳　唉，可怜的牧人！我在诊探你的痛处时候，却不幸地找到我自己的创伤了。

试金石　我也是这样。我记得我在恋爱的时候，曾经把一柄剑在石头上摔断，叫那趁夜里来和琴·史美尔幽会的家伙留心着我；我记得我曾经吻过她的洗衣棒，也吻过被她那双皲裂的玉手挤过的母牛乳头；我记得我曾经把一颗豌豆荚权当作她而向她求婚，我剥出了两颗豆子，又把它们放进去，边流泪边说："为了我的缘故，请您留着作个纪念吧。"我们这种多情种子都会做出一些古怪事儿来，但是我们既然都是凡人，一着了情魔是免不得要大发其痴劲的。

罗瑟琳　你的话聪明得出乎你自己意料。

试金石　嗷，我总不知道自己的聪明，除非有一天我给它绊倒跌断了我的腿骨。

罗瑟琳　天神，天神！这个牧人的痴心，很有几分像我自己的情形。

试金石　也有点像我的情形；可是在我似乎有点儿陈腐了。

西莉霞　请你们随便哪一位去问问那边的人，肯不肯让我们用金子向他买一点
　　　　吃的东西？我简直昏得要死了。

试金石　喂，你这蠢货！

罗瑟琳　别响，傻子！他并不是你的一家人。

库　林　谁叫？

试金石　比你好一点的人，朋友。

库　林　要是他们不比我好一点，那可寒酸得太不成话啦。

罗瑟琳　对你说，别响。——您晚安，朋友。

库　林　晚安，好先生；各位晚安，朋友。

罗瑟琳　牧人，假如人情或是金银可以在这种荒野里换到一点款待的话，请你
　　　　带我们到一处可以休息一下吃些东西的地方去好不好？这一位小姑娘
　　　　赶路疲乏，快要晕去了。

库　林　好先生，我可怜她，不是为我自己打算，只是为了她的缘故，但愿我
　　　　有能力帮助她。可是我只是给别人看羊的，羊儿虽然归我饲养，羊毛
　　　　却不归我剪。我的东家很小气，从不会修修福做点儿好事。而且他的
　　　　草屋，他的羊群，他的牧场，现在都要出卖了。现在我们的牧舍是因
　　　　为他不在家，没有一点可以给你们吃的东西；但是别管它有些什么，
　　　　请你们来瞧瞧看，我对你们是极其欢迎的。

罗瑟琳　他的羊群和牧场预备卖给谁呢？

库　林　就是刚才你们看见的那个年轻汉子，他是从来不想要买什么东西的。

罗瑟琳　要是没有什么不对的地方，我请你把那草屋牧场和羊群都买下了，我
　　　　们给你出钱。

西莉霞　我们还要加你的工钱。我欢喜这地方，很愿意在这儿消度我的时光。

库　林　这注家私一定可以成交，跟我来，要是你们打听过后，对于这块地皮，
　　　　这种收益和这样的生活觉得中意的话，我愿意做你们十分忠心的仆人，
　　　　马上用你们的钱去把它买来。（同下）

莎士比亚喜剧集

第五场　林中的另一部分

　　　　　阿米恩斯，杰克斯及余人等上。

阿米恩斯　　（唱）

　　　　　绿树高张翠幕，

　　　　　　谁来偕我偃卧，

　　　　　翻将欢乐心声，

　　　　　　学唱枝头鸟鸣：

　　　　　盍来此？盍来此？盍来此？

　　　　　　目之所接，

　　　　　精神契一，

　　　　　　唯忧雨雪之将至。

杰克斯　再来一个，再来一个，请你再唱下去。

阿米恩斯　那会叫您发起愁来的，杰克斯先生。

杰克斯　再好没有。请你再唱下去！我可以从一曲歌中抽出愁绪来，就像黄鼠
　　　　　狼吮啜鸡蛋一样。请你再唱下去吧！

阿米恩斯　我的喉咙很粗，我知道一定不能讨您的欢喜。

杰克斯　我不要你讨我的欢喜，我只要你唱。来，再唱一阕。你是不是把它们
　　　　　叫作一阕一阕的？

阿米恩斯　随您高兴怎样吧，杰克斯先生。

杰克斯　不，我倒不去管它们叫什么名字；它们又不借我的钱。你唱起来吧！

阿米恩斯　既蒙敦促，我就勉为其难了。

杰克斯　那么好，要是我会感谢什么人的，我一定会感谢你；可是人家所说的
　　　　　恭维就像是两只狗猿碰了头，倘使有人诚心感谢我，我就觉得好像我
　　　　　给了他一个铜子，所以他像一个叫花子似的向我道谢。来，唱起来吧；
　　　　　你们不唱的都不要做声。

阿米恩斯　好，我就唱完这支歌。列位，铺起食桌来吧！公爵就要到这株树下
　　　　　来喝酒了。他已经找了您整整一天。

杰克斯　我已经躲避了他整整一天。他太喜欢辩论了，我不高兴跟他在一起。

我想到的事情像他一样多，可是谢天谢地，我却不像他那样会说嘴。来，唱吧。

阿米恩斯　　（唱，众和）

　　　　孰能敝屣尊荣，

　　　　　　来沐丽日光风，

　　　　觅食自求果腹，

　　　　　　一饱欣然意足。

　　　　盍来此？盍来此？盍来此？

　　　　　　目之所接，

　　　　精神契一，

　　　　　　唯忧雨雪之将至。

杰克斯　　昨天我曾经按着这调子作了一节，倒要献丑献丑。

阿米恩斯　　我可以把它唱起来。

杰克斯　　是这样的：

　　　　倘有痴愚之徒，

　　　　忽然变成蠢驴，

　　　　　　趁着心性癫狂，

　　　　撇却财富安康，

　　　　　　特达米，特达米，特达米，

　　　　为何来此？

　　　　举目一视，

　　　　　　唯见傻瓜之遍地。

阿米恩斯　　“特达米”是什么意思？

杰克斯　　这是希腊文里召唤傻子们排起圆圈来的一种咒语。——假如睡得成觉的话，我要睡觉去；假如睡不成，我就要把埃及地方一切头胎生的痛骂一顿。[1]

阿米恩斯　　我可要找公爵去，他的点心已经预备好了。（各下）

---

[1] 《圣经·旧约·出埃及记》记载上帝降罚埃及，凡埃及一切头胎生的皆遭瘟死；此处杰克斯暗讽老公爵。

莎士比亚喜剧集

第六场 林中的另一部分

鄂兰陀及亚丹上。

亚　丹　好少爷，我再也走不动了；唉！我要饿死了。让我在这儿躺下挺尸吧。再会了，好心的少爷！

鄂兰陀　啊，怎么啦，亚丹！你再没有勇气了吗？再活一些时候，提起一点精神来，高兴点儿。要是这座古怪的林中有什么野东西，那么我倘不是给它吃了，一定会把它杀了来给你吃的。你并不是真就要死了，不过是在胡思乱想而已。为了我的缘故，提起精神来吧；把死神拖一拖，我去一去就回来看你，要是我找不到什么可以给你吃的东西，我一定答应你死去；可是假如你在我没有回来之前便死去，那你就是看不起我的辛苦了。说得好！你瞧上去很高兴。我立刻就来。可是你躺在寒风里呢。来，我把你背到有遮阴的地方去。只要这块儿荒地里有活东西，你一定不会因为没有饭吃而饿死。高兴起来吧，好亚丹。（同下）

第七场 林中的另一部分

食桌铺就。老公爵，阿米恩斯及亡命诸臣上。

公　爵　我想他一定已经变成一头畜生了，因为我到处找不到他的人影。

甲　臣　殿下，他刚刚走开去；方才他还在这儿很高兴地听人家唱歌。

公　爵　要是浑身都不和谐的他，居然会变得爱好起音乐来，那么天体上不久就要大起骚闹了。去找他来，对他说我要跟他谈谈。

甲　臣　他自己来了，省了我一番跋涉。

杰克斯上。

公　爵　啊，怎么啦，先生！这算什么，您的可怜的朋友们一定要千求万唤才把您请得来吗？啊，您的神气很高兴哩！

杰克斯　一个傻子，一个傻子！我在林中遇见一个傻子，一个身穿彩衣的傻子；唉，苦恼的世界！我遇见了一个傻子，正如我是靠着食物而活命的；

他躺着晒太阳，用头头是道的话辱骂着命运女神，然而他仍然不过是个穿彩衣的傻子。"早安，傻子，"我说。"不，先生，"他说，"等到老天保佑我发了财，您再叫我傻子吧。"[1] 于是他从袋里掏出一只表来，用没有光彩的眼睛瞧着它，很聪明地说，"现在是十点钟了；我们可以从这里看出世界是怎样在变迁着：一个小时之前还不过是九点钟，而再过一小时便是十一点钟了；照这样一小时一小时过去，我们越长越老，越老越不中用，这上面就大可发感慨了。"我听见这个穿彩衣的傻子对着时间发挥了这么一段玄理，我的胸头要像公鸡一样叫起来了，奇怪着傻子居然会有这样深刻的思想；我笑了个不停，在他的表上整整笑去了一个小时。啊，高贵的傻子！可敬的傻子！彩衣是最好的装束。

公　爵　这是个怎样的傻子？

杰克斯　啊，可敬的傻子！他曾经出入宫廷；他说凡是年轻貌美的小姐们，都是有自知之明的。他的头脑就像航海回来剩下的饼干那样干燥，其中的每个角落里却塞满了人生经验，他都用杂乱的话儿随口说了出来。啊，我但愿我也是个傻子！我想要穿一件花花的外套。

公　爵　你可以有一件。

杰克斯　这是我唯一要求的一身服装；只要您愿意把一切以为我是个聪明人这种观念除掉，别让它蒙蔽了您的明鉴；同时要准许我有像风那样广大的自由，高兴吹着谁便吹着谁：傻子们是有这种权利的，最被我的傻话所挖苦的，最应该笑。殿下，为什么他们必须这样呢？这理由正和到教区礼拜堂去的路一样明白：被一个傻子用俏皮话讥刺了的，即使刺痛了，假如不装出一副若无其事的态度来，那么就显出聪明人的傻气，可以被傻子不经意一箭就刺穿，未免太傻了。给我穿一件彩衣，准许我说我心里的话；我一定会痛痛快快地把这染病的世界的丑恶的身体清洗个干净，假如他们肯耐心接受我的药方。

公　爵　算了吧！我知道你会做出些什么来。

杰克斯　我可以赌一根筹码，我做的事会不好吗？

公　爵　最坏不过的罪恶，就是指斥他人的罪恶：因为你自己也曾经是一个放

---

[1] 成语有"愚人多福"（Fortune favours fools），故云。

纵你的兽欲的浪子；你要把你那身为了你的荒唐而起来的臃肿的脓疮，溃烂的恶病，向全世界播散。

杰克斯　什么，呼斥人间的骄傲，难道便是对于个人的攻击吗？人们的骄傲不是像海潮一样浩瀚地流着，直到它力竭而消退？假如我说城里的那些小户人家的妇女穿扮得像王公大人的女眷一样，我指明是哪一个女人吗？谁能挺身出来说我说的是她，假如她的邻居也是和她一个样子？一个操着最微贱行业的人，假如心想我讥讽了他，说他的好衣服不是我出的钱，那不是恰恰把他的愚蠢合上了我的说话吗？照此看来，又有什么关系呢？给我看我的说话伤害了他什么地方：要是说得对，那是他自取其咎；假如他问心无愧，那么我的责骂就像是一只野鸭飞过，不干谁的事。——可是谁来了？

鄂兰陀拔剑上。

鄂兰陀　停住，不准吃！

杰克斯　嘿，我还不曾吃过呢。

鄂兰陀　而且也不会再给你吃，除非让饿肚子的人先吃过了。

杰克斯　这只公鸡是哪儿来的？

公　爵　朋友，你是因为落难而变得这样强横吗，还是因为生来就是不懂礼貌的粗汉子，一点儿不懂得规矩？

鄂兰陀　你第一下就猜中我了，困苦逼迫着我，使我不得不把温文的礼貌抛开一旁；可是我却是在都市生长，受过一点儿教养的。但是我吩咐你们停住；在我的事情没有办完之前，谁碰一碰这些果子的，就得死。

杰克斯　你要是无理可喻，那么我准得死。

公　爵　你要什么？假如你不用暴力，客客气气地向我们说，我们一定会更客客气气地对待你。

鄂兰陀　我快饿死了；给我吃。

公　爵　请坐请坐，随意吃吧。

鄂兰陀　你说得这样客气吗？请你原谅我，我以为这儿的一切都是野蛮的，因此才装出这副暴横的威胁的神气来。可是不论你们是些什么人，在这儿人踪不到的荒野里，躺在凄凉的树阴下，不理会时间的消逝；假如你们曾经见过较好的日子，假如你们曾经到过鸣钟召集礼拜的地方，假如你们曾经参加过上流人的宴会，假如你们曾经揩过你们眼皮上的泪水，懂得怜悯和被怜悯的，那么让我的温文的态度格外感动你们：我抱着这样的希望，惭愧地藏好我的剑。

公　爵　我们确曾见过好日子，曾经被神圣的钟声召集到教堂里去，参加过上流人的宴会，从我们的眼上揩去过被神圣的怜悯所感动而流下的眼泪；所以你不妨和和气气地坐下来，凡是我们可以帮忙满足你需要的地方，一定愿意效劳。

鄂兰陀　那么请你们暂时不要把东西吃掉，我就去像一只母鹿一样找寻我的小鹿，把食物喂给他吃。有一位可怜的老人家，全然出于好心，跟着我一瘸一拐地走了许多疲乏的路，两星期的劳瘁，他的高龄和饥饿累倒了他；除非等他饱了之后，我决不接触一口食物。

公　爵　快去找他，我们绝对不把东西吃掉，等着你回来。

鄂兰陀　谢谢；愿你好心有好报！（下）

公　爵　你们可以看见不幸的不只是我们；这个广大的宇宙的舞台上，还有比我们所演出的更悲惨的场面呢。

杰克斯　全世界是一个舞台，所有的男男女女不过是一些演员；他们都有下场的时候，也都有上场的时候，一个人的一生中扮演着好几个角色，他的表演可以分为七个时期。最初是婴孩，在保姆的怀中啼哭呕吐。然后是背着书包，满脸红光的学童，像蜗牛一样慢吞吞地拖着脚步，不情愿地呜咽着上学堂。然后是情人，像炉灶一样叹着气，写了一首悲哀的诗歌咏着他恋人的眉毛。然后是一个军人，满口发着古怪的誓，胡须长得像豹子一样，爱惜着名誉，动不动就要打架，在炮口上寻求着泡沫一样的荣名。然后是法官，胖胖圆圆的肚子塞满了阉鸡，凛然的眼光，整洁的胡须，满嘴都是格言和老生常谈；他这样扮了他的一个角色。第六个时期变成了精瘦的趿着拖鞋的龙钟老叟，鼻子上架着眼镜，腰边悬着钱袋；他那小小心心省下来的年轻时候的长袜子套在他皱瘪的小腿上宽大异常；他那朗朗的男子的口音又变成了孩子似的尖声，像是吹着风笛和哨子。终结着这段古怪的多事的历史的最后一场，是孩提时代的再现，全然的遗忘，没有牙齿，没有眼睛，没有口味，没有一切。

鄂兰陀背亚丹重上。

公　爵　欢迎！放下你背上那位可敬的老人家，让他吃东西吧。

莎士比亚喜剧集

鄂兰陀　我代他向您竭诚道谢。

亚　丹　您真该代我道谢；我简直不能为自己向您开口道谢呢。

公　爵　欢迎，请用吧；我还不会马上就来打扰你，问你的遭遇。给我们奏些
　　　　音乐；贤卿，唱吧。

阿米恩斯　（唱）

　　　　不惧冬风凛冽，
　　　　　　风威远难遽及
　　　　人世之寡情；
　　　　　　其为气也虽厉，
　　　　其牙尚非甚锐，
　　　　　　风体本无形。
　　　　噫嘻乎！且向冬青歌一曲：
　　　　　　友交皆虚妄，恩爱痴人逐。
　　　　噫嘻乎冬青！可乐唯此生。

　　　　　　不愁冱天冰雪，
　　　　其寒尚难遽及
　　　　　　受施而忘恩；
　　　　风皱满池碧水，
　　　　　　利刺尚难遽比
　　　　捐旧之友人。
　　　　　　噫嘻乎！且向冬青歌一曲：
　　　　友交皆虚妄，恩爱痴人逐。
　　　　　　噫嘻乎冬青！可乐唯此生。

公　爵　照你刚才悄声儿老老实实告诉我的，你说你是好罗兰爵士的儿子，我
　　　　看你的相貌也真的十分像他；如果不是假的，那么我真心欢迎你到这
　　　　儿来。我便是敬爱你父亲的那个公爵。关于你其他的遭遇，到我的洞
　　　　里来告诉我吧。好老人家，我们欢迎你像欢迎你的主人一样。搀扶着
　　　　他，把你的手给我，让我明白你们一切的经过。（众下）

第三幕

第一场 宫中一室

弗雷特力克公爵、岳力佛、群臣及侍从等上。

弗雷特力克 以后没有见过他！哼，哼，不见得吧。倘不是因为仁慈在我的心里占了上风，有着你在眼前，我尽可以不必找一个不在的人出气的。可是你留心着吧，不论你的兄弟在什么地方，都得去给我找来；点起灯笼去寻访吧；在一年之内，无论死活都要把他捉到，否则你不用再在我们的领土里过活了。你的土地和一切你自命属于你的东西，值得没收的我们都要没收，除非等你能够凭着你兄弟的招供洗刷去我们对你的怀疑。

岳力佛 求殿下明鉴！我从来就不曾喜欢过我的兄弟。

弗雷特力克 这可见你更是个坏人了。好，把他赶出去；吩咐该管官吏把他的房屋土地没收。赶快把这事办好，叫他滚蛋。（众下）

第二场 亚登森林

鄂兰陀携纸上。

鄂兰陀 悬在这里吧，我的诗，证明我的爱情；

你三重王冠的夜间的女王，[1] 请临视，

---

[1] 三重王冠的女王指黛安娜女神，因为她在天上为琉娜（Luna），在地上为黛安娜，在幽冥为普洛色嫔娜（Proserpina）。

从苍白的昊天，用你那贞洁的眼睛，

　　那支配我生命的，你那猎伴 [1] 名字。

啊，罗瑟琳！这些树林将是我的书册，

　　我要在一片片树皮上镂刻下相思，

好让每一个来到此间的林中游客，

　　任何处见得到颂赞她美德的言词。

走，走，鄂兰陀，去在每株树上刻着伊，

　　那美好的，幽娴的，无可比拟的人儿。（下）

库林及试金石上。

库　林　您喜欢不喜欢这种牧人的生活，试金石先生？

试金石　说老实话，牧人，按着这种生活的本身说起来，倒是一种很好的生活；可是按着这是一种牧人的生活说起来，那就毫不足取了。照它的清静而论，我很喜欢这种生活；可是照它的寂寞而论，实在是一种很坏的生活。看到这种生活若是在田间，很使我满意；可是看到它若是在宫廷里，那简直很无聊。你瞧，这是一种很经济的生活，因此倒怪合我的脾气；可是它未免太寒碜了，因此我过不来。你懂不懂得一点哲学，牧人？

库　林　我只知道这一点儿：一个人越是害病，他越是不舒服；钱财，资本和知足，是人们缺少不来的三位好朋友；雨湿淋衣，火旺烧柴；好牧场产肥羊，天黑是因为没有了太阳；生来愚笨怪祖父，学而不慧师之惰。

试金石　这样一个人是天生的哲学家了。有没有到过宫廷里，牧人？

库　林　没有，不瞒您说。

试金石　那么你这人就该死了。

库　林　我希望不至于吧？

试金石　真的，你这人该死，就像一个煎得不好一面焦的鸡蛋。

库　林　因为没有到过宫廷里吗？请问您的理由。

试金石　喏，要是你从来没有到过宫廷里，你就不曾见过好礼貌；要是你从来没有见过好礼貌，你的举止一定很坏；坏人就是有罪的人，有罪的人就该死。你的情形很危险呢，牧人。

---

[1] 黛安娜又为司狩猎的女神，又为处女的保护神，故鄂兰陀以罗瑟琳为她的猎伴。

库　林	一点不，试金石。在宫廷里算作好礼貌的，在乡野里就会变成可笑，正像乡下人的行为一到了宫廷里就显得寒碜一样。您对我说过你们在宫廷里并不打恭作揖，却是要吻手；要是宫廷里的老爷们都是牧人，那么这种礼貌就要嫌太龌龊了。
试金石	有什么证据？简单地说；来，说出理由来。
库　林	喏，我们的手常常要去碰着母羊；它们的毛，您知道，是很油腻的。
试金石	嘿，廷臣们的手上不是也要出汗的吗？羊身上的脂肪比起人身上的汗腻来，不是一样干净的吗？浅薄！浅薄！说出一个好一点的理由来，说吧。
库　林	而且，我们的手很粗糙。
试金石	那么你们的嘴唇格外容易感到它们。还是浅薄！再说一个充分一点的理由，说吧。
库　林	我们的手在给羊们包扎伤处的时候总是涂满了焦油；您要我们跟焦油接吻吗？宫廷里的老爷们手上都是涂着麝香的。
试金石	浅薄不堪的家伙！把你跟一块好肉比起来，你简直是一块生着蛆虫的臭肉！用心听聪明人的教训吧：麝香是一只猫身上流出来的龌龊东西，它的来源比焦油脏得多呢。把你的理由修正修正吧，牧人。
库　林	您太会讲话了，我说不过您；我不说了。
试金石	你就甘心该死吗？上帝保佑你，浅薄的人！上帝把你好好针砭一下！你太不懂世事了。
库　林	先生，我是一个道地的做活人；我用自己的力量换饭吃换衣服穿；不跟别人结怨，也不妒羡别人的福气；瞧着人家得意我也高兴，自己倒了霉就自宽自解；我的最大的骄傲就是瞧我的母羊吃草，我的羔羊唼奶。
试金石	这又是你的一桩因为傻气而造下的孽：你把母羊和公羊拉拢在一起，靠着他们的配对来维持你的生活；给挂铃的羊当龟奴，替一头歪脖子的老王八公羊把才一岁的雌儿骗诱失身，也不想到合配不合配；要是你不会因此而下地狱，那么魔鬼也没有人给他牧羊了。我想不出你有什么豁免的希望。
库　林	盖尼密大官人来了，他是我的新主妇的哥哥。

罗瑟琳读一张字纸上。

莎士比亚喜剧集

罗瑟琳　从东印度到西印度找遍奇珍，

　　　　没有一颗珠玉比得上罗瑟琳。

　　　她的名声随着好风播满诸城，

　　　　整个世界都在仰慕着罗瑟琳。

　　　画工描摹下一幅幅倩影真真，

　　　　都要黯然无色一见了罗瑟琳。

　　　任何的相貌都不用铭记在心，

　　　　单单牢记住了美丽的罗瑟琳。

试金石　我可以给您这样凑韵下去凑它整整的八年，吃饭和睡觉的时间除外，
　　　　这好像是一连串上市去卖奶油的好大娘。

罗瑟琳　啐，傻子！

试金石　试一下看：

　　　要是公鹿找不到母鹿很伤心，

　　　　不妨叫它前去寻找那罗瑟琳。

　　　倘说是没有一只猫儿不叫春，

　　　　心同此情有谁能责怪罗瑟琳？

　　　冬天的衣裳棉花应该衬得温，

　　　　免得冻坏了娇怯怯的罗瑟琳。

　　　割下的田禾必须捆得端端整，

　　　　一车的禾捆上装着个罗瑟琳。

　　　最甜蜜的果子皮儿酸痛了唇，

　　　　这种果子的名字便是罗瑟琳。

　　　有谁看见了玫瑰花开香喷喷，

　　　　留心着爱情的棘刺和罗瑟琳。

　　　这简直是胡扯的歪诗；您怎么也会给这种东西沾上了呢？

罗瑟琳　别多嘴，你这蠢傻瓜！我在一株树上找到它们的。

试金石　真的，这株树生的果子太坏。

　　　　西莉霞读一张字纸上。

罗瑟琳　静些！我的妹妹读着些什么来了，站旁边去。

西莉霞　为什么这里是一片荒碛？

　　　　因为没有人居住吗？不然，

我要叫每株树长起喉舌，

　　吐露出温文典雅的语言：

或是慨叹着生命一何短，

　　匆匆跑完了游子的行程，

只需把手掌轻轻翻个转，

　　便早已终结人们的一生；

或是感怀着旧盟今已冷，

　　同心的契友忘却了故交；

但我要把最好树枝选定，

　　缀附在每行诗句的终梢，

罗瑟琳三个字小名美妙，

　　向普世的读者遍告周知。

莫看她苗条的一身娇小，

　　宇宙间的精华尽萃于兹；

造物当时曾向自然诏示，

　　吩咐把所有的绝世姿才，

向纤纤一躯中合炉熔制，

　　累天工费去不少的安排：

负心的海伦[1] 醉人的脸蛋，

　　克莉奥佩屈拉[2] 威仪丰容。

哀脱兰塔[3] 的柳腰儿款摆，

　　琉克莉细霞[4] 的节操贞松：

劳动起玉殿上诸天仙众，

　　造成这十全十美罗瑟琳；

荟萃了各式的妍媚万种，

　　选出一副俊脸目秀精神。

上天给她这般恩赐优渥，

---

[1] 海伦即 Helen of Troy，因不贞于其夫米尼劳斯（Menelaus），故云"负心"。

[2] 克莉奥佩屈拉（Cleopatra），埃及女王，参看莎士比亚悲剧"安东尼与克莉奥佩屈拉"。

[3] 哀脱兰塔（Atalanta），希腊传说中善疾走的美女。

[4] 琉克莉细霞（Lucretia），莎士比亚叙事诗"琉克丽思之辱"（The Rape of Lucrece）中的主角。

　　　　　　我命该终身做她的臣仆。

罗瑟琳　啊，最温柔的宣教师！您的恋爱说教啰嗦得叫您的教民听了厌烦，可是您却也不喊一声，"请耐心一点，好人们。"

西莉霞　啊！朋友们，退后去！牧人，稍为走开一点；跟他去，小子。

试金石　来，牧人，让我们堂堂退却：大小箱笼都不带，只带一个头陀袋。（库林、试金石下）

西莉霞　你有没有听见这种诗句？

罗瑟琳　啊，是的，我都听见了。还不尽于此；有些诗句里的韵脚多得拖都拖不动。

西莉霞　那没关系，多出的脚可以拖着诗走。

罗瑟琳　不错，但是这些脚自己就不是四平八稳的，没有诗韵简直寸步难行；所以很蹩脚。

西莉霞　但是你听见你的名字被人家悬挂起来，还刻在这种树上，不觉得奇怪吗？

罗瑟琳　人家说一件奇事过了九天便不足为奇；在你没有来之前，我已经过了第七天了。瞧，这是我在一株棕榈树上找到的。自从毕达哥拉斯那时候以来，我从不曾被人这样用诗句咒过；那时我是一只爱尔兰的老鼠[1]现在简直记也记不起来了。

西莉霞　你想这是谁干的？

罗瑟琳　是个男人吗？

西莉霞　而且有一根链条，是你从前带过的，套在他的颈上。你脸红了吗？

罗瑟琳　请你告诉我是谁？

西莉霞　主啊！主啊！朋友们见面真不容易；可是两座高山也许会给地震搬了家而碰起头来。

罗瑟琳　哎，但是究竟是谁呀？

西莉霞　真的猜不出来吗？

罗瑟琳　哎，我使劲地央求你告诉我他是谁。

西莉霞　奇怪啊！奇怪啊！奇怪到无可再奇怪的奇怪！奇怪而又奇怪！说不出来的奇怪！

---

[1] 念咒驱除老鼠为爱尔兰人一种迷信习俗。

罗瑟琳 我要脸红起来了！你以为我打扮得像个男人，就会在精神上也穿起男装来了吗？你再耽延一刻下去不肯说出来，就要累我在汪洋大海里做茫茫的探索了。请你快快告诉我他是谁，不要吞吞吐吐。我倒希望你是个口吃的，那么你也许会把这个保守着秘密的名字不期然而然地打你嘴里吐了出来，就像酒从狭口的瓶里倒出来一样，不是一点都倒不出，就是一下子出来了许多。求求你拔去你嘴里的塞子，让我饮着你的消息吧。

西莉霞 那么你要把那人儿一口气吞下肚子里去是不是？

罗瑟琳 他是上帝造下来的吗？是个什么样子的人？他的头戴上一顶帽子显不显得寒碜？他的下巴留着一把胡须像不像个样儿？

西莉霞 不，他只有一点点儿胡须。

罗瑟琳 哦，要是这家伙知道好歹，上帝会再给他一些的。要是你立刻就告诉我他的下巴是怎么一个样子，我愿意等候他长起须来。

西莉霞 他就是年轻的鄂兰陀，一下子把那拳师的脚跟和你的心一起绊跌了个斤斗的。

罗瑟琳 哎，取笑人的让魔鬼抓了去；像一个老老实实的好姑娘似的，规规矩矩说吧。

西莉霞 真的，姐姐，是他。

罗瑟琳 鄂兰陀？

西莉霞 鄂兰陀。

罗瑟琳 哎哟！我这一身大衫短裤该怎么办呢？你看见他的时候他在做些什么？他说些什么？他瞧上去怎样？他穿着些什么？他为什么到这儿来？他问起我吗？他住在哪儿？他怎样跟你分别的？你什么时候再去看他？用一个字回答我。

西莉霞 你一定先要给我向卡岗都亚 [1] 借一张嘴来才行；像我们这时代的人，一张嘴里是装不下这么大的一个字的。要是一句句都用"是"和"不"回答起来，也比考问教理还麻烦呢。

罗瑟琳 可是他知道我在这林子里，打扮作男人的样子吗？他是不是跟摔跤的那天一样有精神？

---

[1] 卡岗都亚（Gargantua），法国文学家拉伯雷（Rabelais）著作中的饕餮巨人，能一口吞下五个香客。

西莉霞	回答情人的问题，就像数微尘的粒数一般为难。你好好听我讲我怎样找到他的情形，静静地体味着吧。我看见他在一株树底下，像一颗落下来的橡果。
罗瑟琳	树上会落下这样果子来，那真可以说是神树了。
西莉霞	好小姐，听我说。
罗瑟琳	讲下去。
西莉霞	他直挺挺地躺在那儿，像一个受伤的武士。
罗瑟琳	虽然这种样子有点可怜相，可是地上躺着这样一个人，倒也是很合适的。
西莉霞	喊你的舌头停步吧；它简直随处乱跳。他穿着得像个猎人。
罗瑟琳	哎哟，糟了！他要来猎取我的心了。
西莉霞	我唱歌的时候不要别人和着唱；你缠得我弄错了拍子。
罗瑟琳	你不知道我是个女人吗？我心里想到什么，便要说出口来。好人儿，说下去吧。
西莉霞	你已经打断了我的话头。且慢！他不是来了吗？
罗瑟琳	是他，我们躲在一旁瞧着他吧。
	鄂兰陀及杰克斯上。
杰克斯	多谢相陪；可是说老实话，我倒是喜欢一个人清静些。
鄂兰陀	我也是这样；可是为了礼貌的关系，我多谢您的做伴。
杰克斯	上帝和您同在！让我们越少见面越好。
鄂兰陀	我希望我们还是不要相识的好。
杰克斯	请您别再在树皮上写情诗糟蹋树木了。
鄂兰陀	请您别再用难听的声调念我的诗，把它们糟蹋了。
杰克斯	您的情人的名字是罗瑟琳吗？
鄂兰陀	正是。
杰克斯	我不喜欢她的名字。
鄂兰陀	她取名的时候，并没有打算要您喜欢。
杰克斯	她的身材怎样？
鄂兰陀	恰恰够得到我的心头那样高。
杰克斯	您怪会说俏皮的回答；您是不是跟金匠们的妻子有点儿交情，因此把戒指上的警句都默记下来了。

鄂兰陀　不，我都是用油漆的挂帷上的话儿来回答您；您的问题也是从那儿学来的。

杰克斯　您的口才很敏捷，我想是用哀脱兰塔的脚跟做成的。我们一块儿坐下来好不好？我们两人要把世界痛骂一顿，大发一下牢骚。

鄂兰陀　我不愿责骂世上的有生之伦，除了我自己；因为我知道自己的错处最明白。

杰克斯　您最坏的错处就是要恋爱。

鄂兰陀　我不愿把这个错处来换取您的最好的美德。您真叫我厌烦。

杰克斯　说老实话，我遇见您的时候，本来是在找一个傻子。

鄂兰陀　他掉在溪水里淹死了，您向水里一望，就可以瞧见他。

杰克斯　我只瞧见我自己的影子。

鄂兰陀　那我以为倘不是个傻子，定然是个废物。

杰克斯　我不要再跟您在一起了。再见，多情的公子。

鄂兰陀　我巴不得您走。再会，忧愁的先生。（杰克斯下）

罗瑟琳　我要像一个无礼的小厮一样去向他说话，跟他捣乱捣乱。听见我的话吗，树林里的人？

鄂兰陀　很好，你有什么话说？

罗瑟琳　请问现在是几点钟？

鄂兰陀　你应该问我现在是什么时辰，树林里哪来的钟？

罗瑟琳　那么树林里也不会有真心的情人了；否则每分钟的叹气，每点钟的呻吟，该会像时钟一样计算出时间懒懒的脚步来的。

鄂兰陀　为什么不说时间的快步呢？那样说不对吗？

罗瑟琳　不对，先生。时间对于各种人有各种的步法。我可以告诉你时间对于谁是走慢步的，对于谁是跨着细步走的，对于谁是奔着走的，对于谁是立定不动的。

鄂兰陀　请问它对于谁是跨着细步走的？

罗瑟琳　呃，对于一个订了婚还没有成礼的姑娘，时间是跨着细步有气无力地走着的；即使这中间只有一星期，也似乎有七年那样难过。

鄂兰陀　对于谁时间是走着慢步的？

罗瑟琳　对于一个不懂拉丁文的牧师，或是一个不害痛风的富翁：一个因为不能读书而睡得很酣畅，一个因为没有痛苦而活得很高兴；一个可以不

莎士比亚喜剧集

必辛辛苦苦地费心钻研，一个不知道有贫穷的艰困。对于这种人，时间是走着慢步的。

鄂兰陀　对于谁它是走着快步的？

罗瑟琳　对于一个上绞架的贼子；因为虽然他尽力放慢脚步，他还是觉得走得太快了。

鄂兰陀　对于谁它是静止不动的？

罗瑟琳　对于在休假中的律师；因为他们在前后开庭的时期之间，完全昏睡过去，不觉到时间的移动。

鄂兰陀　可爱的少年，你住在哪儿？

罗瑟琳　跟这位牧羊姑娘，我的妹妹，住在这儿的树林边。

鄂兰陀　你是本地人吗？

罗瑟琳　跟那只你看见的兔子一样，它的住处就是它的生长的地方。

鄂兰陀　住在这种穷乡僻壤，你的谈吐却很高雅。

罗瑟琳　好多人都曾经这样说我；其实是因为我有一个修行的老伯父，他本来是在城市里长生的，是他教给我讲话；他曾经在宫廷里闹过恋爱，因此很懂得交际的门槛。我曾经听他发过许多反对恋爱的议论；多谢上帝我不是个女人，不会犯到他所归咎于一般女性的那许多心性轻浮的罪恶。

鄂兰陀　你记不记得他所说的女人的罪恶当中主要的几桩？

罗瑟琳　没有什么主要不主要的；跟两个铜子相比一样，全差不多；每一件过失似乎都十分严重，可是立刻又有一件出来可以赛过它。

鄂兰陀　请你说几件看。

罗瑟琳　不，我的药是只给病人吃的。这座树林里常常有一个人来往，在我们的嫩树皮上刻满了"罗瑟琳"的名字，把树木糟蹋得不成样子；山楂树上挂起了诗篇，荆棘枝上吊悬着哀歌，说来说去都是把罗瑟琳的名字奉作神明。要是我碰见那个卖弄风情的家伙，我一定要好好给他一番教训，因为他似乎害着相思病。

鄂兰陀　我就是那个给爱情折磨的他。请你告诉我你有什么医治的方法。

罗瑟琳　我伯父所说的那种记号在你身上全找不出来，他曾经告诉我怎样可以看出来一个人是在恋爱着；我可以断定你一定不是那个草扎的笼中的囚人。

鄂兰陀　什么是他所说的那种记号呢？

罗瑟琳　一张瘦瘦的脸庞，你没有；一双眼圈发黑的凹陷的眼睛，你没有；一副懒得跟人家交谈的神气，你没有；一脸忘记了修剪的胡子，你没有——可是我可以原谅你，因为你的胡子本来就像小兄弟的产业一样少得可怜。而且你的袜子上应当是不套袜带的，你的帽子上应当是不结帽纽的，你的袖口的纽扣应当是脱开的，你的鞋子上的带子应当是松散的，你身上的每一处都要表示出一种不经心的疏懒。可是你却不是这样一个人；你把自己打扫得这么齐整，瞧你倒有点顾影自怜，全不像在爱着什么人。

鄂兰陀　美貌少年，我希望我能使你相信我是在恋爱。

罗瑟琳　我相信！你还是叫你的爱人相信吧。我可以断定，她即使容易相信你，她嘴里也是不肯承认的；这也是女人们不老实的一点。可是说老实话，你真的便是把那恭维着罗瑟琳的诗句悬挂在树上的那家伙吗？

鄂兰陀　少年，我凭着罗瑟琳的玉手向你起誓，我就是他，那个不幸的他。

罗瑟琳　可是你真的像你诗上所说的那样热恋着吗？

鄂兰陀　什么也不能表达我的爱情的深切。

罗瑟琳　爱情不过是一种疯狂；我对你说，有了爱情的人，是应该像对待一个疯子一样，把他关在黑屋子里用鞭子抽一顿的。那么为什么他们不用这种处罚的方法来医治爱情呢？因为那种疯病是极其平常的，就是拿鞭子的人也在恋爱哩。可是我有医治它的法子。

鄂兰陀　你曾经医治过什么人吗？

罗瑟琳　是的，医治过一个；法子是这样的：他假想我是他的爱人，他的情妇，我叫他每天都来向我求爱；那时我是一个善变的少年，便一会儿伤心、一会儿温存，一会儿翻脸，一会儿思慕，一会儿欢喜；骄傲、古怪、刁钻、浅薄、轻浮，有时满眼的泪，有时满脸的笑。什么情感都来一点儿，但没有一种是真切的，就像大多数的孩子们和女人们一样；有时欢喜他，有时讨厌他，有时讨好他，有时冷淡他，有时为他哭泣，有时把他唾弃：我这样把我这位求爱者从疯狂的爱逼到真个疯狂起来，以至于抛弃人世，做起隐士来了。我用这种方法治好了他，我也可以用这种方法把你的心肝洗得干干净净，像一颗没有毛病的羊心一样，再没有一点爱情的痕迹。

鄂兰陀　我不愿意被治好，少年。

罗瑟琳　我可以把你治好，假如你把我叫作罗瑟琳，每天到我的草屋里来向我
　　　　求爱。

鄂兰陀　凭着我的恋爱的真诚，我愿意。告诉我你住在什么地方。

罗瑟琳　跟我去，我可以指点给你看；一路上你也要告诉我你住在林中的什么
　　　　地方。去吗？

鄂兰陀　很好，好孩子。

罗瑟琳　不，你一定要叫我罗瑟琳。来，妹妹，我们去吧。（同下）

第三场　林中的另一部分

试金石及奥菊蕾上；杰克斯随后。

试金石　快来，好奥菊蕾；我去把你的山羊赶来。怎样，奥菊蕾？我还不曾是
　　　　你的好人儿吗？我这副粗鲁的神气你中意吗？

奥菊蕾　您的神气！天老爷保佑我们！什么神气？

试金石　我陪着你和你的山羊在这里，就像那最会梦想的诗人奥维特在一群哥
　　　　斯人中间一样。[1]

杰克斯　（旁白）唉，学问装在这么一副躯壳里，比乔武住在草棚里更坏！

试金石　要是一个人写的诗不能叫人懂，他的才情不能叫人理解，那比之小客
　　　　栈里开出一张大账单来还要命。真的，我希望神们把你变得诗意一点。

奥菊蕾　我不懂得什么叫作“诗意一点”。那是一句好话，一件好事情吗？那
　　　　是诚实的吗？

试金石　老实说，不，因为最真实的诗是最虚妄的；情人们都富于诗意，他们
　　　　在诗里发的誓，可以说都是情人们的假话。

奥菊蕾　那么您愿意天老爷们把我变得诗意一点吗？

试金石　是的，不错；因为你发誓说你是贞洁的，假如你是个诗人，我就可以
　　　　希望你说的是假话了。

奥菊蕾　您不愿意我贞洁吗？

---

[1] 奥维特（Ovid，公元前 43 —公元 17 年），罗马诗人；哥斯人（The Goths），蹂躏罗
马帝国的蛮族。

试金石	对了,除非你生得难看;因为贞洁跟美貌碰在一起,就像在糖里再加蜜。
杰克斯	(旁白)好一个有见识的傻子。
奥菊蕾	好,我生得不好看,因此我求求天爷爷们让我贞洁吧。
试金石	真的,把贞洁丢给一个丑陋的懒女人,就像把一块好肉盛在龌龊的盆子里。
奥菊蕾	我不是个懒女人,虽然我谢谢天爷爷们我是丑陋的。
试金石	好吧,感谢天爷爷们把丑陋赏给了你!懒惰也许会跟着来的。可是不管这些,我一定要跟你结婚;为了这事我已经去见过邻村的牧师岳力佛·马退克斯脱师傅,他已经答应在这儿树林里会我,给我们配对。
杰克斯	(旁白)我倒要瞧瞧这场热闹。
奥菊蕾	好,天爷爷们保佑我们快活吧!
试金石	阿门!倘使是一个胆小的人,也许不敢贸然从事;因为这儿没有庙宇,只有树林,没有宾众,只有一些出色的畜生;但这有什么要紧呢?拿出勇气来!角虽然讨厌,却也是少不来的。人家说,"许多人有数不清的家私;"对了,许多人也有数不清的好角儿。好在那是他老婆陪嫁来的妆奁,不是他自己弄到手的。出角吗?有什么要紧?只有苦人儿才出角吗?不,不,最高贵的鹿和最寒碜的鹿长的角儿一样大呢。那么单身汉便算是好福气吗?不,城市总比乡村好些,已婚者隆起的额角,也要比未婚者平坦的额角体面得多;懂得几手击剑法的,总比一点不会的好些,因此有角也总比没有角强。岳力佛师傅来啦。
	岳力佛·马退克斯脱师傅上。
试金石	岳力佛·马退克斯脱师傅,您来得巧极了。您还是就在这树下替我们把事情办了呢,还是让我们跟您到您的教堂里去?
马退克斯脱	这儿没有人可以把这女人做主嫁出去吗?
试金石	我不要别人把她布施给我。
马退克斯脱	真的,她一定要有人做主许嫁,否则这种婚姻便不合法。
杰克斯	(进前)进行下去,进行下去;我可以把她许嫁。
试金石	晚安,某某先生,您好,先生?欢迎欢迎!上次多蒙照顾,不胜感激。我很高兴看见您。我现在有一点点儿小事,先生。哎,请戴上帽子。
杰克斯	你要结婚了吗,傻瓜?
试金石	先生,牛有轭,马有勒,猎鹰腿上挂金铃,人非木石岂无情?鸽子也

要亲个嘴儿；女大当嫁，男大当婚。

杰克斯 像你这样有教养的人，却愿意在一棵树底下像叫花子那样成亲吗？到教堂里去，找一位可以告诉你们婚姻的意义的好牧师。要是让这个家伙把你们像钉墙板似的钉在一起，你们中间总有一个人会像没有晒干的木板一样干缩起来，越变越弯的。

试金石 （旁白）我倒以为让他给我主婚比别人好一点，因为瞧他的样子是不会像模像样地主持婚礼的；假如结婚得草率一些，以后我可以借口离弃我的妻子。

杰克斯 你跟我来，让我指教指教你。

试金石 好，好奥菊蕾。我们一定得结婚，否则我们只好通奸。再见，好岳力佛师傅，不是

亲爱的岳力佛！

勇敢的岳力佛！

请你不要把我丢弃；[1]

而是

走开去，岳力佛！

滚开去，岳力佛！

我们不要你行婚礼。（杰克斯、试金石、奥菊蕾同下）

马退克斯脱 不要紧，这一批荒唐的浑蛋谁也不能讥笑掉我的饭碗。

（下）

第四场　林中的另一部分

罗瑟琳及西莉霞上。

罗瑟琳 别跟我讲话；我要哭了。

西莉霞 请你就哭吧；可是你还得想一想男人是不该流眼泪的。

罗瑟琳 但我岂不是应该有哭的理由吗？

西莉霞 理由是再充分不过了；所以你哭吧。

---

[1] “亲爱的岳力佛”三句为俗歌中的断句。

罗瑟琳 瞧他的头发的颜色，就可以看出来他是个坏东西。

西莉霞 比犹大的头发颜色略为深些；他的接吻就是犹大一脉相传下来的。

罗瑟琳 凭良心说一句，他的头发颜色很好。

西莉霞 那颜色好极了；栗色是最好的颜色。

罗瑟琳 他的接吻神圣得就像圣餐面包触到唇边一样。

西莉霞 他买来了一对黛安娜用过的嘴唇；一个凛若冰霜的尼姑也不会吻得像他那样虔诚；他的嘴唇里就有着冷冰冰的贞洁。

罗瑟琳 可是他为什么发誓说今天早上要来，却偏偏不来呢？

西莉霞 不用说，他这人没有半分真心。

罗瑟琳 你是这样想吗？

西莉霞 是的。我想他不是个扒手，也不是个盗马贼；可是要说起他的爱情的真不真来，那么我想他就像一只盖好了的空杯子或是一枚蛀空了的硬壳果一样空心。

罗瑟琳 他的恋爱不是真心吗？

西莉霞 他在恋爱的时候，他是真心的；可是我以为他并不在恋爱。

罗瑟琳 你不是听见他发誓说他的的确确在恋爱吗？

西莉霞 从前说是，现在却不一定是；而且情人们发的誓，是和堂倌嘴里的话一样靠不住的，他们都是惯报虚账的家伙。他在这儿树林子里跟公爵你的父亲在一块儿呢。

罗瑟琳 昨天我碰见公爵，跟他谈了好久。他问我的父母是怎样的人；我对他说，我的父母跟他一样高贵；他大笑着让我走了。可是我们现在有像鄂兰陀这么一个人，还要谈父亲做什么呢？

西莉霞 啊，好一个出色的人！他写得一手好诗，讲得一口漂亮话，发着动听的誓，再堂而皇之地毁了誓，同时毁碎了他情人的心；正如一个拙劣的枪手，骑在马上一面歪，像一头好鹅一样把他的枪杆折断了。但是年轻人凭着血气和痴劲做出来的事，总是很出色的。谁来了？

库林上。

库　林 姑娘和大官人，你们不是常常问起那个害相思病的牧人，那天你们不是看见他和我坐在草地上，称赞着他的情人，那个盛气凌人的牧羊女吗？

西莉霞 嗯，他怎样啦？

库　林　要是你们想看一本认真扮演的好戏，一面是因为情痴而容颜惨白，一面是因为傲慢而满脸绯红。只要稍走几步路，我可以领你们去，看一个痛快。

罗瑟琳　啊！来，让我们去吧。在恋爱中的人，欢喜看人家相恋。带我们去看；我将要在他们的戏文里当一名重要的角色。（同下）

第五场　林中的另一部分

薛维厄斯及菲琵上。

薛维厄斯　亲爱的菲琵，不要讥笑我；请不要，菲琵！您可以说您不爱我，但不要说得那样狠，习惯于杀人的硬心肠的刽子手，在把斧头向低俯的颈项上劈下的时候也要先说一声对不起；难道您会比这种靠着流血为生的人更心硬吗？

罗瑟琳，西莉霞及库林自后上。

菲　琵　我不愿做你的刽子手；我逃避你，因为我不愿伤害你。你对我说我的眼睛会杀人，这种话当然说得很好听，很动人；眼睛本来是最柔弱的东西，一见了些微尘就会胆小得关起门来，居然也会给人叫作暴君，屠夫和凶手！现在我使劲地抡起白眼瞧着你；假如我的眼睛能够伤人，那么让它们把你杀死了吧：现在你可以假装晕去了啊；嘿，现在你可以倒下去了呀；假如你并不倒下去，哼！羞啊，羞啊，你可别再胡说，说我的眼睛是凶手了。现在你且把我的眼睛加在你身上的伤痕拿出来看。单单用一枚针儿划了一下，也会有一点疤痕；握着一根灯心草，你的手掌上也会有一刻儿留着痕迹；可是我的眼光现在向你投射，却不曾伤了你：我相信眼睛里是绝没有可以伤人的力量的。

薛维厄斯　啊，亲爱的菲琵，要是有一天——也许那一天就近在眼前——您在谁清秀的脸庞上看出了爱情的力量，那时您就会感觉到爱情的利箭所加在您心上的无形的创伤了。

菲　琵　可是在那一天没有到来之前，你不要走近我吧。如果有那一天，那么你可以用你的讥笑来凌虐我，却不用可怜我；因为不到那时候，我总不会可怜你的。

罗瑟琳　（上前）为什么呢，请问？谁是你的母亲，生下了你来，把这个不幸的人这般侮辱，如此欺凌？你生得不漂亮——老实说，我看你还是晚上不用点蜡烛就钻到被窝里去的好——难道就该这样骄傲而无情吗？怎么，这是什么意思？你望着我做什么？我瞧你不过是一件天生的粗货罢了。他妈的！我想她要打算迷住我哩。不，老实说，骄傲的姑娘，你别做梦吧！凭着你的墨水一样的眉毛，你的乌丝一样的头发，你的黑玻璃球一样的眼睛，或是你的乳脂一样的脸庞，可不能叫我为你倾倒呀。你这蠢牧人儿，干吗要追随着她，像是挟着雾雨而俱来的南风？你是比她漂亮一千倍的男人；都是因为有了你们这种傻瓜，世上才有那许多难看的孩子。叫她得意的是你的恭维，不是她的镜子；听了你的话，她便觉得她自己比她本来的容貌美得多了。可是，姑娘，你自己得放明白些；跪下来，斋戒谢天，赐给你这么好的一个爱人。我得向你耳边讲句体己的话，有买主的时候赶快卖去了吧；你不是到处都有销路的。求求这位大哥恕了你；爱他；接受他的好意。生得丑再要瞧人不起，那才是奇丑无比了。好，牧人，你拿了她去。再见吧。

菲　琵　可爱的青年，请您把我骂一整年吧。我宁愿听您的骂，不要听这人的恭维。

罗瑟琳　他爱上了她的丑样子，她爱上了我的怒气。倘使真有这种事，那么她一扮起了怒容来答复你，我便会把刻薄的话儿去治她。你为什么这样瞧着我？

菲　琵　我对您没有怀着恶意呀。

罗瑟琳　请你不要爱我吧，我这人是比醉后发的誓更靠不住的；而且我又不喜欢你。要是你们要知道我家在何处，请到这儿附近的那簇橄榄树的地方来寻访好了。我们去吧，妹妹。牧人，着力追求她。来，妹妹，牧女，待他好一点儿，别那么骄傲；整个世界上生眼睛的人，都不会像他那样把你当作天仙的。来，瞧我们的羊群去。（罗瑟琳、西莉霞、库林同下）

菲　琵　过去的诗人，现在我明白了你的话果然是真："谁个情人不是一见就钟情？"[1]

薛维厄斯　亲爱的菲琵

菲　琵　啊！你怎么说，薛维厄斯？

薛维厄斯　亲爱的菲琵，可怜我吧！

菲　琵　唉，我为你伤心呢，温柔的薛维厄斯。

薛维厄斯　同情之后，必有安慰；要是您见我因为爱情而伤心而同情我，那么只要把您的爱给我，您就可以不用再同情，我也无须再伤心了。

菲　琵　你已经得到我的爱了；咱们不是像邻居那么要好着吗？

薛维厄斯　我要的是您。

菲　琵　啊，那就是贪心了。薛维厄斯，从前我讨厌你；可是现在我也不是对你有什么爱情；不过你既然讲爱情讲得那么好，我本来是讨厌跟你在一起的，现在我可以忍受你了。我还有事儿要差遣你呢；可是除了你自己因为供我差遣而感到的欣喜以外，可不用希望我还会用什么来答谢你。

薛维厄斯　我的爱情是这样圣洁而完整，我又是这样不蒙眷顾，因此只要能够拾些人家收积过后留下来的残穗，我也以为是一次最丰富的收成了；随时略微给我一个不经意的微笑，我就可以靠着它而活命。

菲　琵　你认识刚才对我讲话的那个少年吗？

薛维厄斯　不大熟悉，但我常常遇见他；他已经把本来属于那个老头儿的草屋和地产都买下来了。

菲　琵　不要以为我爱他，虽然我问起他。他只是个淘气的孩子，可是倒很会讲话；但是空话我理它做甚？然而说话的人要是能够讨听话的人欢喜，那么空话也是很好的。他是个标致的青年；不算顶标致。当然他是太骄傲了；然而他的骄傲很配他。他长起来倒是一个漂亮的汉子，顶好的地方就是他的脸色；他的舌头刚刚得罪了人，用眼睛一瞟就补偿过来了。他的个儿不很高；然而照他的年纪说起来也就够高。他的腿不过如此；但也还好。他的嘴唇红得很美，比他那张白脸上掺和着的红色更烂熟更浓艳；一个是大红，一个是粉红。薛维厄斯，有些女人假

---

[1] 过去的诗人指马洛（Christopher Marlowe，1564—1593），莎士比亚同时代的戏剧家，诗人；"谁个情人不是一见就钟情？"一句系马洛所作叙事诗《希罗与李昂特》（Hero and Leander）中之语。

如也像我一样向他这么评头品足起来，一定会马上爱上了他的；可是我呢，我不爱他，也不恨他；然而我有应该格外恨他的理由。凭什么他要骂我呢？他说我的眼珠黑，我的头发黑；现在我记起来了，他嘲笑着我呢。我不懂怎么我不还骂他；但那没有关系，不声不响并不就是善罢甘休。我要写一封辱骂的信给他，你可以给我带去；你肯不肯，薛维厄斯？

薛维厄斯　菲琵，那是我再愿意不过的了。

菲　琵　我就写去；这件事情盘绕在我的心头，我要简简单单地把他挖苦一下。跟我去，薛维厄斯。（同下）

莎士比亚喜剧集

第四幕

第一场　亚登森林

罗瑟琳，西莉霞及杰克斯上。

杰克斯　可爱的少年，请你许我跟你结识结识。

罗瑟琳　他们说你是个多愁的人。

杰克斯　是的，我喜欢发愁不喜欢笑。

罗瑟琳　这两件事各趋极端，都会叫人讨厌，比醉汉更容易招一般人的指摘。

杰克斯　发发愁不说话，有什么不好？

罗瑟琳　那么何不做一根木头呢？

杰克斯　我没有读书人的那种争强斗胜的烦恼，也没有音乐家的那种胡思乱想的烦恼，也没有官员们的那种装威作福的烦恼，也没有军人们的那种侵权夺利的烦恼，也没有律师们的那种卖狡弄滑的烦恼，也没有姑娘家的那种吹毛求疵的烦恼，也没有情人们的这一切种种合拢来的烦恼；我的烦恼全然是我自己的，它由各种成分组合而成，从许多事物中提炼出来，那是我旅行中所得到的各种观感，因为不断的沉思而使我充满了十分古怪的忧愁。

罗瑟琳　是一个旅行家吗？噢，那你就有应该悲哀的理由了，我想你多半是卖去了自己的田地去看别人的田地，看见的这么多，自己却一无所有；眼睛是看饱了，两手却是空空的。

杰克斯　是的，我已经得到了我的经验。

罗瑟琳　而你的经验使你悲哀。我宁愿叫一个傻瓜来逗我发笑，不愿叫经验来使我悲哀；而且还要旅行各处去找它！

鄂兰陀上。

鄂兰陀　早安，亲爱的罗瑟琳！

杰克斯　要是你要念起诗来，那么我可要少陪了。（下）

罗瑟琳　再会，旅行家先生。你该打起些南腔北调，穿了些奇装异服，瞧不起本国的一切好处，厌恶你的故乡，简直要怨恨上帝干吗不给你生一副外国人的相貌；否则我可不能相信你曾经在威尼斯荡过艇子的。啊，怎么，鄂兰陀！你这些时间都在哪儿？你算是一个情人！要是你再对我来这么一套，你可再不用来见我了。

鄂兰陀　我的好罗瑟琳，我来得不过迟了一小时还不到。

罗瑟琳　误了一小时的情人的约会！谁要是把一分钟分作了一千分，而在恋爱上误了一千分之一分钟的几分之一的约会，这种人人家也许会说丘比特曾经拍过他的肩膀，可是我敢说他的心是不曾中过爱神之箭的。

鄂兰陀　原谅我吧，亲爱的罗瑟琳！

罗瑟琳　哼，要是你再这样慢吞吞地，以后不用再见我了；我宁愿让一只蜗牛向我献殷勤的。

鄂兰陀　一只蜗牛！

罗瑟琳　对了，一只蜗牛；因为它虽然走得慢，可是却把它的屋子顶在头上，我想这是一份比你所能给予一个女人的更好的家产；而且它还随身带着他的命运哩。

鄂兰陀　那是什么？

罗瑟琳　嘿，角儿哪；那正是你所要谢谢你的妻子的，可是他却自己随身带了它做武器，免得人家说他妻子的坏话。

鄂兰陀　贤德的女子不会叫她的丈夫当王八；我的罗瑟琳是贤德的。

罗瑟琳　而我是你的罗瑟琳吗？

西莉霞　他欢喜这样叫你；可是他有一个长得比你漂亮的罗瑟琳哩。

罗瑟琳　来，向我求婚，向我求婚；我现在很高兴，多半会答应你。假如我真是你的罗瑟琳，你现在要向我说些什么话？

鄂兰陀　我要在没有说话之前先接个吻。

罗瑟琳　不，你最好先说话，等到所有的话都说完了，想不出什么来的时候，你就可以趁此接吻。善于演说的人，当他们一时无话可说之际，他们会吐一口痰；情人们呢，上帝保佑我们！倘使缺少了说话的资料。接

莎士比亚喜剧集

吻是最便当的补救办法。

鄂兰陀　假如她不肯让我吻她呢？

罗瑟琳　那么她就使得你向她请求，这样又有了新的话题了。

鄂兰陀　谁见了他的心爱的情人而会说不出话来呢？

罗瑟琳　哼，假如我是你的情人，你就会说不出话来，我不是你的罗瑟琳吗？

鄂兰陀　我很愿意把你当作罗瑟琳，因为这样我就可以讲着她了。

罗瑟琳　好，我代表她说我不愿接受你。

鄂兰陀　那么我代表我自己说我要死去。

罗瑟琳　不，真的，还是请个人代死吧。这个可怜的世界差不多有六千年的岁
　　　　数了，可是从来不曾有过一个人亲自殉情而死。特洛埃勒斯是被一个
　　　　希腊人的棍棒砸出了脑浆的；可是在这以前他就已经寻过死，而他是
　　　　一个模范的情人。即使希罗当了尼姑，李昂特也会活下去活了好多年
　　　　的，倘不是因为一个酷热的仲夏之夜；因为，好孩子，他本来只是要
　　　　到赫勒斯滂海峡里去洗个澡的，可是在水中害起了抽筋来，因而淹死
　　　　了。那时代的愚蠢的史家却说他是为了塞斯滔斯的希罗而死。这些全
　　　　都是谎话；人们一代一代地死去，他们的尸体都给蛆虫吃了，可是决
　　　　不会为爱情而死的。

鄂兰陀　我不愿我的真正的罗瑟琳也作这样的想法，因为我可以发誓说她只要
　　　　皱一皱眉头就会把我杀死。

罗瑟琳　我凭着此手发誓，那是连一只苍蝇也杀不死的。但是来吧，现在我要
　　　　做你的一个乖乖的罗瑟琳；你向我要求什么，我一定允许你。

鄂兰陀　那么爱我吧，罗瑟琳！

罗瑟琳　好，我就爱你，星期五，星期六，以及一切的日子。

鄂兰陀　你肯接受我吗？

罗瑟琳　肯的，我肯接受这样二十个男人。

鄂兰陀　你怎么说？

罗瑟琳　你不是个好人吗？

鄂兰陀　我希望是的。

罗瑟琳　那么好的东西会嫌太多吗？来，妹妹，你要扮作牧师，给我们主婚。
　　　　把你的手给我，鄂兰陀。你怎么说，妹妹？

鄂兰陀　请你给我们主婚。

西莉霞　我不会说。

罗瑟琳　你应当这样开始："鄂兰陀，你愿不愿——"

西莉霞　好吧。——鄂兰陀，你愿不愿娶这个罗瑟琳为妻？

鄂兰陀　我愿意。

罗瑟琳　嗯，但是什么时候才娶呢？

鄂兰陀　当然就在现在哪；只要她能替我们完成婚礼。

罗瑟琳　那么你必须说，"罗瑟琳，我娶你为妻。"

鄂兰陀　罗瑟琳，我娶你为妻。

罗瑟琳　我本来可以问你凭着什么来娶我的；可是鄂兰陀，我愿意接受你做我的丈夫。——这丫头等不到牧师问起，就冲口说出来了；真的，女人的思想总是比行动跑得更快。

鄂兰陀　一切的思想都是这样；它们是生着翅膀的。

罗瑟琳　现在你告诉我你占有了她之后，打算保留到多久？

鄂兰陀　永久再加上一天。

罗瑟琳　说一天，不用说永久。不，不，鄂兰陀，男人们在未婚的时候是四月天，结婚的时候是十二月天，姑娘们做姑娘的时候是五月天，一做了妻子，季候便改变了。我要比一头巴巴里雄鸽对待他的雌鸽格外多疑地对待你；我要比下雨前的鹦鹉格外吵闹，比猢狲格外弃旧怜新，比猴子格外反复无常；我要在你高兴的时候像喷泉上的黛安娜女神雕像一样无端哭泣；我要在你想睡的时候像土狼一样纵声大笑。

鄂兰陀　但是我的罗瑟琳会做出这种事来吗？

罗瑟琳　我可以发誓她会像我一样做出来的。

鄂兰陀　啊！但是她是个聪明人哩。

罗瑟琳　她倘不聪明，怎么有本领做这等事？越是聪明，越是淘气。假如用一扇门把一个女人的才情关起来，它会从窗子里钻出来的；关了窗，它会从钥匙孔里钻出来的；塞住了钥匙孔，它会跟着一道烟从烟囱里飞出来的。

鄂兰陀　男人娶到了这种有才情的老婆，就难免要感慨"才情才情，看你横行到什么地方了。"

罗瑟琳　不，你可以把那句骂人的话留起来，等你瞧见你妻子的才情爬上了你邻人的床上去的时候再说。

鄂兰陀　那时这位多才的妻子又将用怎样的才情来辩解呢？

罗瑟琳　呃，她会说她是到那儿找你去的。你捉住她，她总有话好说，除非你把她的舌头割掉。唉！要是一个女人不会把她的错处推到她男人的身上去，那种女人千万不要让她抚养她自己的孩子，因为她会把他抚养成一个傻子的。

鄂兰陀　罗瑟琳，这两小时我要离开你。

罗瑟琳　唉！爱人，我两小时都缺不得你哪。

鄂兰陀　我一定要陪公爵吃饭去；到两点钟我就会回来。

罗瑟琳　好，你去吧，你去吧！我知道你会变成怎样的人，我的朋友们这样对我说过，我也这样相信着，你是用你那种花言巧语来把我骗上了手的。不过又是一个给人丢弃的罢了；好，死就死吧！你说是两点钟吗？

鄂兰陀　是的，亲爱的罗瑟琳。

罗瑟琳　凭着良心，一本正经，上帝保佑我，我可以向你起一起无关紧要的誓，要是你失了一点点儿的约，或是比约定的时间来迟了一分钟，我就要把你当作在一大堆无义的人们中间一个最可怜的背信者，最空心的情人，最不配被你叫作罗瑟琳的那人所爱的。所以，留心我的责骂，守你的约吧。

鄂兰陀　我一定恪遵，就像你真是我的罗瑟琳一样。好，再见。

罗瑟琳　好，时间是审判一切这一类罪人的老法官，让他来审判吧。再见。（鄂兰陀下）

西莉霞　你在你那种情话中间简直是侮辱我们女性。我们一定要把你的衫裤揭到你的头上，让全世界的人看看鸟儿怎样作践了她自己的。

罗瑟琳　啊，小妹妹，小妹妹，我的可爱的小妹妹，你要知道我爱得多么深！可是我的爱是无从测计深度的，因为它有一个渊深莫测的底，像葡萄牙海湾一样。

西莉霞　或者不如说是没有底的吧；你刚把你的爱倒进去，它就漏了出来。

罗瑟琳　不，维纳斯的那个坏蛋私生子，[1] 那个因为忧郁而受孕，因为冲动而怀胎，因为疯狂而诞生的；那个瞎眼的坏孩子，因为自己没有眼睛而把每个人的眼睛都欺蒙了的；让他来判断我爱得多么深吧。我告诉你，

---

[1] 指丘比特。

爱莲娜，我不看见鄂兰陀便活不下去。我要找一处树阴，去到那儿长吁短叹地等着他回来。

西莉霞　我要去睡一个觉儿。（同下）

第二场　林中的另一部分

杰克斯，群臣及林居人等上。

杰克斯　是谁把鹿杀死的？

甲　臣　先生，是我。

杰克斯　让我们引他去见公爵，像一个罗马的凯旋将军一样；把鹿角插在他头上，表示胜利的光荣。林居人，你们没有个应景的歌儿吗？

林居人　有的，先生。

杰克斯　那么唱起来吧；不要管它调子怎样，只要可以热闹热闹就是了。

林居人　（唱）

　　杀鹿的人好幸福，

　　穿它的皮顶它角。

　　唱个歌儿送送他。（众和）

　　顶了鹿角莫讥笑，

　　古时便已当冠帽；

　　你的祖父戴过它，

　　你的阿爹顶过它：

　　鹿角鹿角壮而美。

　　你们取笑真不对。（众下）

第三场　林中的另一部分

罗瑟琳及西莉霞上。

罗瑟琳　你现在怎么说？不是过了两点钟了吗？这儿哪有许多的鄂兰陀呢！

西莉霞　我对你说，他怀着纯洁的爱情和忧虑的头脑，带了弓箭出去睡觉去了。

瞧，谁来了。

薛维厄斯上。

薛维厄斯 我奉命来见您，美貌的少年；我的温柔的菲琵要我把这信送您。（将信交罗瑟琳）里面说的什么话我不知道；但是照她写这封信的时候那发怒的神气看来，多半是一些气恼的话。原谅我，我只是个不知情的送信人。

罗瑟琳 （阅信）最有耐性的人见了这封信也要暴跳如雷；是可忍，孰不可忍！她说我不漂亮；说我没有礼貌；说我骄傲；说即使男人像凤凰那样稀罕，她也不会爱我。天哪！我并不曾要追求她的爱，她为什么写这种话给我呢？好，牧人，好，这封信是你捣的鬼。

薛维厄斯 不，我发誓我不知道里面写些什么；这封信是菲琵写的。

罗瑟琳 算了吧，算了吧，你是个傻瓜，为了爱情颠倒得这等地步。我看见过她的手，她的手就像一块牛皮那样粗糙，一块沙石那样颜色；我以为她戴着一副旧手套，哪知道原来就是她的手；她有一双做粗工的手；但这可不用管它。我说她从来不曾想到过写这封信，这是男人出的花样，是一个男人的笔迹。

薛维厄斯 真的，那是她的笔迹。

罗瑟琳 嘿，这是粗暴的凶狠的口气，全然是挑战的口气，嘿，她就像土耳其人向基督徒那样向我挑战呢。女人家的温柔的头脑里，决不会想出这种恣睢暴戾的念头来；这种狠恶的字句，含着比字面更狠恶的用意。你要不要听听这封信？

薛维厄斯 假如您愿意，请您念给我听听吧。因为我还不曾听到过它呢；虽然关于菲琵的凶狠的话，倒已经听了不少了。

罗瑟琳 她要向我撒野呢。听那只母老虎怎样写法：（读）

你是不是天神的化身，

来燃烧一个少女的心？

女人会这样骂人吗？

薛维厄斯 您把这种话叫作骂人吗？

罗瑟琳 （读）

撇下了你神圣的殿堂，

虐弄一个痴心的姑娘？

你听见过这种骂人的话吗？

人们的眼睛向我求爱，

从不曾给我丝毫损害。

意思说我是个畜生。

你一双美目中的轻蔑，

倘能勾起我这般情热；

唉！假如你能青眼相加，

我更将怎样意乱如麻！

你一边骂，我一边爱你，

你倘求我，我何事不依？

代我传达情意的来使，

并不知道我这段心事；

让他带下了你的回报，

告诉我你的青春年少，

肯不肯接受我的奉献，

把我的一切听你调遣；

否则就请把拒绝明言，

我准备一死了却情缘。

薛维厄斯　您把这叫作骂吗？

西莉霞　唉，可怜的牧人！

罗瑟琳　你可怜他吗？不，他是不值得怜悯的。你会爱这种女人吗？嘿，利用你做工具，那样玩弄你！怎么受得住！好，你到她那儿去吧，因为我知道爱情已经把你变成一条驯服的蛇了；你去对她说：要是她爱我，我吩咐她爱你；要是她不肯爱你，那么我决不要她，除非你代她恳求。假如你是个真心的恋人，去吧，别说一句话；瞧又有人来了。（薛维厄斯下）

岳力佛上。

岳力佛　早安，两位。请问你们知不知道在这座树林的边界有一所用橄榄树围绕着的羊栏？

西莉霞　在这儿的西面，附近的山谷之下，从那微语喃喃的泉水旁边那一列柳树的地方向右出发，便可以到那边去。但现在那边只有一所空屋，没有人在里面。

岳力佛 假如听了人家嘴里的叙述便可以用眼睛认识出来，那么你们的模样正是我所听到说起的，穿着这样的衣服，这样的年纪："那少年生得很俊，脸孔像个女人，行为举动像是老大姊似的；那女人矮矮的，比她的哥哥黝黑些。"你们正就是我所要寻访的那屋子的主人吗？

西莉霞 既蒙下问，那么我们说我们正是那屋子的主人，也不算是自己的夸口了。

岳力佛 鄂兰陀要我向你们两位致意；这一方染着血迹的手帕，他叫我送给他称为他的罗瑟琳的那位少年。您就是他吗？

罗瑟琳 正是；这是什么意思呢？

岳力佛 说起来徒增我的惭愧，假如你们要知道我是谁，这一方手帕怎样，为什么，在哪里沾上这些血迹。

西莉霞 请您说吧。

岳力佛 年轻的鄂兰陀上次跟你们分别的时候，曾经答应过，在一小时之内回来；他正在林中走过，品味着爱情的甜蜜和苦涩，瞧，什么事发生了！他把眼睛向旁边一望，听着他看见了些什么东西：在一株满覆着苍苔的秃顶的老橡树之下，有一个不幸的衣衫褴褛须发蓬松的人仰面睡着；一条金绿的蛇缠在他的头上，正预备把它的头敏捷地伸进他的张开的嘴里去，可是突然看见了鄂兰陀，它便松了开来，蜿蜒地溜进林莽中去了；在那林阴下有一头乳房干瘪的母狮，头贴着地蹲伏着，像猫一样注视这睡着的人的动静，因为那畜生有一种高贵的素性，不会去侵犯瞧上去似乎已经死了的东西。鄂兰陀一见了这情形，便走到那人的面前，一看却是他的兄长，他的大哥。

西莉霞 啊！我听见他说起过那个哥哥，他说他是一个再忍心害理不过的。

岳力佛 他很可以那样说，因为我知道他确是忍心害理的。

罗瑟琳 但是我们说鄂兰陀吧；他把他丢下在那儿，让他给那饿狮吃了吗？

岳力佛 他两次转身想去，可是善心比复仇更高贵，天性克服了他的私怨，使他去和那母狮格斗，很快地那狮子便向他扑了上来，我听见搏击的声音，就从苦恼的瞌睡中醒过来了。

西莉霞 你就是他的哥哥吗？

罗瑟琳 他救的便是你吗？

西莉霞　老是设计谋害他的便是你吗？

岳力佛　那是从前的我，不是现在的我。我现在已经变了个新的人了，因此我可以不惭愧地告诉你们我从前的为人。

罗瑟琳　可是那块血渍的手帕是怎样来的？

岳力佛　别性急。那时我们两人叙述着彼此的经历，以及我到这荒野里来的原委；一面说一面自然流露的眼泪流个不住。简单地说，他把我领去见那善良的公爵，公爵赏给我新衣服穿，款待着我，吩咐我的弟弟照应我；于是他立刻带我到他的洞里去，脱下衣服来，一看臂上给母狮抓去了一块肉，血不停地流着，那时他便晕了过去，嘴里还念着罗瑟琳的名字。简单地说，我把他救醒，裹好了他的伤口；略过些时，精神恢复了，他便叫我这个陌生人到这儿来把这件事通知你们，请你们原谅他的失约。这一方手帕在他的血里浸过，他要我交给他戏称为罗瑟琳的那位青年牧人。

（罗瑟琳晕去）

西莉霞　呀，怎么啦，盖尼密？！亲爱的盖尼密！

岳力佛　有好多人一见了血便要发晕。

西莉霞　还有其他的缘故哩。哥哥！盖尼密！

岳力佛　瞧，他醒过来了。

罗瑟琳　我要回家去。

西莉霞　我们可以陪着你去。请您扶着他的臂好不好？

岳力佛　提起精神来，孩子。你算是个男人吗？你太没有男人气了。

罗瑟琳　一点不错，我承认。啊，好小子！人家会觉得我假装得很像哩。请您告诉令弟我假装得多么像。哎唷！

岳力佛　这不是假装；你的脸色已经有了太清楚的证明，这是出于真情的。

罗瑟琳　告诉您吧，真的是假装的。

岳力佛　好吧，那么振作起来，假装个男人样子吧。

罗瑟琳　我正在假装着呢；可是凭良心说，我理该是个女人。

西莉霞　来，你瞧上去脸色越变越白了；回家去吧。好先生，陪我们去吧。

岳力佛　好的，因为我必须把你怎样原谅舍弟的回音带回去呢，罗瑟琳。

罗瑟琳　我会想出些什么来的。但是我请您就把我的假装的样子告诉他吧。我们走吧。（同下）

第五幕

第一场　亚登森林

试金石及奥菊蕾上。

试金石　咱们总会找到一个时间的，奥菊蕾；耐心着吧，温柔的奥菊蕾。

奥菊蕾　那位老先生虽然这么说，其实这个牧师也很好呀。

试金石　顶坏不过的岳力佛师傅，奥菊蕾；顶不好的马退克斯脱。但是，奥菊蕾，林子里有一个年轻人要向你求婚呢。

奥菊蕾　嗯，我知道他是谁；他跟我全没有关系。你说起的那个人来了。

威廉上。

试金石　看见一个村汉在我是家常便饭。凭良心说话，我们这辈聪明人真是作孽不浅；我们总是忍不住要寻寻人家的开心。

威　廉　晚安，奥菊蕾。

奥菊蕾　你晚安哪，威廉。

威　廉　晚安，先生。

试金石　晚安，好朋友。把帽子戴上了，把帽子戴上了；请不用客气，把帽子戴上了。你多大年纪了，朋友？

威　廉　二十五了，先生。

试金石　正是妙龄。你名叫威廉吗？

威　廉　威廉，先生。

试金石　一个好名字，是生在这林子里的吗？

威　廉　是的，先生，我感谢上帝。

试金石　"感谢上帝"；很好的回答。很有钱吗？

威　廉　呃，先生，不过如此。

试金石　"不过如此"，很好很好，好得很；可是也不算怎么好，不过如此而
　　　　已。你聪明吗？

威　廉　呃，先生，我还算聪明。

试金石　啊，你说得很好。我现在记起一句话来了，"傻子自以为聪明，但聪
　　　　明人知道他自己是个傻子。"异教的哲学家想要吃一颗葡萄的时候，
　　　　便张开嘴唇来，把它放进嘴里去；那意思是表示葡萄是生下来给人吃，
　　　　嘴唇是生下来要张开的；你爱这姑娘吗？

威　廉　是的，先生。

试金石　把你的手给我。你有学问吗？

威　廉　没有，先生。

试金石　那么让我教训你：有者有也；修辞学上有这么一个比喻，把酒从杯子
　　　　里倒在碗里，一只满了，那一只便要落空。写文章的人大家都承认"彼"
　　　　即是他；好，你不是彼，因为我是他。

威　廉　哪一个他，先生？

试金石　先生，就是要跟这个女人结婚的他。所以，你这村夫，莫——那在
　　　　俗话里就是不要——与此妇——那在土话里就是和这个女人——交
　　　　游——那在普通话里就是来往；合拢来说，莫与此妇交游，否则，村
　　　　夫，你就要毁灭；或者让你容易明白些，你就要死；那就是说，我要
　　　　杀死你，把你干掉，叫你活不成，让你当奴才。我要用毒药毒死你，
　　　　一顿棒儿打死你，或者用钢刀搠死你；我要跟你打架；我要想出计策
　　　　来打倒你；我要用一百五十种法子杀死你：所以赶快发着抖滚吧。

奥菊蕾　你快去吧，好威廉。

威　廉　上帝保佑您快活，先生。（下）

　　　　库林上。

库　林　我们的大官人和小娘子找着你哪；来，走啊！走啊！

试金石　走，奥菊蕾！走，奥菊蕾！我就来，我就来。（同下）

莎士比亚喜剧集

第二场 林中的另一部分

鄂兰陀及岳力佛上。

鄂兰陀 你跟她相识只是这么浅便会喜欢起她来了吗？一看见了她，便会爱起她来了吗？一爱了她，便会求起婚来了吗？一求了婚，她便会答应了你吗？你一定要得到她吗？

岳力佛 这件事进行得匆促，她的贫穷，相识的不久，我突然的求婚和她突然的允许，这些你都不用怀疑；只要你承认我是爱着爱莲娜的，承认她是爱着我的，允许我们两人的结合，这样你也会有好处；因为我愿意把我父亲老罗兰爵士的房屋和一切收入都让给你，我自己在这里终生做一个牧人。

鄂兰陀 你可以得到我的允许。你们的婚礼就在明天举行吧；我可以去把公爵和他的一切乐天的从者都请了来。你去吩咐爱莲娜预备一切。瞧，我的罗瑟琳来了。

罗瑟琳上。

罗瑟琳 上帝保佑你，哥哥。

岳力佛 也保佑你，好妹妹。（下）

罗瑟琳 啊！我的亲爱的鄂兰陀，我瞧见你把你的心裹在绷带里，我是多么难过呀。

鄂兰陀 那是我的臂膀。

罗瑟琳 我以为是你的心给狮子抓伤了。

鄂兰陀 它的确是受了伤了，但却是给一位姑娘的眼睛伤害了的。

罗瑟琳 你的哥哥有没有告诉你当他把你的手帕给我的时候，我假装晕去了的情形？

鄂兰陀 是的，而且还有更奇怪的事情呢。

罗瑟琳 噢！我知道你说的是什么，噯，那倒是真的；从来不曾有过这么快的事情，除了两头公羊的打架和恺撒那句"我来，我看见，我征服"[1]

---

[1] "我来，我看见，我征服"，为恺撒（Julius Caesar）征服邦都斯（Pontus）王法那瑟斯后告知罗马贵族院之有名豪语。

的傲语。令兄和舍妹刚见了面，便大家瞧起来了；一瞧便相爱了；一相爱便叹气了；一叹气便彼此问为的是什么；一知道了为的是什么，便要想补救的办法：这样一步一步地踏到了结婚的阶段，不久他们便要成其好事了，否则他们等不到结婚便要放肆起来的。他们简直爱得慌了，一定要在一块儿；用棒儿也打不散他们。

鄂兰陀　他们明天便要成婚，我就要去请公爵参加婚礼。但是，唉！从别人的眼中看见幸福，多么令人烦闷。明天我越是想到我的哥哥满足了心愿多么快活，我便将越是伤心。

罗瑟琳　难道我明天不能仍旧被充作你的罗瑟琳了吗？

鄂兰陀　我不能老是靠着幻想而生存了。

罗瑟琳　那么我不再用空话来叫你心烦了。告诉了你吧，现在我不是说着玩儿，我知道你是一个有见识的上等人；我并不是因为希望你赞美我的本领而恭维你，我要使你相信我的话，也不是图自己的名气，只是为着你的好处。假如你肯相信，那么我告诉你，我会行奇迹。从三岁时候起我就和一个术士结识，他的法术非常高深，可是并不作恶害人。要是你爱罗瑟琳真是爱得那么深，就像你瞧上去的那样，那么你哥哥和爱莲娜结婚的时候，你就可以和她结婚。我知道她现在的处境是多么不幸；只要你没有什么不方便，我一定能够明天叫她亲身出现在你的面前，一点没有危险。

鄂兰陀　你说的是真话吗？

罗瑟琳　我以生命为誓，我说的是真话，虽然我说是个术士，可是我很重视我的生命呢。所以你得穿上你最好的衣服，邀请你的朋友们来；只要你愿意在明天结婚，你一定可以结婚；和罗瑟琳结婚，要是你愿意。瞧，我的一个爱人和她的一个爱人来了。

　　　　　薛维厄斯及菲琵上。

菲　琵　少年人，你很对不起我，把我写给你的信宣布了出来。

罗瑟琳　要是我把它宣布了，我也不管；我存心要对你傲慢不客气。你背后跟着一个忠心的牧人；瞧着他吧，爱他吧，他崇拜着你哩。

菲　琵　好牧人，告诉这个少年人恋爱是怎样的。

薛维厄斯　它是充满了叹息和眼泪的；我正是这样爱着菲琵。

菲　琵　我也是这样爱着盖尼密。

鄂兰陀　我也是这样爱着罗瑟琳。

罗瑟琳　我可是一个女人也不爱。

薛维厄斯　它是全然的忠心和服务；我正是这样爱着菲琵。

菲　琵　我也是这样爱着盖尼密。

鄂兰陀　我也是这样爱着罗瑟琳。

罗瑟琳　我可是一个女人也不爱。

薛维厄斯　它是全然的空想，全然的热情，全然的愿望；全然的崇拜、恭顺和
　　　　　尊敬；全然的谦卑，全然的忍耐和焦心；全然的纯洁，全然的磨炼，
　　　　　全然的服从；我正是这样爱着菲琵。

菲　琵　我也是这样爱着盖尼密。

鄂兰陀　我也是这样爱着罗瑟琳

罗瑟琳　我可是一个女人也不爱。

菲　琵　（向罗瑟琳）假如真是这样，那么你为什么责备我爱你呢？

薛维厄斯　（向菲琵）假如真是这样，那么你为什么责备我爱你呢？

鄂兰陀　假如真是这样，那么你为什么责备我爱你呢？

罗瑟琳　你在同谁说话，"你为什么责备我爱你呢？"

鄂兰陀　向那不在这里，也听不见我的说话的她。

罗瑟琳　请你们别再说下去了吧，这简直像是一群爱尔兰的狼向着月亮嗥叫。
　　　　　（向薛维厄斯）要是我能够，我一定帮助你。（向菲琵）要是我有可
　　　　　能，我一定会爱你。明天大家来和我相会。（向菲琵）假如我会跟女
　　　　　人结婚，我一定跟你结婚；我要在明天结婚了。（向鄂兰陀）假如我
　　　　　会使男人满足，我一定使你满足；你要在明天结婚了。（向薛维厄斯）
　　　　　假如使你喜欢的东西能使你满意，我一定使你满意；你要在明天结婚
　　　　　了。（向鄂兰陀）你既然爱罗瑟琳，请你赴约。（向薛维厄斯）你既
　　　　　然爱菲琵，请你赴约。我既然不爱什么女人，我也赴约。现在再见吧；
　　　　　我已经吩咐过你们了。

薛维厄斯　只要我活着，我一定不失约。

菲　琵　我也不失约。

鄂兰陀　我也不失约。（各下）

第三场　林中的另一部分

试金石及奥菊蕾上。

试金石　明天是快乐的好日子，奥菊蕾；明天我们要结婚了。

奥菊蕾　我满心盼望着呢；我希望盼望出嫁并不是一个不正当的愿望。有两个
放逐的公爵的童儿来了。

二童上。

甲　童　遇见得巧啊，好先生。

试金石　巧得很，巧得很。来，请坐，唱个歌儿。

乙　童　遵命遵命。居中坐下吧。

甲　童　一副坏喉咙未唱之前，总少不了来些老套子，例如咳嗽吐痰或是说嗓
子有点儿嗄了之类；我们还是免了这些，马上唱起来怎样？

乙　童　好的，好的；两人齐声同唱，就像两个吉卜赛人骑在一匹马上。

　　　　　歌

一对情人并着肩，
哎哟哎哟哎哎哟，
走过了青青稻麦田，
春天是最好的结婚天，
听嘤嘤歌唱枝头鸟，
姐郎们最爱春光好。

小麦青青大麦鲜，
哎哟哎哟哎哎哟，
乡女村男交颈儿眠，
春天是最好的结婚天云云。

新歌一曲意缠绵，
哎哟哎哟哎哎哟，
人生美满像好花妍，

春天是最好的结婚天云云。

劝君莫负艳阳天，
哎哟哎哟哎哎哟，
恩爱欢娱要趁少年，
春天是最好的结婚天云云。

试金石 老实说，年轻的先生们，这首歌词固然没有多大意思，那调子却也很不入调。

甲 童 您弄错了，先生；我们是照着板眼唱的，一拍也没有漏过。

试金石 凭良心说，我来听这么一首傻气的歌儿，真算是白糟蹋了时间。上帝和你们同在；上帝把你们的喉咙补补好吧。来，奥菊蕾。（同下）

第四场　林中的另一部分

老公爵、阿米恩斯、杰克斯、鄂兰陀、岳力佛及西莉霞同上。

公 爵 鄂兰陀，你相信那孩子果真有他所说的那种本领吗？

鄂兰陀 我有时相信，有时不相信；就像那些因恐结果无望而心中惴惴的人，一面希望一面担着心事。

罗瑟琳，薛维厄斯及菲琵上。

罗瑟琳 再请耐心听我说一遍我们所约定的条件。（向公爵）您不是说，假如我把您的罗瑟琳带了来，您愿意把她赏给这位鄂兰陀做妻子吗？

公 爵 即使再要我把几个王国作为陪嫁，我也愿意。

罗瑟琳 （向鄂兰陀）您不是说，假如我带了她来，您愿意娶她吗？

鄂兰陀 即使我是统治万国的君王，我也愿意。

罗瑟琳 （向菲琵）您不是说，假如我愿意，您便愿意嫁我吗？

菲 琵 即使我在一小时后就要一命丧亡，我也愿意。

罗瑟琳 但是假如您不愿意嫁我，您不是要嫁给这位忠心无比的牧人吗？

菲 琵 是这样约定着。

罗瑟琳 （向薛维厄斯）您不是说，假如菲琵愿意，您便愿意娶她吗？

薛维厄斯 即使娶了她等于送死，我也愿意。

罗瑟琳　我答应要把这一切事情安排得好好的。公爵，请您守约许嫁您的女儿；鄂兰陀，请您守约娶他的女儿；菲琵，请您守约嫁我，假如不肯嫁我，便得嫁给这位牧人；薛维厄斯，请您守约娶她，假如她不肯嫁我；现在我就去给你们解释这些疑惑。（罗瑟琳，西莉霞下）

公　爵　这个牧童使我记起了我的女儿的相貌，有几分活像是她。

鄂兰陀　殿下，我初次见他的时候，也以为他是郡主的兄弟呢；但是，殿下，这孩子是在林中生长的，他的伯父曾经教过他一些魔术的原理，据说他那伯父是一个隐居在这儿林中的大术士。

　　　　试金石及奥菊蕾上。

杰克斯　一定又有一次洪水来啦，这一对一对都要准备躲到方舟里去。[1]又来了一对奇怪的畜生，傻瓜是他们公认的名字。

试金石　列位这厢有礼了！

杰克斯　殿下，请您欢迎他。这就是我在林中常常遇见的那位傻头傻脑的先生；据他说他还出入过宫廷呢。

试金石　要是有人不相信，尽管质问我好了。我曾经跳过高雅的舞；我曾经恭维过一位贵妇；我曾经向我的朋友耍过手腕，跟我的仇家们装亲热；我曾经毁了三个裁缝，闹过四回口角，有一次几乎大打出手。

杰克斯　那是怎样闹起来的呢？

试金石　呃，我们碰见了，一查这场争吵是根据第七个原因。

杰克斯　怎么叫第七个原因？——殿下，请您喜欢这个家伙。

公　爵　我很喜欢他。

试金石　上帝保佑您，殿下；我希望您喜欢我。殿下，我挤在这一对对乡村的姐儿郎儿中间到这里来，也是想来宣了誓然后毁誓，让婚姻把我们结合，再让血气把我们拆开。她是个寒碜的姑娘，殿下，样子又难看；可是殿下，她是我自个儿的；我有一个坏脾气，殿下，人家不要的我偏要。宝贵的贞洁，殿下，就像是住在破屋子里的守财奴，又像是丑蚌壳里的明珠。

公　爵　我说，他倒很伶俐机警呢。

杰克斯　但是且说那第七个原因；你怎么知道这场争吵是根据第七个原因呢？

---

[1] 指《创世记》中洪水时挪亚造方舟之事。

试金石　因为那是根据着一句经过七次演变后的谎话。——把你的身体站端正些，奥菊蕾。——是这样的，先生：我不喜欢某位廷臣的胡须的式样；他回我说假如我说他的胡须的式样不好，他却自以为很好：这叫作"有礼的驳斥"。假如我再去对他说那式样不好，他就回我说他自己喜欢要这样：这叫作"谦恭的讽刺"。要是再说那式样不好，他便蔑视我的意见：这叫作"粗暴的答复"。要是再说那式样不好，他就回答说我讲得不对：这叫作"大胆的谴责。"要是再说那式样不好，他就要说我说谎：这叫作"挑衅的反攻"。于是就到了"委婉的说谎"和"公然的说谎"。

杰克斯　你说了几次他的胡须式样不好呢？

试金石　我只敢说到"委婉的说谎"为止，他也不敢给我"公然的说谎"；因此我们较了较剑，便走开了。

杰克斯　你能不能把一句谎话的各种程度按着次序说出来？

试金石　先生啊，我们争吵都是根据书本的，就像你们有讲礼貌的书一样。我可以把各种程度列举出来。第一，有礼地驳斥；第二，谦恭地讽刺；第三，粗暴地答复；第四，大胆地谴责；第五，挑衅地反攻；第六，委婉地说谎；第七，公然地说谎。除了"公然地说谎"之外，其余的都可以避免；但是"公然地说谎"只要用了"假如"两个字，也就可以一天云散。我知道有一场七个法官都处断不了地争吵；当两者相遇时，其中的一个单单想起了"假如"两字，例如"假如你这样说，那么我便要这样说"，于是两人便彼此握手，结为兄弟了。"假如"是唯一的和事佬，"假如"之为用大矣哉！

杰克斯　殿下，这不是一个很难得的人吗？他什么都懂，然而仍然是一个傻瓜。

公　爵　他把他的傻气当作了藏身的烟幕，在它的荫蔽之下放出他的机智来。
　　　　亥门领罗瑟琳穿女装及西莉霞上。柔和的音乐。

亥　门　天上有喜气融融，

　　　　人间万事尽亨通，

　　　　和合无嫌猜。

　　　　公爵，接受你女儿，

　　　　亥门一路带着伊，

　　　　远从天上来；

	请你为她作主张，
	嫁给她心上情郎。
罗瑟琳	（向公爵）我把我自己交给您，因为我是您的。（向鄂兰陀）我把我 自己交给您，因为我是您的。
公 爵	要是眼前所见的并不是虚假，那么你是我的女儿了。
鄂兰陀	要是眼前所见的并不是虚假，那么你是我的罗瑟琳了。
菲 琵	要是眼前的情形是真，那么永别了，我的爱人！
罗瑟琳	（向公爵）要是您不是我的父亲，那么我不要有什么父亲。（向鄂兰 陀）要是您不是我的丈夫，那么我不要有什么丈夫。（向菲琵）要是 我不跟你结婚，那么我再不跟别的女人结婚。
亥 门	请不要喧闹纷纷！

这种种古怪事情，
都得让亥门断清。
这里有四对恋人，
说的话儿倘应心，
该携手共缔鸳盟。
你俩患难不相弃。（向鄂兰陀、罗瑟琳）
你们俩同心永系；（向岳力佛、西莉霞）
你和他宜室宜家，（向菲琵）
再莫恋镜里空花；
你两人形影相从，（向试金石、奥菊蕾）
像风雪跟着严冬。
等一曲婚歌奏起，
尽你们寻根觅柢，
莫惊讶咄咄怪事，
细想想原来如此。

　　　歌

人间添美眷，
天后爱团圆；
席上同心侣，

327

枕边并蒂莲。

不有亥门力，

何缘众庶生？

同声齐赞颂，

亥门最堪称！

公　爵　啊，我的亲爱的侄女！我欢迎你，就像你是我自己的女儿。

菲　琵　（向薛维厄斯）我不愿食言，现在你已经是我的；你的忠心使我爱上了你。

贾克斯上。

贾克斯　请听我说一两句话；我是老罗兰爵士的第二个儿子，特意带了消息到这群贤毕集的地方来。弗雷特力克公爵因为听见每天有才智之士投奔到这林中，故此兴起大军，亲自统率，预备前来捉拿他的兄长，把他杀死除害。他到了这座树林的边界，遇见了一位高年的修道士，交谈之下，悔悟前非，立即停止进兵；同时看破红尘，把他的权位归还给被他放逐的兄长，一同流亡在外的诸人的土地，也都各还原主，这不是假话，我可以用生命作担保。

公　爵　欢迎，年轻人！你给你的兄弟们送了很好的新婚贺礼来了：一个是他被扣押的土地；一个是一座绝大的公国，享有着绝对的主权。先让我们在这林中把我们已经在进行得好好的事情办了；然后，在这幸运的一群中，每一个曾经跟着我忍受过艰辛的日子的人，都要按着各人的地位，分享我恢复了的荣华，现在我们且把这种新近得来的尊荣暂时搁在脑后，举行起我们乡村的狂欢来吧。奏起来，音乐！你们各位新娘新郎，大家欢天喜地的，跳起舞来呀！

杰克斯　先生，恕我冒昧。要是我没有听错，好像您说的是那公爵已经潜心修道，抛弃富贵的宫廷了。

贾克斯　是的。

杰克斯　我就找他去；从这种悟道者的地方，很可以得到一些绝妙的教训。（向公爵）我让你去享受你那从前的光荣吧；那是你的忍耐和德行的报酬。（向鄂兰陀）你去享受你那用忠心赢得的爱情吧。（向岳力佛）你去享有你的土地，爱人和权势吧。（向薛维厄斯）你去享用你那用千辛万苦换来的老婆吧。（向试金石）至于你呢，我让你去口角吧；因为在你的爱情的旅程上，你只带了两个月的粮草。好，大家各人去找各人的快乐；跳舞可不是我的份。

公　爵　别走，杰克斯，别走！

杰克斯　我不想看你们的作乐；你们将会得到些什么，我就在被你们遗弃了的山窟中也可以知道的。（下）

公　爵　进行下去吧，开始我们的嘉礼；自始至终谁都是满心的欢喜。（跳舞。众下）

收场白

罗瑟琳　叫娘儿们来念收场白，似乎不大合适；可是那也不见得比叫老爷子来念开场白更不成样子些。要是好酒无须招牌，那么好戏也不必有收场白；可是好酒要用好招牌，好戏倘再加上一段好收场白，岂不更好？那么我现在的情形是怎样的呢？既然不会念一段好收场白，又不能用一出好戏来讨好你们！我并不穿着得像个叫花子一样，因此我不能向你们乞求；我的唯一的法子是恳请。我要先向女人们着手。女人们啊！为着你们对于男子的爱情，请你们尽量地喜欢这本戏。男人们啊！为着你们对于女子的爱情——瞧你们那副痴笑的神气，我就知道你们谁都不讨厌她们的——请你们学着女人们的样子，也来喜欢这本戏。假如我是一个女人，[1] 你们中间只要谁的胡子生得叫我满意，脸蛋长得讨我欢喜，而且气息也不叫我恶心的，我都愿意给他一吻。为了我这种慷慨的奉献，我相信凡是生得一副好胡子，长得一张好脸蛋，或是有一口好气息的诸君，当我屈膝致敬的时候，都会向我道别。（下）

---

[1] 伊丽莎白时代舞台上女角皆用男童扮演。

第十二夜 [1]

剧中人物

鄂西诺	伊利里亚公爵
瑟巴士显	薇俄拉之兄
安东尼奥	船长，瑟巴士显之友
另一船长	薇俄拉之友
伐伦泰因	
邱里奥	公爵侍臣
托培·贝尔区爵士	奥丽薇霞的叔父
盎厥鲁·埃求启克爵士	
马伏里奥	奥丽薇霞的管家
费边	
斐斯脱　小丑	奥丽薇霞之仆
奥丽薇霞	富有的伯爵小姐
薇俄拉	热恋公爵者
玛莉霞	奥丽薇霞的侍女

群臣，牧师，水手，警吏，乐工及其他侍从等

---

[1] 1月6日，即耶稣圣诞后之第十二日，为旧俗宴乐之佳节，裏时宫廷中例于是晚搬演杂剧为乐。本剧系供当时上演之用，故即以《第十二夜》命名。

名片

伽利略也某种意义上其实只是海盗

第一幕

第一场　公爵府中一室

公爵，邱里奥，众臣同上；乐工随侍。

公　爵　假如音乐是爱情的食粮，那么奏下去吧；尽量地奏下去，好让爱情因过饱噎塞而死。又奏起这个调子来了！它有一种渐渐消沉下去的节奏。啊！它经过我的耳畔，就像吹在一丛蔷薇上的微风发出的轻柔的声音，一面把花香偷走，一面又把花香分送。够了！别再奏下去了！现在已经不像原来那样甜蜜。爱情的精灵呀！你是多么敏感而活泼；虽然你有海一样的容量，可是无论怎样高贵超越的事物，一进了你的范围，便会在顷刻间失去了它的价值。爱情是这样充满了意象，在一切事物中是最富于幻想的。

邱里奥　殿下，您要不要去打猎？

公　爵　什么，邱里奥？

邱里奥　去打鹿。

公　爵　啊，一点不错，我的心就像是一头鹿呢。唉！当我第一眼瞧见奥丽薇霞的时候，我觉得好像空气给她澄清了。那时我就变成了一头鹿；我的情欲像凶暴残酷的猎犬一样，永远追逐着我。

伐伦泰因上。

公　爵　怎样！她那边有什么消息带来？

伐伦泰因　启禀殿下，他们不让我进去，只从她的侍女嘴里传来了这一个答复：在七个寒暑不曾过去之前，就是青天也不能窥见她的全貌；她要像一个尼姑一样，蒙着面纱而行，每天用辛酸的眼泪浇洒她的卧室：这一切都是为着纪念对于一个死去的哥哥的爱，她要把这爱永远活生生地保留在她的悲伤的记忆里。

公　爵　唉！她有这么一颗优美的心，对于她的哥哥也会挚爱到这等地步。假如爱神那支富丽的金箭把她心里一切其他的感情一齐射死；假如只有一个唯一的君王占据着她的心肝头脑，这些尊严的御座，只有他充满在她的一切可爱的品性之中，那时她将要怎样恋爱着啊！

　　　　给我引道到芬芳的花丛；

　　　　相思在花荫下格外情浓。（同下）

第二场　海滨

薇俄拉，船长及水手等上。

薇俄拉　朋友们，这儿是什么国土？

船　长　这儿是伊利里亚，姑娘。

薇俄拉　我在伊利里亚干什么呢？我的哥哥已经到极乐世界里去了。也许他侥幸没有淹死。水手们，你们以为怎样？

船　长　您也是侥幸才保全了性命的。

薇俄拉　唉，我的可怜的哥哥！但愿他也侥幸无恙！

船　长　不错，姑娘，您可以用侥幸的希望来宽慰您自己。我告诉您，当我们的船撞破了之后，您和那几个跟您一同脱险的人坐在我们那只给风涛所颠摇的小船上，那时我瞧见您的哥哥很有急智地把他自己捆在一根浮在海面的桅樯上，勇敢和希望教给了他这个计策；我见他像阿赖温[1]骑在海豚背上似的浮沉在波浪之间，直到我的眼睛望不见他。

薇俄拉　这样的话赛过黄金。我自己的脱险使我抱着他也能够同样脱险的希望；你的话更把我的希望证实了几分。你知道这国土吗？

船　长　是的，姑娘，很熟悉；因为我就是在离这儿不到三小时旅程的地方生长的。

薇俄拉　谁统治着这地方？

---

[1] 阿赖温，希腊诗人和音乐家，传说他在某次乘船自西西里至科林多，途中为水手所迫害，因跃入海中，为海豚负至岸上，盖深感其音乐之力云。

船　长	一位名实相符的高贵公爵。
薇俄拉	他叫什么名字？
船　长	鄂西诺。
薇俄拉	鄂西诺！我曾经听见我父亲说起过他；那时他还没有娶亲。
船　长	现在他还是这样，至少在最近我还不曾听见他娶亲的消息；因为只一个月之前我从这儿出发，那时刚刚有一种新鲜的风传，——您知道大人物的一举一动，都会被一般人纷纷议论着的，——说他在向美貌的奥丽薇霞求爱。
薇俄拉	她是谁呀？
船　长	她是一位品德高尚的姑娘；她的父亲是位伯爵，约摸在一年前死去，把她交给他的儿子，由她的哥哥照顾，可是他不久也死了。他们说为了表示对于她哥哥的深切的友爱，她已经发誓不再跟男人们在一起或是见他们的面。
薇俄拉	唉！要是我能够侍候这位小姐，就可以不用在时机没有成熟之前隐瞒我的身份了。
船　长	那很难办到，因为她不肯接纳无论哪一种请求，就是公爵的请求她也是拒绝的。
薇俄拉	船长，你瞧上去是个好人；虽然造物常常用一层美丽的墙来围蔽住内中的污秽，但是我可以相信你的心地跟你的外表一样好。请你替我保守秘密，我以后会重谢你的；你得帮助我假扮起来，好让我达到我的目的。我要去侍候这位公爵，你要把我送给他做近侍；也许你会得到些好处的，因为我会唱歌，用各种的音乐向他说话，使他会重用我。以后有什么事以后再说；我会使计谋，你只需静默。
船　长	我便当哑巴，你去做近侍； 倘多话挖去我的眼珠子。
薇俄拉	谢谢你；领着我去吧。（同下）

第三场　奥丽薇霞宅中一室

托培·贝尔区爵士及玛莉霞上。

托　培	我的侄女见什么鬼把她哥哥的死看得那么重？悲哀是要损寿的呢。
玛莉霞	真的，托培老爷，您晚上得早点儿回来；您那侄小姐很反对您深夜不归呢。
托　培	哼，让她去今天反对，明天反对，尽管反对下去吧。
玛莉霞	噷，但是您总得有个分寸，不要太失了身份才是。
托　培	身份！我这身衣服难道不合身份吗？穿了这种衣服去喝酒，也很有身份了；还是这双靴子，要是它们不合身份，就叫它们在靴带上吊死了吧。
玛莉霞	您这样酗酒会作践了您自己的，我昨天听见小姐说起过；她还说起您有一晚带到这儿来向她求婚的那个傻武士。
托　培	谁？盎厥鲁·埃求启克爵士吗？
玛莉霞	噷，就是他。
托　培	他在伊利里亚也算是一表人才了。
玛莉霞	那又有什么相干？
托　培	哼，他一年有三千块钱收入呢。
玛莉霞	噷，可是一年之内就把这些钱全花光了。他是个大傻瓜，而且是个浪子。
托　培	呸！你说出这种话来！他会拉低音提琴；他会不看书本讲三四国语言，一个字都不模糊；他有一切很好的天分。
玛莉霞	是的，傻子都是得天独厚的；因为他除了是个傻瓜之外，又是一个惯会惹是非的家伙；要是他没有懦夫的天分来缓和一下他那喜欢吵架的脾气，有见识的人都以为他就会有棺材睡的。
托　培	我举手发誓，这样说他的人，都是一批坏蛋，信口雌黄的东西。他们是谁啊？
玛莉霞	他们又说您每夜跟他在一块儿喝酒。
托　培	我们都喝酒祝我的侄女健康呢。只要我的喉咙里有食道，伊利里亚有酒，我便要为她举杯祝饮。谁要是不愿为我的侄女举杯祝饮，喝到像抽陀螺似的天旋地转的，他就是个不中用的汉子，是个卑鄙小人。嘿，丫头！瞧！盎厥鲁·埃求启克爵士来啦。
	盎厥鲁·埃求启克爵士上。
盎厥鲁	托培·贝尔区爵士！您好，托培·贝尔区爵士！
托　培	亲爱的盎厥鲁爵士！
盎厥鲁	您好，美貌的小泼妇！

玛莉霞　您好，大人。

托　培　寒暄几句，盎厥鲁爵士，寒暄几句。

盎厥鲁　您说什么？

托　培　这是舍侄女的丫环。

盎厥鲁　好寒萱姐姐，我希望咱们多多结识。

玛莉霞　我的名字是玛莉，大人。

盎厥鲁　好玛莉·寒萱姐姐，——

托　培　你弄错了，武士；"寒暄几句"就是跑上去向她应酬一下，招呼一下，客套一下的意思。

盎厥鲁　哎哟，当着这些人我可不要跟她打交道。"寒暄"就是这个意思吗？

玛莉霞　再见，先生们。

托　培　要是你让她这样走了，盎厥鲁爵士，你以后再不用充汉子了。

盎厥鲁　要是你这样走了，姑娘，我以后再不用充汉子了。好小姐，你以为你在跟傻瓜们周旋吗？

玛莉霞　大人，可是我还不曾跟您握手呢。

盎厥鲁　好，让我们握手。

玛莉霞　好了，大人，思想是匹野马。还是请您把这只手带到卖酒的那里去，让它喝几盅吧。

盎厥鲁　怎么讲，好人儿？你这是在打什么比方？

玛莉霞　我在说它没劲。

盎厥鲁　对啊，我也这样想。不管人家怎么说我蠢，湿脚别再弄湿手的道理我还懂得。你说的是什么笑话？

玛莉霞　没劲的笑话。

盎厥鲁　你满肚子的这种笑话吗？

玛莉霞　不错，大人，我满手里抓的也都是。现在我得放开您的手了，我的笑料也都没了。（下）

托　培　武士啊！你应该喝杯酒儿。几时我见你这样给人愚弄过？

盎厥鲁　我想你从来没有见过，除非你见我被酒弄昏了头。有时我觉得我跟平常人一样笨，可是我是个吃牛肉的老饕，我相信那对于我的聪明很有妨害。

托　培　一定一定。

盎厥鲁　要是我真那样想的话，那么我发誓得戒了。托培爵士，明天我要骑马
　　　　回家去了。

托　培　Pourquoi[1]，我的亲爱的武士？

盎厥鲁　什么叫 Pourquoi？好还是不好？我理该把我花在击剑，跳舞和要熊上
　　　　面的工夫学几种外国话的。唉！要是我读了文学多么好！

托　培　要是你花些工夫在你的卷发钳上头，你就可以有一头很好的头发了。

盎厥鲁　怎么，那跟我的头发有什么关系？

托　培　很明白，因为你瞧你的头发不用些工夫上去是不会卷曲起来的。

盎厥鲁　可是我的头发不也已经够好看了吗？

托　培　好得很，它披下来的样子就像纺杆上的麻线一样，我希望有哪位奶奶
　　　　把你夹在大腿里纺它一纺。

盎厥鲁　真的，我明天要回家去了，托培爵士。你侄女不肯接见我；即使接见
　　　　我，多半她也不会要我。这儿的公爵也向她求婚呢。

托　培　她不要什么公爵不公爵，她不愿嫁给比她身份高、地位高、年龄高、
　　　　智慧高的人，我听见她这样发过誓。老兄，还有希望呢。

盎厥鲁　我再耽搁一个月。我是世上心思最古怪的人，我有时老是喜欢喝酒
　　　　跳舞。

托　培　这种玩意儿你很擅长的吗，武士？

盎厥鲁　可以比得过伊利里亚无论哪个不比我高明的人；可是我不愿跟老手比。

托　培　你跳舞的本领怎样？

盎厥鲁　不骗你，我很会跳两下子。讲到我的倒跳的本事，简直可以比得上伊
　　　　利里亚的无论什么人。

托　培　为什么你要把这种本领藏匿起来呢？为什么这种天才要覆上一块幕
　　　　布？难道它们也会沾上灰尘，像灶下的烧饭丫头一样？为什么不跳着
　　　　"加里阿"到教堂里去。跳着"科兰多"一路回家？假如是我的话，
　　　　我要走步路也是"捷格"舞，撒泡尿也是五步舞呢。你是什么意思？
　　　　这世界上是应该把才能隐藏起来的吗？照你那双出色的好腿看来，我
　　　　想它们是在一个跳舞的星光底下生下来的。

盎厥鲁　嗷，我这双腿很有气力，穿了火黄色的袜子倒也十分漂亮。我们喝酒

---

[1] Pourquoi 为法文"为什么"之意。

去吧？

托　培　除了喝酒，咱们还有什么事好做？咱们的命宫不是金牛星吗？

盎厥鲁　金牛星！金牛星管的是腰和心。

托　培　不，老兄，是腿和股。跳个舞给我看。哈哈！跳得高些！哈哈！好极
了！（同下）

第四场　公爵府中一室

伐伦泰因及薇俄拉男装上。

伐伦泰因　要是公爵继续这样宠幸你，西萨里奥，你多半就要高升起来了；他
认识你还只有三天，你就跟他这样熟了。

薇俄拉　你说继续这样宠幸我，你的意思是不是说他的心性有点捉摸不定，或
是担心我的疏忽？先生，他待人是不是有始无终的？

伐伦泰因　不，相信我。

薇俄拉　谢谢你。公爵来了。

公爵，邱里奥及侍从等上。

公　爵　喂！有谁看见西萨里奥吗？

薇俄拉　在这儿，殿下，听候您的吩咐。

公　爵　你们暂时走开些。西萨里奥，你已经知道了一切，我已经把我秘密的
内心中的书册向你展示过了，因此，好孩子，到她那边去，别让他们
把你拒之门外，站在她的门口，对他们说，你要站到脚底下生了根，
直等她把你延见为止。

薇俄拉　殿下，要是她真像人家所说的那样沉浸在悲哀里，她一定不会允许我
进去的。

公　爵　你可以跟他们吵闹，不用顾虑一切礼貌的界限，但一定不要毫无结果
而归。

薇俄拉　假定我能够和她见面谈话了，殿下，那么又怎样呢？

公　爵　噢！那么就向她宣布我的恋爱的热情，把我的一片挚诚说给她听，让
她吃惊。你表演起我的伤心来一定很出色，你这样的青年一定比那些
脸孔板板的使者们更能引起她的注意。

薇俄拉　我想不见得吧，殿下。

公　爵　好孩子，相信我的话；因为像你这样的妙龄，还不能算是个成人，黛
　　　　安娜的嘴唇也不比你的更柔滑而红润，你的娇细的喉咙像处女一样尖
　　　　锐而清朗；在各方面你都像个女人。我知道你的性格很容易对付这件
　　　　事情。四五个人陪着他去，要是你们愿意，就全去也好，因为我喜欢
　　　　孤寂。你倘能成功，那么你主人的财产你也可以有份。

薇俄拉　我愿意尽力去向您的爱人求婚。

　　　　（旁白）

　　　　　　唉，怨只怨多阻碍的前程！

　　　　　　但我一定要做他的夫人。（各下）

第五场　奥丽薇霞宅中一室

玛莉霞及小丑上。

玛莉霞　不，你要是不告诉我你到哪里去了，我便把我的嘴唇抿得紧紧的，连
　　　　一根毛发也钻不进去，不给你说句好话。小姐因为你不在，要吊死你的。

小　丑　让她吊死我吧，好好地吊死的人，在这世上可以不怕敌人。

玛莉霞　把你的话解释解释。

小　丑　因为他看不见敌人了。

玛莉霞　好一句无聊的回答。

小　丑　好吧，上帝给聪明与聪明人；至于傻子们呢，那只好靠他们的本事了。

玛莉霞　可是你这么久在外边鬼混，小姐一定要把你吊死的，否则把你赶出去，
　　　　那不是跟把你吊死一样好吗？

小　丑　好好地吊死常常可以防止坏的婚姻；至于赶出去，那在夏天倒还没甚
　　　　要紧。

玛莉霞　那么你已经下了决心了吗？

小　丑　不，没有，可是我决定了两端。

玛莉霞　假如一端断了，一端还连着；假如两端都断了，你的裤子也落下来了。

小　丑　妙，真的很妙。好，去你的吧！要是托培老爷戒了酒，你在伊利里亚
　　　　的雌儿中间也算是个调皮的角色了。

玛莉霞 闭嘴，你这坏蛋，别胡说了。小姐来啦，你还是好好地想个推托来。（下）

小　丑 才情呀，请你帮我好好地装一下傻瓜！那些自负才情的人，实际上往往是些傻瓜；我知道我自己没有才情，因此也许可以算作聪明人。昆那拍勒斯[1]怎么说的？"与其做愚蠢的智人，不如做聪明的愚人。"

奥丽薇霞偕马伏里奥上。

小　丑 上帝祝福你，小姐！

奥丽薇霞 把这傻子撵出去！

小　丑 喂，你们没听见吗？把这位小姐撵出去。

奥丽薇霞 算了吧！你是个干燥无味的傻子，我不要再看见你了；而且你已经变得不老实起来了。

小　丑 我的小姐，这两个毛病用酒和忠告都可以治好。只要给干燥无味的傻子一点酒喝，他就不干燥了。只要劝不老实的人洗心革面，弥补他从前的过失：假如他能够弥补的话，他就不再不老实了；假如他不能弥补，那么叫裁缝把他补一补也就得了。弥补者，弥而补之也：道德的失足无非补上了一块罪恶；罪恶悔改之后，也无非补上了一块道德。假如这种简单的论理可以通得过去，很好；假如通不过去，还有什么办法？当王八是一件倒霉的事，美人好比鲜花，这都是无可怀疑的。小姐吩咐把傻子撵出去；因此我再说一句，把她撵出去吧。

奥丽薇霞 尊驾，我吩咐他们把你撵出去呢。

小　丑 这就是大错而特错了！小姐，"戴了和尚帽，不定是和尚"；那就好比是说，我身上虽然穿着愚人的彩衣，可是我并不一定连头脑里也穿着它呀。我的好小姐，准许我证明您是个傻子。

奥丽薇霞 你能吗？

小　丑 再便当也没有了，我的好小姐。

奥丽薇霞 那么证明一下看。

小　丑 小姐，我必须要把您盘问；我的贤淑的小乖乖，回答我。

奥丽薇霞 好吧，先生，为了没有别的消遣，我就等候着你的证明吧。

小　丑 我的好小姐，你为什么悲伤？

---

[1] 似为杜撰的人名。

奥丽薇霞　好傻子，为了我的哥哥的死。

小　　丑　小姐，我想他的灵魂是在地狱里。

奥丽薇霞　傻子，我知道他的灵魂是在天上。

小　　丑　这就越显得你的傻了，我的小姐；你哥哥的灵魂既然在天上，为什么要悲伤呢？列位，把这傻子撵出去。

奥丽薇霞　马伏里奥，你以为这傻子怎样？他弥缝得好不好？

马伏里奥　是的，他到死都要在弥缝里过着日子，意志薄弱可以毁了一个聪明人，可是对于傻子却能使他变得格外傻起来。

小　　丑　大爷，上帝保佑您快快意志薄弱起来，好让您格外傻得厉害！托培老爷可以发誓说我不是狐狸，可是他不愿跟人家打赌两便士说您不是个傻子。

奥丽薇霞　你怎么说，马伏里奥？

马伏里奥　我不懂小姐您怎么会喜欢这种没有头脑的混账东西。前天我看见他给一个像石头一样冥顽不灵的下等的傻子算计了去。您瞧，他已经毫无招架之功了；要是您不笑笑给他一点题目，他便要无话可说。我说，听见这种傻子的话也会那么高兴的聪明人们，都不过是些傻子们的应声虫罢了。

奥丽薇霞　啊！你是太自命不凡了，马伏里奥；你缺少一副健全的胃口。宽容慷慨，气度汪洋的人，把炮弹也不过看成了鸟箭。傻子有特许放肆的权利，虽然他满口骂人，人家不会见怪于他；君子出言必有分量，虽然他老是指摘人家的错处，也不能算为谩骂。

小　　丑　迈邱利[1]赏给你说谎的本领吧，因为你给傻子说了好话！

　　　　　玛莉霞重上。

玛莉霞　小姐，门口有一位年轻的先生很想见您说话。

奥丽薇霞　从鄂西诺公爵那儿来的吧？

玛莉霞　我不知道，小姐，他是一位漂亮的青年，随从很盛。

奥丽薇霞　我家里有谁在跟他周旋呢？

玛莉霞　是令亲托培老爷，小姐。

奥丽薇霞　你去叫他走开，他满口都是些疯话。不害羞的！（玛莉霞下）马伏

---

[1] 迈邱利（Mercury），商神，又为盗贼等的保护神。

里奥，你给我去，假若是公爵差来的，说我病了，或是不在家，随你怎样说，把他打发走。（马伏里奥下）你瞧，先生，你的打诨已经陈腐起来，人家不喜欢了。

小　丑　我的小姐，你帮我说话就像你的大儿子也会是个傻子一般，愿上帝在他的头颅里塞满脑子吧！瞧你的那位有一副最不中用的头脑的令亲来了。

托培·贝尔区爵士上。

奥丽薇霞　哎哟，又已经半醉了。叔叔，门口是谁？

托　培　一个绅士。

奥丽薇霞　一个绅士！什么绅士？

托　培　有一个绅士在这儿，——这种该死的咸鱼！怎样，蠢货！

小　丑　好托培爷爷。

奥丽薇霞　叔叔！叔叔！你怎么这么早就昏天黑地了？

托　培　声天色地！我打倒声天色地！有一个人在门口。

小　丑　是呀，他是谁呢？

托　培　让他是魔鬼也好，我不管；我说，我心里耿耿三尺有神明。好，都是一样。（下）

奥丽薇霞　傻子，醉汉像个什么东西？

小　丑　像个溺死鬼，像个傻瓜，又像个疯子。多喝了一口就会把他变成个傻瓜；再喝一口就发了疯；喝了第三口就把他溺死了。

奥丽薇霞　你去找个验尸的来吧，让他来验验我的叔叔；因为他已经喝酒喝到了第三个阶段，他已经溺死了。瞧瞧他去。

小　丑　他还不过是发疯呢，我的小姐；傻子该去照顾疯子。（下）

马伏里奥重上。

马伏里奥　小姐，那个少年发誓说要见您说话。我对他说您有病；他说他知道，因此要来见您说话。我对他说您睡了；他似乎也早就知道了，因此要来见您说话。还有什么话对他说呢，小姐？什么拒绝都挡他不了。

奥丽薇霞　对他说我不要见他说话。

马伏里奥　这也已经对他说过了；他说，他要像州官衙门前竖着的旗杆那样立在您的门前不去，像凳子脚一样直挺挺地站着，非得见您说话不可。

奥丽薇霞　他是怎样一个人？

马伏里奥　呃，就像一个人那么的。

奥丽薇霞　可是是什么样子呢？

马伏里奥　很无礼的样子；不管您愿不愿意，他一定要见您说话。

奥丽薇霞　他的品貌怎样？多大年纪？

马伏里奥　说是个大人吧，年纪还太轻；说是个孩子吧，又嫌大些：就像是一颗没有成熟的豆荚，或是一只半生的苹果，所谓介乎两可之间。他长得很漂亮，说话也很刁钻；看他的样子，似乎有些未脱乳臭。

奥丽薇霞　叫他进来。把我的侍女唤来。

马伏里奥　姑娘，小姐叫着你呢。（下）

　　　　玛莉霞重上。

奥丽薇霞　把我的面纱拿来；来，罩住我的脸。我们要再听一次鄂西诺来使的说话。

　　　　薇俄拉及侍从等上。

薇俄拉　哪一位是这里府中的贵小姐？

奥丽薇霞　有什么话对我说吧；我可以代她答话。你来有什么见教？

薇俄拉　最辉煌的、卓越的、无双的美人！请您指示我这位是不是就是这里府中的小姐，因为我没有见过她。我不大甘心浪掷我的言辞；因为我不但写得非常出色，而且我费了好大的辛苦才把它背熟。两位美人，不要把我取笑；我是个非常敏感的人，一点点轻侮都受不了的。

奥丽薇霞　你是从什么地方来的，先生？

薇俄拉　除了我背熟了的以外，我不能说别的话，您那问题是我所不曾预备作答的。温柔的好人儿，好好儿地告诉我您是不是府里的小姐，好让我陈说我的来意。

奥丽薇霞　您是个小丑吗？

薇俄拉　不，我的深心的人儿，可是我发誓我并不是我所扮演的角色。您是这府中的小姐吗？

奥丽薇霞　是的，要是我没有篡夺了我自己。

薇俄拉　假如您就是她，那么您的确是篡夺了您自己；因为您有权力给予别人的，您却没有权力把它藏匿起来。但是这种话跟我来此的使命无关；我要继续着恭维您的言辞，然后告知您我的来意。

奥丽薇霞　把重要的话说出来，恭维免了吧。

莎士比亚喜剧集

薇俄拉　唉！我好容易才把它背熟，而且它又是很有诗意的。

奥丽薇霞　那么多半是些鬼话，请你留着不用说了吧。我听说你在我门口一味挺立，让你进来只是为要看看你究竟是个什么人，并不是要听你说话。要是你没有发疯，那么去吧；要是你明白事理，那么说得简单一些：我现在没有哪样心思去理会一段没有意思的谈话。

玛莉霞　请你动身吧，先生，这儿便是你的路。

薇俄拉　不，好清道夫，我还要在这儿闲荡一会儿呢，亲爱的小姐，请您劝劝您这位"彪形大汉"别那么神气活现。

奥丽薇霞　把你的尊意告诉我。

薇俄拉　我是一个使者。

奥丽薇霞　你那种礼貌那么可怕，你带来的信息一定是些坏事情。有什么话说出来。

薇俄拉　除了您之外不能让别人听见。我不是来向您宣战，也不是来要求您臣服；我手里握着橄榄枝，我的话里充满了和平，也充满了意义。

奥丽薇霞　可是你一开始就不讲礼。你是谁？你要的是什么？

薇俄拉　我的不讲礼是我从你们对我的接待上学来的。我是谁，我要些什么，是个秘密，在您的耳中是神圣，别人听起来就是亵渎。

奥丽薇霞　你们都走开吧；我要听一听这句神圣的话。（玛莉霞及侍从等下）现在，先生，请教你的经文？

薇俄拉　最可爱的小姐，——

奥丽薇霞　倒是一种叫人听了怪舒服的教理，可以大发议论呢。你的经文呢？

薇俄拉　在鄂西诺的心头。

奥丽薇霞　在他的心头！在他的心头的哪一章？

薇俄拉　照目录上排起来，是他心头的第一章。

奥丽薇霞　噢！那我已经读过了，无非是些旁门左道。你没有别的话要说了吗？

薇俄拉　好小姐，让我瞧瞧您的脸。

奥丽薇霞　贵主人有什么事要差你来跟我的脸接洽的吗？你现在岔开你的正文了；可是我们不妨拉开幕儿，让你看看这幅图画。（解除面幕）你瞧，先生，我就是这个样子；它不是画得很好吗？

薇俄拉　要是一切都出于上帝的手，那真是绝妙之笔。

奥丽薇霞　它的色彩很耐久，先生，受得起风霜的侵蚀。

薇俄拉　那真是各种色彩精妙地调和而成的美貌，那红红的白白的都是造化亲自用他的可爱的巧手敷上去的。小姐，您是世上最忍心的女人，要是您甘心让这种美埋没在坟墓里，不给世间留下一份副本。

奥丽薇霞　啊！先生，我不会那样狠心；我可以列下一张我的美貌的清单，——开陈清楚，把每一件细目都载在我的遗嘱上，例如：一款，浓淡适中的朱唇两片；一款，灰色的倩眼一双，附眼睑；一款，玉颈一围，柔颐一个，等等。你是奉命到这儿来恭维我的吗？

薇俄拉　我明白您是个什么样的人。您太骄傲了，可是即使您是个魔鬼，您是美貌的。我的主人爱着您；啊！这么一种爱情，即使您是人间的绝色，也应该酬答他的。

奥丽薇霞　他怎样爱着我呢？

薇俄拉　用崇拜，大量的眼泪，震响着爱情的呻吟，吞吐着烈火的叹息。

奥丽薇霞　你的主人知道我的意思，我不能爱他；虽然我想他品格很高，知道他很尊贵，很有身份，年轻而纯洁，有很好的名声，慷慨、博学、勇敢、长得又体面；可是我总不能爱他，他老早就已经得到我的回音了。

薇俄拉　要是我也像我主人一样热情地爱着您，也是这样的受苦，这样了无生趣地把生命拖延，我不会懂得您的拒绝是什么意思。

奥丽薇霞　啊，你预备怎样呢？

薇俄拉　我要在您的门前用柳枝筑成一所小屋，在那里访谒我的灵魂；我要吟咏着被冷淡的忠诚的爱情的篇章，不顾夜多么深我要把它们高声歌唱；我要向着回声的山崖呼喊您的名字，使饶舌的风都叫着"奥丽薇霞"。啊！您在天地之间将要得不到安静，除非您怜悯了我！

奥丽薇霞　你可以这样做的。你的家世怎样？

薇俄拉　超过我目前的境遇，但我是个有身份的士人。

奥丽薇霞　回到你主人那里去；我不能爱他，叫他不要再差人来了；除非或者你再来见我，告诉我他对于我的答复觉得怎样。再会！多谢你的辛苦；这几个钱赏给你。

薇俄拉　我不是个要钱的信差，小姐，留着您的钱吧；不曾得到报酬的，是我的主人，不是我，但愿爱神使您所爱的人也是心如铁石，好让您的热情也跟我主人的一样遭到轻蔑！再会，忍心的美人！　（下）

奥丽薇霞　"你的家世怎样？""超过我目前的境遇，但我是个有身份的士人。"

345

我可以发誓你一定是的；你的语调，你的脸，你的肢体，动作，精神，各方面都可以证明你的高贵。——别这么性急。且慢！且慢！除非颠倒了主仆的名分。——什么！这么快便染上那种病了？我觉得好像这个少年的美处在悄悄地蹑步进入我的眼中。好，让它去吧。喂！马伏里奥！

马伏里奥重上。

马伏里奥　有，小姐，听候您的吩咐。

奥丽薇霞　去追上那个无礼的使者，公爵差来的人，他不管我要不要，硬把这戒指留下；对他说我不要，请他不要向他的主人献功，让他死不了心，我跟他没有缘分。要是那少年明天还打这儿走过，我可以告诉他为什么。去吧，马伏里奥。

马伏里奥　是，小姐。（下）

奥丽薇霞　我的行事我自己全不懂，

怎一下子便会把人看中？

一切但凭着命运的吩咐，

谁能够作得了自己的主！（下）

第二幕

第一场　海滨

安东尼奥及瑟巴士显上。

安东尼奥　您不愿住下去了吗？您也不愿让我陪着您去吗？

瑟巴士显　请您原谅，我不愿。我是个倒霉的人，我的晦气也许要连累了您，所以我要请您离开我，好让我独自承担我的噩运；假如连累到您身上，那是太辜负了您的好意了。

安东尼奥　可是让我知道您的去向吧。

瑟巴士显　不瞒您说，先生，我不能告诉您；因为我所决定的航行不过是无目的地漫游。可是我看您这样有礼，您一定不会强迫我说出我所保守秘密的事情来；因此按礼该我来向您表白我自己。安东尼奥，您要知道我的名字是瑟巴士显，罗特烈谷是我的化名。我的父亲便是梅萨琳的瑟巴士显，我知道您一定听说过他的名字。他死后丢下我和一个妹妹，我们两人是在同一个时辰里出世的，我多么希望上天也让我们两人在同一个时辰里死去！可是您，先生，却来改变了我的命运，因为在您把我从海浪里打救起来的那一点钟里，我的妹妹已经淹死了。

安东尼奥　唉，可惜！

瑟巴士显　先生，虽然人家说她非常像我，许多人都说她是个美貌的姑娘；我虽然不好意思相信这句话，但是至少可以大胆说一句，即使妒忌她的人也不能不承认她有一颗美好的心。她是已经给海水淹死的了，先生，虽然似乎我要用更多的泪水来淹没对她的记忆。

安东尼奥　先生，请您恕我招待不周。

瑟巴士显　啊，好安东尼奥！我才是多多打扰了您哪！

安东尼奥　要是您看在我的交情份上，不愿叫我伤心的话，请您允许我做您的
仆人吧。

瑟巴士显　您已经救了我的生命，要是您不愿让我抱愧而死，那么请不要提出
那样的请求，免得您白白救了我一场。我立刻告辞了；我的心是怪软
的，还不曾脱去我母亲的性质，为了一点点理由，我的眼睛里就会露
出我的弱点来。我要到鄂西诺公爵宫廷里去；再会了。（下）

安东尼奥　一切神明护佑着你！我在鄂西诺的宫廷里有许多敌人，否则我就会
马上到那边去会你——

　　　　但无论如何我爱你太深，

　　　　履险如夷我定要把你寻。（下）

第二场　街道

　　　　薇俄拉上，马伏里奥随上。

马伏里奥　您不是刚从奥丽薇霞伯爵小姐那儿来的吗？

薇俄拉　是的，先生；因为我走得慢，所以现在还不过在这儿。

马伏里奥　先生，这戒指她还给您；您很可以自己拿走的，免得我麻烦。她又
说您必须叫您家主人死心塌地的明白她不要跟他来往。还有，您不用
再那么莽撞地上我家来了，除非来回报一声您家主人有没有把这戒指
拿回去。好，拿去吧。

薇俄拉　她自己拿了我这戒指去的，我不要。

马伏里奥　算了吧，先生，您使性子把它丢给她；她的意思也要我把它照样丢
还给您。假如它是值得弯下身子拾起来的话，它就在您的眼前；不然
的话，让什么人看见就给什么人拿去吧。（下）

薇俄拉　我没有留下戒指呀！这位小姐是什么意思？但愿她不要迷恋了我的外
貌才好！她把我打量得那么仔细；真的，我觉得她看得我那么出神，
连自己讲的什么话儿也顾不到了，那么没头没脑，颠颠倒倒的。一定的，
她爱上我啦；情急智生，才差这个无礼的使者来邀请我。不要我主人
的戒指！嘿，他并没有把什么戒指送给她呀！我才是她的意中人；真

是这样的话，事实上确是这样，那么，可怜的小姐，她真是做梦了！我现在才明白假扮的确不是一桩好事情，魔鬼会乘机大显他的身手。一个又漂亮又靠不住的男人，多么容易占据了女人家柔弱的心！唉！这都是我们生性脆弱的缘故，不是我们自身的错处；因为上天造下我们是哪样的人，我们就是哪样的人。这种事情怎么了结呢？我的主人深深地爱着她；我呢，可怜的小鬼，也是那样恋着他；她呢，认错了人，似乎在相思我。这怎么了呢？因为我是个男人，我决不能叫我的主人爱上我；因为我是个女人，唉！可怜的奥丽薇霞也要白费无数的叹息了！

　　　　这纠纷要让时间来理清；

　　　　叫我打开这结儿怎么成！（下）

第三场　奥丽薇霞宅中一室

托培·贝尔区爵士及盎厥鲁·埃求启克爵士上。

托　培　过来，盎厥鲁爵士。深夜不睡即是起身得早；"起身早，身体好"，你知道的——

盎厥鲁　不，老实说，我不知道；我知道的是深夜不睡便是深夜不睡。

托　培　一个错误的结论；我听见这种话就像看见一个空酒瓶那么头痛。深夜不睡，过了半夜才睡，那就是到大清早才睡，岂不是睡得很早？我们的生命不是由四大元素组成的吗？

盎厥鲁　不错，他们是这样说；可是我以为我们的生命不过是吃吃和喝喝而已。

托　培　你真有学问；那么让我们吃吃喝喝吧。玛莉霞，喂！开一瓶酒来！

小丑上。

盎厥鲁　那个傻子来啦。

小　丑　啊，我的心肝们！咱们刚好凑成一幅"三星图"。

托　培　欢迎，驴子！现在我们来一个轮唱歌吧。

盎厥鲁　说老实话，这傻子有一副很好的喉咙。我宁愿拿四十个先令去换他这么一条腿和这么一副可爱的声音。真的，你昨夜打诨打得很好，说什么匹格罗格罗密忒斯呀，维比亚人越过了邱勃斯的赤道线哪，真是好得很。我送六便士给你的姘头，收到了吗？

小　丑　你的恩典我已经放进了我的口袋；因为马伏里奥的鼻子不是鞭柄，我的小姐有一双玉手，她的跟班们不是开酒馆的。

盎厥鲁　好极了！嗯，无论如何这要算是最好的打诨了。现在唱个歌吧。

托　培　来，给你六便士，唱个歌吧。

盎厥鲁　我也有六便士给你呢；要是他会给你，我也会给你。

小　丑　你们要我唱支爱情的歌呢，还是唱支劝人为善的歌？

托　培　唱个情歌，唱个情歌。

盎厥鲁　是的，是的，劝人为善有什么意思。

小　丑　（唱）

你到哪儿去，啊我的姑娘？
听呀，那边来了你的情郎，
　　嘴里吟着抑扬的曲调。
不要再走了，美貌的亲亲；
恋人的相遇终结了行程，
　　每个聪明人全都知晓。

盎厥鲁　真好极了！

托　培　好，好！

小　丑　（唱）

什么是爱情？它不在明天；
欢笑嬉游莫放过了眼前，
　　将来的事有谁能猜料？
不要蹉跎了大好的年华；
来吻着我吧，你双十娇娃，
　　转眼青春早化成衰老。

盎厥鲁　凭良心说话，好一副流利的歌喉！

托　培　好一股恶臭的气息！

盎厥鲁　真的，很甜蜜又很恶臭。

托　培　用鼻子听起来，那么恶臭也很动听。可是我们要不要让天空跳起舞来呢？我们要不要唱一支轮唱歌，把夜枭吵醒；那曲调会叫一个织工听了三魂出窍？

盎厥鲁　要是你爱我，让我们来一下吧；唱轮唱歌我挺拿手啦。

小　丑　对啦，大人，有许多狗也会唱得很好。

盎厥鲁　不错不错。让我们唱《你这坏蛋》吧。

小　丑　《闭住你的嘴，你这坏蛋》，是不是这一首，武士？那么我可不得不叫你做坏蛋啦，武士。

盎厥鲁　人家不得不叫我做坏蛋，这也不是第一次。你开头，傻子；第一句是："闭住你的嘴。"

小　丑　要是我闭住我的嘴，我就再也开不了头啦。

盎厥鲁　说得好，真的。来，唱起来吧。（三人唱轮唱歌）

　　　　玛莉霞上。

玛莉霞　你们在这里猫儿叫春似的闹些什么呀！要是小姐不会叫起她的管家马伏里奥来把你们赶出门外去，再不用相信我的话好了。

托　培　小姐是个骗子；我们都是阴谋家；马伏里奥是拉姆齐的佩格姑娘；"我们是三个快活的人"。我不是同宗吗？我不是她的一家人吗？胡说八道，姑娘！"巴比伦有一个人，姑娘，姑娘！"

小　丑　要命，这位老爷真会开玩笑。

盎厥鲁　嗷，他高兴开起玩笑来，真会开得很好，我也是这样；不过他的玩笑开得富于风趣，而我的玩笑开得比较自然一点。

托　培　"啊！十二月的十二，——"

玛莉霞　看在上帝的面上，别闹了吧！

　　　　马伏里奥上。

马伏里奥　我的爷爷们，你们疯了吗，还是怎么啦？难道你们没有脑子，不懂规矩，全无礼貌，在这种夜深时候还要像一群发酒疯的补锅匠似的乱吵？你们把小姐的屋子当作一间酒馆，好让你们直着喉咙，唱那种鞋匠的歌儿吗？难道你们全不想想这是什么地方,这儿住着的是什么人，或者现在是什么时候了吗？

托　培　你去上吊吧！

马伏里奥　托培老爷，莫怪我说句不怕忌讳的话。小姐吩咐我告诉您说，她虽然把您当个亲戚留您住在这儿，可是她不能容忍您那种胡闹。要是您能够循规蹈矩，我们这儿是十分欢迎您的；否则的话，要是您愿意向她告别，她一定肯让您走。

托　培　"既然我非去不可，那么再会吧，亲亲！"

玛莉霞　别这样，好托培老爷。

小　丑　"他的眼睛显示出他末日将要来临。"

马伏里奥　岂有此理！

托　培　"可是我决不会死亡。"

小　丑　托培老爷，您在说谎。

马伏里奥　真有体统！

托　培　"我要不要叫他滚蛋？"

小　丑　"叫他滚蛋又怎样？"

托　培　"要不要叫他滚蛋，毫无留贷？"

小　丑　"啊！不，不，不，你没有这种胆量。"

托　培　唱得不入调吗？先生，你说谎！除了是一个管家之外，你还有什么可
　　　　以神气的呢？你以为你自己道德高尚，人家便不能喝酒取乐了吗？

小　丑　是啊，凭圣安起誓，生姜吃到嘴里总是辣辣的。

托　培　你说得不错。去，朋友，用面包屑去擦你的项链吧。开一瓶酒来，玛
　　　　莉霞！

马伏里奥　玛莉霞姑娘，要是你不愿小姐对你生气，你可不要帮助他们作这种
　　　　胡闹；我一定会去告诉她的。（下）

玛莉霞　滚你的吧！

盎厥鲁　向他挑战，然后失他的约，愚弄他一下子，倒是个很好的办法，就像
　　　　人肚子饿了喝酒一样。

托　培　好，武士，我给你写挑战书，或者给你口头去向他通知你的愤怒。

玛莉霞　亲爱的托培老爷，今夜忍耐一下子吧；今天公爵那边来的少年会见了
　　　　小姐之后，她心里很烦。至于马伏里奥先生，我去对付他好了；要是
　　　　我不把他愚弄得给人当作笑柄，让大家取乐儿，我便是个连直挺挺躺
　　　　在床上都不会的蠢东西。我知道我一定能够。

托　培　告诉我们，告诉我们；告诉我们一些关于他的事情。

玛莉霞　好，老爷，有时候他有点儿像清教徒。

盎厥鲁　啊！要是我早想到了这一点，我要把他像狗一样打一顿呢。

托　培　什么，为了像清教徒吗？你有什么绝妙的理由，亲爱的武士？

盎厥鲁　我没有什么绝妙的理由，可是我有相当的理由。

玛莉霞　他是个鬼清教徒，反复无常，逢迎取巧是他的本领；一头装腔作势的驴子，背熟了几句官话，便倒也似的倒了出来；自信非凡，以为自己真了不得，谁看见他都会爱他；我可以凭着那个弱点堂堂正正地给他一顿教训。

托　培　你预备怎样？

玛莉霞　我要在他走过的路上丢下一封暧昧的情书，里面活生生地描写着他的胡须的颜色，他的腿的形状，他的走路的姿势，他的眼睛，额角和脸上的表情；他一见就会觉得是写给他自己的。我会学您侄小姐的笔迹写字；在一件已经忘记了的文件上，简直辨不出来是谁的一手字。

托　培　好极了，我嗅到了一个计策了。

盎厥鲁　我鼻子里也闻到了呢。

托　培　他见了你丢下的这封信，便会以为是我的侄女写的，以为她爱上了他。

玛莉霞　我的意思正是这样。

盎厥鲁　你的意思要叫他变成一头驴子。

玛莉霞　驴子，那是毫无疑问的。

盎厥鲁　啊！那好极了！

玛莉霞　出色的把戏，你们瞧着好了；我知道我的药对他一定生效。我可以把你们两人连那傻子安顿在他拾着那信的地方，瞧他怎样把它解释。今夜呢，大家上床睡去，梦着那回事吧，再见。（下）

托　培　晚安，好姑娘！

盎厥鲁　我说，她是个好丫头。

托　培　她是头纯种的小猎犬，很爱我，怎样？

盎厥鲁　我也曾经给人爱过呢。

托　培　让我们去睡吧，武士。你应该叫家里再寄些钱来。

盎厥鲁　要是我不能得到你的侄女，我就大上其当了。

托　培　去要钱吧，武士；要是你结果终不能得到她，你叫我傻子。

盎厥鲁　要是我不去要，就再不要相信我，随你怎么办。

托　培　来，来，我去烫些酒来；现在去睡太晚了。来，武士，来，武士。（同下）

莎士比亚喜剧集

第四场　公爵府中一室

公爵，薇俄拉，邱里奥及余人等上。

公　爵　给我奏些音乐。早安，朋友们。好西萨里奥，我只要听昨晚我们所听见的那支古曲；我觉得它比讲究轻快急速的近代的那种轻倩的乐调和警炼的字句更能慰藉我的痴情。来，只唱一节吧。

邱里奥　启禀殿下，会唱这歌儿的人不在这儿。

公　爵　他是谁？

邱里奥　是那个弄人斐斯脱，殿下；他是奥丽薇霞小姐的尊翁所宠幸的傻子。他就在这儿附近。

公　爵　去找他来，现在先把那曲调奏起来吧。（邱里奥下。奏乐）过来，孩子。要是你有一天发生了恋爱，在那种甜蜜的痛苦中请记着我；因为真心的恋人都像我一样，在其他一切情感上都是轻浮易变，但他所爱的人儿的影像，却是永远铭刻在他心头的。你喜不喜欢这个曲调？

薇俄拉　它传出了爱情的宝座上的回声。

公　爵　你说得很好。我相信你虽然这样年轻，你的眼睛一定曾经看中过什么人，是不是，孩子？

薇俄拉　略微有点，请您恕我。

公　爵　是个什么样子的女人呢？

薇俄拉　相貌跟您差不多。

公　爵　那么她是不配被你爱的，什么年纪呢？

薇俄拉　年纪也跟您差不多，殿下。

公　爵　啊，那太老了！女人应当拣一个比她年纪大些的男人，这样她才可以跟他合得拢来，不会失去她丈夫的欢心；因为，孩子，不论我们怎样自称自赞，我们的爱情总比女人们流动不定些，富于希求，易于反复，更容易消失而生厌。

薇俄拉　这一层我也想到，殿下。

公　爵　那么选一个比你年轻一点的姑娘做你的爱人吧，否则你的爱情便不能维持常态——

女人正像是娇艳的蔷薇，

花开才不久便转眼枯萎。

薇俄拉　是啊，可叹她刹那的光荣，

早枝头零落留不住东风！

邱里奥偕小丑重上。

公　爵　啊，朋友！来，把我们昨夜所听见的那支歌儿再唱一遍。听好，西萨里奥。那是个古老而平凡的歌儿，晒着太阳的织布工人，以及无忧无虑的纺纱女郎们常常唱着它；歌里的话儿都是些平常不过的真理，搬弄着纯朴的古代的那种爱情的纯洁。

小　丑　您预备好了吗，殿下？

公　爵　好，请你唱吧。（奏乐）

小　丑　（唱）

过来吧，过来吧，死神！

让我横陈在凄凉的柏棺[1]的中央；

飞去吧，飞去吧，浮生！

我被害于一个狠心的美貌姑娘。

为我罩上白色的殓衾铺满紫杉；

没有一个真心的人为我而悲哀。

莫让一朵花儿甜柔，

撒上了我那黑色的、黑色的棺材；

没有一个朋友迓候

我尸身，不久我的骨骼将会散开。

免得多情的人们千万次地感伤，

请把我埋葬在无从凭吊的荒场。

公　爵　这是赏给你的辛苦钱。

小　丑　一点不辛苦，殿下，我很以唱歌为快乐呢。

公　爵　那么就算赏给你的快乐钱。

---

[1] 此处"柏棺"原文为 Cypress，自来注家均肯定应作 Crape（丧礼用之黑色绉纱）解释；按字面解 Cypress 为一种杉柏之属，径译"柏棺"，在语调上似乎更为适当，故仍将错就错，据字臆译。

小　丑　不错，殿下，快乐总是要付出代价的。

公　爵　现在允许我不要见你吧。

小　丑　好，忧愁之神保佑着你！但愿裁缝用闪缎给你裁一身衫子，因为你的心就像猫眼石那样闪烁不定。我希望像这种没有恒心的人都航海去，好让他们过着五湖四海，千变万化的生活；因为这样的人才有冒险进取的精神。再会。（下）

公　爵　大家都退开去。（邱里奥及侍从等下）西萨里奥，你再给我到那位忍心的女王那边去；对她说，我的爱情是超越世间的，泥污的土地不是我所看重的事物；命运所赐给她的尊荣财富，你对她说，在我的眼中都像命运一样无常；吸引我的灵魂的是她的天赋的灵奇，绝世的仙姿。

薇俄拉　可是假如她不能爱您呢，殿下？

公　爵　我不能得到这样的回音。

薇俄拉　可是您不能不得到这样的回音。假如有一位姑娘，也许真有那么一个人——也像您爱着奥丽薇霞一样痛苦地爱着您；您不能爱她，您这样告诉她；那么她就不得不以这样的答复为满足了吗？

公　爵　女人的小小的身体里一定受不住像爱情给予我心的那种激烈的搏跳；女人的心没有这样广大，可以藏得下这许多；她们缺少含忍的能力。唉，她们的爱就像一个人的口味一样，不是从脏腑里，而是从舌尖上感觉到的，过饱了便会食伤呕吐；可是我的爱就像饥饿的大海，能够消化一切。不要把一个女人所能对我发生的爱情跟我对于奥丽薇霞的爱情相提并论吧。

薇俄拉　噢，可是我知道——

公　爵　你知道什么？

薇俄拉　我知道得很明白女人对于男人会怀着怎样的爱情；真的，她们是跟我们一样真心的。我的父亲有一个女儿，她爱上了一个男人，正像假如我是个女人，也许会爱上了殿下您一样。

公　爵　她的历史怎样？

薇俄拉　一片空白而已，殿下。她从来不向人诉说她的爱情，让隐藏在内心中的抑郁像蓓蕾中的蛀虫一样，侵蚀着她的绯红的脸颊；她因相思而憔悴，疾病和忧愁折磨着她，像是墓碑上刻着的"忍耐"的化身，默坐着向悲哀微笑。这不是真的爱情吗？我们男人也许更多话，更会发誓，可是我们所表示的，总多于我们所决心实行的；不论我们怎样山盟海誓，我们的爱情总不过如此。

公　爵　但是你的姐姐有没有殉情而死，我的孩子？

薇俄拉　我父亲的孩子只有我一个；可是我不知道，殿下，我要不要就去见这位小姐？

公　爵　对了，这是正事——

　　　　快前去，送给她这颗珍珠；

　　　　说我的爱情永不会认输。（各下）

第五场　奥丽薇霞的花园

托培·贝尔区爵士，盎厥鲁·埃求启克爵士及费边上。

托　培　来吧，费边先生。

费　边　噢，我就来；要是我把这场好把戏略微错过了一点点儿，让我在懊恼里煎死了吧。

托　培　让这个卑鄙龌龊的丑东西出一场丑，你高兴不高兴？

费　边　我才要快活死哩！您知道那次我因为耍熊被他在小姐跟前说我坏话。

托　培　我们再把那头熊牵来激他发怒；我们要把他作弄得体无完肤，你说怎样，盎厥鲁爵士？

盎厥鲁　要是我们不那么做，那才是终身的憾事呢。

托　培　小坏东西来了。

　　　　玛莉霞上。

托　培　啊，我的小宝贝！

玛莉霞　你们三人都躲到黄杨树后面去。马伏里奥要从这条走道上跑过了；他已经在那边太阳光底下对他自己的影子练习了半个钟头仪法。谁要是喜欢笑话，就留心瞧着他吧；我知道这封信一定会叫他变成一个发痴的呆子的。凭着玩笑的名义，躲起来吧！你躺在那边；（丢下一信）这条鲟鱼已经来了，你不去撩撩他的痒处是捉不上手的。（下）

　　　　马伏里奥上。

马伏里奥　不过是运气；一切都是运气。玛莉霞曾经对我说小姐喜欢我；我也曾经听见她说过那样的话，说要是她爱上了人的话，一定要选像我这种脾气的人。而且，她待我比待其他的下人好得异乎寻常。这点我应该怎么看呢？

托　培　瞧这个自命不凡的浑蛋！

费　边　静些！他已经痴心妄想得变成一只出色的火鸡了；瞧他那种蓬起了羽毛高视阔步的样子！

盎厥鲁　他妈的，我可以把这浑蛋痛打一顿！

托　培　别闹啦！

马伏里奥　做了马伏里奥伯爵！

托　培　啊，浑蛋！

盎厥鲁　给他吃手枪！给他吃手枪！

托　培　别闹！别闹！

马伏里奥　这种事情是有前例可援的；斯特拉契夫人也下嫁给家臣。

盎厥鲁　该死，这畜生！

费　边　静些！现在他着了魔啦，瞧他越想越得意。

马伏里奥　跟她结婚过了三个月，我坐在我的宝座上——

托　培　啊！我要弹一颗石子到他的眼睛里去！

马伏里奥　身上披着雕花的丝绒袍子，召唤我的臣僚过来，那时我刚睡罢午觉，撇下奥丽薇霞酣睡未醒——

托　培　大火硫磺烧死了他！

费　边　静些！静些！

马伏里奥　那时我装出一副威严的神气，先目光凛凛地向众人瞟视一周，然后对他们说我知道我的地位，他们也需要明白自己的身份；吩咐他们去请我的托培老叔过来——

托　培　把他铐起来！

费　边　别闹！别闹！别闹！好啦！好啦！

马伏里奥　我的七个仆人恭恭敬敬地前去找他。我皱了皱眉头，或者开了开表，或者抚弄着我的——什么珠宝之类。托培来了，向我行了个礼——

托　培　这家伙可以让他活命吗？

费　边　即使几辆马车要把我们的静默拉走，也不要闹吧！

马伏里奥　我这样向他伸出手去，用一副庄严的威势来抑住我的亲昵的笑容——

托　　培　　那时托培不就给了你一个嘴巴子吗？

马伏里奥　　说："托培叔父，我已蒙令侄女不弃下嫁，请您准许我这样说话——"

托　　培　　什么？什么？

马伏里奥　　"你必须把喝酒的习惯戒掉。"

托　　培　　他妈的，这狗东西！

费　　边　　哎，别生气，否则我们的计策就要失败了。

马伏里奥　　"而且，您还把您的宝贵的光阴跟一个傻瓜武士在一块儿浪费——"

盎厥鲁　　说的是我，一定的啦。

马伏里奥　　"那个盎厥鲁爵士——"

盎厥鲁　　我知道是我；因为许多人都叫我傻瓜。

马伏里奥　　（见信）这儿有些什么东西呢？

费　　边　　现在那蠢鸟走近陷阱旁边来了。

托　　培　　啊，静些！但愿开玩笑的神灵叫他高声朗读。

马伏里奥　　（拾信）哎哟，这是小姐的手笔！瞧这一钩一弯一横一直，那不正是她的笔锋吗？没有问题，一定是她写的。

盎厥鲁　　她的一钩一弯一横一直，那是什么意思？

马伏里奥　　（读）"给不知名的恋人，至诚的祝福。"完全是她的口气！对不住，封蜡。且慢！这封口上的钤记不就是她一直用作封印的琉克丽思的肖像吗？一定是我的小姐。可是那是写给谁的呢？

费　　边　　这叫他心窝儿里都痒起来了。

马伏里奥　　"知我者天，

　　　　　　　我爱为谁？

　　　　　　　慎莫多言，

　　　　　　　莫令人知。"

"莫令人知。"下面还写些什么？又换了句调了！"莫令人知"：说的也许是你哩，马伏里奥！

托　　培　　嘿，该死，这狗子！

马伏里奥　　"我可以向我所爱的人发号施令；

　　　　　　　但隐秘的衷情如琉克丽思之刀，

　　　　　　　杀人不见血地把我的深心戳刃：

359

　　　　　　我的命在 M、O、A、I 的手里飘摇。"

费　边　无聊的谜语!

托　培　我说是个好丫头。

马伏里奥　"我的命在 M、O、A、I 的手里飘摇。"不,让我先想一想,让我想一想,让我想一想。

费　边　她给他吃了一服多好的毒药!

托　培　瞧那只鹰儿多么饿急似的想一口吞下去!

马伏里奥　"我可以向我所爱的人发号施令。"噢,她可以命令我;我侍候着她,她是我的小姐。这是无论哪个有一点点脑子的人都看得出来的;全然合得拢。可是那结尾一句,那几个字母又是什么意思呢?能不能牵附到我的身上?——慢慢! M、O、A、I——

托　培　哎,这应该想个法儿;他弄糊涂了。

费　边　即使像一只狐狸那样臊气冲天,这狗子也会大惊小怪地叫起来的。

马伏里奥　M,马伏里奥;M,嘿,那正是我的名字的第一个字母哩。

费　边　我不是说他会想出来的吗?这狗的鼻子什么都嗅得出来。

马伏里奥　M——可是这次序不大对;倒要想一想看。跟着来的应该是个 A 字,可是却是个 O 字。

费　边　我希望 O 字应该放在结尾的吧?

托　培　对了,否则我要揍他一顿,让他喊出个"O!"来。

马伏里奥　A 的背后又跟着个 I。

费　边　哼,要是你背后生 eye[1] 的话,你就知道你眼前并没有什么幸运,你的背后却有倒霉的事跟着呢。

马伏里奥　M、O、A、I,隐语可跟前面所说的不很合辙;可是稍微把它颠倒一下,也就没有什么可疑的地方了,因为这几个字母都在我的名字里,且慢!这儿还有散文呢。"要是这封信落到你手里,请你想一想。照我的命运而论,我是在你之上,可是你不用惧怕富贵:有的人是生来的富贵,有的人是挣来的富贵,有的人是送上来的富贵。你的好运已经向你伸出手来,赶快用你的全副精神抱住它。你应该练习一下怎样才合乎你所将要做的那种人的身份,脱去你卑恭的旧习,放出一些活泼的神气

---

[1] 英文,眼睛。

来。对亲戚不妨分庭抗礼，对仆人不妨摆摆架子；你嘴里要鼓唇弄舌地谈些国家大事，装出一副矜持的样子。为你叹息的人儿这样吩咐着你。记着谁曾经赞美过你的黄袜子，愿意看见你永远扎着十字交叉的袜带；我对你说，你记着吧。好，只要你自己愿意，你就可以出头了；否则让我见你一生一世做个管家，与众仆为伍，不值得抬举。再会！我是愿意跟你交换地位的，幸运的不幸者。"青天白日也没有这么明白，平原旷野也没有这么显豁。我要摆起架子来，说起政论来；我要叫托培丧气，我要断绝那些鄙贱之交，我要一点不含糊地做起这么一个人来，我没有自己哄骗自己，让想象把我愚弄；因为每一个理由都指点着我，我的小姐爱上我了。她最近称赞过我的黄袜子和我的十字交叉的袜带；这里面她就表示着她爱我，用一种命令的方法叫我打扮成她所喜欢的样式。谢谢我的命星，我好幸福！我要放出高傲的神气来，穿了黄袜子，扎着十字交叉的袜带，立刻就去装束起来。赞美上帝和我的命星！这儿还有附启："你一定想得到我是谁。要是你接受我的爱情，请你用微笑表示你的意思；你的微笑是很好看的，我的好人儿，请你在我的面前永远微笑着表示你的意思。"我的上帝，我谢谢你！我要微笑，我要做每一件你吩咐我做的事。（下）

费　边　　即使波斯王给我一笔几千块钱的恩俸，我也不愿错过这场玩意儿。

托　培　　这丫头想得出这种主意，我简直可以娶了她。

盎厥鲁　　我也可以娶了她呢。

托　培　　我不要她什么妆奁，只要再给我想出这么一个笑话来就行了。

盎厥鲁　　我也不要她什么妆奁。

费　边　　我那位捉蠢鹅的好手来了。

　　　　　玛莉霞重上。

托　培　　你愿意把你的脚搁在我的头颈上吗？

盎厥鲁　　或者搁在我的头颈上？

托　培　　我要不要把我的自由作孤注一掷，而做你的奴隶呢？

盎厥鲁　　是的，要不要我也做你的奴隶？

托　培　　你已经叫他大做其梦，要是那种幻象一离开了他，他一定会发疯的。

玛莉霞　　可是您老实对我说，他不是中计了吗？

托　培　　就像收生婆喝了烧酒一样。

玛莉霞 要是你们要看看这场把戏会闹出些什么结果来，请看好他怎样到小姐跟前去：他会穿起了黄袜子，那正是她所讨厌的颜色；还要扎着十字交叉的袜带，那正是她所厌恶的式样；他还要向她微笑，照她现在那样悒郁的心境，她一定会不高兴，管保叫他大受一场没趣。假如你们要看的话，跟我来吧。

托 培 好，到地狱门口去，你这好机灵鬼！

盎厥鲁 我也要去。（同下）

第三幕

第一场　奥丽薇霞的园中

薇俄拉及小丑持手鼓上。

薇俄拉　上帝保佑你，朋友！你是个打手鼓的音乐家吗？

小　丑　不，先生，我的家在教堂附近呢。

薇俄拉　你是个教士吗？

小　丑　没有的事，先生。我住在教堂附近，因为我住在我的家里，而我的家是在教堂附近。

薇俄拉　你也可以说，国王住在叫花窝的附近，因为叫花子住在王宫的附近；教堂住在你的手鼓旁边，因为你的手鼓放在教堂旁边。

小　丑　您说得对，先生。人们一代比一代聪明了！一句话对于一个聪明人就像是一副小山羊皮的手套，一下子就可以翻转过来。

薇俄拉　嗯，那是一定的啦；善于在字面上翻弄花样的，很容易流于轻薄。

小　丑　那么，先生，我希望我的妹妹不要有名字。

薇俄拉　为什么呢，朋友？

小　丑　先生，她的名字不也是个字吗？在那个字上面翻弄翻弄花样，也许我的妹妹就会轻薄起来。可是自从文字失去自由以后，也就变成很危险的家伙。

薇俄拉　你有什么理由，朋友？

小　丑　不瞒您说，先生，要是我向您说出理由来，那非得用文字不可；可是现在文字变得那么坏，我真不高兴用它们来证明我的理由。

薇俄拉　我敢说你是个快活的家伙，万事都不关心。

莎士比亚喜剧集

小　丑　不是的，先生。我所关心的事倒有一点儿；可是凭良心说，先生，我
可一点不关心您。

薇俄拉　你不是奥丽薇霞小姐府中的傻子吗？

小　丑　真的不是，先生。奥丽薇霞小姐不喜欢傻气；她要嫁了人才会在家里
养起傻子来，先生；傻子之于丈夫，犹之乎小鱼之于大鱼，丈夫不过
是一个大一点的傻子而已。我真的不是她的傻子，我是给她说说笑话
的人。

薇俄拉　我最近曾经在鄂西诺公爵的地方看见过你。

小　丑　先生，傻气就像太阳一样环绕着地球，到处放射它的光辉。要是傻子
不常到您主人那里去，如同常在我的小姐那儿一样，那么，先生，我
可真抱歉。我想我也曾经在那边看见过您这聪明人。

薇俄拉　哼，你要在我身上打趣，我可要不睬你了。拿去，这个钱给你。（给
他一枚钱币）

小　丑　好，上帝保佑你长起胡子来吧！

薇俄拉　老实告诉你，我倒真为了胡子害相思呢；虽然我不要在自己脸上长起
来。小姐在里面吗？

小　丑　（指着钱币）先生，您要是再赏我一个钱，两个钱不就可以养儿子了吗？

薇俄拉　会的，你只要拿它们去放债取利息就行。

小　丑　先生，我愿意做个弗立基亚的潘达勒斯，给这个特洛伊罗斯找一个克
蕾雪达来。[1]

薇俄拉　我知道了，朋友；你很善于乞讨。

小　丑　我希望您不会认为这太过分，先生，我要乞讨的不过是个叫花子，克
蕾雪达后来就是个叫花子。小姐就在里面，先生。我可以对他们说明
您是从哪儿来的；至于您是谁，您来有什么事，那就不属于我的领域
之内了——我应当说"范围"，可是那两个字已经给人用得太熟了。
（下）

薇俄拉　这家伙扮傻子很有点儿聪明。装傻装得好也是要靠才情的：他必须窥
伺被他所取笑的人们的心绪，了解他们的身份，还得看准了时机；然
后像不择目的的野鹰一样，每个机会都不放松。这是一种和聪明人的

---

[1] 关于特洛伊罗斯（Troilus）与克蕾雪达（Cressida）恋爱的故事可参看莎士比亚所著悲剧《特
洛伊罗斯与克蕾雪达》。潘达勒斯（Pandarus）系克蕾雪达之舅，为他们居间撮合者。

艺术一样艰难的工作：

　　　　傻子不妨说几句聪明话，

　　　　聪明人说傻话难免笑骂。

　　　　托培·贝尔区爵士，盎厥鲁·埃求启克爵士同上。

托　培　　您好，先生。

薇俄拉　　您好，爵士。

盎厥鲁　　上帝保佑您，先生。

薇俄拉　　上帝保佑您，我是您的仆人。

盎厥鲁　　先生，我希望您是我的仆人；我也是您的仆人。

托　培　　请您进去吧。舍侄女有请，要是您是来看她的话。

薇俄拉　　我来正是要拜见令侄女，爵士；她是我的航行的目标。

托　培　　请您试试您的腿吧，先生；把它们移动起来。

薇俄拉　　我的腿也许会听得懂我的话，爵士，可是我却不懂您叫我试试我的腿
　　　　　是什么意思？

托　培　　我的意思是，先生，请您走，请您进去。

薇俄拉　　好，我就移步前进。可是有人走来了。

　　　　　奥丽薇霞及玛莉霞上。

薇俄拉　　最卓越最完美的小姐，愿诸天为您散下芬芳的香雾！

盎厥鲁　　那年轻人是一个出色的廷臣。"散下芬芳的香雾"！好得很。

薇俄拉　　我的来意，小姐，只能让您自己的玉耳眷听。

盎厥鲁　　"香雾"，"玉耳"，"眷听"，我已经学会了三句话了。

奥丽薇霞　　关上园门，让我们两人谈话。（*托培、盎厥鲁、玛莉霞同下*）把你
　　　　　的手给我，先生。

薇俄拉　　小姐，我愿意奉献我的绵薄之力为您效劳。

奥丽薇霞　　你叫什么名字？

薇俄拉　　您仆人的名字是西萨里奥，美貌的公主。

奥丽薇霞　　我的仆人，先生！自从假作卑恭认为是一种恭维之后，世界上从此
　　　　　不曾有过乐趣。你是鄂西诺公爵的仆人，年轻人。

薇俄拉　　他是您的仆人，他的仆人自然也是您的仆人；您的仆人的仆人便是您
　　　　　的仆人，小姐。

奥丽薇霞　　我不高兴想他；我希望他心里空无所有，不要充满着我。

莎士比亚喜剧集

薇俄拉　小姐，我来是要替他说动您那颗温柔的心。

奥丽薇霞　啊！对不起，请你不要再说起他了。可是如果你换一个人向我说，
我愿意听你的请求，胜过于听天乐。

薇俄拉　亲爱的小姐

奥丽薇霞　对不起，让我说句话。上次你到这儿来把我迷醉了之后，我叫人拿
了个戒指追你；我欺骗了我自己，欺骗了我的仆人，也许还欺骗了你；
我用那种无耻的狡猾把你明知道不属于你的东西强纳在你手里，一定
会使你看不起我。你会怎样想呢？你不曾把我的名誉拴在桩柱上，让
你那残酷的心所想得到的一切思想恣意地把它虐弄吧？像你这样敏慧
的人，我已经表示得太露骨了；掩藏着我的心事的，只是一层薄薄的
蝉纱。所以，让我听你的意见吧。

薇俄拉　我可怜你。

奥丽薇霞　那是到达恋爱的一个阶段。

薇俄拉　不是，我们常常对于敌人也会发生怜悯的。

奥丽薇霞　啊，那么我想现在是我应该再微笑起来的时候了。世界啊！微贱的
人多么容易骄傲！要是做了俘虏，那么落于狮子的爪下比之豺狼的吻
中要幸运多少啊！（钟鸣）时钟在谴责我把时间浪费。别担心，好孩
子，我不会留住你。可是等到才情和青春成熟之后，你的妻子将会收
获到一个出色的男人。向西是你的路。

薇俄拉　那么向西开步走！愿小姐称心如意！您没有什么话要我向我的主人说
吗，小姐？

奥丽薇霞　且慢，请你告诉我你以为我这人怎样？

薇俄拉　我以为你以为你不是你自己。

奥丽薇霞　要是我以为这样，我以为你也是这样。

薇俄拉　你猜想得不错，我不是我自己。

奥丽薇霞　我希望你是我所希望于你的那种人！

薇俄拉　那是不是比现在的我要好些，小姐？我希望好一些，因为现在我不过
是你的弄人。

奥丽薇霞　唉！他嘴角的轻蔑和怒气，

　　　　　冷然的神态可多么美丽！

　　　　　爱比杀人重罪更难隐藏；

爱的黑夜有中午的阳光。
西萨里奥，凭着春日蔷薇、
贞操、忠信与一切，我爱你
这样真诚，不顾你的骄傲，
理智拦不住热情的宣告。
别以为我这样向你求情，
你就可以无须再献殷勤；
须知求得的爱虽费心力，
不劳而获的更应该珍惜。

薇俄拉　我起誓，凭着天真与青春，
我只有一颗心一片忠诚，
没有女人能够把它占有，
只有我是我自己的君后。
别了，小姐，我从此不再来
为我主人向你苦苦陈哀。

奥丽薇霞　你不妨再来，也许能感动
我释去憎嫌把感情珍重。（同下）

第二场　奥丽薇霞宅中一室

托培·贝尔区爵士，盎厥鲁·埃求启克爵士及费边上。

盎厥鲁　不，真的，我再不能住下去了。

托　培　为什么呢，亲爱的坏东西？说出你的理由来。

费　边　是啊，盎厥鲁爵士，您得说出个理由来。

盎厥鲁　嘿，我见你的侄小姐对待那个公爵的佣人比之待我好得多；我在花园里瞧见的。

托　培　她那时也看见你吗，孩子？告诉我。

盎厥鲁　就像我现在看见你一样明白。

费　边　那正是她爱您的一个很好的证据。

盎厥鲁　啐！你把我当作一头驴子吗？

费　边　大人，我可以用判断和推理来证明这句话的不错。

托　培　判断和推理在挪亚[1]还没有上船以前，已经就当上陪审官了。

费　边　她当着您的脸对那个少年表示殷勤，是要叫您发急，唤醒您那打瞌睡的勇气，给您的心里生起火来，在您的肝脏里加点儿硫磺罢了。您那时就该走上去向她招呼，说几句崭新的俏皮话儿叫那年轻人哑口无言。她盼望您这样，可是您却大意错过了。您放过了这么一个大好的机会，我的小姐自然要冷淡您啦；您目前在她的心里就像荷兰人胡须上悬着冰柱一样，除非您能用勇气或是手段干出一些出色的勾当，才可以挽回过来。

盎厥鲁　无论如何，我宁愿用勇气；因为我顶讨厌使手段。叫我做个政客，还不如做个布朗派[2]的教徒。

托　培　好啊，那么把你的命运建筑在勇气上吧。给我去向那公爵差来的少年挑战，把他身上戳十来个窟窿，我的侄女一定会注意到。你可以相信，世上没有一个媒人会比一个勇敢的名声更能说动女人的心了。

费　边　此外可没有别的办法了，盎厥鲁大人。

盎厥鲁　你们谁肯替我向他下战书？

托　培　快去用一手虎虎有威的笔法写起来；要干脆简单；不用说俏皮话，只要言之成理，别出心裁就得了。尽你的笔墨所能把他嘲骂；要是你把他"你"啊"你"的"你"了三四次，那不会有错，再把纸上写满了谎，即使你的纸大得可以铺满英国威尔士地方的那张大床。[3]快去写吧。把你的墨水里掺满着怨毒，虽然你用的是一支鹅毛笔。去吧。

盎厥鲁　我到什么地方来见你们？

托　培　我们会到你房间里来看你；去吧。（盎厥鲁下）

费　边　这是您的一个宝货，托培老爷。

托　培　我倒累他破费过不少呢，孩儿，约摸有两千多块钱的样子。

费　边　我们就可以看到他的一封妙信了。可是您不会给他送去吧？

托　培　要是我不送去，你别相信我；我一定要把那年轻人激出一个回音来。我想就是叫牛儿拉着车绳也拉不拢他们两人在一起。要是把盎厥鲁解

---

[1] 挪亚（Noah）及其方舟的故事，见《圣经·旧约·创世纪》第六章。

[2] 布朗派为英国伊丽莎白时代清教徒布朗（Robert Browne）所创的教派。

[3] 方十一英尺，今尚存。

剖开来，你在他肝脏里找得出一滴可以沾湿一只跳蚤的脚的血，我愿意把他那副臭皮囊吃下去。

费　边　他那个对头的年轻人，照那副相貌看来，也不像是会下辣手的。

托　培　瞧，一窠九只的鹡鸰中顶小的一只来了。

　　　　玛莉霞上。

玛莉霞　要是你们愿意捧腹大笑，不怕笑到腰酸背痛，那么跟我来吧。那只蠢鹅马伏里奥已经信了邪道，变成了一个十足的异教徒了；因为没有一个相信正道而希望得救的基督徒，会做出这种丑恶不堪的奇形怪状来的。他穿着黄袜子呢。

托　培　袜带是十字交叉的吗？

玛莉霞　再恶相不过的了，就像个在寺院里开学堂的塾师先生。我像是他的刺客一样紧跟着他。我故意掉下来诱他的那封信上的话，他每一句都听从；他的脸笑得皱纹比新添上东印度群岛的新地图上的线纹还多。你们从来不曾见过这样一个东西；我真忍不住要向他丢东西过去。我知道小姐一定会打他；要是她打了他，他一定仍然会笑，以为是一件大恩典。

托　培　来，带我们去，带我们到他那儿去。（同下）

第三场　街道

　　　　瑟巴士显及安东尼奥上。

瑟巴士显　我本来不愿意麻烦你；可是你既然这样欢喜自己劳碌，那么我也不再向你多话了。

安东尼奥　我抛不下你；我的愿望比磨过的刀还要锐利地驱迫着我。虽然为着要看见你起见，再远的路我也会跟着你去；可并不全然为着这个理由：我担心你在这些地方是个陌生人，路上也许会碰到些什么；一路没有领导没有朋友的异乡客，出门总有许多不方便。我的诚心的爱再加上这样使我忧虑的理由，才迫使我来追赶你。

瑟巴士显　我的善良的安东尼奥，除了感谢，感谢，永远的感谢之外，我再没有别的话好回答你。一件好事常常只换得一声空口的道谢；可是我的钱财如能跟我的衷心的感谢一样多，你的好心一定不会得不到重重的酬报。我们干些什么呢？要不要去瞧瞧这城里的古迹？

安东尼奥 明天吧，先生；还是先去找个下处。

瑟巴士显 我没有疲倦，等天黑还有许多时候呢；让我们去瞧瞧这儿的名胜，一饱眼福吧。

安东尼奥 请你原谅我；我在这一带街道上走路是冒着危险的。从前我曾经参加海战，和公爵的舰队作过对；那时我立了一点功，假如在这儿给捉到了，可不知要怎样抵罪哩。

瑟巴士显 大概你杀死了很多人吧？

安东尼奥 我的罪名并不是这么一种杀人流血的性质；虽然照那时的情形和争执的激烈看来，很容易有流血的可能。本来也许以后我们把夺来的东西还给他们，就可以和平解决，为了商业的缘故，我们大多数的城市都是这样的；可是我却不肯屈服：因此，要是我在这儿给捉到了的话，他们决不会轻易放过我。

瑟巴士显 那么你不要常常出来吧。

安东尼奥 那的确不大妥当。先生，这儿是我的钱袋，请你拿着吧。南郊的哀勒芬旅店是最好的下榻的地方，我先去订好膳宿；你可以在城里逛着见识见识，再到那边来见我好了。

瑟巴士显 为什么你要把你的钱袋给我？

安东尼奥 也许你会看中什么玩意儿想要买下；我知道你的钱不够买这些非急用的东西，先生。

瑟巴士显 好，我就替你保管你的钱袋；过一个钟头再见吧。

安东尼奥 在哀勒芬旅店。

瑟巴士显 我记得。（各下）

第四场　奥丽薇霞的园中

奥丽薇霞及玛莉霞上。

奥丽薇霞 我已经差人去请他了。假如他肯来，我要怎样款待他呢？我要给他些什么呢？因为年轻人常常是买来的，而不是讨来或借来的。我说得太高声了。马伏里奥在哪儿呢？他这人很严肃，懂得规矩，很配做我家里的仆人。马伏里奥在什么地方？

玛莉霞　他就来了，小姐；可是他的样子古怪得很。他一定给鬼迷了，小姐。

奥丽薇霞　啊，怎么啦？他在说胡话吗？

玛莉霞　不，小姐；他只是一味笑。他来的时候，小姐，您最好叫人保护着您，因为这人的神经有点异样呢。

奥丽薇霞　去叫他来。（玛莉霞下）

他是痴汉，我也是个疯婆；

他欢喜，我忧愁，一样糊涂。

玛莉霞偕马伏里奥重上。

奥丽薇霞　怎样，马伏里奥！

马伏里奥　亲爱的小姐，哈哈！

奥丽薇霞　你笑吗？我要差你做一件正经事呢，别那么快活。

马伏里奥　不快活，小姐！我当然可以不快活，这种十字交叉的袜带扎得我血脉不通；可是那有什么要紧呢？只要能叫一个人看了欢喜，那就像诗人所说的"一人欢喜，人人欢喜"了。

奥丽薇霞　什么，你怎么啦，家伙？究竟是怎么一回事？

马伏里奥　我的腿儿虽然是黄的，我的心儿却不黑。那话他已经懂得了，命令一定要服从。我想那一手簪花妙楷我们都是认得出来的。

奥丽薇霞　你还是睡觉去吧，马伏里奥。

马伏里奥　睡觉去！对了，好人儿；我一定奉陪。

奥丽薇霞　上帝保佑你！为什么你这样笑着，还老是吻你的手？

玛莉霞　您怎么啦，马伏里奥？

马伏里奥　多承见问！是的，夜莺应该回答乌鸦的问话。

玛莉霞　您为什么当着小姐的面前这样放肆？

马伏里奥　"不用惧怕富贵"，写得很好！

奥丽薇霞　你说那话是什么意思，马伏里奥？

马伏里奥　有的人是生来的富贵——

奥丽薇霞　嘿！

马伏里奥　有的人是挣来的富贵——

奥丽薇霞　你说什么？

马伏里奥	有的人是送上来的富贵。
奥丽薇霞	上天保佑你!
马伏里奥	记着谁曾经赞美过你的黄袜子——
奥丽薇霞	你的黄袜子!
马伏里奥	愿意看见你永远扎着十字交叉的袜带。
奥丽薇霞	扎着十字交叉的袜带!
马伏里奥	好,只要你自己愿意,你就可以出头了——
奥丽薇霞	我就可以出头了?
马伏里奥	否则让我见你一生一世做个奴才吧。
奥丽薇霞	哎哟,这家伙简直中了暑在发疯了。

一仆人上。

仆　人　小姐,鄂西诺公爵的那位青年使者回来了,我好容易才请他回来。他在等候着小姐的意旨。

奥丽薇霞　我就去见他。(仆人下)好玛莉霞,把这家伙好好看管。我的托培叔父呢?叫几个人加意留心着他;我宁可牺牲一半的嫁妆,也不希望他有什么意外。

（奥丽薇霞、玛莉霞下）

马伏里奥　啊,哈哈!你现在走近我了吗?不叫别人,却叫托培爵士来照看我!这正合信上所说的:她有意叫他来,好让我跟他顶撞一下;因为她信里正要我这样。"脱去你卑恭的旧习;"她说,"对亲戚不妨分庭抗礼,对仆人不妨摆摆架子;你嘴里要鼓唇弄舌地谈些国家大事,装出一副矜持的样子;"随后还写着怎样扮起一副严肃的面孔,庄重的举止,慢声慢气的说话腔调,学着大人先生的样子,诸如此类。我已经捉到她了;可是那是上帝的功劳,感谢上帝!而且她刚才临去的时候,她说:"这家伙要好好看管;"家伙!不说马伏里奥,也不照我的地位称呼我,而叫我家伙。哈哈,一切都符合,一点儿没有疑惑,一点儿没有阻碍,一点儿没有不放心的地方。还有什么好说呢?什么也不能阻止我达到我的全部的希望。好,干这种事情的是上帝,不是我,感谢上帝!

玛莉霞偕托培·贝尔区爵士及费边上。

托　培　凭着神圣的名义,他在哪儿?要是地狱里的群鬼都缩小了身子,一起走进他的身体里去，我也要跟他说话。

费　边　他在这儿，他在这儿。您怎么啦，大爷？您怎么啦，老兄？

马伏里奥　走开，我用不着你；别搅扰了我的安静。走开！

玛莉霞　听，魔鬼在他嘴里说着鬼话了！我不是对您说过吗？托培老爷，小姐
　　　　请您看顾看顾他。

马伏里奥　啊！啊！她这样说吗？

托　培　好了，好了，别闹了吧！我们一定要客客气气对付他；让我一个人来
　　　　吧。——你好，马伏里奥？你怎么啦？吓，老兄！抵抗魔鬼呀！你想，
　　　　它是人类的仇敌呢。

马伏里奥　你知道你在说些什么话吗？

玛莉霞　你瞧！你们一说了魔鬼的坏话，他就生气了。求求上帝，不要让他
　　　　中了鬼迷才好！

费　边　把他的小便送到巫婆那边去吧。

玛莉霞　好，明天早晨一定送去。我的小姐舍不得他哩。

马伏里奥　怎么，姑娘！

玛莉霞　主啊！

托　培　请你别闹，这不是个办法；你不见你惹他生气了吗？让我来对付他。

费　边　除了用软功之外，没有别的法子；轻轻地，轻轻地，魔鬼是个粗坯，
　　　　你要跟他动粗是不行的。

托　培　喂，怎么啦，我的好家伙！你好，好人儿？

马伏里奥　爵士！

托　培　噢，小鸡，跟我来吧。嘿，老兄！跟魔鬼在一起玩可不对。该死的黑鬼！

玛莉霞　叫他念祈祷，好托培老爷，叫他祈祷。

马伏里奥　念祈祷，小淫妇！

玛莉霞　你们听着，跟他讲到关于上帝的话，他就听不进去了。

马伏里奥　你们全给我去上吊吧！你们都是些浅薄无聊的东西；我不是跟你们
　　　　一样的人。你们就会知道的。（下）

托　培　有这等事吗？

费　边　要是这种情形在舞台上表演起来，我一定要批评它捏造得出乎情理
　　　　之外。

托　培　他已经中计了，老兄。

373

莎士比亚喜剧集

玛莉霞　还是追上他去吧；也许这计策一漏了风，就会坏掉。

费　边　嗷，我们真的要叫他发起疯来。

玛莉霞　那时屋子里可以清静些。

托　培　来，我们要把他捆起来关在一间暗室里。我的侄女已经相信他疯了；我们可以这样依计而行，让我们开开心，叫他吃吃苦头。等到我们这玩笑开乏了之后，再向他发起慈悲来；那时我们宣布我们的计策，把你封作疯人的发现者。可是瞧，瞧！

　　　　　盎厥鲁·埃求启克爵士上。

费　边　又有别的花样来了。

盎厥鲁　挑战书已经写好在此，你读读看；念上去就像酸醋胡椒的味道呢。

费　边　是这样厉害吗？

盎厥鲁　对了，我向他保证的；你只要读着好了。

托　培　给我。（读）年轻人，不管你是谁，你不过是个下贱的东西。

费　边　好，真勇敢！

托　培　不要吃惊，也不要奇怪为什么我这样称呼你，因为我不愿告诉你是什么理由。

费　边　一句很好的话，这样您就可以不受法律的攻击了。

托　培　你来见奥丽薇霞小姐，她当着我的面把你厚待；可是你说谎，那并不是我要向你挑战的理由。

费　边　很简单明白，而且不通极了。

托　培　我要在你回去的时候埋伏着等候你；要是命该你把我杀死的话——

费　边　很好。

托　培　你便是个坏蛋和恶人。

费　边　您仍旧避过了法律方面的责任，很好。

托　培　再会吧；上帝超度我们两人中一人的灵魂吧！也许他会超度我的灵魂；可是我比你有希望一些，所以你留心着自己吧。你的朋友，与你是势不两立的仇敌，盎厥鲁·埃求启克上。——要是这封信不能激动他，那么他的两条腿也不能走动了。我去送给他。

玛莉霞　您有很凑巧的机会；他现在正在跟小姐谈话，等会儿就要出来了。

托　培　去，盎厥鲁大人，给我在园子角落里等着他，像个衙役似的；一看见他，便拔出剑来；一拔剑，就高声咒骂；一句可怕的咒骂，神气活现地从嘴里狂声傲气地发出来，比之真才实艺更能叫人相信他是个了不得的家伙。去吧！

益厥鲁 好，骂人的事情我自己会。（下）

托　培 我可不去送这封信。因为照这位青年的举止看来，是个很有资格很有教养的人，否则他的主人不会差他来拉拢我的侄女的。这封信写得那么奇妙不通，一定不会叫这青年害怕；他一定会以为这是一个呆子写的。可是，老兄，我要口头去替他挑战，故意夸张埃求启克的勇气，让这位仁兄相信他是个勇猛暴躁的家伙，我知道他那样年轻一定会害怕起来的。这样他们两人便会彼此害怕，一见面就像见了毒蜥蜴一样掉了魂魄。

费　边 他和您的侄小姐来了；让我们回避他们，等他告别之后再追上去。

托　培 我可以想出几句可怕的挑战话儿来。（托培、费边、玛莉霞下）

奥丽薇霞偕薇俄拉重上。

奥丽薇霞 我对一颗石子样的心太多费唇舌了，鲁莽地把我的名誉下了赌注。我心里有些埋怨自己的错；可是那是个极其倔强的错，埋怨只能招它一阵讪笑。

薇俄拉 我主人的悲哀也正和您这种痴情的样子相同。

奥丽薇霞 拿着，为我的缘故把这玩意儿带在你身上吧，那上面有我的小像。不要拒绝它，它不会多话讨你厌的。请你明天再过来。你无论向我要什么，只要于我的名誉没有妨碍，我都可以给你。

薇俄拉 我向您要的，只是请您把真心的爱给我的主人。

奥丽薇霞 那我已经给了你了，怎么还能凭着我的名誉再给他呢？

薇俄拉 我将奉还给你。

奥丽薇霞 好，明天再来吧。

再见！像你这样一个恶魔，

我甘愿被你向地狱里拖。（下）

托培·贝尔区爵士及费边重上。

托　培 先生，上帝保佑你！

薇俄拉 上帝保佑您，爵士！

托　培 准备着防御吧。我不知道你做了什么对不起他的事情；可是你那位对头满心怀恨，一股子的杀气在园子尽头等着你呢。拔出你的剑来，赶快预备好，因为你的敌人是个敏捷精明而可怕的人。

薇俄拉　您弄错了，爵士，我相信没有人会跟我争吵；我完全不记得我曾经得罪过什么人。

托　培　你会知道事情是恰恰相反的，我告诉你；所以要是你看重你的生命的话，留点神吧；因为你的冤家年轻力壮，武艺不凡，火气又那么大。

薇俄拉　请问爵士，他是谁呀？

托　培　他是个不靠军功而受封的武士；可是跟人吵起架来，那简直是个魔鬼：他已经叫三个人的灵魂出壳了。现在他的怒气已经一发而不可收，非把人杀死送进坟墓里去决不肯甘心。他的格言是不管三七二十一，拼个你死我活。

薇俄拉　我要回到府里去请小姐派几个人给我保镖。我不会跟人打架。我听说有些人故意向别人寻事，试验他们的勇气；这个人大概也是这一类的。

托　培　不，先生，他的发怒是有充分理由的，因为你得罪了他；所以你还是上去答应他的要求吧。你不能回到屋子里去，除非你在没有跟他交手之前先跟我比个高低。所以上去吧，把你的剑赤条条地拔出来；无论如何你非得动手不可，否则以后你再不用带剑了。

薇俄拉　这真是既无礼又古怪。请您帮我一下忙，去问那武士看我得罪了他什么。那一定是我偶然的疏忽，决不是有意的。

托　培　我就去问他。费边先生，你陪着这位先生等我回来。（下）

薇俄拉　先生，请问您知道这是怎么一回事吗？

费　边　我知道那武士对您很不乐意，抱着拼命的决心；可是详细的情形却不知道。

薇俄拉　请您告诉我他是个什么样子的人？

费　边　照他的外表上看起来，并没有什么惊人的地方；可是您跟他一交手，就知道他的厉害了。他，先生，的确是您在伊利里亚无论哪个地方所碰得到的最有本领、最凶狠、最厉害的敌手。您就过去见他好不好？我愿意替您跟他讲和，要是能够的话。

薇俄拉　那多谢您了。我是个宁愿亲近教士不愿亲近武士的人；我不喜欢跟人争强斗胜。（同下）

　　　　托培及盎厥鲁重上。

托　培　嘿，老兄，他才是个魔鬼呢，我从来不曾见过这么一个泼货。我跟他连剑带鞘较量了一回，他给我这么致命的一刺，简直无从招架；至于他还起手来，那简直像是你的脚踏在地上一样万无一失。他们说他曾经在波斯王宫里当过剑师。

盎厥鲁　糟了！我不高兴跟他动手。

托　培　好，但是他可不肯罢休呢；费边在那边简直拦不住他。

盎厥鲁　该死！早知道他有这种本领，我怎么也不去惹他的。假如他肯放过这回，我情愿把我的灰色马儿送给他。

托　培　我去跟他说去。站在这儿，摆出些威势来；这件事情总可以和平了结的。（旁白）你的马儿少不得要让我来骑，你可大大地给我捉弄了。

　　　　费边及薇俄拉重上。

托　培　（向费边）我已经叫他把他的马儿送上议和。我已经叫他相信这孩子是个魔鬼。

费　边　他也是大大地害怕着他，吓得心惊肉跳脸色发白，像是一头熊追在背后似的。

托　培　（向薇俄拉）没有法子，先生；他因为已经发过了誓，非得跟你决斗一下不可。他已经把这回吵闹考虑过，认为现在没有什么话好说的了；所以为了他所发的誓起见，拔出你的剑来吧，他声明他不会伤害你的。

薇俄拉　（旁白）求上帝保佑我！一点点事情就会给他们知道我是不配做个男人的。

费　边　要是你见他势不可当，就让让他吧。

托　培　来，盎厥鲁爵士，没有办法，这位先生为了他的名誉起见，不得不跟你较量一下，按着决斗的规则，他不能规避这一回事；可是他已经答应我，因为他是个堂堂君子又是个军人，他不会伤害你的。来吧，上去！

盎厥鲁　求上帝让他不要背誓！（拔剑）

薇俄拉　相信我，这全然不是出于我的本意。（拔剑）

　　　　安东尼奥上。

安东尼奥　放下你的剑。要是这位年轻的先生得罪了你，我替他担个不是；要是你得罪了他，我可不肯对你罢休。（拔剑）

托　培　你，朋友！咦，你是谁呀？

安东尼奥　先生，我是他的好朋友；为了他的缘故，无论什么事情说得出的便做得到。

托　培　好吧，你既然这样喜欢管人家的闲事，我就奉陪了。（拔剑）

费　边　啊，好托培老爷，住手吧！警官们来了。

托　培　过会儿再跟你算账。

薇俄拉　（向盎厥鲁）先生，请你放下你的剑吧。

盎厥鲁　好，放下就放下，朋友；我可以向你担保，我的话说过就算数。我是
　　　　个惯听话受管束的。

　　　　二警吏上。

甲　吏　就是这个人；执行你的任务吧。

乙　吏　安东尼奥，我奉鄂西诺公爵之命把你逮捕。

安东尼奥　你看错人了，朋友。

甲　吏　不，先生，一点没有错。我很认识你的脸，虽然你现在头上不戴着水
　　　　手的帽子。——把他带走，他知道我认识他的。

安东尼奥　我只好服从。（向薇俄拉）这场祸事都是因为要来寻找你而起；可
　　　　是没有办法，我必得服罪。现在我不得不向你要回我的钱袋了，你预
　　　　备怎样呢？叫我难过的倒不是我自己的遭遇，而是不能给你尽一点力。
　　　　你吃惊吗？请你宽心吧。

乙　吏　来，朋友，去吧。

安东尼奥　那笔钱我必须向你要几个。

薇俄拉　什么钱，先生？为了您在这儿对我的好意相助，又看见您现在的不幸，
　　　　我愿意尽我的微弱的力量借给您几个钱；我是个穷小子，这儿随身带
　　　　着的钱，可以跟您平分。拿着吧，这是我一半的家私。

安东尼奥　你现在不认识我了吗？难道我给你的好处不能使你心动吗？别看着
　　　　我倒霉好欺侮，要是激起我的性子来，我也会不顾一切，向你一一数
　　　　说你的忘恩负义的。

薇俄拉　我一点不知道；您的声音相貌我也完全不认识。我痛恨人们的忘恩，
　　　　比之痛恨说谎、虚荣、饶舌、酗酒，或是其他存在于脆弱的人心中的
　　　　陷入的恶德还要厉害。

安东尼奥　唉，天哪！

乙　吏　好了，对不起，朋友，走吧。

安东尼奥　让我再说句话，你们瞧这个孩子，他是我从死神的掌握中夺了来的，
　　　　我用神圣的爱心照顾着他；我以为他的样子是个好人，才那样看重着他。

甲　吏　那跟我们有什么相干呢？别耽误了时间，去吧！

安东尼奥　可是唉！这个天神一样的人，原来却是个罗刹！瑟巴士显，你未免

太羞辱了你这副好相貌了。

心上的瑕疵是真的垢污；

无情的人才是残废之徒。

善即是美；但美丽的奸恶，

是魔鬼雕就文采的空椟。

甲　吏　这家伙发疯了；带他去吧！来，来，先生。

安东尼奥　带我去吧。（警吏带安东尼奥下）

薇俄拉　他的话儿句句发自衷肠；

他坚持不疑，我意乱心慌。

但愿想象的事果真不错，

是他把妹妹错认作哥哥！

托　培　过来，武士；过来，费边，让我们悄悄地讲几句聪明话。

薇俄拉　他说起瑟巴士显的名字，

我哥哥正是我镜中影子，

兄妹俩生就一般的形状，

再加上穿扮得一模一样；

但愿暴风雨真发了慈心，

无情的波浪变作了多情！（下）

托　培　好一个刁猾的卑劣的孩子，比兔子还胆怯！他坐视朋友危急而不顾，

还要装作不认识，可见他刁恶的一斑，至于他的胆怯呢，问费边好了。

费　边　一个懦夫，一个敬畏上帝的懦夫。

盎厥鲁　他妈的，我要追上去把他揍一顿。

托　培　好，把他狠狠地揍一顿，可是别拔出你的剑来。

盎厥鲁　要是我不——（下）

费　边　来，让我们去瞧去。

托　培　我可以赌无论多少钱，到头来不会有什么事发生的。（同下）

莎士比亚喜剧集

第四幕

第一场 奥丽薇霞宅旁街道

瑟巴士显及小丑上。

小 丑 你要我相信我不是差来请你的吗？

瑟巴士显 算了吧，算了吧，你是个傻瓜；给我走开去。

小 丑 装腔装得真好！是的，我不认识你；我的小姐也不会差我来请你去讲活；你的名字也不是西萨里奥大爷。什么都不是。

瑟巴士显 请你到别处去大放厥词吧；你又不认识我。

小 丑 大放厥辞！他从什么大人物那儿听了这句话，却来用在一个傻瓜身上。大放厥词！我担心整个痴愚的世界都要装腔作势起来了。请你别那么怯生生的，告诉我应当向我的小姐放些什么"厥词"。要不要对她说你就来？

瑟巴士显 傻东西，请你走开吧；这儿有钱给你；要是你再不去，我就不给你这么多了。

小 丑 真的，你倒是很慷慨。这种聪明人把钱给傻子，就像用十四年的收益来买一句好话。

盎厥鲁上。

盎厥鲁 呀，朋友，我又碰见你了吗？吃这一下。（击瑟巴士显）

瑟巴士显 怎么，给你尝尝这一下，这一下，这一下！（打盎厥鲁）所有的人们都疯了吗？

托培及费边上。

托 培 停住，朋友，否则我要把你的刀子摔到屋子里去了。

小　丑　我就去把这事告诉我的小姐。我不愿花两便士来换你们的一件衣服穿。
　　　　（下）

托　培　（拉瑟巴士显）算了，朋友，住手吧。

盎厥鲁　不，让他去吧。我要换一个法儿对付他。要是伊利里亚是有法律的话，
　　　　我要告他非法殴打的罪；虽然是我先动手，可是那没有关系。

瑟巴士显　放下你的手！

托　培　算了吧，朋友，我不能放走你。来，我的年轻的勇士，放下你的家伙。
　　　　你已经冒上火来了；来吧。

瑟巴士显　你别想抓住我。（挣脱）现在你要怎样？要是你有胆子的话，拔出
　　　　你的剑来吧。

托　培　什么！什么！那么我倒要让你流几滴莽撞的血呢。（拔剑）
　　　　奥丽薇霞上。

奥丽薇霞　住手，托培！我命令你！

托　培　小姐！

奥丽薇霞　有这等事吗？忘恩的恶人！只配住在从来不懂得礼貌的山林和洞窟
　　　　里的。滚开！——别生气，亲爱的西萨里奥。——莽汉，走开！（托
　　　　培、盎厥鲁、费边同下）好朋友，你是个有见识的人，这回的惊扰实
　　　　在太失礼，太不成话了，请你不要生气。跟我到舍下去吧；我可以告
　　　　诉你这个恶人曾经多少次无缘无故地惹是招非，你听了就可以把这回
　　　　事情一笑置之了。你一定要去：
　　　　别推托！他灵魂该受天戮，
　　　　为你惊起了我心头的小鹿。

瑟巴士显　滋味难名，不识其中奥妙；
　　　　是疯眼昏迷？是梦魂颠倒？
　　　　愿心魂永远在忘河沉浸；
　　　　有这般好梦再不需梦醒！

奥丽薇霞　请你来吧；你得听我的话。

瑟巴士显　小姐，遵命。

奥丽薇霞　但愿这回非假！（同下）

莎士比亚喜剧集

第二场 奥丽薇霞宅中一室

玛莉霞及小丑上；马伏里奥在相接的暗室内。

玛莉霞 嗜，我请你把这件袍子穿上，这把胡须套上，让他相信你是副牧师托伯斯师傅。快些，我就去叫托培老爷来。（下）

小　丑 好，我就穿起来，假装一下；我希望我是第一个扮作这种样子的。我的身材不够高，穿起来不怎么神气。略微胖一点，也不像个用功念书的：可是给人称赞一声是个老实汉子和很好的当家人，也就跟一个用心思的读书人一样好了。——那两个同党的来了。

托培·贝尔区爵士及玛莉霞上。

托　培 上帝祝福你，牧师先生！

小　丑 早安，托培大人！目不识丁的泊来格的老隐士曾经向高波得克王的侄女说过这么一句聪明话："是什么，就是什么。"因此我是牧师先生，我便是牧师先生；因为"什么"即是"什么"，"是"即是"是"。

托　培 走过去，托伯斯师傅。

小　丑 呃哼，喂！这监狱里平安呀！

托　培 这小子装得很像，好小子。

马伏里奥 （在内）谁在叫？

小　丑 副牧师托伯斯师傅来看疯人马伏里奥来了。

马伏里奥 托伯斯师傅，托伯斯好师傅，托伯斯师傅，请您到我小姐那儿去一趟。

小　丑 滚你的，大魔鬼！瞧这个人给你缠得这样子！只晓得嚷小姐吗？

托　培 说得好，牧师先生。

马伏里奥 （在内）托伯斯师傅，从来不曾有人给人这样冤枉过。托伯斯好师傅，别以为我疯了。他们把我关在这个暗无天日的地方。

小　丑 呸，你这不老实的撒旦！我用最客气的称呼叫着你，因为我是个最有礼貌的人，即使对于魔鬼也不肯失礼。你说这屋子是黑的吗？

马伏里奥 像地狱一样，托伯斯师傅。

小　丑 嘿，它的凸窗像壁垒一样透明，它的向着南北方的顶窗像乌木一样发光呢；你还说看不见吗？

马伏里奥 我没有发疯，托伯斯师傅。我对您说，这屋子是黑的。

小　丑 疯子，你错了。我对你说，世间并无黑暗，只有愚昧。埃及人在大雾中辨不清方向，还不及你在愚昧里那样发昏。

马伏里奥 我说，这座屋子简直像愚昧一样黑暗，即使愚昧是像地狱一样黑暗。我说，从来不曾有人给人这样欺侮过。我并不比您更疯；您不妨提出几个合理的问题来问我，试试我疯不疯。

小　丑 毕达哥拉斯对于野鸟有什么意见？

马伏里奥 他说我们祖母的灵魂也许曾经在鸟儿的身体里寄住过。

小　丑 你对于他的意见觉得怎样？

马伏里奥 我认为灵魂是高贵的，绝对不赞成他的说法。

小　丑 再见，你在黑暗里住下去吧。等到你赞成了毕达哥拉斯的说法之后，我才可以承认你的头脑健全。留心别打山鹬，因为也许你要害得你祖母的灵魂流离失所了。再见。

马伏里奥 托伯斯师傅！托伯斯师傅！

托　培 我的了不得的托伯斯师傅！

小　丑 嘿，我可真是多才多艺呢。

玛莉霞 你就是不挂胡须不穿道袍也没有关系，他又看不见你。

托　培 你再用你自己的口音去对他说话；怎样的情形再来告诉我。我希望这场恶作剧快快告个段落。要是不妨把他释放，我看就放了他吧；因为我已经大大地失去了我侄女的欢心，倘把这玩意儿尽管闹下去，恐怕不大妥当。等会儿到我的屋子里来吧。（托培、玛莉霞下）

小　丑 "嗨，罗宾，快活的罗宾哥，

　　　　问你的姑娘近况如何。"

马伏里奥 傻子！

小　丑 "不骗你，她心肠有点硬。"

马伏里奥 傻子！

小　丑 "唉，为了什么原因，请问？"

马伏里奥 喂，傻子！

小　丑 "她已经爱上了别人。"

　　　　——嘿！谁叫我？

马伏里奥 好傻子，谢谢你给我拿一支蜡烛、笔、墨水和纸张来，以后我不会

亏待你的。君子不扯谎，我永远感你的恩。

小　丑　马伏里奥大爷吗？

马伏里奥　是的，好傻子。

小　丑　唉，大爷，您怎么会发起疯来呢？

马伏里奥　傻子，从来不曾有人给人这样欺侮过。我的头脑跟你一样清楚呢，傻子。

小　丑　跟我一样？那么您真的是疯了，要是您的头脑跟傻子差不多。

马伏里奥　他们把我当作一件家具看待，把我关在黑暗里，差牧师们，那些蠢
　　　　　　驴子！来看我，千方百计地想把我弄昏了头。

小　丑　您说话留点神吧；牧师就在这儿呢。——马伏里奥，马伏里奥，上天
　　　　　保佑你明白过来吧！好好地睡睡觉儿，别啰里啰唆地讲空话。

马伏里奥　托伯斯师傅！

小　丑　别跟他说话，好伙计。——谁？我吗，师傅？我可不要跟他说话哩，师傅。
　　　　　上帝和您同在，好托伯斯师傅！——呃，阿门！——好的，师傅，好的。

马伏里奥　傻子，傻子，傻子，我对你说！

小　丑　唉，大爷，您耐心吧！您怎么说，师傅？——师傅怪我跟您说话哩。

马伏里奥　好傻子，给我拿一点儿灯火和纸张来。我对你说，我跟伊利里亚无
　　　　　　论哪个人一样头脑清楚呢。

小　丑　唉，我巴不得这样呢，大爷！

马伏里奥　我可以举手发誓我没有发疯。好傻子，拿些墨水、纸和灯火来；我
　　　　　　写好之后，你去替我送给小姐。你送了这封信去，一定会到手一笔空
　　　　　　前的大大的赏赐。

小　丑　我愿意帮您的忙。但是老实告诉我，您是不是真的疯了，还是装疯？

马伏里奥　相信我，我没有发疯，我老实告诉你。

小　丑　嘿，我可信不过一个疯子的话，除非我能看见他的脑子。我去给您拿
　　　　　蜡烛、纸和墨水。

马伏里奥　傻子，我一定会重重报答你。请你去吧。

小　丑　大爷我去了，

　　　　　请您不要吵，

　　　　　不多一会的时光，

　　　　　小鬼再来见魔王；

　　　　　手拿木板刀，

胸中如火烧，

向着魔鬼打哈哈，

样子像个疯娃娃：

爹爹不要恼，

给您剪指甲，

再见，我的魔王爷！（下）

第三场　奥丽薇霞的园中

瑟巴士显上。

瑟巴士显　这是空气；那是灿烂的太阳；这是她给我的珍珠，我看得见也摸得到：虽然怪事这样包围着我，然而却不是疯狂。那么安东尼奥到哪儿去了呢？我在哀勒芬旅店里找不到他；可是他曾经到过那边，据说他到城中各处寻找我去了。现在我很需要他的指教；因为虽然我心里很觉得这也许是出于错误，而并非是一种疯狂的举动，可是这种意外和飞来的好运太有些未之前闻，无可理解了，我简直不敢相信我的眼睛；无论我的理智怎样向我解释，我总觉得不是我疯了便是这位小姐疯了。可是，真是这样的话，她一定不会那样井井有条，那么神气那么端庄地操持她的家务，指挥她的仆人，料理一切的事情，如同我所看见的那样。其中一定有些蹊跷。她来了。

奥丽薇霞及一牧师上。

奥丽薇霞　不要怪我太性急。要是你没有坏心肠的话，现在就跟我和这位神父到我家的礼拜堂里去吧；当着他的面前，在那座圣堂的屋顶下，你要向我充分证明你的忠诚，好让我小气的、多疑的心安定下来。他可以保守秘密，直到你愿意宣布出来按照着我的身份的婚礼将在什么时候举行。你说怎样？

瑟巴士显　我愿意跟你们两位前往；

立过的盟誓永没有欺罔。

奥丽薇霞　走吧，神父；但愿天公作美，

一片阳光照着我们醋醉！（同下）

第五幕

第一场 奥丽薇霞门前街道

小丑及费边上。

费　边　看在咱们交情的份上，让我瞧一瞧他的信吧。

小　丑　好费边先生，允许我一个请求。

费　边　尽管说吧。

小　丑　别向我要这封信看。

费　边　这就是说，把一条狗给了人，然后为着偿报他起见，再把那条狗要还。

公爵，薇俄拉，邱里奥及侍从等上。

公　爵　朋友们，你们是奥丽薇霞小姐府中的人吗？

小　丑　是的，殿下；我们是附属于她的一两件零星小物。

公　爵　我认识你；你好吗，我的好朋友？

小　丑　不瞒您说，殿下，我的仇敌使我好些，我的朋友使我坏些。

公　爵　恰恰相反，你的朋友使你好些。

小　丑　不，殿下，坏些。

公　爵　为什么呢？

小　丑　呃，殿下，他们称赞我，把我当作驴子一样愚弄；可是我的仇敌却坦白地告诉我说我是一头驴子；因此，殿下，亏着我的仇敌我才能明白我自己，我的朋友却把我欺骗了；因此，结论就像接吻一样，两个异性合拢来变成一个接吻，两个否定合拢来等于一个肯定；要是四个否定可以变成两个肯定，那么朋友坏而仇敌好了。

公　爵　啊，这说得好极了！

小　丑　凭良心说，殿下，这一点不好；虽然您愿意做我的朋友。

公　爵　我不会使你坏些；这儿是钱。

小　丑　倘不是恐怕犯了骗人钱财的罪名，殿下，我倒希望您把它再加一倍。

公　爵　啊，你给我出的好主意。

小　丑　把您的慷慨的手伸进您的袋里去，殿下；只这一次，不要犹疑吧。

公　爵　好吧，拿去。

小　丑　掷骰子有幺二三；古话说："一不做，二不休，三回才算数"；跳舞要用三拍子；您只要听圣裴乃脱教堂的钟声好了，殿下——一，二，三。

公　爵　你这回可骗不动我的钱了。要是你愿意去对你小姐说我在这儿要见她说话，同着她到这儿来，那么也许会再唤醒我的慷慨来的。

小　丑　好吧，殿下，给您的慷慨唱个安眠歌，等着我回来吧。我去了，殿下；可是我希望您明白我的要钱并不是贪财。好吧，殿下，就照您的话，让您的慷慨打个盹儿，等我一会儿再来叫醒他吧。（下）

薇俄拉　殿下，这儿来的人就是搭救了我的。

　　　　安东尼奥及警吏上。

公　爵　他那张脸我记得很清楚；可是上次我见他的时候，他脸上涂得黑黑的，就像烽烟里的佛尔坎一样。他是一艘小小的舰上的舰长，可是却使我们舰队中最好的船只大遭损失，就是给他打败的人也不得不佩服他。为了什么事？

警　吏　启禀殿下，这就是在坎迪地方把"凤凰号"和它的货物劫了去的安东尼奥；也就是在"猛虎号"上把您的侄公子泰脱斯削去了腿的那人。我们在这儿的街道上看见他穷极无赖，在跟人家打架，因此抓了来了。

薇俄拉　殿下，他曾经拔刀相助，帮过我忙，可是后来却对我说了一番奇怪的话，似乎发了疯似的。

公　爵　好一个海盗！你怎么敢凭着你的愚勇，投身到被你用血肉和巨量的代价结下冤仇的人们的手里呢？

安东尼奥　尊贵的鄂西诺，请许我洗刷去您给我的称呼；安东尼奥从来不曾做过海盗或贼徒，虽然我有充分的理由和原因承认我是鄂西诺的敌人。一种魔法把我吸引到这儿来。在您身边的那个最没有良心的孩子，是我从汹涌的怒海的吞噬中救了出来的，否则他已经毫无希望了。我给了他生命，又把我的友情无条件地完全给了他；为了他的缘故，纯粹出于爱心，我冒着危险出现在这么倒运的城里，见他给人包围了，就拔剑相助；可是我遭了逮捕，他的狡恶的心肠因恐我连累他受罪，便假装不认识我，一霎眼就像已经睽违了二十年似的；甚至于我在半点钟前给他任意使用的我自己的钱袋，也不肯还给我。

薇俄拉 怎么会有这种事呢？

公　爵 他在什么时候到这城里来的？

安东尼奥 今天，殿下；三个月来，我们朝朝夜夜都在一起，不曾有一分钟分离过。

奥丽薇霞及侍从等上。

公　爵 这里来的是伯爵小姐，天神降临人世了！——可是你这家伙，完全在说疯话；这孩子已经侍候我三个月了。那种话等会儿再说吧。把他带到一旁去。

奥丽薇霞 殿下有什么指示？除了断难遵命的一件事之外，凡是奥丽薇霞力量所能及的，一定愿意效劳。——西萨里奥，你失了我的约啦。

薇俄拉 小姐！

公　爵 温柔的奥丽薇霞！——

奥丽薇霞 你怎么说，西萨里奥？——殿下——

薇俄拉 我的主人要跟您说话；地位关系我不能开口。

奥丽薇霞 殿下，要是您说的仍旧是那么一套，我已经听厌了，就像奏过音乐以后的叫号一样令人不耐。

公　爵 仍旧是那么残酷吗？

奥丽薇霞 仍旧是那么坚定，殿下。

公　爵 什么，坚定得不肯改变一下你的乖僻吗？你这无礼的女郎！向着你的无情的不仁的祭坛，我的灵魂已经用无比的虔诚吐露出最忠心的献礼。我还有什么办法呢？

奥丽薇霞 办法就请殿下自己斟酌吧。

公　爵 假如我狠得起那么一条心，为什么我不可以像临死时的埃及大盗[1]一样，把我所爱的人杀死了呢？蛮性的嫉妒有时也带着几分高贵的气质。

---

[1] 事见赫利奥陀勒斯所著希腊传奇《埃塞俄比亚人》。

但是你听着我吧：既然你漠视我的诚意，我也有些知道谁在你的心中夺去了我的位置。你就继续做你的铁石心肠的暴君吧；可是你所爱着的这个宝贝，我当天发誓我曾经那样宠爱着他，我要把他从你的那双冷酷的眼睛里除去，免得他傲视他的主人。来，孩子，跟我来。我的恶念已经成熟：

我要牺牲我钟爱的羔羊，

白鸽的外貌乌鸦的心肠。（走）

薇俄拉　我甘心愿受一千次死罪，

只要您的心里得到安慰。（随行）

奥丽薇霞　西萨里奥到哪儿去？

薇俄拉　追随我所爱的人，

我爱他甚于生命和眼睛，

远过于对于妻子的爱情。

愿上天鉴察我一片诚挚，

倘有虚假我决不辞一死！

奥丽薇霞　哎哟，他厌弃了我！我受了欺骗了！

薇俄拉　谁把你欺骗？谁给你受气？

奥丽薇霞　才不久你难道已经忘记？——请神父来。（一侍从下）

公　爵　（向薇俄拉）去吧！

奥丽薇霞　到哪里去，殿下？西萨里奥，我的夫，别去！

公　爵　你的夫？

奥丽薇霞　是的，我的夫；他能抵赖吗？

公　爵　她的夫，嘿？

薇俄拉　不，殿下，我不是。

奥丽薇霞　唉！是你的卑怯的恐惧使你否认了自己的身份。不要害怕，西萨里奥；别放弃了你的地位。你知道你是什么人，要是承认了出来，你就跟你所害怕的人并肩相埒了。

牧师上。

奥丽薇霞　啊，欢迎，神父！神父，我请你凭着你的可尊敬的身份，到这里来宣布你所知道的关于这位少年和我之间不久以前的事情；虽然我们本来预备保守秘密，但现在不得不在时机未到之前公布了。

牧　师　一个永久相爱的盟约，已经由你们两人握手缔结，用神圣的吻证明，用戒指的交换确定了。这婚约的一切仪式，都由我主持作证；照我的表上所指示，距离现在我不过向我的坟墓走了两小时的行程。

公　爵　唉，你这骗人的小畜生！等你年纪一大了起来，你会是个怎样的人呢？
也许你过分早熟的奸诡，
反会害你自己身败名毁。
别了，你尽管和她论嫁娶；
可留心以后别和我相遇。

薇俄拉　殿下，我要声明——

奥丽薇霞　不要发誓；
放大胆些，别亵渎了神祇！
　　　　　盎厥鲁·埃求启克爵士头破血流上。

盎厥鲁　看在上帝的份上，叫个外科医生来吧！立刻去请一个来瞧瞧托培爵士。

奥丽薇霞　什么事？

盎厥鲁　他把我的头给打破了，托培爵士也给他弄得满头是血。看在上帝的份上，救救他吧！谁要是给我四十镑钱，我也宁愿回到家里去。

奥丽薇霞　谁干了这种事，盎厥鲁爵士？

盎厥鲁　公爵的跟班名叫西萨里奥的。我们把他当作一个孱头，哪晓得他简直是个魔鬼。

公　爵　我的跟班西萨里奥？

盎厥鲁　他妈的！他就在这儿。你无缘无故敲破我的头！我不过是给托培爵士怂恿了才动手的。

薇俄拉　你为什么对我说这种话呢？我没有伤害你呀。你自己无缘无故向我拔剑；可是我对你很客气，并没有伤害你。

盎厥鲁　假如一颗血淋淋的头可以算得是伤害的话，你已经把我伤害了；我想你以为满头是血，是不算什么一回事的。托培爵士一瘸一拐地来了——
　　　　　托培·贝尔区爵士由小丑搀扶醉步上。

盎厥鲁　还有话要跟你说呢；可是倘不是因为他喝醉了酒的话，他一定不会那样招惹你的。

公　爵　怎么，老兄！你怎么啦？

托　培　有什么关系？他把我打坏了，还有什么别的说的？傻瓜，你有没有看见狄克医生，傻瓜？

小　丑　喔！他在一个钟头之前喝醉了，托培老爷，他的眼睛在早上八点钟就昏花了。

托　培　那么他便是个踱着八字步的浑蛋。我顶讨厌酒鬼。

奥丽薇霞　把他带走！谁把他们弄成这样子的？

盎厥鲁　我来扶着您吧，托培爵士；咱们一块儿裹伤口去。

托　培　你来扶着我，蠢驴，傻瓜，浑蛋，瘦脸的浑蛋，笨鹅！

奥丽薇霞　招呼他上床去，好好看顾一下他的伤口。（小丑、费边、托培、盎厥鲁同下）

瑟巴士显上。

瑟巴士显　小姐，我很抱歉伤了令亲；可是即使他是我的同胞兄弟，为了自卫起见我也只好出此手段。您用那样冷淡的眼光瞧着我，我知道我一定冒犯了您了；原谅我吧，好人，看在不久以前我们彼此立下的盟誓份上。

公　爵　一样的面孔，一样的声音，一样的装束，化成了两个身体；一副天然的幻境，真实和虚妄的对照！

瑟巴士显　安东尼奥！啊，我的亲爱的安东尼奥！自从我不见了你之后，我的时间过得多么痛苦啊！

安东尼奥　你是瑟巴士显吗？

瑟巴士显　难道你不相信是我吗，安东尼奥？

安东尼奥　你怎么会分身呢？把一只苹果切成两半，也不会比这两人更为相像。哪一个是瑟巴士显？

奥丽薇霞　真奇怪呀！

瑟巴士显　那边站着的是我吗？我从来不曾有过一个兄弟；我又不是一尊无所不在的神明。我只有一个妹妹，但已经被盲目的波涛卷去了。对不住，请问你我之间有什么关系？你是哪一国人？叫什么名字？谁是你的父母？

薇俄拉　我是梅萨琳人。瑟巴士显是我的父亲；我的哥哥也是一个像你一样的瑟巴士显，他葬身于海洋中的时候也穿着像你一样的衣服。要是灵魂能够照着在生时的形状和服饰而出现，那么你是来吓我们的。

瑟巴士显　我的确是一个灵魂；可是还没有脱离我的生而具有的物质的皮囊。你的一切都能符合，只要你是个女人，我一定会让我的眼泪滴在你的脸上，而说："大大地欢迎，溺死了的薇俄拉！"

薇俄拉　我的父亲额角上有一颗黑痣。

瑟巴士显　我的父亲也有。

薇俄拉　他死的时候薇俄拉才十三岁。

瑟巴士显　唉！那记忆还鲜明地留在我的灵魂里。他的确在我妹妹刚满十三岁的时候完毕了他人世的任务。

薇俄拉　假如只是我这一身僭妄的男装阻碍了我们彼此的欢欣，那么等一切关于地点、时间、遭遇的枝节完全衔接，证明我确是薇俄拉之后，再拥抱我吧。我可以叫一个在这城中的船长来为我证明，我的女衣便是寄放在他那里的；多亏他的帮忙，我才侥幸保全了生命，能够来侍候这位尊贵的公爵。此后我便一直奔走于这位小姐和这位贵人之间。

瑟巴士显　（向奥丽薇霞）小姐；原来您是弄错了；但那也是心理上的自然的倾向。您本来要跟一个女孩子订婚；可是您认错了人，现在同时成为一个女人和一个男人的未婚妻了。

公　爵　不要惊骇；他的血统也很高贵。要是这回事情果然是真，看来似乎不是一面骗人的镜子，那么在这番最幸运的覆舟里我也要沾点儿光。（向薇俄拉）孩子，你曾经向我说过一千次决不会爱一个女人像爱我一样。

薇俄拉　那一切的话我愿意再发誓证明；那一切的誓我都要坚守在心中，就像分隔昼夜的天球中蕴藏着的烈火一样。

公　爵　把你的手给我；让我瞧你穿了女人的衣服是什么样子。

薇俄拉　把我带上岸来的船长那里存放着我的女服；可是他现在跟这儿小姐府上的管家马伏里奥有点讼事，被拘留起来了。

奥丽薇霞　他一定要放他出来。去叫马伏里奥来。——唉。我现在记起来了，他们说，可怜的人，他的神经病很厉害呢。因为我自己在大发其疯，所以把他的疯病完全忘记了。

小丑持信及费边上。

奥丽薇霞　他怎样啦，狗才？

小　丑　启禀小姐，他总算很尽力抵挡着魔鬼。他写了一封信给您。我本该今天早上就给您的；可是疯人的信不比福音，送没送到都没甚关系。

奥丽薇霞　拆开来读给我听。

小　丑　傻子要念疯子的话了，请你们洗耳恭听。（读）"凭着上帝的名义，小姐——"

奥丽薇霞 怎么！你疯了吗？

小　丑 不，小姐，我在读疯话呢。您小姐既然要我读这种东西，那么您就得准许我疯声疯气地读。

奥丽薇霞 请你头脑清楚一些地读。

小　丑 我正是在这样读，小姐；可是他的话怎么写，我就只能怎么读。所以，好公主，请您留神倾听吧。

奥丽薇霞 （向费边）喂，还是你读吧。

费　边 （读）"凭着上帝的名义，小姐，你屈待我了；全世界都要知道这回事。虽然您已经把我幽闭在黑暗里，叫您的醉酒的令叔看管我，可是我的头脑跟小姐您一样清楚呢。您自己骗我打扮成那个样子，您的信还在我手里；我很可以用它来证明我自己的无辜，可是您的脸上却不好看哩。随您把我怎样想吧。因为冤枉难明，不得不暂时僭越了奴仆的身份，请您原谅。被虐待的马伏里奥上。"

奥丽薇霞 这封信是他写的吗？

小　丑 是的，小姐。

公　爵 这倒不像是个疯子的话哩。

奥丽薇霞 去把他放出来，费边；带他到这儿来。（费边下）殿下，看到了这种事情，我们虽然没有缘分，可是假如您肯把我当个妹妹看待，大家不仍旧是一家人吗？倘不嫌弃，请就在这儿住下，容我略尽地主之谊。

公　爵 小姐，多蒙厚意，敢不领情。（向薇俄拉）你的主人解除了你的职务了。为了你的事主的勤劳，不顾到那种事情多么不适于你的娇弱的身份和优雅的教养，你既然一直把我称作主人，从此以后，你便是你主人的主妇了。握着我的手吧。

奥丽薇霞 你是我的妹妹了！

费边偕马伏里奥重上。

公　爵 这便是那个疯子吗？

奥丽薇霞 是的，殿下，就是他。——怎样，马伏里奥！

马伏里奥 小姐，您屈待了我，大大地屈待了我！

奥丽薇霞 我屈待了你吗，马伏里奥？没有的事。

马伏里奥 小姐，您屈待了我。请您瞧这封信。您能抵赖说那不是您写的吗？

您能写几笔跟这不同的字，几句跟这不同的句子吗？您能说这不是您的图章，不是您的大作吗？您可不能否认。好，那么承认了吧；凭着您的贞洁告诉我：为什么您向我表示这种露骨的恩意，吩咐我见您的时候脸带笑容，扎着十字交叉的袜带，穿着黄袜子，对托培大人和底下人要皱眉头？我满心怀着希望，一切服从您，怎么您要把我关起来，禁锢在暗室里，叫牧师来看我，给人当作大傻瓜愚弄？告诉我为什么？

奥丽薇霞　唉！马伏里奥，这不是我写的，虽然我承认很像我的笔迹；但这一定是玛莉霞写的。现在我记起来了，第一个告诉我你发疯了的就是她；那时你便一路带笑而来，那样子就跟信里所说的一样，你别恼吧；这场诡计未免太恶作剧，等我们调查明白原因和主谋的人之后，你可以自己兼作原告和审判官来判断这件案子。

费　边　好小姐，听我说，不要让争闹和口角来打断了当前的兴会。我坦白地承认是我跟托培老爷因为看不上这个马伏里奥的顽固无礼，才想出这个计策来。因为托培老爷央求不过，玛莉霞才写了这封信；为了酬劳她的缘故，他已经跟她结了婚了。假如把两方所受到的难堪衡情酌理地判断起来，那么这种恶作剧的戏谑可供一笑，也不必计较了吧。

奥丽薇霞　唉，可怜的傻子，他们太把你欺侮了！

小　丑　嘿，"有的人是生来的富贵，有的人是挣来的富贵，有的人是送上来的富贵。"这本戏文里我也是一个角色呢，大爷；托伯斯师傅就是我，大爷；但这没有什么相干。"凭着上帝起誓，傻子，我没有疯。"可是您记得吗？"小姐，您为什么要对这么一个没头脑的浑蛋发笑？您要是不笑，他就开不了口啦。"六十年风水轮流转，您也遭了报应了。

马伏里奥　我一定要出这一口气，你们这批东西一个都不放过。（下）

奥丽薇霞　他给人欺侮得太不成话了。

公　爵　追他回来，跟他讲个和；他还不曾把那船长的事告诉我们哩。等我们知道了以后，假如时辰吉利，我们便可以举行郑重的结婚典礼。贤妹，我们现在还不会离开这儿。西萨里奥，来吧；当你还是一个男人的时候，你便是西萨里奥；——

等你换过了别样的衣裙，

你才是鄂西诺心上情人。（除小丑外众下）

歌

小　丑　当初我是个小儿郎，

　　　嗨，呵，一阵雨儿一阵风；

做了傻事毫不思量，

　　朝朝雨雨呀又风风。

年纪长大啦不学好，

　　　嗨，呵，一阵雨儿一阵风；

闭门羹到处吃个饱，

　　朝朝雨雨呀又风风。

娶了老婆，唉！要照顾，

　　　嗨，呵，一阵雨儿一阵风；

法螺医不了肚子饿，

　　朝朝雨雨呀又风风。

一壶老酒往嘴里灌，

　　　嗨，呵，一阵雨儿一阵风；

掀开了被窝三不管，

　　朝朝雨雨呀又风风。

开天辟地有几多年，

　　　嗨，呵，一阵雨儿一阵风；

咱们的戏文早完篇，

　　愿诸君欢喜笑融融！（下）

作者年表

1564 年　4 月 26 日，威廉·莎士比亚在英国沃里克郡埃文河畔斯特拉特福镇圣三一教堂受洗，但他传统上的生日一般被认定为 4 月 23 日。

1568 年　莎士比亚的父亲约翰·莎士比亚当选斯特拉特福镇镇长。女王供奉剧团在斯特拉特福镇演出。

1582 年　11 月 28 日，莎士比亚与本镇的安妮·哈瑟维结婚。

1583 年　5 月 26 日，莎士比亚的女儿苏珊娜在斯特拉特福镇教堂受洗。

1585 年　2 月 2 日，莎士比亚的双胞胎孩子哈姆内特和朱迪丝受洗。

1587 年　女王供奉剧团和莱斯特伯爵剧团在斯特拉特福镇演出，莎士比亚可能在此时随两个剧团前往伦敦。

1592 年　和莎士比亚一起写剧本的同事罗伯特·格林的遗著中，首次在伦敦文艺界提及莎士比亚，但那是一些攻击之辞。不过，当年出版的另一部书《百万分忏悔买得一分智慧》的序言中，莎士比亚和格林共同的一位熟人向莎士比亚表示道歉，并证明他是位值得尊敬的人。

1594 年　莎士比亚大约在此时已成为宫内大臣剧团的重要成员。

1596 年　8 月 11 日，莎士比亚唯一的儿子哈姆内特死去，年仅 11 岁。莎士比亚向当局申请乡绅头衔和使用家徽的权利，所请获准。这一光宗耀祖的事例，证明莎士比亚很早就开始取得成功，也表明演员的职业终于得到社会的尊重。

1597 年　莎士比亚以 60 镑买下"新居"，那是斯特拉特福镇的一幢大房子。

1598 年　《爱的徒劳》以四开本的形式出版。这是莎士比亚第一部冠名发表的剧本。9月，莎士比亚出演琼森的喜剧《人皆有脾气》。当年，柯斯伯特·伯比奇在泰晤士河对岸的南华克开始建造环球剧场，直到次年完工。

1601年　　2月7日，环球剧场公演莎士比亚的《理查二世》。

1603－1604年　　英王詹姆斯一世恩准宫内大臣剧团改为国王供奉剧团，该团拥有当时英国最佳剧作家莎士比亚，最佳演员R.伯比奇，最佳剧场环球剧场。莎士比亚在这个合作性质的剧团里拥有着自己的股份。

1604年　　莎士比亚作为国王供奉剧团成员，身穿王室制服出席了詹姆斯一世的加冕典礼。

1605年　　莎士比亚买下了斯特拉特福镇什一税的一个份额（约占1/5）。

1607年　　6月5日，莎士比亚的长女苏珊娜嫁给斯特拉特福镇受人尊敬的医生约翰·霍尔。

1608年　　莎士比亚与人合资创办黑衣修士室内剧场。9月9日，莎士比亚的母亲逝世。

1612年　　莎士比亚在勃洛特·蒙乔埃案件中作证，他在证词下方的签名，是他保存下来的最早的签名。2月3日，莎士比亚的弟弟吉尔伯特逝世。

1613年　　6月29日，莎士比亚的《亨利八世》在环球剧场上演，因剧情需要点燃礼炮，结果造成环球剧场失火。之后，莎士比亚离开伦敦，回到"新居"。

1616年　　2月10日，莎士比亚的次女朱迪丝与他的好友R.昆尼之子托马斯·昆尼结婚。3月25日，莎士比亚立好遗嘱。4月23日，莎士比亚与世长辞。4月25日，莎士比亚的遗体葬于斯特拉特福镇教区教堂的圣坛下。

1623年　　莎士比亚戏剧第一"对开本"出版，这是最早的莎士比亚戏剧全集，仅缺少《佩里克利斯》和《两个贵族亲戚》。莎士比亚的遗孀安妮·莎士比亚去世。

作品年表

戏　剧

1589 — 1592 年　　《亨利六世》三部曲

1592 — 1593 年　　《理查三世》《错误的喜剧》

1593 — 1594 年　　《泰特斯·安德洛尼克斯》《驯悍记》

1594 — 1595 年　　《维洛那二绅士》《爱的徒劳》《罗密欧与朱丽叶》

1595 — 1596 年　　《理查二世》，《仲夏夜之梦》

1596 — 1597 年　　《约翰王》《威尼斯商人》

1597 — 1598 年　　《亨利四世》二部曲

1598 — 1599 年　　《无事烦恼》《亨利五世》

1599 — 1600 年　　《尤利乌斯·恺撒》《皆大欢喜》

1600 — 1601 年　　《哈姆雷特》《温莎的风流娘儿们》

1601 — 1602 年　　《第十二夜》《特洛伊罗斯与克瑞西达》

1602 — 1603 年　　《终成眷属》

1604 — 1605 年　　《一报还一报》《奥瑟罗》

1605 — 1606 年　　《李尔王》《麦克白》

1606 — 1607 年　　《安东尼和克娄巴特拉》

1607 — 1608 年　　《科里奥拉努斯》《雅典的泰门》

1608 — 1609 年　　《佩里克利斯》

1609 — 1610 年　　《辛白林》

1610 — 1611 年　　《冬天的故事》
1611 — 1612 年　　《暴风雨》
1612 — 1613 年　　《亨利八世》《两个贵族亲戚》

诗　集

1593 年　　《维纳斯与阿多尼斯》
1594 年　　《鲁克莉丝受辱记》
1601 年　　《凤凰和斑鸠》
1609 年　　十四行诗
1609 年　　《情人的怨诉》